허공록

허공록 3
민학기 판타지 장편 소설

초판 1쇄 찍은 날 § 2003년 10월 18일
초판 1쇄 펴낸 날 § 2003년 10월 28일

지은이 § 민학기
펴낸이 § 서경석

편집장 § 문혜영
편집책임 § 권민정
편집 § 유경화 · 김민정
마케팅 § 정필 · 강양원 · 이선구 · 김규진 · 홍현경

펴낸곳 § 도서출판 청어람
등록번호 § 제1081-1-89호
등록일자 § 1999. 5. 31
어람번호 § 제1-0425호

주소 § 경기도 부천시 원미구 심곡1동 350-1 남성B/D 3F (우) 420-011
전화 § 032-656-4452 팩스 § 032-656-4453
E-mail § eoram99@chollian.net

ⓒ 민학기, 2003

값 8,000원

ISBN 89-5505-817-9 04810
ISBN 89-5505-814-4 (SET)

※ 파본은 본사나 구입하신 서점에서 교환하여 드립니다.
※ 저자와 협의하여 인지를 붙이지 않습니다.

민학기 판타지 장편 소설

허공록

虛 空 錄

3

마스터

도서출판
청람

마스터

제9장 사냥개(Hound)

『사냥개는 수많은 의미를 담고 있다. 우선 사전적 의미를 따져 보면 그것은 '사냥할 때 부리기 위하여 길들인 개. 엽견(獵犬). 엽구(獵狗)' 라는 뜻으로 쓰인다. 또한 민간에서는 속된 말로 '염탐꾼'이라는 의미가 통용된다. 이렇듯 민간에서 쓰이는 사냥개라는 단어 대부분은 부정적인 뜻을 담고 있다.

그러나 사냥개라는 뜻이 원래부터 부정적인 뜻으로 사용된 것은 아니다. 그전에는 충직한 부하를 가리키는 의미였다고 한다. 사냥개의 의미가 부정적으로 변한 것은 창세력 2기 말이었다. 당시 대륙 정세를 최악으로 이끈 무리가 있었으니 이들을 가리켜 사람들이 '사냥개'라고 칭하며 사냥개의 의미가 부정적으로 바뀌기 시작한 것이다. 이에 관한 부속 자료를 찾아보자면…(후략)…….』

창세력 3기 531년.
로이드만 저 '단어의 변천사' 중 발췌

제9장 사냥개(Hound)

미래를 볼 수 있는 안목을 길러라.

그렇지 않으면 평생 먹이나 받아먹는 사냥개 신세를 벗어날 수 없으니.

〈인생을 위한 '100가지 명언' 중 하나〉

사위를 뒤덮는 암흑. 코앞조차 분간할 수 없는 어둠
속에 거친 숨결만이 동굴을 가득 채웠다. 그러나 일반인
이 상상할 수 있는 그런 정도의 숨소리가 아니었다. 막
대한 양의 공기가 뒤틀리고 비틀려져 만들어지는 그런
소음이었다.

암흑이 자리 잡은 이곳은 아마도 동굴인 듯 거친 숨소
리가 사방으로 반사되어 데아리치다가 사라졌다. 그러
다 문득 환한 두 개의 빛이 어둠을 뚫고 사방으로 퍼졌
다. 그 빛은 놀랍게도 이성으로 반짝이고 있었다.

"여전히 악취미군요. 밝게 살면 어디가 잘못됩니까?"

지금까지는 전혀 없었던, 그러나 어느 순간 문득 나타
난 한 인영의 목소리가 적막한 동굴 안에 울려 퍼졌다.
가늘고 여린 여성의 목소티에 대꾸하듯 거칠게 비틀린

‘짐승’의 으르렁거림이 울렸다.

“크르르르—”

“당신이 골 빈 드래곤인 줄 아시나요? 그런 저열한 신음 소리는 자제해 주시기 바랍니다.”

여전히 어둠의 베일에 휩싸여 모습조차 보이지 않는 여성이 핀잔을 주듯 말했다. 최강의 종족을 골 빈 짐승으로 취급해 버린 그녀가 어둠 속에서 무슨 행동을 취했는지 어두운 동굴 전체가 삽시간에 밝아졌다.

고개를 꺾어 들어 올려야 할 정도로 아득히 넓은 천장, 가로세로 수십, 아니, 수백 야드에 달할 정도로 넓은 공간. 그 안에는 두 생명체가 존재하였다.

하나는 인간의 여성, 다른 하나는… 뭐라 표현해야 할지 모를 생물이었다. 단지 거대하다. 거대하다는 말로밖에 표현할 수 없었다. 기원을 알 수 없는 광원에 닿아 붉게 빛나는 비늘, 척추라고 생각되는 부분에는 무시무시하게 생긴 작은 뿔들이 일렬로 늘어서 있었다. 그리고 척추를 기점으로 등이라 칭할 수 있는 부분에는 두 쌍의 날개가 붙어 있었다. 날개에서 그 거대한 몸체로 연결되는 부분에는 도저히 그 커다란 날개에 어울리지 않는 빈약한 근육이 지탱하고 있었다. 엄청난 덩치에 비하면 왜소할 정도라 자칫 그 모양새가 우스워져 버릴 정도였다.

그러나 누구라도 감히 그 같은 생각을 품지 못하는 것이 날개가 워낙 크고 두터운 피막으로 이루어져 있는지라 사람들은 그것에 질려 인식하지 못하기 때문이다.

‘물론 관찰력이 뛰어난 사람은 예외이지만.’

그 거대한 짐승을 보고 있는 여성은 생각하였다. 그러나 그녀의 눈은 여전히 그 짐승을 더듬고 있었다. 거대한 날개는 마치 요람처럼 그 무지막지한 몸을 덮고 있었다. 몸이 이렇게 거대할진대 머리는 어떠할까? 머리도 엄청난 크기였다. 돌출되어 있는 입 부분과 코는 하나로 합쳐져 있었다. 아니, 입이라고 생각되는 무시무시한 이빨이 보이는 부분 위에 두 개의 구멍이 뚫려 있었다. 그리고 콧잔등이라고 여겨지는 부분을 지나 이마라고 짐작되는 부분 바로 밑에는 형형한 안광을 내뿜는 사람의 머리만한 한 쌍의 눈이 자리 잡고 있었다. 동공은 파충류의 그것처럼 세로로 찢어진 형태였다. 그 거대하고도 경이로운 두 눈은 이성을 담고 있었고 자신 앞에 선 이 자그마한 여성을 뚫어지게 보았다.

눈이 시리도록 푸른 머리칼, 그 밑으로 자리 잡은 오밀조밀 배치된 이목구비. 인간의 관점으로 생각한다면 미인은 결코 아니었으나 그렇다고 못생겼다고 생각할 수는 없었다. 그저 그렇게 생긴 평범한 얼굴이었다. 그러나 몸매만큼은 극상을 달리고 있었다. 인간의 관점으로 따진다면 예술로 표현할 수밖에 없는 그런 몸매. 지금은 두툼한 로브로 몸을 가리고 있지만 말이다.

어떻게 마법사라는 극도의 두뇌 활동을 요하는 직업을 가지고서 저런 몸매가 유지되는 것인가? 그는 늘 그 같은 생각을 품고 있었다. 그러나 그런 말을 단도직입적으로 말한다면 그의 오랜 보금자리가 한낱 돌 조각으로 바뀌는 재난을 당할지도 모른다는 것을 그는 잘 알고 있었다.

여간해서는 자신의 보금자리에서—인간들은 집이라 칭한다—움직이지 않는 이 도도한 인간이 무슨 일로 찾아왔는지 그는 그 이유를 알고 있었다.

—그래, 그 일 때문에 온 것이겠지? 그 무거운 엉덩이가 움직인 것을 보니. 그렇지 않은가, 샤이라 이모트 양?

여성, 샤이라 이모트라 불리는 여성의 머리 속에 한 가닥 굵직한 음성이 울려 퍼졌다. 샤이라는 짙은 청색 눈썹을 꿈틀거리며 말했다.

"당신에게 인간의 관습을 강요할 생각은 없지만 인간의 여성에게 신체에 관련된 언급은 피해줬으면 하는 바람이군요, 모디프스."

—하하. 당신 스스로 자신을 인간이라고 언급하다니 재미있군, 샤이라 이모트. 그 고고한 관조자로서의 입장은 버린 건가?

샤이라는 의자가 있었으면 좋겠다고 생각했다. 그래서 손을 휘둘렀고 마법사가 보았다면 '사기다!' 라고 외칠 만한 기적을 연출해 냈다. 공간과 공간 사이를 연결하여 그녀의 거처에서 의자 하나를 끌어온 것이다. 십수 세기 동안 그렇게 염원하고 실험하였지만 수많은 마법사들이 좌절하고 절망하게 만든 공간의 문을 간단하게 만들어낸 그녀는 아무렇지도 않게 의자에 앉았다.

"저는 관조자이지만 동시에 인간입니다. 제 스스로 인간인 것을 잊은 적이 없었고 잊지도 않을 것입니다. 그리고 그때 생긴 관습과 습관을 바꿀 생각도 없습니다, 모디프스. 무엇보다도 지금 우리가 거론할 것은 그것이 아니라고 생각합니다만?"

그녀는 살짝 눈을 치켜뜨고 눈앞에 있는, 마찬가지로 드래곤이라는 굴레를 벗어버린 존재를 보았다. 드래곤 모디프스. 우습게도 관조자가 탄생되리라 생각지도 않은 종족에서 관조자로 거듭난 위대한 존재. 4,000년이라는 수명의 구속조차 벗어버리고 이제 근 일만 년이라는, 인간으로 따지면 수백 세대가 교체될 세월을 살아간 관조자 중의 최고령자이기도 하였다.

—흠흠. 오랜만에 만난지라 농담 좀 해봤네. 벌써 권태기가 찾아오셨나? 그러한 농담에도 민감히 반응하다니. 생은 재미있게 살아야 한다고 말하지 않았나. 엘프 족의 나의 친우 아르피아도 늘 그렇게 말했지.

"저는 아직 더 살고 싶습니다만. 아직 600년도 채 살지 못했거든요."

그녀의 대답을 들은 모디프스는 기괴한 소리를 냈다. '크륵크륵' 거리는 그 굉음은 거칠게 동굴을 할퀴었다. 샤이라는 그 소리가 모디프스의 웃음소리라고 생각했다. 저 드래곤이라는 생물의 성대는 인간이 듣기에 부담스러운 소리만을 만들어내니 말이다.

─재미있는 대답이군. 하지만 그것도 오래가지는 않을 거네. 보통 권태로움에 못 이긴 관조자 대부분은 천 년의 세월을 이기지 못하고 흐름 속에 몸을 맡기고는 사라져 버리지. 나와 아르피아가 예외일까? 나름대로의 사명을 가지고 있으니 말일세.

사명이라……. 샤이라는 자신의 발 밑을 보았다. 정확히 말하면 대지 깊숙한 곳에 꿈틀대고 있는 용암을 생각했다.

"당신의 그 사명이란 당신이 일부러 짊어진 것 아닌가요? 언젠가는 폭발할 화산, 모디프스 당신이 그것을 억누른다 하더라도 자연은 순환합니다. 흐름을 거스를 수는 없지요."

모디프스는 그 큰 머리를 들어 올려 천장을 보았다. 암석으로 철저히 가려진 하늘. 수천 년 동안 보아온 광경이었다. 떠나고 싶지만 그럴 수는 없었다. 그가 이곳을 벗어난다면 당장 일 년 이내에 화산이 폭발해 중앙 대간을 기점으로 대륙이 두 조각나 버릴 테니 말이다.

─그래, 그 일도 관계되어 있군. 아무래도 샤이라 당신이 인세에 나서야 할 듯하네.

"제가요?"

의논하러 온 것인데 이 무슨 말인가? 샤이라는 놀라지 않을 수가 없었다. 기실 그녀의 의도는 그것이 아니었다. 모디프스와 의논하여 대륙 곳곳에 흩어진 관조자에게 그 결과를 알리는 것. 그것이 그녀가 의도한 것이었다.

"다시 나타난 그 이계의 관조자를 찾아 데스 마스터(Death Master) 카르노에 대한 경고를 하는 게 아니었나요?"

─그래, 그것이기는 하지만 조금 복잡해졌네. 자네가 실험실에서 정신 없이 실험하느라 느끼지 못한 것 같네만, 며칠 전에 정령들이 '화합'을 벌였네. 재미있게도 그 화합을 주도한 것은 엘프이고, 그 엘프는 새로이 출현한 관조자와 같이 있었지. 아, 그녀 또한 관조자가 될 자질이 보이더군.

“두 명이라……”

두 명이라면 조금 뜻밖이다. 관조자라는 것이 그리 쉽게 될 성질의 것이 아니었기 때문이다. 한 세기를 걸러 한 명씩 나온다면 많이 나올까? 세상의 흐름을 이해하고 그 흐름에서 벗어나 세상을 바라볼 수 있는 경지는 아무나 얻는 게 아니었기 때문이다.

―그렇기 때문에 그대가 가야 한단 말일세. 일의 내막도 모르고 그저 조심하라고 경고할 수는 없지 않은가? 아울러…….

말을 잠시 끊은 모디프스는 그 굵직한 앞발을 들어 바닥을 긁었다. 어떠한 흉기보다 적에게 위압감을 줄 수 있는―그러나 그 효용성을 증명할 수는 없는―발톱이 지면을 파고들어 꽤나 깊은 고랑을 만들었다.

―나를 이 감옥에서 벗어날 수 있게 할 수 있다네. 그 이계에서 온 관조자가 말일세.

샤이라는 깜짝 놀랐다. 도대체 어떻게 수많은 세월 동안 쌓여진 대지의 분노를 잠재울 수가 있단 말인가. 관조자의 힘이 아무리 위대하다고 하지만 그런 이적을 보일 수는 없었다.

“에? 그가 말입니까? 그도 관조자일 텐데?”

―그는 태초의 힘을 다루는 ‘특별한’ 관조자라네. 자네도 잘 알지 않나? 이백 년 전 다섯 신 중 주신 라이트라스를 당황하게 하는 것도 모자라 상당 시간 요양하게 만든 그의 힘을 말일세.

그게 그 힘이었나? 샤이라는 몰랐다. 그래서 그녀의 표정에는 그것에 대한 무지가 드러났고 모디프스를 당황하게 만들었다.

―흠? 몰랐나? 스스로 아카식 스트림에 진입할 수 있다고 자부하던 그대 아닌가?

샤이라는 얼굴에 약간 불쾌함을 띠었다. 그녀가 수백 년 동안 시도했던 일을 끄집어낸 것이다. 물론 실패했지만. 매우 아쉽게도 그녀는 단 한 번도 아카식 스트림에 도달한 적이 없었다. 단 한 번도.

"농담으로 받아들이겠습니다."

그녀는 의자에서 일어났다. 잠시 로브를 추스르던 그녀는 눈을 가늘게 뜨며 모디프스를 노려보았다.

"그나저나 부려먹는 것을 너무나 좋아하는군요. 당신 때문에 선대 관조자들이 왜 그리 빨리 환원을 택했는지 알겠습니다."

—클클, 억울하면 자네도 오래 살게나.

"과로사하기는 싫습니다만."

정중히 모디프스의 영구적 노동 착취 야욕을 쳐부순 그녀는 몸을 돌렸다.

—지금 당장 출발하려 하는가? 그래, 잘 가시게. 아, 자네가 가져온 그 의자는 선물로 놔두고 가면 안 되겠는가?

막 공간의 문을 열어 의자를 돌려놓으려던 샤이라는 하던 일을 멈추고 모디프스를 보았다. 모디프스는 겸연쩍은 기소를 짓고—샤이라는 그것이 미소라고 믿고 싶었다—전했다.

—너무 심심해서 그러네. 그 의자를 꼼꼼히 살펴보며 고찰해 보고 싶거든?

"……."

샤이라는 말없이 모디프스를 보았다. 그러고 보니 저 드래곤은 무소유(無所有)의 드래곤이었다. 말 그대로 아무것도 가진 것이 없으니 말이다. 다른 드래곤이 드워프를 협박하여 황금을 긁어모을 시간에 홀로 그는 참오하고 수련하여 관조자가 되었다. 관조자가 되어서도 그는 여전히 가지지 않았다. 보기만 해도 알 수 있는 것을 구태여 가질 필요가 있을까? 세상의 것이 내 것이고 내 것이 세상의 것이라는 생각에 그는 아무것도 가지지 않았다. 결국 이 어두컴컴한 동굴에 처박힌 신세가 되어서야 그는 아무것도 가지지 않은 자신을 한탄해야만 했다. 내색하지는 않았지만 그 엄청난 세월 동안 아무것도 없이 홀로 사색하는 것만으로는 무료함을 참을 수 없었던 모양이다. 그래서 흔하디흔한 의자를 가지고 고찰하느니 어떻다니 하는 소리를 하니 말이다.

한숨을 쉰 그녀는 이 불우한 드래곤에게 작은 선물을 하기로 마음먹었다.

"당신께 제 도서관의 열람권을 드리겠습니다."

—오오! 그래 주겠는가? 정말 고맙네, 고마워! 자네는 복받을 것이야!

모디프스는 기쁨에 겨워 인과율에 얽매여 생을 살아가는 생명체에 어울릴 만한 덕담을 그녀에게 퍼부었고 그녀는 눈을 반짝이며 너무나 좋아하는 이 드래곤이 정말 관조자일까 하는 생각과 동시에 약간의 두려움을 느껴야만 했다.

＊　　　　　＊　　　　　＊

창세력 제2기 8012년 7월 13일.

해가 뉘엿뉘엿 넘어갈 시각, 그날도 농부들은 마을 근처에 있는 밀밭을 가꾸고 고단한 몸을 이끌고 마을로 들어서고 있었다.

무더운 계절이었다. 하늘에서 대지로 퍼붓는, 정의와 창공의 신 라이트라스를 받드는 사제들이 신의 은총이라 칭하는 햇빛은 적당하다 못해 과할 정도였다. 일부 유쾌한 사람들은 저 빛이 신의 은총이라면 7월만큼은 그 은총 중 일부를 사양하고 싶다고 말할 정도였다.

살갗을 달구는 강렬한 햇빛과 조금만 일해도 셔츠가 몽땅 젖어버릴 만큼 땀을 흘리는 무더운 날씨를 이겨내며 낮 동안 내내 밀을 가꾸느라 지쳐버린 농부들은 시원한 맥주가 간절하였다. 그래서 발걸음이 빨라지는 것일지도 모른다. 서로 이런저런 잡담을 꺼내며 마을의 유일한 주점 겸 여관에 발걸음을 옮기려는 찰나 등 뒤에서 요란한 말발굽 소리가 들려왔다.

"……?"

이상한 일이었다. 이 계절, 이곳으로 다니는 여행자는 없었다. 너무 더운 데다가 이 마을까지 오는 동안 물을 구할 수 있는 곳이 거의 없기 때문이다. 더군다나 바로 근처에는 국경 도시까지 시원하게 뚫려 있는 대로가 있어 여행자들은 이곳을 자주 찾지 않았다. 가끔 들르는, 그리고 겨울쯤 되어 그제야 오고 가는 상인들이 전부일까?

"뭔 일이디야?"

농부들은 서로를 어리둥절한 표정으로 보고는 길가로 비켜섰다. 곧 이어 저쪽 끝에서 일단의 무리들이 마을로 들어오고 있었다. 언뜻 보기에도 상당히 많아 보이는 이 무리는 하나같이 말을 타고 갑주를 걸쳤고 말안장에 걸려 있는 짐들 속에 무기가 리듬에 맞춰 흔들리고 있었다. 먼지를 뒤집어썼지만 시퍼런 빛을 뿜는 무기 말이다. 농부들은 몸을 움찔하며 뒤로 물러섰다. 보아하니 용병들 같았다. 싸움터를 찾아다니는 거칠기 짝이 없는 용병들.

마을 어귀에 도착한 무리들은 선두의 지휘에 따라 말을 멈췄다. 생전처음 보는 살벌한 무리에 바싹 얼어버린 능부들에게 한 사내가 천천히 말을 이끌고 다가왔다. 아직 서른에 접어들지 않은 듯 사내는 젊었다.

"이 마을에 여관이 있나?"

솔직히 사내는 기대하지 않았다. 이렇게 외진 곳에 위치한 조그마한 마을에 여관이 있을까? 마을 어귀에서 야영을 생각했던 차였다. 농부들이 있어 혹시나 하는 마음에 물어본 것이다.

"아, 예, 있구만유. 저짝으로 가시면 여관이 보일 거시구만유. 그란디……"

　농부는 고개를 빼 사내 뒤편에 있는 무리들을 헤아리기 시작하였다. 얼추 오십에 가깝다 생각한 농부는 짜증스런 얼굴로 내려다보는 사내에게 조심스럽게 말했다. 초면에 반말로 묻는 게 거슬렸지만 칼을 차고 있는 사람에게 따질 만큼 간이 크지는 않았다. 그래서 애써 친절하게 묻지 않는 것까지 말하는 것이다.

　"말들은 쪼까 힘들겠서라. 사람들이야 어째 다 들어가겠는디……."

　여관이 있다는 소리에 사내는 흡족하였다. 거기다 일행 오십이 전부 들어갈 수 있다는 소리에 마음이 놓였다. 저번에 거쳐 온 마을은 여관이 작아 일행 중 일부는 야영을 해야 했던 것이다. 그 바람에 일행들 사이에는 한동안 삭막함이 감돌았다. 다행히 오십이 전부 쉴 수 있다는 소리에 사내는 만족하였다.

　"말들은 상관없다. 우리가 관리하면 되니까. 자, 받아라."

　사내는 자신을 기쁘게 해준 이 농부를 위해 주머니에서 주화 하나를 꺼내 던져 주었다.

　얼떨결에 받아 든 농부는 손 안의 그것이 은화 하나라는 사실을 깨닫고 뜻밖의 행운에 기뻐하였다. 은화 하나라면 그의 일곱 식구가 사흘 동안 배불리 먹을 수 있는 돈이었다. 희희낙락해서 정신없이 인사하는 농부를 등 뒤로 한 사내는 무리에게 돌아갔다.

　무리의 가장 앞에는 싸늘한 표정으로 마을 어귀를 보고 있는 사내가 있었다. 사십 대 중반으로 보이는 이 남자에게 다가간 사내는 고개를 살짝 숙이며 말했다.

　"드골 백작님, 다행히도 이 마을에는 여관이 있다고 합니다."

　"음, 알겠다. 서(Sir) 다이스칸."

　드골 백작은 다시 수신호를 보내 이동을 명령했다. 오십에 달하는 무리들이 말을 타고 마을 안으로 들어서자 마을 안에 냉기가 감돌기 시작하였다. 여행자의 주머니로 먹고 사는 마을이라고 하지만 그것도 겨울철뿐이었다. 보통 때는 농사를 지어 생계를 이어 나가는 전형적인 농촌인 것이다.

뜻밖의 계절에 여행자, 그것도 오십에 달하는 무리가 찾아오니 긴장하지 않을 수가 없었다. 당장에 거리에 나왔던 사람들이 사라지고 열어놓았던 창을 닫는 것을 보아도 알 수 있었다.

베르트 드 다이스칸은 내심 불쾌한 마음에 말을 몰아 여관으로 향했다.

오십여 명이 한꺼번에 들이닥쳤으나 의외로 여관 주인은 당황하지 않았다. 아마도 마을 사람에게 들었나 보다. 정신없이 방을 배정하고 오십여 명분의 식사를 만들어냈다.

오랜만에 따뜻한 저녁을 먹자 사내들은 기뻐하였고, 일부 흥이 오른 사내들이 맥주 파티를 제안하였다. 그러나 그들은 임무를 수행하는 몸이었다.

막 식사를 마치고 일어서려는 드골 백작에게 오십 쌍의 눈동자가 간절한 빛을 담아 쏟아졌고 보통 사람이라면 당황한 표정으로 승낙할 상황이었지만 드골 백작은 그 정도는 예상하였다는 듯 냉정한 얼굴로 살짝 고개를 끄덕였다.

"와아아아—!"

환호가 여관을 뚫고 고요한 마을 전체에 퍼져 나갔다. 하긴 일주일에 가까운 시간 동안 술이라고는 입에 한 방울도 대지 못했으니 오죽할까.

이층으로 올라가는 계단 위에서 그런 그들의 모습을 보고는 베르트는 살짝 질린 낯빛을 띠었다. 식사 대신에 일찍 방으로 올라가 여정으로 몸을 덮어버린 먼지를 씻어내고 평상복을 걸치고 내려왔는데 이 무슨 소란이란 말인가? 베르트는 계단 위로 올라오는 드골 백작에게 물었다.

"도대체 왜 저렇게 좋아하는 것입니까?"

"음주를 허락했다."

"음주라고요? 임무 수행 중이지 않습니까?"

술이란 사람의 정신을 해이하게 만드는 마약이다. 더군다나 임무 수행 중에 음주라니. 베르트는 드골 백작을 이해할 수 없었다. 드골 백작은 서늘한 빛을 발하는 눈으로 베르트를 보며 말했다.

"자작, 저들은 기사가 아닌 용병이다. 제 임무를 망각하고 대취할 때까지 마신다면 당장 계약 파기를 해도 모자랄 것이 없지. 제 몸 하나 돌볼 수 없다면 당장 용병 일을 때려치워야 할 것이다. 더군다나 지나치게 억누른다면 해가 될 뿐이지."

베르트는 신음을 억눌렀다. 백작의 논리 정연한 설명에 반박의 말을 꺼낼 수가 없었다. 계단을 올라가는 백작의 뒷모습을 잠시 바라본 베르트는 고개를 한 번 젓고는 계단을 내려왔다.

막 목욕을 끝낸 터라 그의 금발은 제 색깔을 찾고 있었다. 윤기나는 흰 피부에 잘생긴 얼굴, 평상복에 가려져 있지만 한눈에 드러나는 잘 발달된 근육. 누가 봐도 그는 미남이었다. 그러나 이제 막 맥주잔을 손에 받아 든 용병들에게는 그는 한낱 애송이에 불과하였다.

"여! 기사님! 맥주 한잔하지 그러시죠?"

공복에 맥주라니, 가당치도 않은 소리다. 베르트는 쓴웃음을 짓고는 고개를 내저었다. 빈 탁자에 앉은 그의 귓가에 '쳇, 귀족나리라 싸구려인 맥주는 먹지 않는다 이건가?' 라는 누군가의 빈정거림이 낮게 스쳤지만, 그는 이를 지그시 깨물며 내색하지 않았다. 이들을 일일이 상대해 봤자 피곤해지기만 할 뿐이었다. 드골 백작에게도 그 말을 누누이 들었기 때문에 베르트는 어줍잖은 도발에 넘어가지 않았다. 대신 언제부터 이렇게 꼬였는지 생각해 봤다. 그것이 아마도…….

'그래, 아버님이 부를 때부터였지.'

그의 기억은 열흘 전으로 거슬러가기 시작했다.

그날도 그는 연무장에서 검을 휘두르고 있었다. 최근 고위 기사 시험에 합격하여 국왕의 기사단 '영광의 검(Sword of Glory)'에 들어갈 수 있게 된 것이다. 서임식을 앞두고 무료한 나머지 최근 그는 미친 듯이 검을 휘두르고 있었다. 다른 사람처럼 가무에 취미가 있는 것도 아니요, 그렇다고 골 빈 귀족 아가씨와 사귈 마음도 없는 전형적인 무인이었다.

"도련님, 백작님께서 부르십니다."

"음? 아버지가?"

허공에 대고 미친 듯이 수련 검을 휘두르던 그때 시종이 베르트에게 말했다. 베르트는 시종이 건네주는 수건을 받아 들어 축축이 젖어든 이마와 목덜미를 닦았다.

그의 아버지는 그를 인정하지 않았다. 가문의 차남인 그는 가문의 후계자인 형과 달리 그의 아버지의 관심을 받지 못했다. 그 때문인지 베르트는 그의 아버지를 어려워했다. 고위 기사 시험에 합격해 이제 당당히 아버지 앞에 설 수 있게 된 지금도 마찬가지였다.

베르트의 가문 다이스칸 백작가는 대대로 문관이 많았다. 그 피를 이어받았는지 그의 형이자 가문의 후계자인 로미엔은 문(文)에서 수재라는 찬사를 받아왔다. 그에 비해 베르트는 그런 쪽으로의 재능은 전혀 없었다. 아버지는 그를 멀리하였고 가문 내의 인척들도 그를 비웃었다.

늘 형과 비교되었다. 그것이 싫었고 괴로웠으며 증오스러웠다. 형은 그를 다독이며 괜찮다고, 너도 할 수 있다고 늘 말해 왔고 언제나 따뜻하게 대해왔다. 그러나 이해한다고 뭘까? 그런 기분은 당해보지 않는다면 모르는 것이다. 그런 형에 대한 콤플렉스를 벗어버리기 위해 베르트는 검을 잡았다. 다행히도 그에게는 검의 재능이 뛰어났고, 마침내 국왕의 최정예 기사단 영광의 검에 뽑히는 행운을 얻었다. 그에 대한 아버지의 시선이 바뀌었다는 것은 두말할 것도 없었다.

“무슨 일이지?”

베르트는 흠뻑 젖은 수건을 시종에게 건네주고 난 후 방으로 돌아갔다. 옷을 재빨리 갈아입은 그는 아버지가 계시는 서재로 걸어갔다. 서재에 가까이 갈수록 그는 뻣뻣한 셔츠가 목을 조여오는 듯한 묘한 느낌을 받았다. 그래서 그는 침을 삼키고 일부러 목 부분을 손가락으로 헐렁하게 만들었다.

이상한 일이었다. 언제나 아버지에게 찾아가는 길은 답답하다고 생각했지만 이렇게까지 답답하지는 않았었다. 오늘따라 유독 심하다. 무언가 심상치 않은 일을 그에게 시킬 모양이다. 그리고 그의 예감은 불행히도 맞아떨어졌다.

“비밀 임무라고요?”

베르트는 의아한 듯 되물었다. 비밀 임무라니? 그는 곧 고위 기사의 서임을 받아야 할 몸이다. 그것을 그의 아버지가 모를 리 없었다. 그는 어이가 없다는 듯 아버지를 노려보다가 거론할 가치가 없다는 듯 돌아섰다.

“그 이야기는 듣지 못한 걸로 하겠습니다.”

“주군의 명이다.”

주군? 아버지 다이스칸 백작의 주군이라면 상징적인 주군인 국왕과 쌍무적 계약 관계에 의해 직접적으로 묶여 있는 게오르그 공작가가 있다. 그 둘 중 어느 주군이란 말인가?

베르트가 고개를 돌려 의아한 시선으로 바라보자 다이스칸 백작은 주저하면서 입을 열었다. 그의 표정은 고통으로 가득 차 있었다.

“게오르그 공작님의 명이다.”

베르트는 어이가 없어 백작을 뚫어지게 보았다. 게오르그 공작은 아버지, 당신의 주군이지 자신의 주군이 아니었다. 자신의 주군은 기사단의 어버이인 국왕이었다. 공작이 아니었다. 그는 공작에게 직접적으로 영지도 받지 않았다. 비밀 임무라며 상관도 없는 자신에게 임무를 수행하라니. 가당치도 않은 소리다.

"저의 주군도 아닌 공작님의 명을 제가 받을 이유라도 있습니까?"

"있다. 국왕 폐하의 교서(敎書)가 내려졌다."

"교서라고요?"

국왕 폐하의 교서라니, 무슨 말인가? 베르트는 백작의 손에서 조심스럽게 교서를 건네받고는 교서를 봉인하는 인장을 보았다. 국왕의 인이 선명히 찍혀 있는 붉은 밀랍이 교서를 단단히 교정하고 있었다. 오른손으로 경건하게 휘라인 교단의 성호를 그린 베르트는 조심스럽게 인장을 뜯어내 교서를 읽어 내려갔다.

처음부터 읽어 내려간 베르트는 자신의 눈을 믿지 못했는지 재차 처음부터 읽어 내려갔고 최후의 수단으로 교서 우측 하단에 찍어져 있는 국왕의 인장을 확인하였다.

"도대체 이건……."

"말하지 마라!"

다이스칸 백작은 아들의 말을 끊어버렸다. 그가 들어서는 안 되는 비밀이었다. 그 뜻을 알아챈 베르트는 아랫입술을 지그시 깨물었다. 국왕의 교서가 왜 칙사를 거치지 않고 아버지를 통해 전달되었는지 의문이 생겼지만 일단 그 진위 여부가 확인된 이상 국왕의 명대로 행해야만 했다. 설령 그것이 이해하지 못할 명령일지라도.

베르트는 재빨리 방으로 돌아와 묵묵히 짐을 꾸렸다. 그를 몹시도 아끼는 어머니가 아시기 전에 속히 떠야만 했다. 아는 사람이 적을수록 좋은 비밀 임무. 그래서 그는 어머니께 작별 인사조차 하지 못하고 후문으로 도망치듯 빠져나왔다.

작은 여행 배낭에 짐을 꾸려 후문에 도착하자 아버지가 그를 기다리고 있었다. 유독 갑자기 늙어 보인 그 얼굴, 언제나 냉정한 얼굴로 그를 보던 눈동자는 쉴 새 없는 흔들림이 있었다. 하인을 통해 돈주머니와 말을 건네준 다이스칸 백작은 아무 말 없이 그의 어깨를 두어 번 두드렸다.

전혀 뜻밖의 행동에 베르트는 자신이 어떻게 말을 타고 저택을 빠져나왔는지도 알 수 없었다. 다만 느껴지는 것은 아버지의 손길이 잠시 머물다간 어깨의 온기였다.

그때부터 느꼈을지도 모른다. 혼란과 불안, 무언가 잘못되었다는 것을. 그리고 그것은 교서의 내용에 따라 사이튼 폰 드골이라는 풀 네임을 가진 백작을 만나면서부터 확연해졌다.

"자네가 다이스칸 백작의 차남 베르트 드 다이스칸인가?"

감정이라고는 일절 섞이지 않은 그 싸늘한 음색에 베르트는 저도 모르게 등에 식은땀이 흐르는 것을 느꼈다.

"차남이라면 자작의 위를 승계받았겠군. 거기에 이번에 고위 기사 시험에 합격했다고 들었네. 부디 날 실망시키지 말게."

그의 눈은 뱀처럼 번들거리고 있었다.

"음식 나왔습니다."

지금도 생각하면 섬뜩하기 그지없는 백작과의 만남을 회상하던 베르트를 현실로 끄집어내 준 것은 여관의 여주인이었다. 굵직한 팔로 잘 조리된 스테이크를 테이블에 올려놓은 그녀는 이어 나이프 두 개를 접시 옆에 올려놓았다. 귀족가에서밖에 쓰이지 않는 희귀한 포크를 사용할 수 있다곤 생각지도 않은 베르트는 나이프를 양손에 집어 들고 고기를 썰어 먹기 시작하였다.

다행히 스테이크는 그가 만족할 만큼 맛이 좋았다. 식사가 웬만큼 끝나가자 인상 좋은 한 용병이 양손에 맥주잔을 들고 그의 테이블 앞에 앉았다. 마지막 한 조각의 고기를 먹고 난 베르트는 나이프를 접시 옆에 가지런히 내려놓고는 앞에 앉은 용병을 보았다. 그는 멋쩍게 씨익 웃더니 그의 앞으로 맥주잔을 밀며 말했다.

"앉아도 되겠소?"

"……."

이미 앉아 있거늘 무슨 소리인가? 황당하다는 표정으로 사내를 보던 베르트는 이내 고개를 젓고는 사내가 건넨 맥주잔을 받았다. 베르트는 맥주의 향을 맡아보더니 이내 죽 들이켰다. 아마도 이 여관 지하에는 꽤나 훌륭한 저장소가 마련되어 있는지 이 무더운 여름에도 불구하고 맥주는 나름대로 시원하였다. 맥주잔에서 입을 뗀 베르트는 짧게 중얼거렸다.

"괜찮군."

기사 아카데미가 아닌 기사단에서 수련하여 고위 기사에 합격한, 이른바 정통파인 그는 과거 기사단 시절 종종 고된 훈련을 달랠 겸 서민들이 주로 이용하는 선술집을 자주 가고는 하였다. 한동안 맛보지 못했던 이 씁쓰레한 맛은 한동안 잊고 있었던 그 시절을 기억하게 만드는 향수가 되었다.

"이야, 기사나리께서 맥주의 맛을 알다니. 그 비싼 입으론 와인밖에 마시지 않소?"

옆 테이블에 앉은 한 용병이 빈정거리며 말을 건넸다. 보통 사람 같으면 들은 즉시 면상을 한 대 후려치기 충분할 정도로 무례한 말이었지만 베르트는 그가 꽤나 심하게 취했다는 것을 파악하였다. 취하면 해서는 안 될 말과 할 말의 경계가 사라지는 법. 그 점을 잘 알고 있는 그는 그런 면에서는 관대하였다.

"기사단 수련 시절 이걸 입에 달고 살았지. 이거라도 없었으면 난 기사단을 탈출했을 거야."

다소 과장이 섞인 말이긴 했지만 사실이었다. 녹초가 되어버릴 정도의 고된 훈련 후 시원한 맥주 한 잔은 정말 감로수와 같았다. 해가 저물 무렵의 선술집. 그 북적이는 사람의 향내. 열기. 노래에 맞추어 발을 구르던 사람들의 모습. 맥주를 끝까지 들이킨 베르트는 쓴웃음을 짓고는 중얼거렸다.

"이거라도 없었으면… 그 재미있는 놈을 만나지 못했을지도."

그는 문득 '그'를 떠올렸다. 그의 동기이자 그보다 더욱 빨리 고위 기사에 합격한 천재. 칼 샤르 마르헨이라고 했던가? 서출이었으면서도 고위 기사가 된 당당한 녀석. 그러면서 고위 기사에 염증을 느꼈는지 파문 기사라는 오명을 무릅쓰고 기사단을 뛰쳐나간 녀석. 베르트는 이상한 임무에 묶여 있는 자신의 처지를 한탄하면서 그를 떠올렸다.

"웬 똥 씹은 표정을 짓고 그러슈? 맥주의 맛을 안다면 한 잔 더 해야지?"

걸걸한 음성인 근육질의 민대머리용병이 그에게 눈을 찡긋하며 새로운 잔을 건넸다. 맥주를 마시는 기사라니. 듣지 못했다. 천박한 용병들과 어울리다니. 수많은 기사를 만나왔고 그들 밑에서 싸워온 그로서는 전혀 생소한 유형의 인간이었다.

베르트는 사내가 건네는 맥주잔을 들어 절반쯤 들이켰고 그걸 유심히 본 민대머리의 사내는 은근한 어조로 물었다.

"근데 이번 임무의 목적이 뭐요?"

베르트는 잔에서 곧바로 입을 뗀 후 사내를 물끄러미 보았다. 사내는 당황하여 손을 휘저으며 말을 이었다.

"아니, 굳이 알려한 건 아니고. 에… 또, 그러니까……."

그가 케샤크, 즉 용병 길드에서 거액의 계약금을 받고 계약한 항목에는 '임무의 목적은 묻지 않는다'라는 항목이 끼어 있었다. 그뿐이 아닌 다른 오십 명의 사내도 마찬가지였다. 보통 때라면 그렇게 불합리한 계약을 하지 않겠지만 그는 돈이 궁했다. 다른 사내들의 이유는 모르겠지만 아무튼 그는 돈이 궁했다.

술 몇 잔 들이키면 가르쳐 주겠지라고 생각한 그로서는 냉정한 눈으로 쳐다보는 베르트의 시선에 당혹감을 느꼈다. 그 말을 꼬투리 잡아 계약금을 몰수하고 계약 파기를 해도 그는 할 말이 없었다. 설령 그것이 이유가 되어 케샤크에서 쫓겨나도 말이다. 낭패가 아닐 수 없는 일이었다.

"나도 모른다."

필사적으로 변명거리를 생각하던 그는 베르트의 말에 바보처럼 묻고 말았다.

"그게, 저… 에? 뭐라고?"

"나도 모른다고 말했다."

그의 한마디는 파문이 되어 퍼져 나갔다. 왁자지껄 시끄럽던 식당은 고요한 정적을 머금고 사람들의 시선은 베르트에게로 향했다.

일행의 두 번째 지휘자가 임무의 목적을 모르다니 가당키나 한 소리인가? 어이가 없어진 한 용병은 따지기 위해 베르트를 향해 걸었고, 그의 표정을 본 후 아무 말도 없이 자리로 돌아와 맥주를 들이켰다.

베르트는 민대머리용병이 아무 말도 없이 건네는 세 번째 술잔을 받아들었다. 그러나 곧바로 마시지 않고 술잔을 만지작거리기 시작하였다. 베르트는 낮은 목소리로 말했다. 그러나 그 낮은 소리는 숨을 죽이고 귀를 기울이던 용병들 귀에 낱낱이 잡혔다.

"나도 모른다. 나조차 목적을 알지 못한다. 나도 백작님의 명령을 받고 움직였고 백작님이 향하는 곳을 좇아 생각없이 따라왔다. 단지 내가 알아낸 것은……"

말을 끊은 베르트는 천천히 자신의 말에 귀를 기울이는 용병들을 둘러보았다. 이들에게 이 이야기를 해도 좋을지 확신이 서지 않았다. 그러나 종내에는 모두 알 것이고 임무가 끝나기 전까지는 그들은 한 배를 탄 동지였다. 그래도 혹시 배신을 한다면……

'죽은 자는 말이 없지.'

다 죽이면 된다. 그는 그럴 능력이 충분히 있었다. 고위 기사는 그냥 뽑힌 것이 아니었다. 그 혼자 죽일 수 없다면 백작이 나설 것이다. 어쩌면 베르트 그 자신조차 제거될 수도 있었다. 그가 느끼기에 백작은 절대 자신 못지않은 실력자였으니. 아니, 어쩌면 더할지도 모른다. 그는 자신을 주목하는 오십여 쌍의 시선을 느끼며 희미한 쓴웃음을 지였다.

"단지 내가 알아낸 사실은… 우리는 사냥개일 뿐이요, 백작님은 누군가를 좇고 있다는 사실이다."

*　　　　*　　　　*

―같은 시각. 카밀, 크라인 왕국의 접경 지대.

국경의 밤. 한 나라의 경계와 경계가 맞물리는 그런 상징적인 장소의 밤. 무언가 낭만적이지 않는가? 국경 전체를 아우르는 횃불이 밤을 밝히고 병사들은 눈을 반짝이며 자국의 안위와 평화를 위해 나라를 지킨다고 음유 시인들은 이야기할 것이다. 그러나 실상은 달랐다.

"여기가 정말 국경이에요?"

달조차 구름에 가려 어둑어둑한 수풀 사이에서 돌연 앳된 목소리가 퍼졌다. 수풀 사이에서 무언가가 불쑥 튀어나오더니 두리번거리기 시작한다. 이내 주위에 인적이 없음을 깨달은 인영은 조용히 말했다.

"타키안, 놀랐잖아. 여긴 국경이 맞다. 의심하지 않아도 돼. 조용히 해야 해."

"그렇지만……."

부스럭거리는 소리가 울려 퍼지더니 수풀 속에서 세 마리의 말과 네 명의 사람이 모습을 드러냈다. 말들은 하나같이 재갈이 물려져 있었고 발굽 부분에는 두툼한 천으로 싸여져 소음이 울리지 않게끔 만들어놓았다. 검은 보자기를 뒤집어쓴 타키안은 주위를 두리번거리더니 마찬가지로 검은 보자기를 뒤집어쓴 칼에게 말했다.

"병사라고는 한 명도 없잖아요."

칼은 기가 막힌다는 듯 말했다.

"그럼 넌 있기를 바랐냐?"

그의 따지는 듯한 목소리에 타키안이 풀이 죽자 하이단이 나서서 타키안을 감쌌다. 마찬가지로 그도 검은 보자기를 뒤집어쓰고 있었다.

"자자. 아직 어린아이니 그러려니 하게나. 거 일부 음유 시인의 이야기가 그대로인 것같이 착각하는 아이들도 많잖아?"

하이단은 잘못된 정보가 어린아이들에게 끼치는 해악성에 대해 토로하였다. 음유 시인의 묘사에 의하면 국경이란 수천 수만의 병사들이 횃불을 들고 일렬로 도열하여 눈을 반짝이며 서로를 노려보는 곳이었다. 가당키나 한 소리인가? 한 나라의 국경이 얼마나 길단 말인가. 그 국경을 병사로 일렬로 도열하기 위해서는 전 병사를 통틀어도 모자라 국가 내 사내란 사내는 모조리 끌어 모아야 할 것이었다.

하이단의 말에 잠시 머뭇거린 칼은 이내 한숨을 내쉬며 길을 재촉하였다. 얼마 동안 수풀을 헤치며 쫄래쫄래 뒤를 따라 걷던 길리언은 정말로 궁금하다는 듯 칼에게 물었다.

"칼, 질문있어요."

막 심심해져 버린 터라 칼은 길리언의 질문이 달가웠다. 칼이 곁으로 다가오자 길리언은 혹여 병사들이 들을까―전혀 그럴 필요가 없는데도 불구하고―목소리를 낮추었다.

"우리가 왜 복면을 해야 하죠? 전혀 그럴 필요가 없잖아요?"

뒤를 따라오는 하이단도 그것이 궁금하였다. 빛이라고는 달빛뿐인데, 그것도 구름에 가려졌겠다 보이지도 않는게 웬 검은 복면이란 말인가?

어두워서 시야 확보도 제대로 안 되는 판에 검은 복면이라니. 정말이지 답답해 미칠 지경이었다. 그러나 칼에게는 아니었다.

"자자, 우리에게는 통행증이 없어. 그리고 하이단은?"

칼은 하이단에게 고개를 돌렸다. 그는 수배자였다.

"말 안 해도 알겠지? 우리는 몰래 들어가는 거야."

길리언은 자기도 모르게 고개를 끄덕였다. 밀입국자. 일행 전체가 밀입국자인 셈이었다. 그런데 그것이랑 검은 복면은 또 무슨 상관이란 말인가?

"그런데 밀입국과 검은 복면이랑 도대체 무슨 관계인데요?"

칼은 그것도 모르냐는 듯 빈정거리는 투로 말했다.

"그게 정식 절차니까."

"……."

정식 절차? 길리언은 할 말을 잃고 말았다. 칼은 밀입국자와 도둑을 혼동하고 있는 것이다! 숨을 죽이고 듣던 하이단은 어이가 없다는 듯 부르르 떨더니 기어이 복면을 벗어버리고 칼의 등을 후려쳤다.

"아악!"

"이 녀석아! 말도 안 되는 논리를 내세워 골탕 먹이려 작정했냐?!"

하이단은 자신도 모르게 크게 외쳤다. 그러나 하이단은 너무 흥분한 나머지 한 가지 사실을 간과하였다. 하나는 이곳이 최근 들어 카밀 왕국과 사이가 나빠지려는 크라인 왕국의 국경 지대라는 것과 병사들은 보이지 않는 것이지 없는 것이 아니라는 것이다. 당장에,

"누구냐!"

라는 외침과 함께 몇 명의 인기척이 울려 퍼지는 것이 아닌가? 크라인 왕국 국경 수비대에게 발각된 것이다.

"하이단! 어쩌자고 소리를 쳤어요?"

인기척이 들리자마자 일행은 말을 이끌고 달음박질치기 시작했다. 칼

은 하이단에게 얻어맞은 머리를 어루만지며 그 와중에도 투덜거렸다. 하이단은 아직 분이 덜 풀렸다는 듯 흥분된 목소리로 칼에게 윽박질렀다.

"네놈이 애초에 복면이니 어쩌니 하는 이야기만 꺼내지 않았어도 이런 일은 없었어!"

"그럼 싫다고 할 것이지 얼씨구나 맞장구친 건 누구예요?"

그렇다고 한마디도 밀리지 않고 맞받는 칼에게 분노를 쏟아낼 수는 없었다. 그는 동료였다. 여정의 동반자였다. 동반자를 쥐어 팰 수는 없는 노릇이었다. 칼도 순순히 맞아주지는 않겠지만 말이다. 하이단의 분노는 오갈 데 없는 마음속에서 점점 커져 갔고 결국 뒤에서 쫓고 있던 병사들에게로 폭발하고 말았다.

"게 섰거라! 이 쥐새끼 같은 놈들"

하이단은 눈에 불똥이 튀기는 것을 느꼈다. 쥐새끼라니! 그가 가장 싫어하는 말이었다. 그야말로 마른 섶을 지고 불 속에 뛰어드는 격이었다. 한참 뛰던 하이단이 돌연 멈춰 서자 곁에서 달리던 칼이 몇 발자국 더 가다가 멈춰 서서 뒤돌아보았다.

"아니, 미쳤어요? 왜 멈춰요? 잡히면 감옥행이라고요!"

"시끄러워."

으르렁거리는 듯한 말에 칼은 깜짝 놀라 하이단의 얼굴을 보았다. 그는… 웃고 있었다, 새하얀 이를 드러내며. 뭔가 심상치 않다는 것을 느낀 칼은 재빨리 몇 야드를 물러났다. 칼과 함끼 멈춰 섰던 타키안과 길리언은 칼의 곁에 다가왔다. 타키안은 하이단의 상태를 짐작하였다.

"맙소사! 화났어."

타키안의 말에 칼과 길리언은 그를 보았다. 타키안은 아무 말도 하지 않고 두 사람의 손을 잡아 뒤로 물러났다. 칼과 길리언은 타키안을 붙잡고 무슨 소리냐고 묻고 싶었지만 타키안의 필사적인 몸부림에 그냥 끌려갔다.

"감히 이 몸을 쥐새끼라고 불렀겠다?"

분명 으르렁거림이었다. 칼은 잘못 들은 것이 아니었다. 칼은 무의식 중에 타키안을 돌아보았고 묵묵히 그리는 휘라인 교의 성호에 칼은 자기도 모르게 물었다.

"도대체 왜 성호를 그린 거야?"

타키안은 말했다.

"저 죄없는 병사에게 부디 많은 화가 미치지 않기를 바라는 뜻이죠."

아리송한 답변에 칼은 다시 그 뜻이 무엇인지를 물으려 하였다. 그러나 묻기도 전에 칼은 귓가에 기이한 파공음이 울리고 있다는 것을 깨달았다. 소리는 점점 커져 갔고 거칠어졌다. 칼은 자신도 모르게 그 소리를 좇아 갔고 곧 이어 그 괴이한 소리의 근원지가 하이단이라는 것을 깨달았다.

한창 좇아오던 병사들도 그 괴이한 소리를 들었는지 누군가가 이상하다는 듯 말했다.

"도대체 무슨 소리야?"

"뭐, 뭐야?"

"알 것 없어. 그냥 맞으면 돼."

그 순간 칼은 하이단이 손을 휘두른 것을 보았다. 아니, 느꼈다고 표현해야 옳을 것이다. 하이단의 손짓에 그의 전면에 위치한 모든 사물들이 미친 듯이 떨어야 했으니 말이다. 눈에 보이지 않은 강한 압력이 나무를 후려쳤고 그 압력을 이기지 못한 나뭇잎들이 뜯겨져 나가 바람을 타고 사방으로 휘몰아쳤다. 그 악몽은 이윽고 병사들을 덮쳤고, 그들을 상당히 곤란하게 만들었다.

콰쾅!

비틀려진 공기의 흐름은 그들 앞에서 폭발했다. 강한 압력이 죄없는, 단지 실수라면 아무것도 모른 채 쥐새끼라는 단어를 사용하여 하이단을 분노케 했을 뿐인 국경 수비대원을 덮쳤다.

"으아아악!"

"히익!"

강한 압력과 함께 그들은 허공에 떠서 사방으로 날아가며 비명을 질러 댔고 손에 든 창이며 몸에 착용한 각종 방어구들이 주인의 손길을 벗어 나 사방으로 튀어 나갔다. 그때 병사들의 지휘관으로 보이는 사람이 황 당하다는 듯이 외쳤다.

"너! 밀입국자 주제에 뭐 하는 짓이야!"

"시끄러! 나는 자위라는 내 권리를 행사하고 있다고!"

"……."

칼은 할 말을 잃고 말았다. 죄없는 병사들을 저래도 되는 거야? 본업 에 충실했던 저 병사들을 말실수 하나에 저런 꼴로 만들어놓다니. 칼은 아울러 뭔가가 맞지 않다는 것을 깨달았다. 그들은 밀입국자. 저들은 국 경 수비대. 집 털러 온 도둑이 돈 없는 집주인을 두들겨 패는 격이었다.

'아니, 그보다 더하려나?

딸그당—

하늘에서 떨어져 내린 어느 병사의 투구가 칼의 발치에 떨어졌다. 칼 은 말없이 투구를 집어 들었고 상쾌하다는 표정으로 다가오는 하이단을 보았다. 하이단의 얼굴과 투구를 번갈아 쳐다본 칼은 떨어지지 않는 입 을 억지로 떼며 물었다.

"도대체… 어쩌자고 그랬어요? 무슨 심보예요?"

하이단은 싱긋 웃었다.

"방귀 뀐 놈이 성내는 심보."

"……."

칼은 정말로, 정말로 아무 말도 할 수 없었다.

일행은 어두운 장애물을 헤쳐 가며 길을 재촉하였다. 자의든 타의든 어쨌든 그들은 병사를 해친, 이른바 범죄자이었다. 간간이 덮쳐 오는 국경 수비대원들은 하이단의 스트레스 해소라는 미명 아래 상상하기 두려운 보복을 당했다. 그렇게 그들의 죄는 차곡차곡 쌓여갔다. 확실하지는 않지만 만약 잡힌다면 그 자리에서 목이 잘려도 할 말이 없을 정도였다. 그러나 하이단은 여전히 웃음을 터뜨리며 마주치는 족족 그들을 박살 내버렸다.

보통 이쯤 되면 대규모 군대를 동원해 족칠 만도 하지만 그럴 수 없는 것이 이곳은 군사적 긴장감이 유독 더한 카밀 왕국과의 접경 지대였다. 이곳에서 함부로 대규모 군사적 행동을 벌였다가는 자칫 오해의 소지가 될 수 있었다. 더군다나 국경을 몰래 탈출하는 이들을 잡지 못해 대규모 군사를 동원했다는 사실이 알려졌다가는 그들의 숙적인 카밀 왕국 국경 수비대들에게 웃음거리가 될 뿐이었다.

이래저래 곤혹스러운 상황은 점점 일행에게 유리한 점을 제공하였고, 결국 이들은 삼십여 명의 불행한 병사들을 때려눕히고는 국경을 탈출하는 쾌거를 이루었다.

일행은 크라인 왕국 국경 수비대원 6개 분조를 격퇴하는 기염을 토해 냈다. 한 개 조가 다섯 명의 인원으로 구성되어 있으니 도합 삼십여 명이 하이단의 폭행(?)에 희생된 것이다. 그들이 할 수 있는 것이라고는 하이단의 만행에 의해 희생당한 이들에게 심심한 조의를 표하는 것뿐이었다.

그렇게 정신없이 걷는 사이 어느덧 카밀 왕국 국경으로 접어들었다.

무사 통과라는, 분명히 곧장 축하할 일임에도 불구하고 일행이 그 사실을 알아챈 것은 국경을 벗어나고 중립 지대를 넘어 카밀 왕국으로 접어들 무렵이었다. 최초로 눈치 챈 것은 타키안이었다.

"음? 저기, 칼, 이제 병사들이 좇아오지 않는 것 같은데요?"

숨이 턱까지 차고 온몸이 물을 먹은 듯 축 늘어지는 것 같았다. 그래도 상황이 상황이니만큼 쉬었다가 가자는 어리석은 이야기는 하고 싶지가 않았다. 병사들이 뒤좇고 있지 않다는 것도 눈치 챘지만 다들 아는 것 같기에 일부러 말을 꺼내지 않은 것이다. 칼 나름대로의 생각이 있는 것으로 믿었기 때문이다.

정신없이 숨어서 걷기를 몇 시간, 기진맥진해 버린 타키안은 주저하다 말을 꺼낸 것이다. 그리고 돌아온 칼의 대답은 말을 꺼내지 않고 꾹 참아 버린 타키안을 상당히 허탈하게 만드는 것이었다.

"흠, 그러고 보니 크라인 왕국 국경은 벗어난 것 같네? 그렇군. 여긴 중립지대인 모양이다."

칼은 주변을 살피며 말했다. 국경과 국경 사이에는 중립 지대가 존재하였다. 불과 몇백 야드의 거리였지만 그와 같은 지대가 존재함으로써 군사적 충돌이 감소하였다.

그러나 크라인 왕국 국경을 벗어났다고 해서 안심할 것은 아니다. 일행의 목적지는 카밀 왕국의 수도. 다행히 무역을 장려하고 치안 유지가 뛰어난 카밀 왕국은 통행증 제도와 같은 부패의 소지와 민간인의 자유 이동을 막는 제도가 없었다. 하지만 카밀 왕국이 출입국에 너그럽다 하더라도 이들같이 크라인 왕국 국경 수비대원을 때려눕히고 들어오는 입국자는 상당히 꺼려지기 마련이었다.

"그래도 말이죠, 날이 어두우니 그 사실을 모르지 않을까요?"

칼은 길리언의 순진한 말에 히죽 웃었다.

"순진한 질문이구나. 카밀 왕국의 레인저들은 숲과 산의 제왕이라고. 지금 우리가 이렇게 쉬는 것도 훤히 파악하고 있을 수도 있지. 그 레인저들은 하루에 한 번씩 크라인 왕국 국경 내부로 들어가서 순찰한다고. 워낙 은밀하다 보니 바로 옆에 숨어 있는데도 모르는 수가 빈번하지."

칼의 말에 길리언은 주위를 두리번거렸다. 칼은 길리언의 어깨를 토닥였다.

"그렇게 무서워할 필요는 없어. 다행히 이곳 책임자는 내가 아는 사람이거든? 그렇지 않아, 루크?"

칼은 길리언에게 말하며 주변을 향해 호기롭게 소리쳤다. 그러나 돌아오는 것은 침묵뿐이었다.

"……."

"저기… 아무도 없는 것 같은데요?"

타키안은 칼의 눈치를 보며 살짝 물었다. 칼은 예상 밖의 상황에 당황하였다. 보통 이럴 때 '그렇지 않아, 루크?' 하고 소리치면 호탕한 웃음과 함께 '아, 이런 들켜 버렸나?' 하고 수풀 어디선가 부스럭거리며 튀어나왔다. 그것이 매번 그 둘이 만날 때마다 벌어지는 상황이었다. 그렇게 하면 같이 여행하는 동료들은 칼을 새삼스러운 눈빛으로 봐주고 칼은 그 시선을 느끼며 기분 좋아하였다. 그런데 스타일이 구겨지다니!

"으윽! 이럴 리가 없는데? 루크! 루크!"

칼은 더욱 목청을 높여 소리쳤다. 이번에는 성과가 있었다. 사람의 목소리가 들린 것이다. 그러나 그것은 칼이 원하는 것이 아니었다.

"누구냐! 국경에서 소리를 피우다니!"

"……."

"칼, 자네… 뭔가 실수를 한 것 같군."

하이단은 칼의 등을 손가락으로 두들기며 낮게 중얼거렸다. 누군가의 외침이 들리고 나서 얼마 안 가 시퍼런 빛을 뿜는 무기를 장비한 수십 명의 레인저가 그들을 포위하였다.

"……."

오늘 칼은 여러 번 입을 다물었다.

"와하하하하! 미안하네! 미안해! 내가 술에 좀 취했어야 말이지! 와하하하!"

카밀 왕국 북서부 국경 지역 일부분을 담당하는 제11대대 수비본부에서 호탕한 남자의 웃음소리가 터져 나왔다. 11대대 수비대장 루크 호라트는 수비본부가 무너져라 웃어댔다. 주체할 수 없는 남성 호르몬을 타고났는지 그의 몸은 엄청난 근육질로 이루어져 있었고, 상의 밖으로 드러난 팔뚝에는 갈색 털이 수북이 나 있었다. 얼굴도 마찬가지라 턱은 물론이고 목덜미며 관자놀이까지, 얼굴의 반은 수염으로 덮여 있었다. 자신의 이런 모습을 아는지 루크는 그 턱수염들을 적당히 다듬어 남들이 보기에도 아주 멋진 구레나룻을 길렀다. 물론 야성미를 좋아하는 여성에게도 어필하였다.

잔을 들어 의자 옆에 놓은 맥주 통에서 맥주를 가득 푼 루크는 그걸 칼과 하이단에게 넘겨주었다. 칼은 뚱한 표정을 짓고는 잔을 받았다.

"그래도 그렇지, 친구를 그렇게 무안하게 만들다니. 거 나쁜 버릇이라고, 루크."

칼의 볼멘소리를 들었는지 루크는 그 특유의 호탕한 웃음소리로 크게 웃었다. 그러나 워낙 칼이 뚱한 표정을 짓는지라 루크의 곁에 선 그의 부관은 억지로 웃음을 참는 곤욕 아닌 곤욕을 치러야만 했다.

"도대체 국경 수비대장이라는 작자가 술에 취해 자빠졌다니. 근무 태만이라고, 이건!"

"와하하하! 능력있는 자는 술을 마셔도 괜찮아! 거, 감옥에 들어갈 뻔했다고 쪼잔하게 굴 거야? 응? 안 들어갔으면 됐잖아? 자자, 화 풀고 맥주나 마시자고!"

얼토당토않은 주장을 하며 루크는 호기롭게 잔을 들어 올렸다.

루크를 살짝 노려본 칼은 한숨을 쉬고는 이내 잔을 들어 올렸다. 하이단도 얼굴에 웃음기를 띠며 덩달아 잔을 들어 올렸다. 공중에서 살짝 잔을 부딪친 세 남자는 일제히 한번에 잔을 비웠고 그 강렬함에 세 남자는 독특한 탄성을 질렀다.

"캬!"

"죽이는구먼!"

손 안에 든 빈 잔을 들며 하이단은 말했다. 하이단의 말에 루크는 크게 웃었다.

"거 아저씨! 뭘 좀 아시는구먼? 성함이 어찌 되슈?"

날건달 같은, 국경 수비대장으로는 전혀 생각되지 않는 천박한 말투였지만 그에게는 그것이 어울렸다. 저 얼굴로 귀족 특유의 지방이 흐르는 말투를 쓴다면 어떠하겠는가? 상상만 해도 비위가 뒤틀리는 일이 아닐 수 없었다. 어쨌든 자연의 위대한 조화에 타키안이 감탄하고 있을 때 하이단은 잠시 움찔거렸다. 루크가 묻는 질문에 답하기가 좀 곤혹스러운 것이다. 그 모습을 본 칼은 빈 잔으로 맥주 통에서 맥주를 한가득 푸면서 말했다.

"말해도 괜찮아요. 아, 루크. 저분은 하이단 마르티어스님이야. 있잖아, 광풍의 사제 하이단."

"아!"

루크는 탄성을 지르며 벌떡 일어나 하이단의 어깨를 잡았다. 두 덩치가 서로 가깝게 붙자 곁에 앉아 구경하던 타키안과 길리언은 말로 표현 못할 압박감을 느꼈다. 하이단도 자신에게 들이밀듯 다가오는 루크가 부담스러운 듯 곤혹스러운 미소를 지었다. 그러나 루크는 상관하지 않았다. 도리어 감격하였다.

"당신이 광풍의 사제 하이단님? 오오! 그랑디아여! 감사합니다. 당신을 볼 수 있다니! 정말 행운이네요!"

루크는 흥분하며 하이단의 몸을 흔들었다. 루크의 힘이라면 칼 정도의 체구에서는 그 파장이 장난이 아니었다. 오죽하면 예전 칼이 그 흔들림을 참지 못해 구토를 하고 말았을까? 그러나 체구에서는 만만치 않은 하이단이기에 몸이 앞뒤로 흔들리는 작은 느낌만 받았다.

"당신이 배덕자라는 소리를 들었을 때는 내 당장 레인저들을 이끌고 크라인 왕국에 쳐들어갈 뻔했다니까요? 그놈들 골통을 빠개놓아야지 그런 헛소리를 안 하지!"

연신 하이단의 얼굴에 침을 튀기며 목에 핏발이 서도록 성토하는 루크가 위험하다 생각한 칼은 그를 뜯어―상당히 곤란하였다. 부관과 칼이 각기 한쪽 팔을 잡아당겼어도 잠시 동안 끌려 다녀야 했으니―자리에 앉혔고 하이단은 루크의 부관이 건네주는 손수건으로 얼굴을 닦아냈다. '이놈도 칼과 같은 부류인가?' 라고 생각할 수밖에 없는 행동에 하이단은 순간 자신이 큰 칼과 작은 칼을 동시에 만나고 있다는 착각에 빠졌다.

"근데 수비대장님은 연세가 어떻게 되시기에 칼과 친구로 지내세요?"

루크의 하이단에 대한 불타는 관심을 돌리기 위해 시기 적절하게 길리언이 질문하였다. 물론 속으로 생각했던 질문이었다. 루크는 씨익 웃더니 길리언의 머리에 손을 얹었다. 루크의 우둑 커다란 손바닥에 길리언의 머리가 몽땅 덮였다. 루크는 길리언의 낯빛이 괴이하게 변하는 것을 보지 못한 듯 호탕하게 웃으며 길리언의 머리를 쓰다(!)듬었다(물론 길리언은 목이 부러지는 줄 알았다).

"아하하! 이 몸은 이제 30세이지."

"……."

겉으로는 아무 말도 안 했지만 길리언과 타키안은 이구동성으로 마음속으로 소리쳤다.

'말도 안 돼!'

저 얼굴로 30세라니! 아무리 젊게 봐줘도 30대 후반이었다. 칼도 그런 아이들의 생각을 눈치 챘는지 잔에 든 맥주를 몽땅 들이켜고 다른 손으로는 안주를 집어 들어 입에 넣으며 말했다.

"아, 레인저라는 게 좀 힘들어서 말이지. 저 계통의 군인들은 죄다 겉늙었거든? 그런데 저 루크라는 놈은 유독 심해서 말이지. 그래도 황당한 건 장가는 갔다는 거야. 자기보다 무려 5살 연하로 말이야. 더 웃긴 건 말이야, 기가 막힌 미인이라고. 참 어떻게 저 외모로! 기가 막혀서 원."

칼의 말에 루크는 발끈하며 외쳤다.

"무슨 소리야! 남자는 힘이야, 힘!"

그 말과 함께 벌떡 일어서며 허리를 앞뒤로 흔드는 것이었다. 그 모습을 본 하이단은 예의에 어긋나게도 마시던 맥주를 바닥에 뿜어버렸고 칼과 루크의 부관은 얼굴을 일그러뜨렸다. 타키안과 길리언은 루크의 괴이한 행동에 멍하니 입을 벌렸다. 루크의 부관은 다급히 루크의 허리를 감싸 안고 소리쳤다.

"루크님! 애들도 있습니다!"

부관의 필사적인 만류에도 불구하고 루크는 흥이 날 대로 난 터였다. 부관까지 매달고 허리를 움직여 대는 걸로 봐서는……

"에라이! 미친놈아!"

결국 칼은 들고 있던 잔을 루크의 얼굴에 집어 던졌다.

*　　　*　　　*

창세력 제2기 8012년 7월 14일 새벽. 크라인 왕국 수도 쉬스만.

시간이란 항상 동시에 흘러간다. 세상일이라는 것이 매우 괴이한 것이라 한쪽에서 웃고 떠드는 사이 한쪽에서는 친인이 죽는 비극을 맞게 된다. 칼과 그의 일행이 무사히 국경을 탈출하여 즐거운 시간을 보내는 동안 크라인 왕국 수도 쉬스만에 위치한 시프 길드의 본부에서는 상당히 곤란한 상황을 맞고 있었다.

"아아… 자고 싶군."

시프 길드 마스터 타슈 카미유는 얼굴을 감싸 쥐고 한숨을 터뜨렸다. 그의 집무실은 그야말로 난장판이었다. 구석마다 쌓여 있는 서류 더미에 책상 한가득 쌓아 올려진 종이 뭉치.

타슈는 검지와 중지를 이용해 안구 주위를 압박하기 시작하였다. 검은 그림자가 진 눈 밑부터 시작하여 눈꼬리 부분의 뼈, 눈썹 밑 부분까지 고루 문지른다. 다시 돌아 위 순서를 차근차근 여러 번 반복한 타슈는 이윽고 얼굴에서 손을 떼었다.

상당 시간 숙면은커녕 휴식도 취하지 못했는지 그의 몰골은 말이 아니었다. 붉게 충혈된 눈동자, 눈 밑에 확연히 드러난 블랙 서클, 턱을 덮는 웃자란 나룻. 그도 그럴 것이 삼 일을 철야했으니 인간의 한계에 도전하고 있다 해도 과언이 아니었다.

잠시 멍하니 천장에 달린 유등을 바라본 타슈는 문득 목이 마름을 느끼고는 주전자에 손을 뻗었다.

"……."

물주전자는 비어 있었다. 그것이 시발점이었다. 가뜩이나 예민한 상태인 그의 신경을 자극한 것이다.

"이런 젠장!"

눈앞에 쌓여 있는 서류들을 족족 발로 걷어차 버렸다. 서류에서 떨어진 먼지가 집무실을 가득 메우는 가운데 타슈는 그렇게 서류를 죄다 뒤엎어 버렸다.

"이딴 쓰레기들 뒤져서 뭐 하라고!"

다른 국가의 정보 기관들이 그 서류를 토았다면 눈이 뒤집힐 만한 방

대한 정보가 타슈에 의해 한낱 쓰레기로 둔갑하였다. 아니, 쓰레기였다. 아무리 방대한 정보라고 해봤자 길드에서 필요한 정보가 아니면 그것은 쓰레기에 불과하였다.

타슈는 미친 듯이 서류를 집어 던지고 발로 차고 밟아댔다. 타슈의 난동을 들었는지, 외침을 들었는지 아무튼 집무실 밖에서 일을 보던 길드원이 화들짝 놀라 그의 집무실 안으로 뛰어들었다.

"마스터! 무슨 일… 헉!"

그의 담당은 사무 회계였다. 말하자면 서류 분류, 눈앞에 날아다니는 서류 뭉치들은 그가 죄다 정리해 놓은 것이다. 그런 노력의 결과가 허공에 흐트러져 날아 다니다니……. 그는 속으로 피눈물을 흘려야만 했다. 그렇다고 대놓고 항의하지 못하는 것이, 마스터의 눈빛이 장난이 아니었기 때문이다. 사흘이나 자지 못해 시뻘겋게 충혈된 눈에 광기까지 띠고 있으니… 참으로 꿈에 볼까 무서운 눈이 아닐 수 없었다.

난동은 한동안 계속되었고 새로운 정보의 보고차 집무실에 방문한 록이 아니었으면 집무실에 쌓여 있던 고급 정보들은 타슈의 불쏘시개가 될 뻔했다. 유등(油燈)을 쥐고 켈켈거리는 타슈를 뜯어말린 록은 진땀을 닦아내며 조용히 타슈를 의자에 앉혔다. 눈치 빠른 길드원은 구하기 힘든 시원한 물을 내놓았고, 그것은 타슈의 흥분된 기분을 가라앉히는 데 상당한 도움이 되었다.

"그렇게 다 태워 버리려고 하다니. 도대체 어쩌자고? 자네는 길드의 마스터 아닌가."

이럴 때는 부관이 아닌 친우로서 대해주면 좋다. 수십 년 동안 같이 지내온 터라 친우의 성격을 파악하지 못한다면 길드의 서브 마스터 자리를 내놓아야 마땅하였다.

"젠장! 사흘 동안 잠을 자지 못했다고!"

타슈는 유독 잠에 약했다. 하루에 여덟 시간 동안 자줘야 제대로 일을 처리하는 타슈에게 지난 삼 일은 고문이나 다름없었다. 록은 한숨을 쉬고 그에게 달가운 정보를 건넸다.

"자자, 고생도 끝났다. 그간 파악된 정보와 이것을 합친다면 그들의 뒤통수를 칠 수 있어."

록은 품에서 조그마한 종이를 꺼내 그에게 전해주었다. 워낙 시급한 정보라 록이 대충 메모해 가져온 것이다. 이제는 따끔거리는 눈으로 메모를 읽어 내린 타슈는 앉아 있던 의자에서 벌떡 일어났다.

"됐어! 그 빌어먹을 놈들에게 일격을 가할 수 있겠군!"

"만약 된다면 말이지요."

흥분해서 외치는 타슈의 말에 곁에 서 있던 길드원이 조그맣게 중얼거렸다. 타슈는 그를 조용히 노려보았고 그 서슬에 놀란 길드원은 재빨리 그에게 인사를 하고 부리나케 집무실 밖으로 뛰쳐나갔다.

길드원의 말도 틀린 것은 아니었다. 그렇지만 꼭 그렇게 초를 쳐야겠는가. 문을 보고 씩씩거리던 타슈는 곧 냉정을 되찾고 손 안에 들린 정보를 보았다. 그간의 고생이 녹는 듯하다.

열흘 전 어쎄신 본부가 그들이 좇고 있던 엘프에 의해 박살났다는 비보가 전해졌을 때 얼마나 놀랐던가. 그것도 정령에 의한 소행이라는 것을 알았을 때 타슈는 온몸의 힘이 죽 빠져 버리는 끔찍스러운 경험을 해야만 했다.

계획에는 없던 최악의 수가 터진 것이다. 그것도 길드 역사상 사상 최악의 사건. 생각도 못하던 일이 터지자 어지간한 일을 당해도 웃고 넘기는 타슈마저도 새파랗게 질려 버릴 정도였다.

악몽의 7월 4일. 그 소식은 길드의 수뇌부를 강타하였고 비상사태 체제로 돌입하였다. 어쎄신이 창립된 이후 수많은 위협이 있었지만 이같이

한 사람에게 초토화당한 적은 처음이었다. 하물며 경고까지 받은 것이다. 많은 사람들이 복수를 하자고 주장했지만 타슈는 고개를 가로저었다. 모두들 왜냐고 물었을 때 타슈는 이렇게 말했다.

"파악된 그 엘프의 능력만 해도 오러 유저 급이다. 하물며 정령술사라니. 마스터 급 무력을 경험해 보고 싶은 것은 아니겠지?"

하나 더하기 하나는 반드시 둘이 아니다. 그것은 힘의 논리에서 더욱 확연히 나타난다. 두 가지의 능력이 결합하면 그것은 셋, 혹은 넷의 힘을 발휘하는 것이다. 통찰력이 뛰어난 타슈의 계산에 따르면 그녀는 마스터에 준하는 힘을 소유한 것이다.

그의 결정에 모두들 수긍하였다. 마스터와 맞서고 싶은 미친놈은 아무도 없었다. 그들은 정보 직에 종사하는 사람들이었고, 때문에 마스터의 강대함을 누구보다도 잘 알고 있었다.

달걀로 바위를 치는 무모한 짓 따위는 하고 싶지 않았다. 그것은 곧 엘프를 이용한 귀족가의 세력 약화 계획에 지대한 악영향을 미쳤고, 결국 계획의 전면 수정에 들어가지 않을 수 없었다.

그러나 나쁜 일은 한꺼번에 터진다고 귀족가에서 전령이 온 것이다. 그간 귀족가에서는 시프 길드의 본부를 파악하지 못했다. 쉬스만을 샅샅이 뒤지는 노력에도 불구하고 길드의 본부는 발각되지 않았다. 그런데 어떻게 알고 찾아온 것인가?!

타슈는 끓어오르는 분노를 참아내고 물었다.

"무슨 용건인가."

"엘프에 대한 정보를 무조건적으로 제공하시오."

"거부한다면?"

그 전령은 싸늘히 웃었다.

"당장 수만의 왕국 상비군이 시프 길드를 통째로 쓸어버릴 것이오."

타슈는 그 말을 듣고 아무 말도 할 수가 없었다. 그들의 무력 대행 수단인 어쎄신이 와해됐다는 것까지 저들은 낱낱이 파악한 것이다. 그러니 저런 배짱 제안을 할 수밖에. 평소 같으면 고위 귀족 두셋 암살해 버리는 것으로 입을 다물겠지만 이제 사정이 달라진 것이다. 이제 칼자루는 저들이 쥔 것이다.

타슈는 결국 그 제안을 받아들일 수밖에 없었다.

그때부터 길드는 총비상이 걸렸다. 갖은 정보를 끌어 모아 이 난국을 타개할 방안을 모색하였고, 그 절정이 된 지난 삼 일 동안은 길드의 마스터조차 뜬눈으로 밤을 지새워야 할 지경에 이른 것이다.

수많은 계획이 짜여졌다가 휴지 조각으로 변해 버렸다. 귀족가 부패의 폭로? 그런 걸로는 위기 타개가 되지 않는다. 쉐도우 워커의 본부 폭로? 방어할 수단도 없는데 그런 사건을 터뜨리면 어떻게 되겠는가? 당장 길드 마스터를 비롯해 중요 간부의 목이 베어질 것이다.

그래서 만들어진 계획이 바로 엘프에게 도움을 요청하는 것이었다.

"이런 미친……."

계획을 본 타슈는 중얼거렸고 기타 간부들은 타슈의 말에 아무런 반박도 할 수 없었다. 솔직히 말도 안 되는 계획이었다. 목표에게 도움을 요청하다니. 전대미문이었다. 그러나 그것이 가장 가능성이 있는 계획이었다.

그 엘프는 강했다. 정말 강해서 마스터조차 죽일 수 있다고 믿었던 어쎄신 본부 전체를 뒤집어 엎어버렸다. 그 정도의 힘이라면 충분히 시프 길드를 도와줄 수 있다. 단지 쉐도우 워커의 본부로 쳐들어가 타격을 가해주기만 하면 된다. 그렇게 된다면 당장 그 정보는 대륙으로 퍼져 나가고 쉐도우 워커에게 원한이 있던 대륙의 유수한 가문에서 당장 사병을 이끌고 본부를 토벌하러 달려갈 것이다.

휘라인 교단과 친분이 있던 크라인 왕가에서도 그동안 드러나지 않기에 덮어두었던 쉐도우 워커에 대한 비상 회의를 소집하게 되고 역시나 휘라인 교단에 연분이 있던 귀족가도 시끄러워질 것이 틀림없었다. 그때 시프 길드가 모아두었던 쉐도우 워커와 크라인 귀족가의 은밀한 연계 자료를 폭로하는 것이다. 자기 사정에 바빠 귀족가가 힘을 모으지 못하는 그 틈에 재빨리 어쎄신들을 추스르고 본부를 통째로 옮겨 버리는 것이 계획의 최종 목적이었다.

무조건적으로 도와달라는 것은 아니었다. 엘프가 원한다면 시프 길드가 가진 모든 정보를 제공할 용의가 있었다. 아울러 엘프에 대한 거짓 정보를 끊임없이 흘려 방해 공작을 펼칠 것을 약속할 수 있었다.

그 같은 계획이 그나마 타당성이 있는 까닭은 엘프의 목적이 무언가를 찾는 것이라는 분석이 있었기 때문이다. 정확히 무엇인지는 모르겠지만 아무튼 무언가를 찾는다는 가정 하에 이 모든 계획이 수립되었다. 대륙 최고의 정보를 가지고 있는 시프 길드의 전폭적인 지원이라면 그 엘프에게도 거절할 수 없는 매력적인 제안이 될 것이 틀림없었다.

이제는 엘프의 행방에 관한 정보만 들어오면 되었다. 그러나 그것에서 조금 문제가 되었다. 며칠이 지나도 엘프의 행방이 파악되지 않은 것이다. 시프 길드는 전 길드 내에 엘프의 일행에 대한 신상을 긴급 수배하였고, 길드의 모든 정보 수집력은 그것을 위해 돌아가기 시작하였다. 그동안에 귀족가에서는 추적대를 편성해 출발시켰고 시프 길드는 계획의 1차 목적 실현을 위해 거짓 정보를 제공하였다.

그 거짓 정보도 어느 정도지 조만간 발각될 예정이라 시프 길드로서는 애가 탈 수 밖에 없었다. 그러던 중 오늘 7월 14일, 수백 마일이라는 엄청난 거리를 단지 하루라는 시간을 소비하여 도착한 귀중한 정보가, 드디어 엘프 일행 중 이국적인 용모를 지닌 남자의 행방을 담은 정보가 본부에 도착한 것이다.

"7월 13일. 카밀 왕국 수도 에크라노에 드착. 정말 빠르군."

추측된 정보로 파악된 엘프 일행은 지금 두 갈래로 갈라져 여행하고 있었다. 한 집단은 아이 둘, 어른 둘로 구성된 집단으로 폭풍의 사제 하이단이 끼어 있는 집단이었다. 길드에서는 맨 처음 하이단이 이들 일행에 속한다는 사실에 놀라 그것에 관한 추가 정보를 캐내려 했지만 휘라인 교단 내부의 정보 통제가 워낙 심해 알 수 없었다.

또 하나의 집단은 엘프와 이국적인 용모를 지닌 남자 일행이었다. 워낙 특이하게 생긴 용모 탓에 길드에서는 이자를 집중적으로 캐기 시작하였고 얼마 전에 이 세이진이라는 이름을 가진 남자가 라프디아 숲 근방의 셔우드 마을에서 처음 그 모습을 드러냈다는 사실까지 밝혀냈다.

길드는 세이진이라는 남자와 엘프, 이 둘을 찾기 위해 총력을 기울였다. 그 결과 이들은 말을 타지 않았다는 사실을 알아내었다. 말을 사기 위해서는 마시장에 들러야만 했다. 아울러 지나가는 곳에는 말발굽의 흔적이 남기 마련이었다. 그러나 마시장은커녕 사람들의 눈에 띄지도 않고 도보로 에크라노까지 단 11일 만에 갔다는 사실에 놀라울 따름이었다.

어쎄신 본부가 있었던 은월의 계곡에서 에크라노까지 말을 타고 달려도 사흘에서 나흘이 걸리는 거리였다. 그런 거리를 도보로 11일 만에 도착하다니.

"정말 믿을 수가 없군."

만약 이들이 성진과 세르피아가 전력을 다해서 달린 것이 아니라는 사실을 알았다면 입에 거품을 물었을지도 모른다. 다행히 그런 속사정을 알 턱이 없는 탓에 단지 이들은 11일 만에 그 엄청난 거리를 주파했다는 사실에 감탄하고 있었다.

제일 먼저 정신을 수습한 타슈는 당장 록에게 지시하였다.

"록, 빨리 전령을 보내 이들과 접촉하라. 아마도 쉐도우 워커들과 귀족가들은 그 정보를 파악하지 못했을 터. 우리가 먼저다!"

길드의 사활이 걸린 문제다. 당연히 소홀히 할 수가 없었다. 어떻게든 계획을 완수하여야 했다, 목숨을 걸고서라도.

록은 눈을 빛냈다.

*   *   *

혼몽의 경계를 넘어서 도무지 알 수 없는 공간을 지나 다다른 곳. 세상에서는 알지 못하는 금단의 지식이 존재하는 곳. 세상의 모든 것이 모여 있는 이곳, 고고하다는 단어로조차 표현할 수 없는 지엄한 이곳, 아카식 스트림.

그러나 성진은 지금 당혹감을 맛보아야만 했다. 정말로 오랜만에 1관을 통과하여 2관에 도전하였거늘… 이 무슨 뜻밖의 관문이란 말인가?

잠시 잡념을 품은 사이 시꺼먼 공간을 가르고 흉흉한 빛을 뿌리며 그의 머리만한 광탄(光彈)이 날아들고 있었다. 성진은 의지로 몸을 움직여 그 광탄을 피해냈다.

─흠.

성진은 신음을 삼켰다. 저 광탄은 실로 무시무시한 위력을 담고 있었다. 물질계와는 전혀 다른 물리 법칙이 구현되는 이 공간에서도 저 광탄이 지나가는 공간은 출렁거렸다. 보이지는 않았지만 느껴졌다. 도대체 얼마만한 에너지가 집적되어 있기에 공간이 뒤틀리는 것인가! 저런 막대한 에너지가 공간을 뒤틀어 버리는데도 용케 제 모습을 유지하는 것에 큰 호기심을 느꼈으나 아쉽게도 성진은 쉴 틈이라고는 조금도 없었다. 그는 날아드는 광탄을 피하기 바빴다.

아무것도 볼 수 없는 곳에서 빛이라고는 존재를 위협하는 빛덩어리라는 것이 성진을 더욱 당혹스럽게 만들었다. 그리고 광탄이 이제 시작이라는 듯 수많은 수를 복제하여 일저히 성진에게 쇄도하는 것에 더 더욱 큰 당혹감과 아울러 위기감을 느꼈다.

이곳이 현실 세계라면 흐름에 몸을 맡겨 피해낼 테지만 이곳은 아카식 스트림이었다. 아니, 정확히 말하자면 아카식 스트림을 수호하는 제2관 문이었다.

성진은 날아드는 광탄을 의지로 공간에 위치를 선정하여 영(靈)을 옮기는 복잡한 과정을 통해 광탄을 회피하였다. 어찌나 거센 힘을 담고 있는지 스쳐 가는 부위가 시큰거린다. 육신을 이곳까지 가져오지 않았음에도 오는 고통이라니. 필시 오래 당하다가는 영에 큰 무리가 올 것 같았다.

처음 이 관문에 들어왔을 때 광탄이 날아든 것을 보고 어찌나 놀랐던가? 만약 그가 순간적으로 삼차원 벡터를 계산하여 몸을 회피하지 않았다면 가루가 되었을 것이다. 광탄에 의해 영이 흩어지고 아카식 스트림으로 빨려 들어가 버리는 것이다.

그렇다고 언제까지 피할 수는 없는 노릇이었다. 이 관문은 아마 저 광탄을 저지하지 않은 한 통과하지 못하는 그런 관문일 것이다. 때문에 성진은 저 광탄을 막기로 결심하였다. 그러나 일단 막아야 한다고 생각했지만 어떻게 막을 것인가. 이 공간에서는 성진 자신이 가지고 있는 힘 따위는 존재하지 않았다. 그저 날아오는 광탄을 복잡한 계산을 통해 영을 옮겨 피하는 게 고작이었다.

—흠?

영을 움직이는 것은 의지이다. 복잡한 계산을 해내는 것도 어떻게 보면 '저곳으로 피한다' 라는 의지의 발로이다. 그렇다면 해법은 의지인가?

성진은 광탄이 몸 주위로 미끄러진다는 강한 의지를 떠올렸다.

퍼억!

—크윽!

성진의 시도가 우습다는 듯 첫 번째 광탄이 가차없이 성진의 영에 직격했다. 엄청난 충격이 성진의 영에 덮치고 그 아득한 충격에 성진은 정신을 차릴 수가 없었다. 그 때문에 재빨리 이동해야 한다는 필수적인 사실조차 잊고 말았다. 그 다음부터 연쇄적으로 수많은 광탄이 그의 몸을 두들기기 시작하였다. 고속 이동하던 목표가 정지했으니 발기발기 찢어 버리려는 듯 악랄하게 달려들었다.

파파파파파!

엄청난 충격이 그의 몸을 강타했다. 고통에 초연하다고 하지만 이것은 그런 성질의 고통이 아니었다. 정신을 분쇄하고 영을 야금야금 파먹는 그런 충격, 본질의 소멸에서 오는 충격인데 감내할 자가 어디 있으랴! 신적 의지를 능가하는 성질도 그 고통 때문에 정신이 아득해질 지경이었다.

우여곡절 끝에 가까스로 위치를 선정하여 영을 이동시켰다. 이런 관문이라니… 도저히 상상할 수 없었다. 아카식 스트림을 만든 '태초의 의지'는 침입자를 소멸하기로 작정한 것인가? 방금과 같은 충격이 신에게 가해졌다면 꼼짝없이 소멸했을 것이다. 창생력을 얻기 위해 억겁의 세월 속에서 철저히 정신이 단련된 성진이기에 그나마 그토록 버텨낸 것이다.

—쿨럭!

육신이 없는 이 공간에서 기침이 나올 리 없지만 성진은 기침을 토해 냈다. 영혼이 기침을 하다니! 기침이 터져 나옴과 동시에 그의 몸 주변에 하얀 빛무리가 터져 나갔다.

—큭, 광혈(光血)인가?

영을 이루는 기반이 부서져 떨어진 것이다. 영 주위로 흩어지는 광혈을 보며 성진은 신음을 삼켰다. 조금만 더 얻어맞았더라면 제아무리 성진이라도 영의 소멸은 피할 수 없었을 것이다. 그렇다면 육신도 곧 이어 죽어버릴 테고 말이다.

그러나 깊이 생각에 잠길 새도 없이 진형을 정비한 광탄들이 엄청난 속도로 달려들기 시작하였다. 제2파였다.

정신 차릴 수 없을 정도로 엄청난 수의 광탄들이 날아들었고 성진은 회피 기동을 시작하였다. 그러나 완전히 피할 수 없었다. 정신을 두들기며 성진을 이루는 영의 파장을 읽은 탓인지 광탄의 궤적이 성진을 따라 움직이는 추적 모드로 바뀐 것이다.

―이런 젠장!

평소에는 전혀 생각할 수 없는 욕지기를 뱉고 말았다. 그만큼 다급하고 위험했다. 진짜로 소멸될 수도 있다. 성진은 생명의 위협을 절실히 느끼며 미친 듯이 회피하였다.

1초에 몇 번을 이동했는지 기억조차 나지 않는다. 그저 머리 속에 떠도는 엄청난 수의 광탄의 궤적을 계산하여 빈 공간을 산출하고 그쪽으로 영을 이동시킨 다음 다시 빈 공간에 영을 이동시키는, 그야말로 피를 말리는 과정이 1초 동안에 몇 번이나 일어났는지 기억조차 나지 않는다.

그러나 어느 순간 성진은 생각했다. 왜 이런 광탄에 우롱당하고 생명의 위협을 느껴야만 하는가? 자신은 단지 지식을 얻고 싶은 순수한 탐구열에 아카식 스트림에 접속했을 뿐이다. 그러나 이 아카식 스트림은 방문자의 작은 소망조차 들어주지 않는 옹졸한 것이었다. 이둠(Idum)이라는 자아를 가진 관문을 만들어 아카식 스트림의 견고한 보호를 도모하였다. 어찌 보면 자신은 꿀에 이끌려 찾은 꿀벌, 그리고 아카식 스트림은 그런 꿀벌에게 꿀을 뺏기지 않기 위해 진화한 꽃일지도 모른다. 꿀벌의 생명을 빼앗는 잔혹한 방향으로.

성진은 이 같은 현실에 처한 자신의 처지에 '분노' 하였다. 자신이 처한 이 웃지 못할 현실에 분노하였으며 아카식 스트림의 옹졸한 체계에 분노하였다. 자신이 지금 위치한 이 공간에 분노하였으며 자신을 우롱하는 저 광탄에 분노하였다.

성진은 날아드는 광탄이 박살나기를 상상했고, 광탄은 성진에게 닿기도 전에 빛을 뿜으며 사라졌다. 광탄이 갈라지는 것을 생각했고 사라지는 것을 상상했다.

광탄은 갈라지고 사라졌다.

그리고 눈앞이 새하얗게 변했다.

창세력 제2기 8012년 7월 15일. 카밀 왕국 수도 에크라노.

어제 하루 종일 성진을 붙잡고 오러에 대한 격렬한 토론—물론 세르피아의 일방적인 질문이었지만—벌인 세르피아는 오늘도 아침 일찍 일어나 성진의 방을 방문하기로 하였다. 대외적으로는 '하이단의 일행을 마중하기 위한 그랑디아 신전행' 이지만 대내적으로는 '성진에게 오러에 관한 전반적인 이해 습득' 이었다.

밤을 꼬박 새도록 오러에 관한 의문점을 고민한 세르피아는 날이 밝기도 전에 간소하게나마 일찍 아침을 해결한 다음—여관 주인이 상당히 피곤해하였다—성진의 방에 아침 식사를 들고 찾아갔다.

인간들의 예법에 의하면 타인을 배려하기 위해 노크를 한다고 했다. 세르피아는 그러한 풍습을 책을 읽어 잘 알고 있었으므로 문을 살짝 두들겼다.

똑똑—

"……?"

그러나 아무런 반응이 없었다. 세르피아는 그 점에 대해 당혹해하였다. 성진이 노크 소리를 듣지 못할 리가 없었다. 도리어 그녀가 방에 방문하기도 전에 방문을 열어주어도 모자랄 정도로 예민한 그였다. 뭔가 이상하다고 여긴 그녀는 성진의 방문을 살며시 열었다.

"과연……."

세르피아는 저도 모르게 중얼거렸다. 성진은 방 한구석에 앉아 명상을 하고 있었다. 도대체 얼마나 깊게 빠져들었기에 그녀가 왔다는 것도 모를까? 그러나 명상을 잘 모르는 그녀는 성진의 상태가 어떠한지를 이해하지 못했다. 단순히 명상이라면 그녀가 방문하였다 하더라도 그 사실을 모를 리 없었다. 성진은 지금 아카식 스트림에 접속하고 있었던 것이다. 하긴 명상을 잘 아는 사람이라 하더라도 성진의 상태를 엿보는 것은 무리였다. 그녀가 모르는 것은 당연한 사실이었다.

세르피아는 침대 옆에 성진의 아침 식사를 놓고 성진이 잤을 것이라고 여겨지는 헝클어진 침대를 보았다. 그녀는 침대에 살며시 앉았다. 세르피아는 한 손으로 침대를 가볍게 쓸어보았다.

느껴질 리 없는 성진의 온기가 느껴졌다. 도저히 납득할 수 없는 사실에, 주체 못할 정도로 두근거리는 심장에 그녀의 얼굴은 붉게 달아올랐다. 창문을 열어 달아오르는 열기를 식힐 수 있었지만 그녀는 굳이 그러한 짓을 하고 싶지 않았다. 괜한 소음을 내어 성진의 신경을 거스르지 않고 싶다는 생각이었다. 성진이 지금 기척이나 소리를 듣거나 느낄 수 없다는 것을 잘 알고 있으면서도 말이다.

그때 성진의 몸이 돌연 흔들렸다. 무언가에 큰 충격을 받은 듯 얼굴색이 하얗게 탈색된 것이다. 이 괴이한 변고에 세르피아는 놀라 그만 벌떡 일어섰다. 두근거리던 몸은 찬물을 뒤집어쓴 것처럼 차갑게 식었고 세르피아는 식은땀을 주체없이 흘리기 시작하는 성진을 놀란 눈으로 바라보았다.

그녀는 저도 모르게 성진을 흔들어 깨우기 위해 성진의 어깨에 손을 가져갔다.

"아앗!"

짜릿한 기운이 느껴지며 그녀의 손이 성진의 몸에 닿기도 전에 튕겨져 나갔다. 가늘고 하얀 손이 순식간에 발갛게 부어올랐다. 세르피아는 시큰거리는 손을 주무르며 걱정스러운 표정으로 성진을 보았다. 그녀가 할 수 있는 일은 아무것도 없었다. 세르피아가 아무것도 할 수 없다는 무력감에 휩싸였을 때 성진이 크게 경련하더니 돌연 피를 토했다.

"쿨럭!"

족히 한 모금은 넘을 것 같은 많은 양의 피가 입과 그의 가슴을 붉게 물들였다. 손을 들어 닦아주고 싶었지만 그의 몸은 여전히 그녀의 손길을 거부하였다. 도저히 항거할 수 없는 힘이 성진의 몸을 겹겹이 감싸고 있었기 때문이다. 성진이 피를 토하는 횟수가 두세 번을 거듭하고 그녀가 어찌할 바를 몰라 당황하고 있을 무렵 돌연 성진이 눈을 번쩍 떴다.

"괜찮아요?"

멍하니 앞만 보는 성진에게 세르피아는 걱정스럽다는 기색을 잔뜩 담고 물었다. 성진은 눈을 몇 번 깜박이더니 세르피아의 눈에 시선을 맞췄다. 자신을 걱정스럽게 보는 깊고 투명한 에메랄드 빛 눈동자 속에 성진의 얼굴이 비쳤다.

세르피아는 자신을 바라보는 성진의 눈을 보고는 흠칫 놀랐다. 놀랍게도 그의 눈은 투명하였기 때문이다. 피를 토하며 온몸이 진동할 정도의 경련을 겪었던 사람의 눈이라고는 도저히 믿기지 않을 정도였다. 세르피아의 눈을 보던 성진은 살짝 고개를 끄덕였다.

"괜찮습니다."

세르피아는 성진의 입에서 풍기는 피비린내를 맡으며 의문에 의문을 더해갔다. 아무런 타격을 받지 않고 그저 명상만 했을 뿐인데? 도대체 어찌 된 것인가. 그러나 그녀는 물어볼 수가 없었다. 성진이 눈을 감고 다시 명상에 빠져들었기 때문이다.

"휴……."

아무런 손도 쓸 수 없는 자신에 한탄하며 세르피아는 한숨을 쉬었다.

성진은 정오가 다 돼서야 눈을 떴다. 그 시간 동안 세르피아는 성진의 곁을 묵묵히 지켰고 눈을 뜬 성진에게 말없이 식어버린 스튜와 빵을 내밀었다. 피를 토해냈으니 영양 보충을 하라는 것인가? 그러고 보니 입가에 묻어 있던 선혈이 닦여 있었다. 세르피아가 닦아낸 모양이다.

성진은 그녀에게 감사의 눈길을 보냈다. 혹시라도 성진이 어떻게 될지 모르니 곁을 지켜준 것이다. 성진의 눈길을 받은 세르피아는 성진에게 물었다.

"도대체 어떻게 된 것이죠?"

어떻게 된 것이라? 말로 설명하기 그렇다. 그 자신도 명확히 이해하지 못했다. 아카식 스트림의 제2관문에서 정신없이 광탄을 두들겨 맞고 어떻게 했는지도 모른 채 광탄을 소멸시켰으며 육신으로 돌아오니 몸이 엉망이 된 것이다. 거기다 아카식 스트림에서 직접적으로 광탄에 타격받은 영은 심각하게 손상되어 창생력을 다룰 수도 없었다. 이래저래 엄청난 중상을 입은 것이다.

성진은 세르피아의 의문을 해결해 주기 위해 입을 열었고 세르피아는 성진의 이야기에 놀랐다. 그가 아카식 스트림에 접속하고 있다는 사실에 놀랐고, 그렇게 강한 성진이 엉망이 됐다는 사실에 경악한 것이다. 도대체 영이 받은 충격이 얼마나 하기에 그 잔량만으로도 성진의 강한 육체가 엉망이 될 정도로 물리적인 타격을 입을 수 있는 것인가?

세르피아는 성진에게 물었다.

"그렇다면 제2관문은 통과했나요?"

"그건……"

성진은 잠시 말을 끊었다. 확언할 수 없기에 말을 이을 수 없었던 것이다. 성진은 스스로에게 질문하였다.

통과했을까? 그것은 알 수 없었다. 그렇게 심각한 타격을 입고도 통과할 수 없다면 낭패가 아닐 수 없는 일이지만 영이 소멸될 정도로 위험한 상황에서 살아 돌아온 것만 해도 다행이라 여겨야 마땅했다. 다만 한 가지 얻은 것이 있다면, 날로 약화되는 창생력을 대신할 새로운 힘의 실마리를 찾은 것이다. 성진은 여전히 궁금한 표정으로 자신을 바라보는 세르피아를 보았다.

"알 수가 없군요. 몸이 회복되고 영이 완전히 수복된 다음 다시 접속해 봐야겠습니다."

세르피아는 그런 성진의 말에 입을 다물지 못했다. 광혈을 토할 정도로 막심한 타격을 입었는데도 다시 접속한다는 것이다.

영이라는 것은 웬만한 타격으로 소멸되지 않는다. 정확히는 모르지만 영을 소멸시킬 수 있다면 그것은 엄청난 힘이 영을 부숴 버렸다는 말과 같은 것이다. 더욱이 성진의 영이라면 그 내구력이 얼마나 할까. 그런 성진의 영이 광혈—영의 근간을 이루는 것이 타격을 받아 영에서 배출된 것을 일컬어 광혈(光血)이라고 한다—을 토할 정도라니.

더욱이 그 과정에서 느껴지는 고통은 얼마나 할까? 어지간한 사람이라면 아무리 약한 고통이라도 존재의 근원이 받는 고통에 제정신을 유지하지 못한다. 육신이 아닌 영에 받는 고통은 상상을 초월할 정도이니 말이다. 더군다나 영이 그렇게 치명상을 입고도 온전한 정신을 유지할 수 있다니 성진의 의지가 얼마나 강한지를 알 수 있었다. 세르피아는 상상만 해도 질려 버렸다.

아무튼 성진의 육신은 창생력을 다룰 수 없는 관계로 근 이틀의 자체 치유력을 통한 회복 기간을 가져야 했다. 일반인에 비하면 상상도 할 수 없을 정도로 빠른 시간이지만 세르피아가 보기에는 안타까울 정도로 더

딘 기간이었다.

세르피아는 성진에게 내밀었던 식어버린 스튜를 바라보다 한숨을 쉬었다. 엉망이 되어버린 육체로 찬 음식을 제대로 소화해 낼 리가 없었다.

"아무래도… 따뜻하고 부드러운 음식이 당신에게 적합할 듯하네요."

세르피아는 자리에서 일어났다. 그런 세르피아를 보며 가볍게 미소 지은 성진은 막 방문을 나서려는 세르피아의 등 뒤를 향해 말했다.

"세르피아, 고마워요. 그리고……."

세르피아는 성진의 말에 가슴 뭉클한 감동을 느끼며 살짝 곁눈으로 뒤를 돌아보았다. 왠지 모를 기대감에서였다. 성진은 알 수 없는 감정을 담고 자신을 보는 세르피아의 시선을 느끼며 약간 의문스럽지만 그래도 해야 할 말을 하였다.

"아무래도 오늘은 신전에 홀로 가셔야 할 것 같네요. 미안합니다. 아, 그리고 신전에는 혼자 들어가지는 마세요."

세르피아는 성진의 말에 알 수 없는 배신감을 느끼며 차가운 기색을 뿜고는 방문을 나섰다.

도대체 자신이 뭘 기대한 것인지, 그 때문에 왜 기분이 나빠졌는지 알 수 없었던 세르피아는 따뜻한 스튜와 부드러운 빵을 성진에게 가져다 주고는 로브를 갖춰 입고 신전으로 향했다. 엘프 특유의 차가운 이성으로 화나 있는 감성을 억지로 누른 세르피아는 그랑디아의 신전 앞 담벼락에 기대어 자신이 느꼈던 감정을 곰곰이 생각해 보았다.

눈으로는 신전 앞을 지나는 수많은 행인들을 좇고 있었지만 그녀의 정신은 그녀가 느꼈던 정체를 알 수 없는 감정을 분석하기에 여념이 없었다.

'도대체 왜 그랬을까?'

알 수 없다. 한 번도 느껴본 적이 없는 감정이기에 알 수 없었다. 그러나 그 감정이 그리 싫지는 않았다. 도리어 황홀할 정도로 좋은 것이었다.

왜 그를 생각하면 가슴이 뛰고 그의 말에 묘한 기대감이 느껴지는 것인가? 왜 자신이 기대했던 행동을 하지 않은 그를 볼 때마다 가슴이 미어지는 느낌이 오는 것인가? 왜 오늘 그가 피를 토하는 것을 봤을 때 그토록 가슴이 아팠던 것인가?

그녀의 정신은 '왜?' 로 시작되는 수많은 질문 속에 휩싸여 혼돈에 빠져들었다. 아울러 무척 시간이 더디게 흘러가는 것을 느꼈다. 분명 어제만 해도 이토록 지루하지는 않았다. 어제는 왜 그랬을까?

'단지 성진과 담소를 나누었을 뿐인데.'

그녀의 날카로운 이성은 어제와 오늘의 차이점을 금세 간파해 냈다. 그것은 성진이 있고 없고의 차이였다.

단 하나의 차이점이거늘 이토록 시간이 더디게 흘러가는 것인가? 세르피아는 느리게 흐르는 시간에 지루함을 느꼈고 그 지루함을 이기기 위해 어제 성진과 나누었던 이야기를 애써 상기시켰다. 그러나 생각하면 할수록 피를 토하고 경련하는 그의 모습이 떠올랐다. 세르피아는 가슴이 절절한 아픔을 느꼈다.

세르피아는 알 수 없는 조급함에 몸이 달아오르는 것 같았다. 어서 시간이 가기를 바랐고 해가 지상으로 숨기를 기다렸다. 그리하여 밤이 찾아오기를 기원하였다. 시간에 대해 무척 둔감한 엘프라면 생각할 수도 없는 기원이지만, 평소의 그녀라면 도무지 이해할 수 없는 기원이지만 왜인지 모르게 세르피아는 간절히 바랐다.

그녀의 바람이 아니라도 시간은 흘렀고 이윽고 저녁이 찾아왔다. 세르피아는 도착하지 않은 하이단의 일행에 낙담하였고 아울러 이제 성진에게 갈 수 있다는 것에 기뻐하였다. '기다릴 필요도 없었던 하이단의 일행을 기다렸다가 시간만 허비했노라고 따질 거야' 라고 되뇐 세르피아의 여관으로 향하는 발걸음은 빨라져 갔다.

이윽고 여관에 도착한 세르피아는 자신의 방에도 들르지 않고 성진의 방에 들이닥쳤다. 몇 시간 동안이나 밖에서 사람을 기다리느라 출출할 만도 하지만 그녀는 배고픔을 느끼지 못했다. 그저 성진의 얼굴이 보고 싶을 뿐이었다. 생각하고 생각했던 첫마디를 수도 없이 되뇌며 방문을 연 세르피아의 첫마디는 그녀가 준비했던 말이 아니었다.

"그녀는 누구죠?"

과연 그녀의 말마따나 방 안에는 전혀 본 적이 없는 사람이 떡하니 자리 잡고 있었다. 세르피아는 성진의 방 안에 낯선 여인이 있다는 사실에 불쾌감을 느꼈다. 더군다나 성진은 아무렇지도 않은 듯 가볍게 웃으며 그녀를 맞는 모습에 무언가 더욱 비틀리는 듯했다.

"그녀는 누구죠?"

처음의 질문이 단순히 의문이라면 이번 질문은 기분 나쁘다는 그녀의 감정이 배인 항의와 같았다. 자신은 몇 시간이나 밖에서 무료하게 보냈는데, 그토록 걱정하였는데 정작 당사자는 여인과 이야기를 나누다니. 세르피아는 자신이 격하게 흔들리는 것을 느꼈다. 그녀는 자신도 모르게 성진을 노려보았고 성진은 세르피아의 도두지 알 수 없는 기색을 느끼며 난처하다는 투로 대답하였다.

"당신을 찾아온 사람이네요."

"에?"

전혀 예상치 못한 말을 들은 세르피아는 그녀답지 않게 기음을 내고 말았다.

*　　　*　　　*

도무지 이 계절에는 상상도 할 수 없는 벽난로가 장작을 먹이 삼아 어두운 서재를 은은한 빛으로 밝히고 있었다. 그렇지 않아도 쪄 죽을 판국에 벽난로라니. 7월이라는 계절을 상기시켜 볼 때 이 시기에 벽난로를 지피는 인간은 체온을 담당하는 간뇌가 손상됐다고 여길지 모르지만 놀랍게도 서재는 한기(寒氣)가 돌고 있었다. 7월에 한기라니!

그러나 그것은 사실이었고 그 증거로 로이드 가의 집사 존 다이크가 차가운 입김을 뿜으며 로이드의 시중을 들고 있지 않은가?

"마스터, 장작을 더 넣을까요?"

산소를 머금고 타오르기 좋게 장작을 뒤적이던 다이크는 흔들의자에 앉아 본 카이나라는 귀한 찻잔에 담긴 차를 마시며 벽난로가 만들어내는 아름다운 오렌지 빛 향연을 바라보는 로이드를 향해 물었다.

따스하고 향기로운 차의 향기를 음미하던 로이드는 고개를 저었다.

"됐네, 그만 하면. 너무 더운 것도 몸에 좋지 않지."

햇볕이 들지 않아 온통 어둠으로 검게 물든 서재 안의 로이드는 착시인지 몰라도 유독 파랗게 질린 듯해 보였다. 아무래도 어둠 속이니 그런 듯하다. 로이드의 말을 들은 다이크는 서재 한 켠에 내려놓았던 서류를 다시 정리하여 들어 올렸다. 오늘의 보고 내용이 담긴 보고서였다.

쉐도우 워커 마스터인 그는 쉐도우 워커들이 물어온 정보를 정리하여 하루에 한 번씩 보고하는 것이 일과였다. 오늘의 보고는 로이드의 생각지 못한 차를 끓이라는 주문에 비교적 늦었지만 전날에 비해 크게 대동소이한 내용이 없었던 터라 그렇게 빨리 보고할 필요는 없다고 존 다이크는 생각했다. 만약 급한 보고라면 그의 위대한 마스터가 알아서 그에게 지시했을 테니 말이다.

존 다이크는 보고서의 첫 장을 펼쳐 내며 그 특유의 저음으로 보고서를 읽어 마스터에게 보고하기 시작하였다.

"북대륙, 카이나 제국에 총본산이 자리 잡은 강철과 폭풍의 신 마르세

우스의 신전에서 신루(God Tear)의 출발이 지체된다는 보고입니다. 아무래도 제국의 정보 기관인 '오드 아이(Oce Eye)에서 신루가 크라인 왕국으로 모여든다는 정보를 감지한 듯합니다. 신전에서 신의 계시를 빌미 삼아 제국에 협조를 요청했는데도 제국은 신루의 출국 금지령을 내렸습니다. 마찬가지로 그랑디아 신전에서도 다른 여러 가지 사유로 신루의 출발이 지체되는 듯합니다."

로이드는 미간을 찌푸렸다. 좋지 않은 징조다. 원래 신루라는 것은 한 나라를 뒤집어엎을 정도로 막강한 신성력을 담은 기적의 산물이었다. 비록 지금에 와 그 이적을 행하는 열쇠가 사라졌다고 하지만 그러한 힘을 담은 돌이 한 나라에 집중되는 것이 달가워할 나라가 어디 있겠는가? 더군다나 크라인 왕국이라면 카이나 제국과 카밀 왕국의 적성국(敵城國)이다. 가뜩이나 서로에게 이를 들이대는 나라인데 신루라는 산물이 넘어갔다가는 국가의 존립에 위해가 될지도 모른다고 생각한 듯하다.

신의 계시라도 그것을 해석하는 것은 인간, 서로의 사정에 의하여 그 뜻이 더욱 비틀릴 수 있는 것이다. 신전은 신의 계시를 빌미 삼아 제국에 협조를 요청했지만 거절당한 것을 보면 확실히 알 수 있었다. 단 하나의 신루라도 모자라면 인장을 수호하기 위한 봉인을 이루는 진이 완성될 수가 없었다. 지금 교단에 도착한 것은 정의와 창공의 신 라이트라스와 재생과 죽음의 신 이펠리온의 신루, 단 두 개뿐이었다. 당장이라도 봉인을 깨고 튀어 나가려는 신물을 상기하 볼 때 휘라인 교단으로서는 매우 좋지 않은 상황인 것이다.

"쉐도우 워커 넷을 보내 신루를 가져오게 하라. 아마 고위 성직자 한 명씩 딸려 보낼 테지만 쉐도우 워커 넷이라면 안전하게 데려오겠지. 혹시라도……."

로이드는 잠시 생각했다. 말이 안 될지도 모르겠지만 만약의 사태라는 것이 있다. 로이드는 한 가지 지시를 덧붙였다.

"신전에서 주지 않는다면 강탈해 와라."

아마도 5대 교단이 합의했다면 일단은 신전 깊숙한 곳에서 신루를 꺼내왔을 것이다. 카이나 제국에 위치한 마르세우스라면 이해가 되지만 그랑디아 신전이라면 약간 이해가 되지 않는다. 출발 준비가 완료되었다는 소식이 들린 지 이 주가 지났는데 여태 출발하지 않은 이유는 무엇인가? 로이드는 그랑디아 쪽에서 다른 꿍꿍이가 있다 판단하고 지시를 덧붙인 것이다. 신루를 강탈하는 것은 한 교단을 적으로 돌리는 행위지만 미리 합의한 문서가 있는 이상 단지 더욱 빨리 받길 원했다고 하면 그만이다. 더군다나 사정이 급한 마당에 남의 사정에 신경 쓰고 싶지 않았다. 도둑놈 심보가 아닐 수 없지만 그렇게 해서라도 필요한 때였다.

밑도 끝도 없는 단지 '강탈해 와라' 라는 지시지만 존 다이크는 아무 이견도 없었다. 로이드의 분석은 언제나 정확했고 쉐도우 워커는 그런 그의 지시에 어긋남이 없었다. 어찌 보면 존 다이크는 중간에서 지시만 전달해 주는 메신저가 되는 존재일 수도 있다. 인형 같다고 생각될지 모르지만, 그것 때문에 자존심이 상할지 모르겠지만 존 다이크는 그런 생각 따위는 조금도 품지 않았다. 그에 있어서 로이드에 대한 충성은 그의 존재 이유였으니 말이다.

말없이 로이드의 지시를 암기한 존 다이크는 두 번째 보고를 올렸다.

"귀족가에서 출발시킨 추적대가 성공적으로 용병 길드에서 오십여 명의 추적대원을 인계받고 국경 부근에 도착했습니다."

로이드는 고개를 끄덕였다. 그가 예견했던 대로 귀족가에서는 충실히 그가 던져 주는 먹이를 물었다. 그토록 알고 싶어하던 시프 길드의 본부에 관한 정보가 흘러들어 왔으니 말이다. 더군다나 귀족가에 위협이 되던 어쎄신들이 괴멸되어 더 이상의 위협 요소가 사라졌으니 맛있는 먹잇감을 가만 놔둔다면 귀족가에 자자한 악명이 울고 갈 것이다.

귀족가는 로이드가 예견한 대로 성공적으로 시프 길드의 멱을 물었고 조금이라고 반항한다면 찢어발길 정도로 충실히 시프 길드를 우려먹기 시작하였다. 만족할 만큼의 성과였다. 가뜩이나 쉐도우 워커 본부 위치를 공개한다고 각국 정보 기관에 접촉하던 시프 길드가 약점을 잡혀 꼼짝달싹하지 못하니 그로서는 눈엣가시가 빠진 듯 시원하였다. 로이드는 만족한 미소를 지었다.

"역시나 먹음직스러운 것을 던져 줬으니 말이야, 그 특유의 저열한 성품이 여실히 드러나겠군. 이번에는 그 늙어 죽지 못한 영감이 국왕까지 끌어들었으니 앞으로 정말 기대되는군."

국왕을 끌어들여 국왕의 고위 기사까지 비밀 임무라는 이름 아래 추적대에 동행시켰다는 것을 알고 있는 로이드였다. 드골 백작이라는 오러 유저와 애송이 고위 기사 한 명, 오십여 명의 용병들로 세이진이라는 마스터가 끼어 있는 엘프 일행을 사로잡는다는 그들의 계획이 우습기 그지없었다. 물론 추적대가 가진 정도의 전력이라면 상당히 강한 전력이지만 상대를 잘못 골랐다. 그렇다고 그 정보를 알려줄 생각은 없었다. 드골 백작이라는 어리석기 그지없는 광대가 미친 사냥개들을 이끌고 온 대륙을 헤집으며 벌일 광대놀음이 그로서는 너무나 기대되기 때문이다.

서재의 냉기에 의해 어느새 차갑게 식어버린 찻물을, 그래서 더욱 맛이 떨어져 버린 찻물을 로이드는 좋다는 듯 한 모금 입에 머금고 천천히 혀를 굴려 음미하였다.

"마지막 보고입니다. 여전히 엘프에 관한 정보를 알 수 없습니다. 시프 길드에서도 은월의 계곡을 끝으로 사라져 버린 엘프의 종적을 찾을 수 없다고 합니다."

알 수 없다는 게 조금 답답했지만 로이드는 개의치 않았다. 지금으로서는 엘프에 관한 정보는 별 쓸모가 없었다. 그들에게 위해가 되지 않기 때문이다. 엘프의 종적에 대한 정보가 필요한 것은 엘프와 동행하는 정체를 알 수 없는 마스터가 그의 계획에 꼭 필요했기 때문이다. 그것은······.

"그만 나가보게."

누가 그의 생각을 읽을세라 금세 그에 관한 생각을 접어버린 로이드는 빈 찻잔을 내려놓으며 그의 충실한 집사이자 부관에게 명했다. 존 다이크는 조심스럽게 찻잔을 정리하여 들고 서재를 나섰다.

그가 꾸벅 허리를 굽히자 로이드는 막 생각났다는 듯 다이크에게 말했다.

"아, 잠깐. 차 한 잔 더. 그리고 이번에는 간단한 다과도 가져와라. 갑자기 출출해지는군."

"알겠습니다, 마스터."

서재의 질 좋은 나왕으로 이루어진 목제 문이 닫혔다. 말없이 벽난로에서 새어 나오는 빛을 보던 로이드는 서재의 한쪽 구석을 향해 말했다.

"그만 몸을 드러내시지요. 제 집사는 갔습니다."

분명히 그쪽은 단지 벽과 벽이 만나는 구석에 불과하였다. 그러나 로이드의 말이 끝나자마자 인영이 홀연히 나타나는 게 아닌가? 어둠 속에 묻혀 있으나 벽난로에서 새어 나오는 연한 주황빛 불빛은 인영의 체격을 짐작하는 데 꽤나 도움이 되었다.

대략 6피트(185㎝) 가까운 신장. 꽤나 거구였다. 대륙 성인 남성 평균 신장이 약 5.5피트(170㎝)에 조금 못 미친다고 생각해 봤을 때 상당히 큰 체구였다. 체구만 큰 것이 아닌 듯 민소매의 팔뚝은 상당한 명암이 엇갈렸다. 완만한 곡선을 그리는 역동적인 형태로 미루어보아 근육이 잘 발달한 듯하다. 사내는 로이드의 뒤편으로 움직이며 말했다.

"그런가? 마지막 주문은 잘했어. 꽤 출출했거든."

그렇게 큰 체구에 어울리지 않는 맑은 울림을 가진 목소리였다. 흔들의자에서 일어선 로이드는 자리를 사내에게 양보하였다. 살짝 고개를 끄덕인 사내는 로이드가 앉았던 흔들의자에 몸을 기대었다.

끼기익―

본래의 주인이 아닌 좀 더 거구에 몸무게마저 더 나갈 것 같은 사내가 의자에 몸을 싣자 단단한 목재로 짜여진 의자의 연결 부위에서 나무 특유의 거친 울림이 퍼졌다. 그러나 그 소음은 이내 잔잔해졌고 사내가 몸을 살짝 움직일 때마다 '끼익끼익' 거리는 듣기 좋은 소리를 만들며 묘한 리듬을 탔다. 잠시 그 안락함을 즐기던 사내는 로이드에게 말했다.

"상당히 좋군. 역시 인간들은 재기있는 것을 잘 만든다니까. 아, 잠시 비켜보게. 나도 난로의 온기를 쬐고 싶군."

로이드는 여태 사내의 면전에 묵묵히 시립해 있었다. 그 때문에 벽난로에서 뿜어져 나오는 복사열이 로이드의 몸에 가려져 그에게 닿지 않아 약간 추웠나 보다. 로이드는 사내의 말에 한 걸음 옆으로 물러섰고 사내는 자신에게 오는 온기를 느끼며 눈을 살짝 감았다.

주황빛 빛에 얼룩진 사내의 얼굴은 그 체구에 어울리지 않게 섬세한 이미지를 가졌다. 세모 모양으로 발달한 턱과 얼굴의 절반을 가리는 금발. 특이한 점은 짙은 갈색 피부라는 것과 인간의 귀와 비교해 볼 때 크기는 같으나 그 끝이 뾰족하다는 것이다.

"그나저나 라디아 엘프 족 여성에 대한 정보는 그대의 조직에서도 찾을 수 없나?"

로이드는 고개를 숙이며 말했다.

"죄송합니다. 제 불찰입니다."

"됐어. 자네 잘못은 아니지."

사내가 몸을 뒤틀자 흔들의자가 다시 '끼기각' 하는 비명을 질렀다.

그 날카로운 소리에 신경이 거슬렸는지 사내는 눈을 살짝 찌푸렸다. 그 기색을 본 로이드는 조심스럽게 사내에게 물었다.

"외람된 말씀이지만… 그 라디아 엘프를 왜 찾으려 하시는지요."

"외람될 것도 없다. 단지 호기심 때문이지."

"호기심… 말입니까?"

호기심이라니. 세상의 모든 것에 무심한 이 사내에게도 호기심이라는 게 존재한단 말인가?

"왜, 이상한가? 그러나 이 감정은 호기심이라고밖에 표현할 수 없어. 라디아 엘프 족 엘븐 마스터 세이카류의 딸이라니. 재미있지 않나? 한때 내가 사랑했던 세이카류의 혈육이라는 게 내 감정을 그토록 자극하는지도 모르지."

사내의 말에 로이드는 고개를 끄덕였다. 그쯤 되면 호기심이 일어날 만도 할 듯하다. 그런데 그녀의 곁에는 세이진라는 마스터가 존재한다. 접근하는 것만으로도 알아차릴 우려가 높았다. 그런 로이드의 의문을 알아챘는지 사내는 양손으로 각지를 끼고는 가슴에 올렸다.

"몰래 불러내면 될 것 아닌가? 그녀가 원하는 것을 줄 테니 말일세. 유폐당한 숲에서 빠져나왔다면 분명 그녀는 차기 엘븐 마스터. 그녀가 가진 의무를 들먹이면 되겠지. 거절할 수 없는, 뿌리칠 수 없는 의무 말일세."

로이드는 사그라지기 시작한 벽난로를 기다란 쇠막대로 뒤적거렸다. 작은 주황색 불똥이 난로 밖으로 튀어나와 퍼졌고 로이드는 얼굴로 전해져 오는 온기를 느끼며 고개를 살짝 돌려 사내의 얼굴을 보았다.

"역시… 쿠르시아 엘프 족 엘븐 마스터로서 말입니까?"

사내는 고개를 끄덕였다. 잠시 벽난로를 바라보던 사내는 막 벽난로 앞을 뜨려는 로이드에게 손을 휘저으며 말했다.

"흠, 왠지 더욱 추워지는 느낌이군? 불을 더 지펴보게나."

　로이드는 고개를 끄덕이고 벽난로 옆에 쌓아놓았던 장작더미에서 장작을 꺼내 벽난로 안으로 집어넣었다. 따닥따닥거리는 목재의 섬유질이 파열되는 소리와 어둠을 머금은 서늘한 냉기가 둘만이 지키고 있는 넓은 서재를 말없이 채우고 있었다.

*　　　　　*　　　　　*

　로이드와 의문의 사내가 은밀한 대화를 나누고 있는 그 시각, 세르피아는 말로써 표현할 수 없는 모호한 상황에 상당히 곤혹스러워야만 했다. '도움을 요청합니다' 라는 밑도 끝도 없는, 그야말로 당황스럽기 짝이 없는 여인의 첫마디는 그녀가 설명하는 모든 이야기를 들은 다음 느낀 감정에 비하면 그야말로 약소한 일에 불과하였다.

　시프 길드의 카밀 왕국, 에크라노 지부장이라고 자신을 소개한 이 여인의 이야기를 다 듣고 난 후 세르피아의 첫마디는 성진에게 건네는 것이었다.

　"인간이 이렇게 모순적인 종족이었나요?"

　세르피아의 질문은 어쩌면 당연한 것이었다. 도대체 그토록 자신들을 괴롭히던 조직에서 도와달라고 하다니. 누구라도 이런 질문을 던질 것이다. 아니, 만약 당사자가 엘프가 아닌 인간이라면 어이없다는 듯 웃고 당장 칼을 빼 들었을지도 모른다.

　말을 전하러 온 지부장이라는 여인도 곤혹스러운지 표정이 영 말이 아니다. 세르피아가 말없이 여인을 쳐다보자 여인은 그녀의 시선을 정면으로 받기 힘든지 고개를 떨어뜨렸다.

　"전령이라고요?"

　세르피아가 문득 말하자 여인은 잠시 움찔하더니 말을 받았다.

"네, 전령입니다."

세르피아는 고개를 끄덕였다.

"그렇다면 명령한 자는 당신 조직의 우두머리겠군요, 나를 쫓으라고 지시했던."

여인은 고개를 끄덕였다. 그녀도 사전의 전모를 익히 들어 알고 있었다. 멀리 떨어진 크라인 왕국에서 벌어진 일이라도 시프 길드 특유의 정보력이면 며칠 지나지 않아 죄다 보고받기 마련이다. 하물며 길드에서 몇 없는 지부장이다.

지부장은 길드의 서브 마스터 급 직위를 가진 고위 간부였다. 그런 그녀가 엘프를 둘러싼, 길드가 벌였던 일들을 모를 리가 없었다. 더군다나 최근 일어난 어쎄신 궤멸 사건의 주범이 자신의 눈앞에 자리한 이 엘프라는 것도 알고 있었다.

엘프의 특징인 기다란 귀가 인간처럼 변했다고는 하지만 시프 길드의 지부장을 지내며 수많은 사람을 만나본 그녀는 눈앞에 보이는 아름다운 미인이 엘프라는 사실을 처음 볼 때부터 확실히 느끼고 말았다. 위기를 통해 단련된 도둑 특유의 육감, 그녀로서는 어찌해 볼 수 없는 강력함이 피부를 통해 느껴지고 있었다. 그 때문에, 눈 깜짝할 새에 자신이 죽을 수도 있다는 그 사실을 잘 알고 있기에 목이 바짝 마른지도 몰랐다.

"맞습니다. 하지만 저희 길드는……."

말을 잇던 여인은 머뭇거리며 세르피아를 보았다. 성진은 여인의 난처함을 이내 깨닫고 말했다.

"세르피아입니다."

성진의 눈에 감사의 눈빛을 보낸 여인은 다시 말을 잇기 시작하였다.

"저희 길드는 세르피아님의 경고를 겸허히 받아들였습니다. 더 이상 세르피아님을 쫓지도 않을 것입니다. 다만 세르피아님의 다소 과격한 경고로……―이 부분에서 세르피아는 눈살을 살짝 찌푸렸다―아, 죄송합니다. 세르피아님의 경고로 저희 길드의 보호 수단인 어쎄신들이 괴멸당해 길드의 적들이 난입하여 길드의 존립이 위태하다는 사실을 알아주십사 합니다."

그녀의 말에 세르피아의 표정이 살짝 변했다.

"그래서 그 책임을 저에게 인가하는 겁니까? 원인은 누구지요? 누가 시작한 겁니까?"

분명 음색은 그대로지만 느껴지는 감정은 그게 아니었다. 살짝 분노한 듯 살기가 사정없이 여인을 찌르기 시작한 것이다. 오러 유저의 살기라는 것은 일반인이 내뿜는 살기와는 차원이 다르다. 그 살기만으로도 사람에게 상당한 공포감을 안겨줄 수 있다. 그 증거로 당장 여인의 옷 밖으로 드러난 살갗에 소름이 돋는 게 아닌가.

"세르피아."

성진이 나직이 그녀의 이름을 부르자 그계야 세르피아는 살기를 누그러뜨렸다.

이마에 송골송골 식은땀이 맺힌 여인은 손수건을 꺼내 이마를 닦아내었다. 그래도 손은 떨지 않는 것을 보아하니 제법 강단이 있는 여인인 듯하다.

세르피아가 성진에 의해 진정된 기색이 브이자 여인은 세르피아의 눈치를 잘 살피며 조심스럽게 입을 떼기 시작하였다. 그녀 자신도 한 번만 더 말실수를 하다가는 교섭이고 뭐고 물 건너간다는 사실을 잘 알고 있었다.

"저희도 그 점에 통감하고 있습니다. 저희 길드 마스터께서는 그 점에 대해 깊은 사과의 말씀을 전해달라그 말씀하셨습니다. 그리고 세르피아님에게도 그리 손해가 되지 않는 제안으로 알고 있습니다."

거기까지 말을 마친 그녀는 세르피아의 표정을 보며 살짝 떠보았다.

"무언가를 찾고 계시지 않습니까?"

세르피아는 말없이 고개를 끄덕였다.

"……."

전혀 뜻밖의 대응에 여인은 잠시 당황하였다. 보통 그녀가 다뤄본 사람들의 반응은 이럴 때 잡아떼거나 그런 사실이 없다는 듯 태연하게 행동한다. 그런데 순순히 고개를 끄덕이다니! 과거 읽었던 엘프는 진실만을 이야기한다는 말이 맞구나 하고 생각한 여인은 말을 이었다.

"저희 시프 길드는 대륙 최고의 정보를 자랑하고 있습니다. 원하시는 것이 그 무엇이든 알 수 있지요. 만약 세르피아님이 원하신다면 그 어떤 정보라도 이틀 이내에 제공할 수 있습니다. 아울러 세르피아님을 찾으려는 세력에게 거짓 정보를 흘려 방해 공작을 펼치겠습니다."

그 정도면 구미가 당기는 제안이었다. 그들에게는 정보가 부족하였고 저쪽은 정보를 가지고 있었다. 그녀가 원하는 어머니에 대한 정보나 청공의 활 행방도 저들 길드가 알아올 수 있다. 그렇다면 발품을 팔지 않고도, 헤매지 않고도 손쉽게 정보를 얻을 수 있었다. 더군다나 하루살이들마저 좇아준다니 괜찮지 않은가?

그녀가 곰곰이 생각하는 표정을 짓자 여인은 내심 쾌재를 부르며 말했다.

"단지 흔들어놓기만 하면 됩니다. 저희의 목줄을 죄는 귀족가는 저희가 알아서 처리하겠습니다. 단지 소란을 일으켜 대륙의 이목을 그쪽으로 집중시키기만 하면 됩니다."

'그게 과연 쉬울까?' 하는 생각이 여인의 머리 속에 스쳤다. 마스터조차 죽인 적이 있는 쉐도우 워커들이다. 아무리 강하다고 해봤자 마스터가 아닌 저 엘프 여인이 해볼 수 있는 상대가 아니었다. 길드로서는 그저 소란을 피워 이목만 집중시켜 주기만 하면 됐다. 그녀가 거기서 죽음을 맞이하든 하지 않든 그런 것은 알 바가 아니었다.

그러나 그 사실은 협상에서 매우 불리하기에 여인은 철저히 그것을 숨 겼다.

"단지 흔들기만 하면 됩니까?"

세르피아는 질문하면서 성진을 살짝 곁눈질하였다. 성진과 그녀 둘의 힘이라면 부족함이 없었다. 손해 보지 않을, 도리어 크게 이득 볼 수 있 는 제안이었다. 그러나 경솔하게 판단할 수 없다고 생각한 그녀는 여인 에게 말했다.

"섣불리 판단할 수 없는 제안이군요."

낙심하려는 마음을 애써 부여잡은 여인은 승낙도 거절도 아닌 세르피 아의 말에 일말의 기대를 가졌다. 솔직히 아쉬운 것은 그들이었다. 세르 피아야 발품만 팔면 될 것이 아닌가? 시간이 걸리더라도 언젠가는 찾을 수 있을 것이다. 만약 그것이 최고의 정보력을 지니고 있는 시프 길드만 이 알아낼 수 있는 것이라면 교섭의 여지가 있는 것이다.

여인은 재빨리 고개를 꾸벅 숙이며 말했다.

"그렇다면 며칠 생각해 보시기 바랍니다."

그러면서 여인은 작은 문양이 새겨진 동전을 그녀에게 건넸다.

"만약 결심하셨다면 그 동전을 이 여관에서 일하는 아이에게 건네주 십시오. 아무쪼록 서로에게 좋은 결과를 가져오는 판단을 하셨으면 합니 다."

승낙을 바라는 완곡한 표현이었다. 당장 세르피아의 입에서 거절의 말 이 나올까 봐 작별 인사를 마친 여인은 서둘러 성진의 방을 빠져나갔다.

말없이 여인이 빠져나간 방문을 보던 세르피아는 성진에게 고개를 돌 렸다.

"이것이 좋은 것인가요, 나쁜 것인가요?"

성진은 빙그레 웃으며 말했다.

"그다지 나쁘지는 않은 것 같습니다. 의심스럽다면 곰곰이 생각해 보면 될 것 아닙니까. 전 당신의 판단을 믿습니다."

그녀에게 온 제안이고 그녀가 택할 일이었다. 성진이 왈가왈부한다면 그녀가 성진의 의견을 따를지 모르지만 그것은 그녀가 걸을 길이 아니었다. 세르피아 자신이 판단하고 그녀의 의지로 만든 길이 마스터로 향하는 길이었다. 그 길을 중간에서 방해할 생각이 전혀 없는 성진은 그저 세르피아를 지켜보기만 할 생각이었다. 그녀가 판단하고 행동해서, 힘에 부친다면 기꺼이 도와줄 생각을 하였다.

세르피아도 그런 성진의 의도를 아는지 그저 말없이 고개를 끄덕였다. 그러나 못내 아쉬운 감정은 왜 드는 걸까? 세르피아는 또다시 찾아오는 이 모호한 감정에 어리둥절하고 말았다.

창세력 제2기 8012년 7월 15일. 크라인 왕국 수도 쉬스만 남서쪽으로 200km 부근.

예언과 행운의 여신 스메티아를 받드는 견습 사제 루시아는 저녁 예배를 마치고 잠자리를 준비하기 시작했다. 십여 명으로 구성된 일행은 두런두런 이부자리를 준비하기 시작했으며 신루를 경비하는, 교단에 몇 없는 검술을 가르치는 네 명의 사제들이 순서대로 불침번을 짜기 시작하였다.

이미 해가 떨어진 지는 오래. 야영이라는 것이 사람의 체력을 갉아먹고 피로를 쌓이게 하는 부담스러운 일이지만 어쩔 수 없었다. 그 일대 마을이라고는 마차를 타고 하루를 꼬박 가야 하는 곳에 위치했기 때문이다.

마차 두 대를 가지런히 세워놓고 열 명의 사람들이 두셋의 무리를 이루어 갈라졌다. 남성 사제들은 남성끼리, 여성 사제들은 여성끼리 무리를 이뤘다. 모닥불을 두 군데에 피워놓고 모닥불 주위를 둥그렇게 두른 형태였다. 그리고 그 가운데 신루를 모셔둔 상자와 불침번을 서는 사제들이 자리를 잡았다.

몸을 피로하게 만드는 땅의 냉기를 막기 위해 두터운 담요를 깐 루시아는 사람이 누우면 편안하게끔 여러 번 담요 위에 누워보았다. 등으로 느껴지는 딱딱한 돌 조각을 들어내기 위해 담요를 들추고 왠지 불편한 부분이 있으면 흙을 모아 메웠다. 그렇게 편하게 자리를 고치기를 수차례.

루시아는 그 자리를 나이가 육십 줄에 접어든 일행의 인솔자이자 교단에 계시지 않은 고위 사제에게 양보하였다. 그것이 견습 사제의 의무이자 고위 사제에 대한 예우였다. 무엇보다도 그녀가 존경해 마지않는 고위 사제를 위함이었다.

"괜찮다, 루시아. 늙은이야 곧 죽을 몸이 아니더냐. 그저 따뜻하게 덮을 수 있는 모포 한 장이면 족한 것을."

육십이라는 나이보다 더욱 늙어 보이는 그녀는 주름이 가득 팬 얼굴로 미소를 지었다. 루시아는 고개를 숙이며 대답하였다.

"아니에요, 사제님. 사제님이 편찮으시다면 일행에 우환이 됩니다. 더군다나 사제님이 불편하게 주무신다면 제 자신을 용서할 수 없답니다."

이 마음씨 고운 어린 견습 사제를 푸근한 시선으로 본 고위 사제는 검버섯이 피어 검게 물들고 세월에 스쳐 피부의 탄력을 잃어버린 손으로 루시아의 갈색 머리칼을 쓰다듬었다. 고생을 많이 했는지 굳은살이 박인 거친 손이지만 루시아는 머리 위로 스치는 그 손길에 따뜻함을 느꼈다.

"그래, 너도 잘 자거라."

루시아는 얼마 떨어지지 않은 자신의 자리에 담요를 깔기 시작하였다. 젊은 몸인데 자리에 신경 쓸까? 그저 불편하지 않을 정도로 땅을 정리한 그녀는 담요 위에 몸을 누이고 모포로 온몸을 덮었다.

"와아……."

그녀는 나직한 감탄을 터뜨렸다. 여행길 동안 숱하게 야영을 했었지만 이토록 하늘이 맑아 쏟아지는 것처럼 많은 별들을 본 적은 처음이었다. 은빛 폭포라 불릴 만하다. 하늘에는 우유로 만들어진 길이라는 이름이 붙은 밀키 웨이(Milky Way)가 길게 뻗어 밤하늘을 가르고 그 곁에는 수많은 은색, 청색, 적색을 발하는 별들이 아름답게 흩어져 있었다.

그토록 많은 별들은 본 적이 없었다. 눈이 시릴 정도의 별을 보았다는 사제님들의 이야기를 가슴이 두근거리도록 즐겨 들었던 그녀로서는 감동이 아닐 수가 없었다. 그녀의 탄성을 들은 주위의 사제들이 살며시 웃었다.

"넌 처음이겠구나, 루시아. 나도 이렇게 많은 별을 보는 것은 오랜만이구나. 아무래도 스메티아님께서 우리 루시아를 위해 작은 행운을 선사하신 모양이구나."

중년에 들어선 한 여인이 루시아에게 말했다. 루시아는 그 사제의 말에도 아무런 대꾸조차 할 수 없었다. 눈으로 쏟아지는 별빛에 취해 할 말조차 잊은 지 오래였다.

그런 그녀의 심정을 아는지 중년의 사제는 말없이 시선을 하늘로 고정시켰다. 그녀는 어쩌면 이것이 다른 신의 사제들은 경험해 보지 못하는 그들만의 작은 낭만이라 생각했다.

'방랑의 여신' 이라는 예명이 붙은 스메티아를 모시는 스메티아 교단은 그들 신의 특성답게 '방랑교단' 이라는 예명이 붙을 정도로 대다수의 사제들이 대륙을 떠돌고 있었다.

신을 위한다는 목적 아래 화려하게 신전을 지은 여타 교단과는 다르게 스메티아 교단은 그 신전이라는 것 자체가 없다. 물론 교단을 유지하고 대륙에 떠도는 사제들에게 중요한 연락을 하기 위해 총본산이 존재하지만 실질적인 영향력은 유랑하는 사제들이 가지고 있다. 사제들이 움직이는 신전인 셈이다.

'가장 낮은 곳에서부터 가까이' 라는 교리를 실천하기 위해, 사람들에게 가까이 다가가기 위해 교단은 신전을 버리고 방랑을 택했다. 그렇게 대륙을 떠돌기 시작한 사제들은 민초에게 힘이 되어주는 행운과 예언, 사람들에게 순간의 행운을 빌고 인생의 순탄함을 위해 예언을 풀어놓았다.

행운을 바라는 도박꾼들이나 일부 용병, 점을 치며 살아가는 점술가나 가난한 민초가 스메티아 신도의 대부분이라 교단은 가난하기 그지없다. 또한 신성력이라는 것이 탁월한 재능 없이는 발현되기 힘든 성질의 것이고 방랑이라는 워낙 험한 인생을 살아가는 사제들이라 사제의 수도 매우 적었다. 때문에 5대 교단 중에서도 그 세력이 가장 약했다.

이번 신루의 운송만 해도 총본산 근처를 유랑하는 사제들을 호출하고 보다 안전하게 신루를 수송하기 위해 교단에서 검술을 가르치던―스메티아 사제들은 여행길의 안전을 위해 한두 가지의 호신술은 필수적으로 익힌다―일부 사제들이 주축이 되어 불과 열 명이라는 적은 인원으로 길을 떠난 것이다.

아무리 비밀이고 대륙에서 아는 사람이 없다지만 교단의 보물을 호송하는 인원이 단지 열 명이라니 말이 된단 말인가. 하지만 교황은 웃으며 그렇게 명했고 총본산에서 업무를 수행하는 사제들의 우려와는 다르게 아무런 일도 벌어지지 않았다. 대륙을 뒤흔들 수 있는 '신루' 라는 보물을 불과 열 명이라는 인원으로 호송한다는 것 자체가 만용일지 모르지만 일행은 근 이 주에 달하는 여행길 동안 고난을 겪은 적이 없었다.

'역시 행운일까?'

루시아는 별빛이 흐르는 하늘을 보며 생각했다. 그런 그녀의 생각은 어쩌면 당연할지도 모른다. 도대체 그 흔한 도적들은 어디로 간 것인가? 그저 그녀는 스메티아의 사제들을 해치면 무시무시한 불행과 저주가 뒤따른다는 민간의 믿음이 일행을 보호하고 스메티아님이 수호해 줬다는 생각을 할 뿐이지만 실상은 달랐다.

고위 사제 혼자만이 알고 있는 사실을 그녀가 들었다면 깜짝 놀랐을 것이다. 일행을 보호하고 있는 것은 휘라인 교단의 특수 무력 단체 쉐도우 워커라는 것을. 단 두 명에 불과하지만 몇 번에 걸친 일행에 대한 도적의 난입을 막아냈으며 일행을 노리던 사람들을 쥐도 새도 모르게 끝장낸 것이 이 쉐도우 워커라는 사실을 말이다.

알아봤자 정신 건강에 해롭기 때문에 이 늙지만 현명한 고위 사제는 굳이 그 사실을 일행에게 밝히지 않았고 루시아의 순진무구한 생각은 계속될 수 있었다.

그렇게 얼마나 하늘을 보았을까? 문득 그녀는 자신 곁에 어떤 사람이 앉아 있다는 것을 느꼈다. '불침번을 서는 검술 사제인가?' 하고 생각한 그녀는 시선을 옆으로 이동하였고 그 인영이 여성이라는 사실에 깜짝 놀랐다.

모닥불에 비치는 엷은 실루엣을 보다 정확히 보기 위해 그녀는 눈을 크게 떴고 이윽고 그 인영이 그녀의 일행이 아니라는 것을 깨달았다. 어찌나 놀랐는지 그녀는 멍하니 그 인영을 보았고 인영은 그녀의 시선을 느꼈는지 그녀에게 말을 건넸다.

"어머? 이제 아셨나 보네요. 하지만 반응이 꽤 늦는 걸 보니 조심하지 않으면 이 험한 세상을 살아가기 힘들겠어요."

분명 루시아를 향해 했던 말이거늘 정작 대답한 것은 신루를 지키고 있던 검술 사제였다.

"웬 놈이냐!"

검술 사제의 외침과 동시에 십여 명의 사제들이 자리를 박차고 일어났다. 열 쌍의 눈이 인영에게 꽂혔다.

"숙녀에게 '웬 놈이냐!' 라니. 실례되는 발언이에요. 비록 사제라지만 기본적인 예의는 지켜야지요."

워낙 태연자약한 말에 루시아는 점점 머리 속이 헝클어지는 것을 느꼈다. 도대체 누구인가? 어디서 왔나? 언제부터 그녀 곁에 있었나? 그녀는 잠자리에서 반쯤 몸을 일으킨 채 얼어붙어 있었고 인영은 그런 그녀를 위해 작게 손가락을 튕겼다.

딱—

손가락이 부딪치면서 만들어내는 소리라고는 믿기지 않을 만큼 맑은 그 소리에 혼란스러워하던 루시아는 번쩍 정신을 차렸고, 그래서 그녀는 황급히 인영의 곁에서 물러섰다. 그녀가 물러서자 검술 사제 한 명이 시퍼런 빛을 뿜어내는 검을 뽑아 들고는 인영의 앞을 가로막았다.

"무슨 목적이냐?!"

한 사제가 품에서 작은 돌을 꺼내 짧은 주문을 외자 환한 빛이 어둠을 물리치며 주변을 밝히기 시작하였다. 덕분에 이제껏 어둠에 물들어 생김새를 파악할 수 없었던 인영의 모습이 드러났다.

눈이 시원할 정도로 환하고 투명한 푸른 머리칼이 어둠의 베일을 벗고 모습을 드러냈다. 풍성하게 기른 그 머리칼은 어깨를 넘어 등을 덮고 있었다. 어찌나 투명한 빛깔인지 어둠 속에서도 스스로 빛을 내는 듯하였다. 그 같은 머릿결을 지켜보던 여성 사제들도 내심 감탄할 정도였다. 평범해 보이는 그녀의 외모조차도 아름다운 머리칼로 인해 더욱 신비해 보였다. 루시아는 침입자만 아니라면 저 같은 머릿결을 가꾸는 비결을 당장이라도 묻고 싶을 정도였다.

여인은 검술 사제의 날카로운 물음에 환한 미소를 지으며 답했다.

"다른 직업이 있기는 하지만 지금은 도둑이라고 하지요. 음, 목적은……."

여인은 손을 뻗어 검술 사제가 막아서는 방향에 있는 신루가 봉안된 상자를 가리켰다.

"저것을 잠시 제가 보관하기 위해서예요."

그녀의 말에 검술 사제의 굵은 눈썹이 거칠게 꿈틀거렸다. 그뿐만이 아니라 전 사제들의 얼굴이 딱딱하게 굳었다. 감히 교단의 보물을 강탈하다니! 당장이라도 검으로 베어버리고 싶었지만 불침번을 서던 검술 사제의 이목을 속이고 소리도 없이 나타났다는 점과 고위 사제의 만류하는 눈빛으로 겨우 참아낼 수 있었다. 발작하려는 검술 사제를 눈빛으로 제재한 고위 사제는 앞으로 나서며 그녀에게 말했다.

"저는 이 일행을 책임지는 노파입니다. 누군지는 모르오나 지금 그대가 원하는 저것은 우리 교단의 보물입니다. 함부로 줄 수 없는 물건이지요. 그 점을 양해하고 물러가시면 서로에게 좋을 듯합니다만."

고위 사제의 말에 그녀는 환한 미소를 지었다.

"하이 프리스티스시군요. 훔쳐 간다는 것이 아닙니다. 잠시 보관한다는 것이죠. 양해해 주시겠어요?"

"……."

웃으며 저런 말을 하다니. 고위 사제는 상대가 단단히 마음을 먹고 왔다는 것을 깨달았다. 그러나 순순히 줄 수는 없는 노릇이었다. 교단의 보물은 목숨을 걸고서라도 지켜내야 할 그들의 믿음이었다. 고위 사제는 한 걸음 물러서며 양손을 가슴께로 들어 올렸다.

"그렇다고 순순히 줄 수는 없습니다. 가져가려면 저희를 밟고 가져가시길."

그와 동시에 고위 사제의 손에서 빛이 뭉치더니 광탄이 쏘아져 나갔다. 검술 사제도 동시에 검을 뿌리며 앞으로 튀어 나갔다. 어찌나 절묘한 공격인지 싸움에 대해 무지한 루시아마저도 여인이 피를 뿌리고 쓰러질 모습이 눈에 선할 정도였다.

그러나 허무하게도 광탄은 허공을 갈랐고 그 뒤를 이어 검술 사제의 검이 그 빈 공간을 베었다. 사라져 버린 상대에 잠시 당황하던 검술 사제는 곧바로 몇 야드 떨어진 곳에서 몸을 드러낸 여인을 찾아냈다.

검을 고쳐 잡은 검술 사제는 중얼거렸다

"마법사인가?"

그 말을 들었는지 신루를 둘러싼 세 명의 검술 사제 중 두 명이 여인에게 다가왔다. 여인은 웃음기를 머금은 목소리로 장난기 넘치게 말했다.

"어머? 들켜 버렸네요."

여인 앞에 선 세 명의 검술 사제는 서로의 눈빛을 교환하더니 일제히 여인에게 달려들었다. 마법사를 제압하기 위해서는 주문을 욀 시간을 주지 않고 단번에 끝장내야만 하였다. 그렇지 않으면 마법이 발동해 엄청난 피해를 당할 것이었다. 그 사실을 잘 알고 있는 검술 사제들은 일제히 달려들었고 그 뒤에 서 있던 사제들은 신성력을 모아 광탄을 발사하였다.

세 방향에서 베어오는 검을 무심히 바라본 그녀는 오른손을 불쑥 내밀었다. 그 손에는 지금껏 보이지 않았던 지광이가 쥐어져 있었고, 난데없이 나타난 무기에 검술 사제들은 잠시 당황하였지만 그것도 순간에 불과하였다. 검사의 단련된 근력을 마법사가 막아낼 수 있을 턱이 없다고 판단한 것이다.

까앙―

맑은 울림과 함께 검이 부딪친 곳에서 파란 물결이 일렁거렸다. 그 뒤를 이어 광탄이 여인을 덮쳤고 대부분의 광탄들은 파란 물결에 밀려 꺾여서 허무하게 하늘로 날아가 버리거나 사라져 버렸다. 검술 사제들은 강한 충격을 받고 달려오던 방향으로 도로 튕겨져 나갔다. 어찌나 그 기세가 강한지 중심을 못 잡아 땅을 구를 뻔한 그들을 본 여인은 작게 미소를 지으며 말했다.

"마법사와의 힘 대결을 생각하셨나요? 전 마법사잖아요."

그녀의 말이 채 끝나기도 전에 검술 사제들은 다시 몸을 날려 검을 찔렀다. 실드 계열의 방어 주문을 깨기 위해서는 베기보다는 찌르기가 효과적이다. 아무래도 베기보다는 찌르기가 힘의 집중도에서 월등하기 때문이다. 그러나 그들 중 정면에서 달려들던 두 명은 '쾅' 하는 소리와 함께 복부에 무지막지한 충격을 받아야만 했다. 몸이 붕 뜨는 느낌을 받으며 그 둘은 정신을 잃어버렸다.

정체를 알 수 없는 기술로 폭음과 함께 두 명을 날려 버린 여인은 옆구리를 향해 날아오는 검을 지팡이로 막아냈다. '깡' 하는 소리와 함께 몇십 년 동안 칼을 휘두르며 단련된 검술 사제의 검이 강제로 멈춰졌고, 도무지 믿고 싶지 않은 현실에 검술 사제는 눈을 부릅떠야만 했다. 도대체 근력이 얼마나 되기에 수십 년 동안이나 고련한 사제의 검격을 막아낸단 말인가! 그 순간 고위 사제가 손을 펼치며 양손에 모아져 있던 빛을 터뜨렸다.

―라우카!

"순간의 행운을 기원하는 주문인가요? 하지만 인과율을 벗어난 존재에게는 아무런 소용이 없답니다."

주사위를 열 번 던져 열 번 다 육이라는 숫자를 나오게 할 만큼 기적 같은 상황을 연출해 내는 주문이다. 행운이라는 것을 순간 극대화시켜 시전 대상자에게 매우 유리한 상황을 만들어내는 것이다. 인과율이라는 것이 워낙 엄격한지라 시전자에게나 시전 대상에게나 나중에 반드시 그 대가가 조금씩 돌아가는 주문이라고는 하지만 이 같은 상황에서는 매우 적절한 주문이라 할 수 있었다.

하지만 인과율을 벗어난 존재에게는 적용되지 않았다. 인과율을 순간 움직이는 주문인만큼 그 대상은 어디까지나 인과율에 얽매이는 존재에 게만 통용되는 것이다. 그런데 여인이 인과율을 벗어났다니!

고위 사제는 그 사실에 놀라 눈을 부릅떴고 검술 사제는 검이 마법사 가 한 손에 쥔 지팡이에 막혀 있자 어이없다는 눈빛을 띠다가 턱에 강한 충격을 받고 의식을 잃으며 땅바닥을 굴러야만 했다. 여인이 자유롭던 왼손으로 검술 사제의 턱을 후려친 것이다. 순식간에 세 명의 강력한 검 술 사제를 제압한 여인은 싱긋 웃으며 모닥불이 불타고 있는 곳을 향해 말했다.

"가끔 상식을 깨는 때도 있어야지요. 그건 그렇고 거기 숨어 있는 두 사람, 안 나올 거예요?"

그녀의 말에 루시아와 사제들은 어리둥절할 수밖에 없었다. 숨어 있는 두 사람이라니. 어디에 사람이 숨어 있단 말인가? 일행은 열 명이 전부 이고 그중 세 명은 저기 땅바닥에 정신을 잃고 쓰러져 있었다.

그녀의 의문이 끝나기도 전에 검은 그림자가 모닥불 주위의 땅바닥에 서 튀어나와 여인에게 달려들었다. 루시아의 눈으로는 도저히 좇을 수 없는 속도로 뛰쳐나간 쉐도우 워커는 품에서 꺼낸 월인형(月刃形) 검날 이 달린 무기를 쥐고는 여인을 향해 휘둘렀다.

쉐에에엑—

바람을 가르는 날카로운 소리가 울려 퍼지고 새하얀 독니가 하얀빛을 뿜어내며 여인을 반으로 쪼개 버릴 듯 날아왔다. 여인은 그 자리에서 뒤로 스르륵 물러서더니 지팡이를 휘둘렀다. 그러자 불덩이가 허공에 생겨났고 그대로 폭발했다.

꽈광!

조용한 평원에 별안간 폭발음이 울리고 붉은 화광이 평원의 한쪽 구석을 잠식했다. 사제들은 몸을 덮쳐 오는 후끈한 열기와 충격에 일제히 한두 걸음씩 물러섰고 폭발의 직접적인 대상자인 두 쉐도우 워커는 놀랍게도 불꽃을 뚫고 전신에 연기를 피워 올리며 여인을 덮쳤다.

"제법 강단이 있네요."

말의 첫마디인 '제법' 이 입에서 나올 때 여인의 몸 주위에서 새하얀 빛줄기가 생성되더니 이리저리 꼬이기 시작하며 '강단이' 라는 마디가 튀어나올 때 그물같이 쉐도우 워커들을 덮쳤다.

수십 피트로 펼쳐진 거대한 빛의 그물에 그들은 눈을 부릅떴고 도저히 피할 수 없음을 그 짧은 시간에 깨달은 그들은 아직 들고 있었던 무기로 그물을 베어갔다. 그 작은 발악이 우습다는 듯 그물은 일제히 그들을 감쌌다. 이윽고 '있네요' 라는 마디가 그녀의 입 밖으로 나올 때쯤 쉐도우 워커들은 목이 꺾일 정도의 느낌을 받았다. 그들은 그 짧은 시간에 수십 수백 피트의 상공에 도달하였고 이윽고 밝은 섬광과 함께 어두운 밤하늘을 일순간 하얗게 물들였다.

"생명의 가치를 모르는 자는 사라지는 게 도리지요."

강력하기 이를 데 없는 쉐도우 워커를 눈 몇 번 깜빡일 동안에 처리해 버린 그녀는 여태껏의 장난기 넘치는 말투와는 달리 아무런 감정이 없는, 그래서 더욱 소름이 돋는 어조로 말했다. 루시아를 비롯한 사제들은 아무 말도 하지 못한 채 여인을 바라보았고 고위 사제의 눈동자는 격하게 흔들리고 있었다.

하늘을 수놓는 빛이 가실 무렵—그래 봤자 몇 초에 불과하다—그녀는 언

제 그랬냐는 듯 장난스럽게 웃으며 발 밑에 쓰러진 검술 사제의 등 위로
발을 들어 올리며 말했다.

"정말 밟고 지나가도 되나요?"

허락만 해주면 정말로 밟고 가겠다는 듯 그녀의 부츠는 허공에서 좌우
로 움직였고 그 모습에 고위 사제는 재빨리 말했다.

"안 돼요!"

"알았어요. 그럼 신루를 가져가겠습니다."

그녀의 말에 사제들은 반사적으로 신루가 담긴 상자 주위를 감쌌고 고
위 사제는 그런 사제들을 제재하였다.

"그만두어라, 반항해 봐야 소용없으니."

"하지만! 사제님!"

"그만!"

고위 사제의 엄한 목소리가 떨어지자 사제들은 일제히 입을 다물었다.
그러나 여전히 그들은 움직이지 않았고 도리어 서로의 몸을 밀착시켜 상
자를 더욱 단단히 감쌌다.

"마스터에게 반항해서 무엇 하겠느냐. 목숨을 빼앗지 않은 것에 감사
해야지. 물러서라."

사제들은 마스터라는 고위 사제의 말에 깜짝 놀랐고 마스터라 지칭당
한 여인은 서운하다는 듯 말했다.

"살인귀로 몰지 말아주세요. 신에게 봉사하는 지팡이들을 죽일 만큼
무도하지는 않답니다. 다만 방금 제가 소멸시킨 자들은 존중받을 가치가
없으니 예외이지만요."

그녀의 말에 고위 사제는 안심하였다. 쉐도우 워커에 대해 익히 들어
알고 있었던 고위 사제는 그들이 죽든 말든 별반 신경 쓰지 않았다. 교단
을 이어 나갈 사제들이 중요할 뿐이었다. 상대가 일반 도둑이 아닌 이상

신루를 가져가야만 할 이유가 있을 것으로 짐작한 그녀는 목숨을 바쳐 신루를 수호하려는 사제들을 제지한 것이다.

상자를 둘러싼 사제들은 서로의 눈치를 살펴보더니 하나둘씩 상자 주위를 벗어났다. 그들로서는 믿는 구석이 있었기 때문이다. 교황의 강력한 신성력으로 단단히 봉해진 상자를 믿은 것이다. 그러나 여인의 간단한 손짓에 작은 빛을 뿜으며 상자는 허무하게 열렸고 사제들은 입을 쩍 벌려야만 했다.

"이야! 이게 그 말로만 듣던 신루네요. 정말 엄청난 힘이 잠재되어 있군요."

주먹만한 신루를 조심스럽게 들어 올린 그녀는 신루가 뿜은 영롱한 초록빛을 보며 감탄하였다. 사그라지기 시작하는 하얀 빛을 대신해 주위의 어둠을 물리치는 신루의 빛은 보면 볼수록 아름다웠다. 사제들은 그 빛에 매료되었으며 황홀경을 느꼈다. 그리고 그 빛이 여인의 품속으로 숨어들었을 때 안타까움에 탄식을 내쉬어야만 했다.

"영원히 가져가는 게 아니니 걱정 마세요. 일이 끝나면 곧장 돌려 드리겠습니다."

마스터의 약속이니 허언이 아닐 것이다. 그러나 궁금증은 가실 수가 없었다. 도대체 마스터에게 신루가 무슨 효용이 있는 것인가? 세상을 아우르는 힘을 가진 그들이 무엇이 아쉬워서 신루를 빌려가는 것인가? 고위 사제는 묻지 않을 수가 없었다. 그것은 사제이기 전에 인간이요, 호기심 많은 동물이기 때문이었다.

"도대체 무슨 목적으로 신루를 가져가는 것입니까?"

막 돌아서던 여인은 고위 사제의 질문에 돌아섰다. 장작이 타오르며 내뿜는 주황빛 불이 여인의 얼굴에 비치고 그녀의 얼굴에서 언뜻 미소가 스쳤다.

"많은 것을 가르쳐 줄 수가 없네요. 단지 제가 말할 수 있는 것은 세상을 위해서라는 것입니다. 아울러 그대가 모시는 여신의 체면을 지켜 드리는 일이라 할 수 있네요."

완전히 만족할 수 없는 답변이었지만 그녀는 그쯤에서 만족하기로 했다. 과욕은 해를 부른다는 사실을 누구보다 잘 알고 있는 그녀이기에 더 이상의 질문은 하지 않기로 마음먹었다. 그러나 그녀의 머리 속에는 언뜻 한 가지 생각이 스쳤고 질문을 하지 않겠다는 다짐은 곧바로 무너져 버렸다. 떠나려는 그녀에게 고위 사제는 서둘러 외쳤다.

"당신의 이름은 무엇이지요?!"

머리끝에서 시작된 빛이 안개비처럼 퍼지겨 그녀의 전신을 감쌌다. 등을 덮던 머리칼이 풀어헤쳐지며 빛을 머금고 허공을 흔들기 시작하였고 파란 빛이 온 주위를 감쌌다. 그 황흘경에 이제껏 적의를 드러내던 사제들은 넋을 잃고 말았다. 그녀는 빛을 타고 사라지기 직전 조용히 말했다.

"샤이라 이모트, 그것이 제 이름입니다."

＊　　　＊　　　＊

창세력 제2기 8012년 7월 16일. 크라인 왕국과 카밀 왕국의 접경 지대.

베르트는 굉장히 기분이 나쁜 상태였다. 며칠 사이에 비교적 친해진 용병들이 말을 걸어와도 그는 대꾸조차 하지 않았다. 무시당한 용병들이 발끈한 표정을 짓고 그에게 다가왔으나 그의 얼굴을 보고 아무 말도 건네지 못하고 돌아서야 했다. 우거지상이 된 얼굴에 말을 붙이고 싶겠는가?

'왜! 날 무시하는 거야!' 라고 외치며 덤빌 법도 하겠지만 고위 기사에게 칼부림을 신청할 간 큰 용병들은 없었다. 그렇게 벌써 다섯을 떠나보낸 후에도 여전히 베르트의 얼굴은 달라지지 않았다.

'젠장! 빌어먹을 드골 백작!'

도대체 왜 자신에게 화를 내는 것인가! 무장 세력 오십여 명이 카밀 왕국 입국 거부된 사실이 왜 자신의 탓인가! 그래서 이틀 동안 국경 앞에서 머물러 있는 것이 왜 자신의 탓인가! 일행의 리더라는 작자는 국경을 통과하지 못해 안달이 났는지 그를 연신 들볶는 것이었다. 그것도 오십여 명의 부하들이 보지 않는 곳에서!

누구한테도 하소연할 수 없는 것이, 드골 백작이라는 녀석이 아주 음흉하게 부하들이 보고 있는 앞에서는 철저히 가장하기 때문이었다. 냉정하고 판단력이 뛰어난 인물, 흔히 말하는 대장감인 척 행세하기 때문이었다.

처음에는 베르트도 그런 그의 모습에 속아 넘어갔다. 그도 다른 용병들처럼 드골 백작은 냉정하고 상황 판단력이 매우 뛰어난, 말 그대로 훌륭한 리더십(Leadership)을 가진 인물로 평가했었다. 그런데 이제 보니 아주 단순한 데다가 히스테리적인 인물 아닌가? 누구에게 하소연하고 싶어도 믿지 않을 것이 뻔하다. 자신만 남을 헐뜯는 비열한 인물로 찍힐 게 분명하였다.

처음 그에게 화풀이를 해댈 때는 그저 답답해서 몇 마디 두런두런 건네는 정도였다. 그러던 것이 시간이 갈수록 그를 인격적으로 모욕하는 것으로 변하는 것이었다. 웃으며 천천히 대꾸하던 베르트의 인내심도 점점 한계를 치달아 이제는 그를 모욕하는 말을 듣고도 아무런 대꾸 없이 그저 이를 악물고 묵묵히 참을 수밖에 없었다.

'국왕의 밀명만 아니었어도!'

드골 백작을 보좌해 성심성의껏 비밀 임무를 행하라는 국왕의 명만 아니었어도 당장에 결투를 신청하고 그의 집으로 돌아가 버렸을 것이다. 생각할수록 울화가 치밀어 올랐다.

"당장 국경을 통과할 수 있는 방법을 알아오!"

아직도 그의 말이 쩌렁쩌렁 귀에 울린다. 국경을 통과 못한 죄는 그의 잘못이 아닌가? 도대체 왜 거기서 그런 말을 한단 말인가? 도대체 '죄인을 좇기 위함이다!' 라는 말은 그 상황에서 왜 한단 말인가? '친척을 만나기 위해 가는 길이오' 라 말해도 될 것을 왜 사서 고생인가.

상식적으로 생각해 볼 때 죄인을 좇기 위해 무장 병력 오십여 명을 순순히 나라 안으로 들여보내 줄 국가가 어디 있을까. 가뜩이나 양국 간에 불화가 심해지는 마당에 무장 세력을 누가 용납할까. 자신이 국경 수비대원이라고 하더라도 입국 허가를 내리지 않았을 것이다.

"휴……."

거기까지 생각을 마친 베르트는 결국 한숨을 쉬고 말았다. 오늘 오후까지 방법을 생각해 내지 않으면 각오하라고 경고했었다. 그 경고가 무엇인지는 몰라도 베르트나 그의 가문에게 상당한 불이익이 될 것이 분명하였다.

일행이 머물고 있는 국경으로 이어지는 가도 곁에 들어선 마을을 빠져나온 베르트는 가도 곁 나무 그늘 밑에 덩그러니 놓여 있는 바위 위로 올라앉았다. 무더운 햇살이 내리쬐는 가운데 나무 그늘은 상대적으로 시원했다. 하물며 바위 위에 앉아 있는데 오죽할까? 엉덩이에서 올라오는 시원한 기운이 척추를 타고 머리끝까지 올라갔다.

울화를 식혀주는 그 사늘한 기운에 취해 버린 베르트는 가도를 지나는 상단을 멍하니 바라보았다. 십여 대의 마차로 구성된 상단에는 군데군데 말을 타고 무장을 한 호위원들이 마차를 보호하며 가도를 지나고 있었다.

호위원이라니. 아마도 값비싼 물건을 수송하는 중인가 보다. 저렇게 사설 호위대까지 동원하여 마차를 지키니 말이다. 저 정도 병력이면 웬만한 도적 떼들은 가볍게 물리칠 수 있을 것 같았다. 마차가 그의 코앞을 지나는 가운데 나무로 만들어진 바퀴는 시끄러운 소리를 울리며 가도를 지나갔다.

석재로 포장된 길이라 먼지를 피우지 않으니 그나마 베르트가 멍하니 그 광경을 보고 있지, 그렇지 않았으면 상단이 지나간 뒤로 뿌옇게 먼지 구름이 일어났을 것이다.

철컥철컥거리는 쇠끼리 부딪치는 거슬리는 소리를 내며 말을 탄 무장 호위원이 그의 앞을 지났다.

"호위원이라……."

베르트는 무의식 중에 중얼거렸다.

'저 무장 호위원들은 합법적으로 국경 통과가 가능할까?

해보나마나 한 질문이었다. 그렇지 않으면 왜 상단이 고용할 것인가? 여정의 절반도 채 써먹지 못할 호위원을 그 비싼 거금을 들여 고용할 필요가 있을까.

"에……?"

뭔가 생각난 듯 베르트는 갑자기 눈을 동그랗게 떴다. 베르트의 머리 속에서 무언가가 스쳐 지나가기 시작했다.

합법적인 통과.
무장 용병.
호위원.
상단.

"아!"

베르트는 탄성을 질렀다.

'찾았다!'

베르트는 마음속으로 환호성을 질렀다.

베르트는 곧장 드골 백작에게 달려갔고 드골 백작은 그저 고개를 끄덕였다. 그러나 미세하게 어깨를 떠는 것을 보아하니 상당히 기뻐하는 듯하였다. 그도 그럴 것이 국경에 이틀 동안이나 발이 묶이지 않았는가? 당장 환호성을 쳐도 모자랄 정도였다.

드골 백작은 당장 일행을 소집하여 가도 주위에 몸을 숨겼다. 그리고 기다렸다, 먹잇감을.

비교적 규모가 크고 호위대원 숫자가 적은 상단 무리를 말이다. 그래야지 오십여 명에 달하는 인원이 아무런 의심 없이 스며들 수 있었다. 그렇게 꼬박 뜨거운 뙤약볕 아래서 일행은 몇 시간을 기다렸고, 지친 드골 백작이 다시 베르트에게 히스테리를 부릴 무렵 원하는 먹잇감이 나타났다.

"덮쳐라!"

다소 천박한 말투였지만 드골 백작은 신경 쓰지 않았다. 그만큼 달아오르고 다급했기 때문이다. 옆에 선 베르트는 드골 백작의 말에 내심 실소를 금할 수가 없었지만 고상한 귀족 말투를 듣다 친근한 말투를 들은 용병들은 그 익숙함과 이틀 동안의 지긋지긋함을 벗어날 수 있다는 생각에 자기도 모르게 함성을 지르고 말았다.

"와아아아!"

오십여 명이 일제히 말을 박차고 상단을 덮쳤고 소수에 불과하던 호위대원을 순식간에 제압하였다. 검을 뽑아 들고 상단 인솔자에게 검을 들이민 드골 백작은 그 특유의 소름 끼치는 미소를 지으며 말했다.

"잠시 그대의 상단을 빌려야겠소, 국경을 통과할 때까지."

목이 검끝에 살짝 찔리는데 제정신일 리가 있을까? 평생 칼 한번 만져보고 산 적이 없는 이 심약한 상인은 미친 듯이 고개를 끄덕일 수밖에 없었다. 목에서 느껴지는 그 서늘함에 견딜 수 없는 듯 그는 다리를 주체할 수 없이 떨고 있었다.

 "어디로 가는 길이오?"

 상단의 우두머리가 제시한 통행증을 살펴본 수비대원은 의례적인 말을 꺼내며 통행증을 돌려주었다. 카밀 왕국은 무역을 장려하는 국가였다. 상인을 우대하고 항상 상인에게 친절하라고 교육한다. 때문에 수비대원들은 상인에게 한마디라도 더 건네도록 교육받았고 수비대원들은 이를 충실히 실천하였다. 비록 의례적인 말이지만 입국하는 상인으로서는 관심을 가져 주는 수비대원이 고맙지 않을 리 없었다. 의례적인 질문을 던진 수비대원은 유난히 안색이 창백하고 식은땀을 흘려대는 우두머리의 얼굴을 보더니 의아한 듯 다시 물었다.

 "흠? 어디 아프시오?"

 그 질문에 우두머리의 안색은 더욱 창백해졌고 당황하기 시작했다. 많이 아픈 것 같은 그 모습에 수비대원이 무슨 말을 꺼내려는 찰나, 상단 우두머리 옆에 붙어 있던 콧수염을 기른 중후한 얼굴의 중년 남성이 말했다.

 "예, 오다가 야영을 했는데 저희 고용주께서 감기에 걸려 버렸지 뭡니까. 하하!"

 호위대의 대장으로 보이는 인물이 말하자 수비대원은 그제야 납득이 된다는 듯 말했다.

 "그렇군요. 7월에 감기라니 원."

 어이가 없다는 수비대원의 표정에 상단 우두머리의 표정이 괴이하게 일그러지는 것을 본 호위대 대장은 수비대원의 시선이 다른 곳으로 돌아간 사이 재빨리 팔꿈치로 우두머리의 옆구리를 찌르며 짧게 속삭였다.

 "죽고 싶나? 웃어라."

 일그러지던 표정은 순식간에 웃는 낯으로 변했고, 창백한 데다가 연신 식은땀을 흘려대는 우두머리의 미소를 본 수비대원은 뭔가 꺼림칙함을 느꼈다. 수비대원은 상단의 무리를 이리저리 둘러보더니 의아하다는 듯 말했다.

"거, 상단 규모에 비해 호위대가 상당히 많군요? 뭔가 중요한 물건이라도."

"아, 네, 이번에 신상품을 판매해 볼까 하고요."

"그렇군요. 성공하시길 빌겠습니다. 편안한 여행길 되십시오."

연신 식은땀을 흘려대는 상인의 말에 수비대원은 더 붙잡아두었다는 그가 기절할지도 모른다는 생각에 이들을 빨리 통과시키기로 마음먹었다. 한시라도 빨리 마을에 도착해서 저 불쌍한(?) 상인이 의사에게 진찰받지 않을 경우 생길 수도 있을 불행이 자신의 탓이 될 것만 같았기 때문이다. 수비대원은 목청을 돋우어 소리쳤다.

"통과!"

호위대 대장은 수비대원에게 미소를 지어 보였고, 수비대원은 어서 가라는 듯 손짓을 했다. 자신의 재치로 위기를 무사히 넘긴 호위대 대장, 아니, 드골 백작은 손을 높이 들며 소리쳤다.

"상단 출발!"

말이 투레를 치는 소리, 말굽이 석재로 이루어진 가도를 두들기는 소리, 나무 바퀴가 육중한 마차 무게를 지탱하며 내지른 비명이 한데 섞여 소음을 만들어냈고 상단 무리가 천천히 이동하였다.

말고삐를 잡아당겨 말을 모는 드골 백작도 그 소리를 듣고는 은밀한 미소를 지었다.

'베르트 드 다이스칸, 의외로 머리가 돌아가는군.'

그는 지력이 모자랐다. 무력만 월등히 강한 일반적인 칼잡이에 불과하였다. 그것도 오러 유저 급에 달하는. 주인이 원하는 일을 할 때면 그는 홀로 할 수 없었다. 언제나 머리가 비상한 부관이 있어야 겨우 일을 처리할 수 있었다. 거기다 성질이 급하고 히스테리를 잘 부리고 까다롭고 난폭하기까지 했다. 그 때문에 여러 번 주인의 일을 망친 적이 있었다. 주인이 그의 충성심과 무력을 높이 사지만 않았다면, 그가 귀족가에 주목받지 않고 그의 얼굴을 모르는 사람이 많다는, 은밀한 일을 꾸미기 적합하다는 배경만 없었더라면 그는 이미 죽은 목숨이 되었을 것이다. 그는 자신을 살려주는 주인의 은혜에 보답하고자 열심히 일했다.

그는 철저히 주인에게 복종했다. 주인을 위해 검을 휘둘렀다. 주인을 위해 더러운 짓을 마다하지 않았다. 그런 주인은 그를 아꼈다. 다른 의미에서 말이다.

주인은 그를 가리켜 언제나 이렇게 말했다.

'넌 사냥개다. 시키는 일만 하라.'

그는 자신이 사냥개라고 생각했다. 주인이 원하는 대로 짖고 물어오는 사냥개라고 생각했다. 때문에 그는 주인이 원하는 엘프를 잡아올 때까지 절대 돌아오지 않을 생각이었다. 부하 오십을 죄다 죽여서라도 기어코 잡아갈 생각이었다. 만약 그의 생각을 그의 부관인 베르트나 오십 명의 부하가 알았다면 당장 줄행랑을 놓았을 것이지만 그들은 그 사실을 알지 못했다. 앞으로도 알지 못할 것이다.

사냥개인 그가, 언제나 홀로 더러운 일을 도맡거나 부관이 옆에서 말해 주는 일만 처리하던 그가 언제 오십의 무리를 이끌어본 적이 있을까? 오십의 무리를 이끌며 그는 생각했다.

'지휘는 내가, 지력은 부관이.'

그가 생각하지 못하는 것은 부관을 닦달하면 된다. 최근 그가 깨달은 사실이다. 그는 부관을 닦달하였고 결국 이런 좋은 계책이 나왔다. 이 결과는 그의 깨달음에 더 더욱 탄력을 심어주었고 드골 백작은 더 더욱 부

관 베르트 드 다이스칸이라는 장래가 유망한 부관을 써먹기로 결심하였
다. 물론 베르트에게는 굉장히 불행한 결심이지만 말이다.

그가 득의의 미소를 짓고 있을 때 뒤쪽에서 그를 부르는 소리가 들렸다.

"거기 상단! 선두 잠시 정지! 정지!"

막 지나온 국경 검문소에서 수비대원이 뛰쳐나오더니 다급하게 외쳤
다. 드골 백작은 당황하여 말을 박차고 달려가려 하였다. 그 순간 베르트
가 재빨리 백작을 말리지 않았다면 큰 의심을 받아 자칫 일을 그르칠 뻔
해 주위에 있던 용병들이 안도의 한숨을 내쉴 때 수비대원은 헐레벌떡
선두로 달려왔다.

"그게 무엇입니까?"

발작하려는 백작을 진정시킨 베르트는 부드럽게 물었고 수비대원은
웃으며 무언가를 건네주었다.

"거, 우리 나라에 고마운 일을 해줄 분인데 아프면 되겠습니까. 자, 여
기 감기약 있으니 저 우두머리 양반에게 먹이시오."

친절하게도 감기약을 가지고 뛰어와 준 수비대원에게 '빌어먹을 자
식'이라고 속으로 욕을 한 베르트는 겉으로는 미소를 지으며 그 약봉지
를 받았다.

"고맙습니다."

거기까지는 좋았다. 모든 일은 그때까지 아주 잘 진행되었다. 베르트
의 감사 인사를 받은 수비대원이 상단의 행렬 중간쯤을 걸어 지나가기
전까지 말이다.

만약 거기서 수비대원이 신음 소리를 듣지 못했다면 더욱 좋았었을 것
이다. 아니, 그 수비대원의 귀가 너무 밝은 것을 탓해야 했을지도 모른다.

"으으음……."

한 마차에서 미약한 신음 소리가 흘러나왔고 기가 막히게도 그때 수비

대원이 신음이 흘러나온 마차 바로 옆에 있었다는 사실을 원망해야만 했을지도 모른다.

그 신음을 들은 수비대원이 의아함을 느끼고 그 마차의 휘장을 걷어 피를 흘리는 사내를 볼 때 만류해야 했을지도 모른다.

'뭐, 뭡니까?' 라고 물었을 때, 베르트가 '도적에게 습격당해 부상당한 일행입니다' 라고 둘러대기도 전에 마차에 피를 흘리며 누워 있던 사내가 '사, 살려주시오, 도적이…' 라고 말한 사실을 원망해야 했을지도 모른다. 아니다. 수비대원이 그 피를 흘리는 사내와 면식이 있었다는 사실을 원망했어야 하나?

'융크스!' 라며 놀라 외치는 수비대원을 왜 제지하지 못했을까? 어쩌면 그 수비대원의 외침에 놀란 드골 백작이 앞뒤 가리지 않고 그 수비대원을 베어버리는 것을 만류하지 못한 베르트의 잘못일지도.

"으아아악!"

수비대원이 내뱉는 처절한 비명에 검문소에서 수십의 무장 병사가 다급하게 튀어나왔다. 피를 흘리며 쓰러지는 수비대원을 본 병사들은 일제히 상단을 향해 달려왔다. 병사들을 향해 앞뒤 가리지 않고 달려가려는 드골 백작을 애써 제지한 베르트는 부하들에게 외쳤다.

"전원 탈출!"

오십의 사내가 일제히 말을 박차고 상단 무리를 뛰쳐나왔다. 보병들로 구성된 병사들은 전속으로 도망치는 오십의 사내들을 그저 멍하니 바라봐야만 했다.

창세력 제2기 8012년 7월 16일. 사냥개 무리가 카밀 왕국으로 진입한, 아주 역사적인 날이었다.

제 0장 마스터(Master)

『학문, 검술, 마법, 공예 등 필멸자가 매진하고 정진할 수 있는 분야에서 극(極)에 도달하여 더 이상 오를 수 없다고 여길 때, 그 번민 속에서 홀연히 느껴지는 그 무언가를 잡아 깨달을 때, 필멸자는 인과율을 벗어버리고 불멸(Immoral)로 다시 태어나게 된다. 글로써는 도저히 표현할 수 없는 그 지고한 경지에 도달하는 자들을 사람들은 마스터(Master)라 부르며 경외한다. 그러나 정작 그러한 경지에 오른 마스터들은 자신을 그리 존귀하게 여기지 않는다.

이런 이야기가 있다.

옛날 어느 마스터에게 한 대담한 인간이 질문하였다.

"모든 인간들은 당신을 우러러보고 있습니다. 영원히 세상을 보고 즐기는 것은 모든 인간의 꿈입니다."

그러자 마스터는 답했다.

"세상을 보고 깨닫는 것은 분명 즐겁다. 분명 마스터는 세상의 다른 이면을 볼 수 있다. 하나 그만큼 의무가 따른다는 것은 여타 생물과 다를 바가 없다. 오히려 그 의무가 너무 무거워 필멸자가 부러울 때도 있다."』

창세력 제3기 283년.
카티스 저 '영생의 허구성' 중 발췌

제10장 마스터(Master)

무모한 용기는 만용이다. 그 상대가 마스터라면 더 더욱.

〈3만 대군을 이끌다 패퇴당한 한 사령관의 넋두리〉

창세력 제2기 8012년 7월 17일. 카밀 왕국 수도 에크라노.

엘프의 이성이란 본디 차갑고 날카롭다. 문제를 인식하면 그 문제에 대한 현상을 분석하고 이내 그 해답을 내놓는다. 자연현상에 대해 이해하고 분석하는 능력은 여타 종족이 따라올 수 없을 정도로 월등하다. 엘프라는 종족이 마법을 익힌다면 엄청난 습득 속도와 운용력을 선보인다.

간혹 나오는 '엘픈 메이지' 라는 특이한 족속들이 바로 그것이다. 그러나 엘프라는 종족은 워낙 호기심이 부족하다 보니 호기심이란 필요 조건을 요하는 마법학을 대성하기 힘들다. 그래서 다법을 사용하지 않는 것뿐이지 만약 엘프들이 작심하고 마법을 추구했다면 인류의 역사는 상당 부분 바뀌었을지도 모른다. 물론 인간들이야 인정하지 않겠지만 말이다.

물론 이것은 이성에 한해서다. 음흉한 인간의 속셈을 따라올 종족은 없다. 저 위대한 족속인 드래곤마저도 인정한 사실이다. 이렇게 음흉한 인간의 꼬일 대로 꼬인 계략을 파헤칠 엘프의 이성은 존재하지 않는다.

때문에 세르피아는 하루를 꼬박 고민해야만 했다. 시프 길드의 조건은 매우 합리적이고 서로 간에 손해 볼 것 없는 조건이었다. 그런데 무엇이, 왜, 어째서 마음속에서는 꺼림칙하다는 느낌이 그녀를 괴롭히는 것인가. 도무지 알 수 없는 이유 때문에 세르피아는 침식조차 잊고 하루를 고민하고 또 고민하였다. 어찌나 고민하는지 보다 못한 성진은 결국 한마디하고 말았다.

"그들의 계략은 저의 힘을 계산하지 못한 계략입니다. 그들 속셈으로는 정보를 미끼로 당신이 쉐도우 워커 본부를 급습하고 거기서 죽기를 바랬겠죠. 살짝 흔들어달라고 하지만 그렇게 호락호락하지만은 않을 테니까요."

"그럴 수가……."

세르피아는 주먹을 불끈 쥐었다. 얼굴에는 노한 기색이 역력하다. 성진은 세르피아를 타일렀다.

"그게 바로 인간입니다. 거래를 하면서도 결코 손해 보려 하지 않지요. 당신이 무슨 요구를 하든지 그것은 그들에게 매우 힘든 일이라고 생각했죠. 그래서 기왕이면 그들의 문제를 해결하고 그곳에서 죽어버리라는 의도가 숨어 있는 것입니다. 그래서 쉐도우 워커의 본부를 습격하고 탈출할 수 있는 대안 같은 것은 짜지도 않은 것이지요. 만약 살아 나온다면 어쩔 수 없지만 말입니다."

여태 침대에 앉아 고민하던 세르피아는 그 발칙한 도적놈들을 요절내버리겠다는 듯 활을 쥐고 벌떡 일어섰다. 그러나 잠시 생각하는 듯하더니 이내 그녀는 다시 침대에 걸터앉았고 지금껏 단 한시도 가부좌를 풀지 않은 성진에게 말했다.

"그렇다면 그냥 거래를 하는 게 좋겠군요. 당신 말대로 그들이 우리의 무력을 계산하지 않았다면 도리어 우리에게 이득일 테니까요. 그것을 빌미로 더 많은 것을 요구할 수도 있을 테고요. 이럴 때 성진 당신이 쓰는 언어로 뭐라고 하지요? 그 함축적인 뜻이 담긴 말 말이에요."

엘프답지 않은, 오히려 인간 같은 그녀의 말에 성진은 내심 쓴웃음을 지을 수밖에 없었다. '그것을 빌미로 더 많은 것을 요구할 수도 있을 테고요' 라니. 얼마나 '인간' 같은 말인가.

"자승자박(自繩自縛)이라고 하지요."

나름대로 좋은 결과를 이끌어냈다고 희희낙락하던 세르피아—인간이라면 이렇게 복잡한 행동 양식을 보이지 않는다—는 문득 어떤 생각이 떠올랐다. 성진의 도움을 받아 쉐도우 워커를 혼란시키고 시프 길드에 어머니에 대한 정보와 청공의 활에 대한 정보를 손에 넣었다고 하자. 분명 쉬운 일이 아닐 것이다. 그렇다면 성진의 궁극적인 목적인 창생력을 되찾는 길은 더욱 요원해지는 것이다.

그런 생각이 갑자기 떠오르자 세르피아는 약속이라는 구속으로 성진을 얽매고 있다는 느낌이 들었다. 자유와 방임이라는 원칙을 떠올릴 때 그것은 상대에게 매우 피해를 끼치는 행위였다. 그녀는 조심스럽게 성진에게 물었다.

"성진, 만약 일이 잘 풀려 저의 어머니에 대한 단서와 청공의 활에 대한 단서가 들어온다면 당신의 힘인 창생력을 찾기 위한 여정은 더 더욱 길어질지 모르잖아요. 그래도 괜찮겠어요?"

본디 자신의 것에 대한 욕심은 모든 것을 평등하게 분배한다는 종족조차도 가지고 있다. 더욱이 그것이 매우 소중한 것일 경우 어떠할까. 세르피아의 이러한 감정은 어쩌면 당연한 것일지도 모른다.

　그러나 그런 세르피아의 염려와는 다르게 성진은 그저 슬며시 미소를
지었다.

　"세르피아, 힘이란 있으면서도 없고 없으면서도 있는 것입니다. 얽매
일 성질이 아니지요. 그리고 전 창생력이 없다 하더라도 충분히 강합니
다. 창생의 인이 제 몸 안에 있고 없고를 떠나서 말이지요. 다만 제 자신
이 창생력을 조금 더 원활하게 사용할 수 없다 뿐 쓸 수 있다는 것은 똑
같다는 말이지요."

　"하지만……."

　세르피아는 성진의 말을 듣고도 도저히 납득할 수 없었다. 그 막강한
힘이 타인의 손에 넘어간다면, 그렇다면 어떻게 된단 말인가?

　"지금도 전 누군가가 창생의 인을 붙잡고 있다는 것이 느껴집니다. 창
생의 인은 저에게 오려 애를 쓰지요. 하지만 전 굳이 손을 내밀지 않습니
다. 제가 손을 내민다면 그건 곧장 저에게 올 것이지요."

　"궤변이에요!"

　세르피아는 성진의 말을 믿을 수가 없었다. 불과 몇 주일 전까지만 해
도 성진이 그토록 원하였지만 창생의 인은 돌아오지 않았었다. 성진이
말했던 그때 그 말을 세르피아는 아직도 잊지 않았다.

　"누군가가 창생의 인을 억누르고 있는 것 같군요."

　세르피아의 뜻을 알았는지 성진은 가부좌를 풀고 자리에서 일어섰다.
뿌득뿌득거리는 관절이 풀리는 소리가 들렸지만 성진은 전혀 개의치 않
는다는 표정으로 여관의 창문을 열었다. 경첩에서 삐거덕거리는 신음과
함께 답답한 공간 사이로 투명한 쪽빛 하늘이 모습을 드러냈다. 시끌벅
적한 거리는 사람들이 만들어내는 냄새와 소리로 가득 찼다. 녹여 버리

려는 듯 강렬한 햇살이 방 안을 비추었다. 활기 찬 사람들의 모습을 잠시 바라보며 성진은 자신이 느낀 그대로를 털어놓았다.

"저도 잘 모르겠습니다. 하지만 확실한 것은 아카식 스트림에서 상처 받은 후 믿기지 않겠지만 제 힘이 변해가고 있다는 것이지요. 제 힘의 근간을 이루는 창생력이 없는데도 말입니다. 창생력을 다루는 그토록 강렬한 의지가 또 다른 형태로 변하고 있는 것이 느껴집니다. 지금 손을 내민다면 창생의 인을 붙잡는 조악한 구속력 따위는 당장에 허물어 버리고 날아올 것 같군요."

세르피아는 소름이 돋는 것을 느꼈다. 지금 저 상태로도 그토록 강하거늘 변해간다니. 그것이 좋든 나쁘든 놀라울 따름이었다. 도대체 뭐란 말인가? 마스터란 존재가 그렇게 뛰어난 것인가?

세르피아는 그 말에 납득할 수 없었지만 그렇다고 반론할 수도 없었다. 모르는데 무슨 반론인가? 뭘 알아야 반박하지. 그렇다고 이대로 물러설 수 없다는 오기에 세르피아는 한마디 덧붙이고 말았다.

"그렇다면 왜 가져오지 않는 거죠? 그토록 쉽게 가져올 수 있다면 왜 가져오지 않는 거죠?"

따가울 만큼 뜨거운 햇살을 온몸으로 받던 성진은 뒤를 돌아섰다. 그러자 햇빛은 그의 등을 비췄고 성진의 얼굴은 순간 만들어진 빛의 부재에 어두워졌지만 곧 반질반질 윤기나는 바닥에 반사된 역광이 그의 얼굴을 은은하게 물들였다.

세르피아는 모든 것을 다 안다는 그의 시선을 도저히 바라볼 수 없었고 결국은 얼굴을 돌려 버리고 말았다. 세르피아는 고개를 돌린 것이 역광 탓이라고 자신을 자위하였다.

"세르피아, 세상은 인과율에 의해 움직입니다. 특히나 이곳 세상은 더욱 민감하지요. 그런 상태에 인과율을 허둘어뜨릴 만한 힘이 저에게 온다면 곧 세상은 그의 반대급부인 힘을 임의적으로 만들어낼 것입니다. 그러나 그 반대급부의 힘이 어디 있는지 정확히 모르겠습니다. 그래서 섣불리 창생의 인을 불러들일 수 없는 거지요. 뭐, 제 몸 상태가 지금 정상이 아니라는 이유도 기인합니다만."

거기까지 말한 성진은 다시 침대 쪽으로 걸어와 세르피아의 옆에 앉았다. 세르피아의 몸무게에 살짝 구겨졌던 침대 시트가 더욱 큰 주름을 만들어냈다. 세르피아는 저도 모르게 움찔하였지만 성진은 그것을 느끼지 못했는지 계속 말을 이었다.

"무엇보다도 창생의 인은 그들이 다룰 수 없는 힘입니다. 휘라인 교단의 사람들이 다룰 수 있다고 하지만 그것은 다루는 것이 아닙니다. 빌리는 것이지요. 그것도 극히 일부분이지요. 뭐랄까, 무소불위한 신검을 사람들에게 주었다고 합시다. 그 신검은 강력하기 이를 데 없는 저주가 걸려 있고 허락받지 않은 사람은 곁에 다가갈 수도 없습니다. 그런데 일부 사람들이 아주 운 좋게 신검의 허락을 받아 그 표면을 살짝 만질 수 있는 영광을 얻었습니다. 그들은 휘두르지도 못할 신검을 만졌다고 희희낙락하는 거지요. 흠, 비유로 들기에는 너무 조악한가요?"

성진은 슬쩍 미소를 지었다. 창생의 인을 한낱 신검 따위에 비하는 성진도 대단하지만 그 이야기를 듣고 곧바로 다른 비유를 생각해 낸 세르피아도 한편으로는 대단하였다.

"흠, 그러니까 아이들의 장난감을 뺏기 싫다는 거군요."

성진은 난처한 미소를 지었다. 그런 의도로 말한 것은 아니었는데 말이다. 그러나 마스터들의 정신 세계를 범인들이 이해하기는 조금 무리가 있었다. 한 사물을 바라보는 것에도 낮은 곳에서 높은 곳을 보는 것과 높은 곳에서 낮은 곳을 바라보는 시각에서 차이가 있듯, 그녀가 마스터가 되어보지 않는 한 이해하기 힘든 그 무엇이 있다.

　성진은 기분 좋게 웃고 있는 세르피아에게 그에 대한 아무 말도 하지 않았다.

　민간에 떠도는, 이제는 거의 인간 세상에서는 활동하지 않는 드워프의 격언에는 이런 말이 있다.

　"엘프라는 족속은 말이야, 무슨 일을 계획하고 시작하려고 의자에서 일어나려면 일어설 수가 없어. 얼마나 궁둥이를 오래 붙여놓았는지 그들이 앉아 있던 의자가 엘프의 궁둥이를 나무인 줄 알고 접목해 버리거든."

　다소 무리가 있는 격언이기는 하지만 그만큼 엘프에게는 행동력이 부족했다. 그러나 세르피아에게는 과감과 결단, 용기를 상징하는 전사의 피가 흐르고 있다. 따라서 행동력만큼은 인간에 비할 수 있을 정도로 탁월했다. 과감하게 결단을 내린 세르피아는 곧장 그 시프 길드의 지부장이 건네준 동전을 여관의 시동에게 건네주었고 20분도 채 지나기 전에 세르피아와 성진은 시프 길드의 지부장을 방 안에서 맞이할 수 있었다.

　하루 만의 결단이라는 엘프답지 않은 행동력으로 시프 길드 지부장을 감탄시킨 세르피아와 20분 만에 찾아와 세르피아를 놀래킨 지부장은 그 자리에서 합의를 보기 시작하였고 거사는 요번 달이 지나기 전에 해내는 것으로 합의 보았다.

　"그럼 요구를 말해 보세요."

　지부장의 말에 세르피아는 자신이 원하는 정보를 말하기 시작하였다.

　"우선 100년 전에 일어난 엘븐 마스터 세이카류의 죽음에 대한 전반적인 상황과 그에 대한 정보가 필요해요. 두 번째는 라디아 엘프 족의 보물인 청공의 활에 대한 행방입니다."

　"엣? 청공의 활이라고요?"

　그녀의 요구를 듣던 지부장은 깜짝 놀라 되물었다. 청공의 활이라면 라디아 엘프 족과 함께 숲 속으로 영원히 사라져 버린 보물 아닌가?

"네, 청공의 활입니다. 과거 저희 일족은 쿠르시아 엘프 족에게 그 활을 빌려준 적이 있습니다. 그 활을 찾기 위해 엘븐 마스터 세이카류님이 나섰고 결국 돌아오지 않았습니다."

시프 길드 지부장이 되기 위한 필수 조건 중 하나가 바로 일급 정보 이상을 언제라도 줄줄이 외울 수 있는 기억력이었다. 상대와의 조속한 교섭을 위해서 말이다. 신기(神器)에 관한 정보는 특급으로 분류되어 있고 그에 관한 정보는 시프 길드 본부에 분류되어 있었다. 청공의 활에 관한 정보는 여태 시프 길드에서는 라프디아 숲에서 라디아 엘프 족과 함께 사라져 버렸다고 파악하고 있었던 것이다.

'이거 일이 어렵게 되겠군.'

200년 동안 전혀 파악되지 않은 신기를 찾으라니. 상당히 어려운 일이었다. 그러나 거래의 조건으로 내건 이상 반드시 해내야만 하였다. 파악하지 않은 정보는 없다는 것을 자존심으로 삼은 시프 길드로서는 명예가 걸린 일이었다.

"더 요구할 것은 없습니까?"

순간 고개를 끄덕이려는 세르피아를 성진이 제지하였다. 성진은 지부장에게 물었다.

"저희의 또 다른 일행의 위치를 알 수 있을까요?"

"아, 하이단님 일행 말씀인가요?"

하이단을 언급하지 않기 위해 일부러 일행이라고 하였거늘 지부장은 하이단의 이름을 말했다. 그것은 곧 그들의 신상 파악을 끝마쳤다는 소리였다. 성진은 그들의 정보력에 혀를 내둘렀다. 이곳의 인간들이 일구어놓은 문명 수준으로 볼 때 월등할 정도였다. 분류된 정보도 없이 순수 인력으로 이런 정보를 이끌어내다니.

아무런 표정이나 말도 없었지만 지부장은 약간 우쭐해진 기분을 느꼈다. 눈칫밥 십 년이면 마음을 읽는다고, 그녀는 세르피아의 감탄을 읽어낸 것이다. 기선 제압용으로 꺼낸 퀜트가 이렇게 잘 먹힐 줄이야. 보통 때 같으면 살짝 미소를 지으며 상대방을 압도하는 듯한 분위기를 만들겠지만 지금 이곳은 거래를 하기 위한 중요한 장소였다. 그녀는 애써 고조되는 감정을 자제하였다.

"그들은 아마도 이틀 후에 이곳 에크라노에 도착할 것입니다."

이 부분에서 다시 세르피아가 놀라길 바랬던 지부장은 아무 반응도 하지 않는 그녀에게 약간 실망하고 말았다. 엘프를 한 번 놀라게 한 것도 충분하거늘 두 번이나 놀라게 한다는 것은 욕심이라는 걸 잘 아는 지부장은 결국 거기서 만족하기로 하였다.

"요구 사항은 이것으로 끝입니까? 그럼 이제 쉐도우 워커의 본부 위치를 가르쳐 드릴 차례군요."

그녀의 말에 성진은 고개를 가로저으며 말했다. 방금 전 그녀가 기선 제압용으로 하이단의 이름을 언급한 것을 알았기 때문이다. 상대방에게 무시당하지 않기 위해서는 상대방을 놀래키는 것같이 좋은 방법이 없었다.

"그럴 필요까지는 없습니다. 그 위치를 알고 있으니까요."

"에에?"

이번에는 지부장이 크게 놀라야만 했다. 놀랄 수밖에 없는 것이 쉐도우 워커의 본부는 그 누구도 파악해 내지 못했었다. 시프 길드마저도 최근에 그 위치를 탐지해 냈거늘 도대체 무슨 수로 알아냈단 말인가!

"그, 그럴 리가! 시프 길드마저도 최근에 밝혀낸 그 사실을……."

그녀는 너무도 놀라 말을 더듬거렸다. 성진은 자신의 의도가 착실히 먹힌 것을 깨달았다. 때문에 보다 임팩트를 주기 위해 성진은 살짝 발을 굴렀다. 목재로 만든 바닥에서 '쿵' 하는 작은 소음이 퍼졌다. 이러한 행동이 무슨 의미가 있겠냐마는 성진의 그 행동에 지부장은 눈을 동그랗게 뜰 수밖에 없었다.

"그렇겠죠. 도시 밑에 있는데 누가 알겠습니까."

쉐도우 워커의 비밀 본부는 에크라노의 지하에 위치해 있었다. 할 말을 잃은 지부장은 멍하니 성진을 보았다. 협상의 가장 중요한 관건 중의 하나가 부동심이라고는 하지만 세상에서 단지 시프 길드밖에 파악하지 못했을 줄 안 비밀을 다른 자가 알고 있다고 했을 때 부동심을 유지하는 사람이 얼마나 될까? 설사 있다고 해도 지부장은 그렇게까지 단단한 사람이 아니었다.

돌아가 보라는 세르피아의 말에 어떻게 작별 인사를 했는지도 모르게 허둥지둥 여관을 빠져나온 지부장은 멍하니 대로를 걷다가 고개를 돌려 성진이 머물고 있는 여관을 바라보았다. 여전히 똑같은 모습으로 의연하게 거리를 지키고 있는 건물이지만 지부장의 눈에는 왠지 다르게 비춰졌다.

'어쩌면 저들의 능력을 철저히 오판한 것일지도 모르겠구나.'

왠지 모를 불길함에 지부장은 자신도 모르게 한숨을 쉬고 말았다.

＊　　　＊　　　＊

창세력 제2기 8012년 7월 18일. 카밀 왕국 공공 가도.

카밀 왕국은 도로 사정이 좋기로 유명하다. 국토의 절반 정도가 중앙대간 '드리오닌'에서 뻗어 나온 지류에 영향을 받아 산지로 이루어져 있지만 무역을 장려하는 나라답게 보다 원활한 물자 이동을 위하여 카밀 왕국은 도로 사업에 많은 투자를 하였다.

산지에서 쏟아져 나오는 풍부한 철광석과 각종 광물, 원목 등 큰 이윤을 남길 수 있는 가공업의 원료가 많은 나라에서 대대적인 도로 정비를 벌이자 많은 상인들이 찾아오기 시작하였다. 인간이 모이는 곳에 어찌 돈이 빠질쏘냐! 하물며 상인들은 근전적으로 풍족한 사람들이었다. 그들의 주머니에서 나오는 돈은 곧 왕국의 살림을 윤택하게 만들었다. 탄력 받은 왕국은 장인들 양성과 자유로운 무역을 위한 법 개정에 집중 투자하기 시작하였고 공업을 원활케 돌아가게 만드는 노동력의 근간을 이루는 평민들의 인권이 점차 신장되기 시작하였다.

결국 150여 년 전 일어난 북대륙의 패자 카이나 제국의 대대적인 침공으로 지배력에 큰 타격을 입은 귀족 계층은 밑에서 치고 오는 평민들의 압박을 이기지 못해 결국 붕괴되었고, 카딜 왕국은 왕족만 남기고 계급제가 사실상 철폐되었다.

이쯤 되면 카밀 왕국 왕실이 붕괴될 만하지만 신분을 가리지 않은 성혼과 능력있는 인재 발굴, 왕세자 제도가 아닌 실무에 의한 왕위 세습 방식으로 탁월한 정치력을 가진 이른바 성군들의 끊임없는 출현 탓에 카밀 왕국은 왕실의 권위를 유지할 수 있었다.

파란 잔디가 융단처럼 깔린 대지와 수목이 얽혀 있는 그 사이로 하얀 화강암으로 포장된 가도. 가도는 저멀리 일렁이는 푸른 물결을 향해 쭉 뻗어 있었다. 지평선 저편으로 보이는 푸른 물결은 아마도 쑥쑥 커가는 밀인 듯하다. 한가롭기 그지없는, 그저 몇몇 여행자만이 두런두런 이야기를 나누며 지나가는 이 길. 이 길 저편에서 세 무리의 여행자들이 나타났다.

다그닥거리는 말발굽이 깔끔하기 포장된 도로에 부딪치며 생기는 미묘한 리듬, 멀리서 불어오는 사늘한 산바람에 의한 오랜만의 포근한 날씨, 강행군으로 인한 풀리지 않은 피로. 이 세 가지 요인이 작용하자 타키안과 길리언은 서로의 몸에 의지한 채 말 위에서 속절없이 졸아야만 했다.

기수가 곯아떨어지면 말은 방향을 잡지 못하고 제멋대로 길을 걸어야 하겠지만 다행히 칼이 타키안과 길리언을 태운 말의 고삐를 잡아주었다. 쓴웃음을 지은 칼은 자신의 말을 아이들의 말 옆에 붙이고 천천히, 그렇게 천천히 걸었다.

그러다 문득 말이 길에 떨어진 돌을 밟았는지 비틀거렸고 당연히 말 위에 타고 있던 두 아이의 몸이 크게 흔들렸다. 둘 중 운동 신경이 더 떨어진 쪽이 낙마할 판이었다.

"음… 어, 어라?"

재빠르게 자세를 바로잡은 길리언과는 다르게 잠이 덜 깬 목소리로 기성을 지른, 운동 신경이 떨어지는 타키안은 균형을 잃었고 칼은 재빠르게 낙마하려는 타키안의 팔을 잡아챘다.

"이 녀석아! 자면서 말을 타면 어쩌라고? 네 녀석이 말 위에서 먹고 자는 흉험한 기마 민족 베카드 족이냐?"

칼의 핀잔에 타키안은 아무 말도 할 수 없었다. 그러나 억울함은 있었다. 다 누구 때문인데! 가재는 게 편이라고 길리언이 칼에게 따졌다.

"따지고 보면 누구 탓인데요!"

누구 탓이긴 누구 탓인가? 가여운 아이들이 오죽 피곤해서 말 위에 졸 정도로 길을 재촉한 칼과 하이단 탓이지. 타키안은 '어라, 누구 탓인데? 누구 탓일까? 하이단, 누구 탓인지 알아요?', '아니? 도대체 그 벼락맞을 놈이 누구냐?'라는 사람의 복창을 뒤집어놓는 하이단과 칼의 작태에 치를 떨며 괴로웠던 지난 닷새 동안을 떠올렸다.

루크에게 붙잡혀 이틀 동안 꼴딱 술을 마셔야 했던 칼과 하이단은 결국 국경을 넘어온 삼 일째 되는 날이 되어서야 루크의 마수에서 벗어나 길을 떠날 수 있었다.

'밀입국자는 이틀 동안 음주를 허야 한다!' 는 루크의 기가 막히다 못해 황당하기까지 한 주장으로 인해 칼과 하이단은 이틀 동안 술에 찌들 대로 찌들고 비틀거린 채 말등에 겨우 올라탔다. '다음에 또 대작하자고!' 라고 외치는 루크에게 칼은 '불능이나 되어버려라!' 라고 대꾸한 후 부리나케 요새를 벗어났다.

그렇게 길을 떠나고 아무런 탈도 없었으면 타키안과 길리언이 이렇게 고생하지는 않았을 것이다. 이틀 동안 종일 마신 알코올이 단번에 분해되면 오죽 좋겠냐마는, 그 알코올들은 칼과 하이단의 체내에 고스란히 남아 위장을 괴롭혔다. 거기에 굴하지 않은 칼과 하이단의 육체는 끝끝내 알코올을 분해해 단련된 육신이 어떻다는 것을 몸소 보여주었으나 분해된 알코올의 잔존물들은 숙취라는 통증이 되어 칼과 하이단을 괴롭혔다.

빠개지려는 머리를 부여잡고 칼과 하이단은 필사적으로 저항했지만 상대는 드래곤도 거꾸러뜨린다는 숙취. 결국 일행은 채 몇 시간밖에 길을 갈 수 없었고 처음 만난 마을의 여관에 처박혀 하루를 꼬박 소비해야만 했다. 그래도 워낙 둘의 몸뚱이가 튼튼한 탓에 먹은 것을 도로 확인하는 짓은 하지 않았고—그보다는 숙취에 질 수 없다는 오기가 작용해서였다—타키안과 길리언, 불쌍한 이 두 소년에게 토사물을 치우게 하는 극악한 일은 벌어지지 않았다.

어른이 아이를 걱정시키는 아이러니한 상황을 연출한 칼과 하이단은 다음날 침대에서 벌떡 일어났고 매우 다급하다는 표정으로 길을 재촉하였다.

"이런! 늦겠다! 오늘 하루는 강행군이다!"

"히익!"

그날 길리언과 타키안은 지옥을 경험하였다. 말을 타고 달리다 걷기를 반복했다. 자신이 직접 걷는 것이 아니니 편안하다고 생각할지 모르지만 유감스럽게도 그날은 '유독' 무더웠다. 가뜩이나 대륙을 열기의 신음 속에 빠지게 하는 7월이거늘 '유독' 이라는 표현을 했으니 오죽하겠는가. 하늘에서 내리쬐는 태양은 길리언과 타키안의 여린 살갗을 날로 익혀 버리는 듯 내리쬐었고 대지에서 끓어오르는 열기는 그들을 통째로 익혀 버리려고 작심한 듯했다.

거기에 타키안과 길리언은 둘이 한 말을 타고 있었다. 둘의 체온이 합쳐진 상승 효과는 이열치열이라는 남대륙 구석진 곳에서 사막 민족들이 사용하는 격언에 마음씨 여린 타키안이 이를 갈 정도였다.

가도 곁의 하루 거리마다 들어선 마을에 도착하자마자 타키안과 길리언은 식사를 코로 넘기는지 입으로 넘기는지 구분하지도 못할 만큼 잽싸게 해치우고는 곧바로 뻗어버렸다. 그리고 오늘 아침은 어땠는가? 꼭두새벽부터 길을 재촉한답시고 깨웠다. 눈조차 제대로 떠지지 않는 아이 둘을 옆구리에 끼워 나와 말 위에 얹어놓고는 길을 떠난 것이다.

길리언과의 말싸움에 신이 난 칼을 멍하니 쳐다본 타키안은 길리언을 애써 뜯어말린 후 칼에게서 고삐를 넘겨받고는 말을 몰기 시작하였다. 한창 열을 올리다가 피곤했는지 연신 하품하는 길리언에게 타키안은 잠을 좇을 겸 말을 붙이기 시작했고 애들다운 사소한 주제로 재미있게 대화를 엮어 나가기 시작하였다. 호기심 반 무료함 반으로 끼어들려는 칼을 무시로써 좌절하게 만든 모습에 웃음을 지은 하이단은 기어코 아이들의 대화에 끼어들려는 칼의 뒷덜미를 잡아 끌어냈다.

옆에서 투덜거리는 칼을 마찬가지로 무시로 일관하던 하이단은 멍하니 하늘에 흐르는 양떼구름을 보다가 이제는 완전히 풀이 죽었는지 홀로 중얼거리는 칼에게 말을 건넸다.

"너무 심심하지 않은가? 모험 소설에서는 이럴 때 고난을 당하는 한 여자가 '꺄악! 살려주세요!' 라고 소리치잖아, 안 그래?"

하이단의 말에 칼은 귀찮다는 듯 손을 휘저었다. 모험 소설은 어디까지나 소설이다. 현실이 아닌 것이다.

"그런 소설, 너무 많이 읽으셨어요. 어른이 됐으면 마땅히……?"

그 순간 가도 저편에서 여자의 찢어지는 듯한 비명 소리가 울려 퍼졌다.

"까아아악! 살려주세요!"

"……."

"비명 소리군……."

칼과 타키안, 길리언은 아무 말도 하지 않았고, 하이단만이 신음 섞인 말투로 중얼거렸다. 비명 소리로 인해 입을 닫아버렸던 칼은 얼떨떨한 눈빛으로 하이단을 바라보았다.

"…언제 점쟁이로 전직하셨수?"

"나도… 놀랐네."

얼이 빠져 버린 두 사람을 일깨우듯 재차 여인의 비명 소리가 다시 한 번 가도를 뒤흔들었다.

"까악! 살려달라니까요!"

"……."

"……."

뭔가 상당한 억지력을 지닌 비명이다. 칼은 말고삐를 잡아채며 황당하다는 표정으로 중얼거렸다.

"…강한 여자네."

"그, 그렇군……."

둘은 말고삐를 잡아채며 바람같이 가도를 달렸다. 그리고 다시금 할 말을 잃고 말았다.

"……."

멍하니 그 모습을 본 칼은 부지중에 내뱉었다.

"대, 대단한데요?"

'꺅꺅' 거리는 비명을 질러대며 로브를 입은 여인은 말 위에서 춤추고 있었다. 정확히 표현하자면 날뛰는 말 위에 매달려 목청껏 소리치고 있었다. 하늘을 찌를 작정으로 날뛰는 말 위에서 여인의 몸은 연신 허공으로 붕 떴다. 거기에 바람을 탔는지 로브도 팔락인다. 로브가 펄럭일 정도로 몸이 흔들리는 것이다. 그러고도 용케 떨어지지 않는 이유는 말갈기를 두 손으로 꽉 붙잡고 버티는 데 있었다.

"까아아아악!"

귓가에 쩌렁쩌렁 울리는 여인의 비명 소리는 멍하니 로데오(?)를 보던 칼에게 말이 저렇게 날뛰는 이유는 여인이 내지르는 비명 소리에 말이 놀라 그런 것이란 생각이 들게 할 정도였다.

미친 듯이 날뛰는 말 위에서 기어코 떨어지지 않은 여인이 독한 것인지 여인의 팔뚝심이 대단한 것인지 분간이 되지는 않지만, 어쨌든 구해야 했다. 왜? 시끄러우니까. '사람을 구하는 것이 아닌 소음을 잠재우기 위함이다' 라는 생각이 무의식적으로 들게 할 정도로 여인의 목소리는 빼어났다.

말에서 뛰어내린 하이단은 앞발굽으로 내리찍으려는 말의 두 다리를 손으로 잡아 버티는 용력(勇力)을 발휘했고 칼은 말등에서 재빨리 여인을 끌어내렸다.

투두둑.

"엥?"

뭔가 심각하게 뜯어지는 소리가 들렸다. 칼의 눈은 소리를 좇았고, 이 윽고 여인의 손에 시선이 머물렀다. 그녀의 두 손아귀에는 말갈기 털로 추정되는 갈색 털들이 한 줌 가득히 쥐어져 있었다. 섬뜩한 마음에 칼의 눈은 하이단의 힘에 눌려 투레질 치고 있는 말의 목덜미를 향했고 멋들 어지게 이어진 갈기에서 꼭 여인의 손 크기만큼의 흉험한 공백을 발견할 수 있었다. 자세히 보니 뽑힌 털구멍에서 혈흔까지 보인다.

'도대체 얼마나 세게 쥐었기에!'

칼은 마른침을 꼴딱 삼켰다.

여인이 정신을 차린 것은 그로부터 한참 후였다. 그나마도 타키안과 길리언이 조치를 취하지 않았다면 한참 걸렸을 것이다.

뒤늦게 도착한 타키안과 길리언은 멍하니 가도 곁 풀밭 위에 주저앉은 여인 곁에서 그저 멀뚱히 서 있는 두 어른을 째려보았다. 도대체 정신이 나가 버린 사람을 저렇게 놔두다니. 한숨을 쉰 타키안은 여인을 천천히 풀밭 위에 눕혔고 자신의 말안장에서 물통을 가져온 길리언은 여인에게 물을 먹이고 얼굴을 벌겋게 상기시킨 채 여인의 다리와 팔을 주물렀다.

워낙 크게 놀라 찾아올지 모르는 쇼크 상태를 예방하기 위함이다. 과 거 셔우드 마을에서 오크를 보고 놀란 아이에게 응급조치를 취하는 것을 본 적이 있는 길리언이기에 그의 손길은 그다지 어색하지 않았다. 호기 심 어린 표정으로 구경하는 칼과 하이단은 한심하다는 눈초리로 쳐다보 는 타키안의 시선에 내심 찔리는지 은근슬쩍 물러났다.

아무리 생각해도 아이와 어른의 역할이 바뀐 것 같다. 이런 일에는 어 른들이 나서서 자발적으로 해야 하는 것 아닌가? 그러나 한편으로는 수 긍이 갔다. 저들은 무인, 칼로 베이크 뼈가 부러진 상처라면 어떻게 해볼 것이지만 놀란 사람을 진정시키는 데에는 어떠한 지식도 없었던 것이다.

그에 비하면 타키안은 신전에 있으면서 그런 상태의 환자들을 여럿 보았고 길리언은 마을에서 어른들이 행하는 것을 보고 들은 경험이 있었다.

어쨌든 두 아이들의 응급조치로 정신을 차린 여인의 첫마디는 칼과 하이단, 그리고 응급조치를 행했던 타키안과 길리언을 꽤나 허탈하게 만드는 것이었다.

"어머, 고마워요."

"……."

도무지 놀란 사람 같지가 않다. 이 여인이 방금 말 위에서 그 격렬한 사투를 벌인 그 사람이 맞는 것인가? 워낙 태연한 표정으로 감사를 표하는 여인의 모습에 칼이 허탈할 지경이었다.

보기 드문 시리디시린 푸른색 머리칼에 밉지도 예쁘지도 않지만 좋게 보면 좋게 봐줄 수 있는 얼굴의 그녀에게 칼은 도대체 그녀가 왜 그런 곤경을 당했는지 물을 수밖에 없었다.

"도대체 말이 왜 그렇게 날뛴 겁니까?"

잠시 생각하는 표정을 짓던 그녀는 '앗!' 하는 탄성을 내지르며 가도 곁 한 거목을 가리켰다.

"저기 거목 나뭇가지에 벌집이 있었는데 호기심에 건드려 봤어요."

하이단은 어이없다는 표정을 지었고 칼이 그녀가 가리키는 거목 밑으로 가서 고개를 들어보니 과연 거기에는 벌집이 매달려 있었다. 삼 분지 일쯤 부서진 벌집 밑으로는 노란 벌꿀이 방울방울 떨어지고 있었다.

손바닥으로 방울방울 떨어지는 꿀 방울을 받던 칼은 그것을 혀로 핥아 보고는 자기도 모르게 여인을 바라보며 물었다.

"꿀이 먹고 싶어서요?"

칼은 자기가 말해 놓고도 이 어이없는 물음에 어처구니없다는 듯 고개를 저었다. 그러나 여인은 천진난만하게 웃으며 답했다.

“네.”

“…….”

타키안은 갑자기 그녀의 이마를 짚어보고 싶은 충동을 애써 자제했다. 그러나 근질거리는 입을 억누를 수 없는지 옆에 있던 길리언의 귀에 속삭였다.

“아무래도 머리를 다친 것 같은데?”

길리언은 표현은 하지 않았지만 타키안의 말에 전적으로 동의하고 싶었다. 그러나 미친 사람으로 간주하기에는 너무 꺼림칙했다. 이 무더운 계절에 로브를 입고 다니는 특이한 그녀의 복색을 잠시 관찰하던 하이단은 그녀의 로브 끝에서 무언가의 표식을 발견했다. 어디선가 분명히 본 것이었다. 잠시 기억을 더듬던 하이단은 혹시나 하며 물었다.

“혹시 정통 마법사(Legitimacy Magician)이십니까?”

근래 각국에서 집중적으로 양성하는 위저드 스쿨(Wizard School)에 반발한 일부 마법사들이 전통적인 사승(師承)을 고집하며 비인부전의 원칙에 따라 소수의 인재들에게 마법을 전수하고 그것을 이어 나가는 사람들을 가리키는 것이었다.

위저드 스쿨을 졸업한 마법사에 비해 그 수가 턱없이 부족하지만 대량 양성된, 정통 마법사들의 표현에 따르면 ‘빵틀에 찍어낸 빵덩이들’ 과는 달리 그 위력에서 차원을 달리했다.

스승의 노하우가 제자에게 직접 전수되어 진정한 예술이라 표현할 만한 마법을 구사하는 그들을 사람들은 정통 마법사라 불렀다.

“네, 그렇습니다.”

여성은 환한 미소를 그리며 하이단의 말을 받았다. 그제야 일행은 여인의 특이한 행동에 대해 이해가 갔다. 보아하니 이십 대 중반으로 보이는 이 여성은 이제 막 스승의 인가를 받아 세상으로 나온 모양이다. 그전까지는 스승에게 집중적으로 교육받았으니 언제 세상 구경할 틈이 있었을까. 일행은 내심 수긍하였다.

그런데 한 가지 의문이 남는 것은 어쩔 수 없었다. 제 마법을 다스리지 못해 폭주를 일으키는 여타 마법사와는 달리 정통 마법사들은 그 정신 체계가 확고했다. 웬만큼 충격적인 것을 보아도 아무렇지도 않은 족속들이었다. 그런데 왜 아까는 멍하니 있었을까?

하이단의 머리 속에 그와 같은 의문이 떠올랐고 묻지 않을 수가 없었다.

"그런데 아까는 왜 멍하니 있었죠?"

머리카락을 정리하던 그녀는 환히 웃었다.

"아, 네. 실은 말 위에서 너무 흔들려 머리가 어지러웠거든요. 그런데 저 소년들이 와서 저를 눕히더니 물을 먹이고 몸을 주물러 주더군요. 특히 저 소년의 손길―길리언의 얼굴이 시뻘겋게 달아올랐다―이 너무 부드럽고 좋아서 그대로 있었습니다."

길리언의 얼굴에 불을 지른 그녀의 말에 하이단은 내심 '정통 마법사란 족속들은 죄다 얼굴에 철판을 깔았나?' 하는 의문이 떠올랐다. 말없이 그녀를 보던 일행은 그녀가 괜찮은 것으로 판단하고―실은 계속 있다가는 머리가 더욱 어지러워질 것 같아서 서둘러 떠나고 싶었다―다시 말 위로 올라타서 길을 떠날 준비를 하였다.

"그럼 좋은 여행 되세요. 저희는 이만."

작별 인사를 하려는 칼에게 그녀는 황급히 풀밭에서 일어나 물었다.

"저 혹시 수도 쪽으로 가십니까?"

"네."

칼이 답하자 그녀는 잘됐다는 표정을 지었다.

"어머? 잘됐네요. 저도 거기가 목적지거든요. 같이 가면 안 될까요?"

안 될 것도 없다. 오히려 일행에 득이 될 것이다. 거기다 좋은 구경 할지도 모른다. 마법이라는 게 워낙 흔하지 않은 까닭이다. 거기에다 사람까지 좋아 보이니 별문제는 없어 보였다. 아이들과 칼이 괴팍하지만 재미있는 그녀와 같이 가고 싶은 기색을 띠자 하이단은 찬성하였다. 그도 별 손해 볼 것 없다고 생각한 것이다.

"같이 가죠 뭐."

하이단의 허락이 떨어지자 그녀는 그 자리에서 폴짝 뛰며 손뼉을 쳤다. 이십 대 중반의 여성이 매우 소녀적인 행동을 취하니 여간 어색할 것 같았지만 그렇지도 않았다. 의외로 어울린 것이다.

"아! 감사합니다."

수도로 향하는 얼마 되지 않을 여정이지만 이제 여행길의 동료가 된 그녀에게 이름을 묻지 않을 수가 없었다.

"저는 칼이라고 합니다. 아가씨의 이름은 어찌 되시나요?"

"아, 제 소개를 아직 하지 않았군요? 전 샤이라 이모트라고 해요. 편한 대로 불러주세요."

웃음 짓는 그녀의 모습에 일행은 왠지 좋은 예감을 받았다. 마법사와의 동행이라니. 왠지 낭만적일 것 같았다. 아이들은 흥분하였고 칼과 하이단은 여행길에서 좀 더 편할 수 있을 것이라 기대하였다.

그러나 칼과 하이단은 앞으로 있을 이모트 양의 기막힌 행동들로 인해 이때 자신들이 내린 결심을 후회하지 않을 수가 없었다.

*　　　*　　　*

창세력 제2기 8012년 7월 20일. 카밀 왕국 수도 에크라노.

무려 일주일 동안이나 여관 밖으로 한 걸음도 나가지 않아 여관의 시급들에게 은연중에 찬사받고 있었던 성진과 세르피아는 시프 길드의 지부장이 구해준 책을 읽거나 오러에 대해 서로 토의를 하면서 시간을 보내고 있었다.

요 머칠 새의 성과가 있다면 그것은 단연 성진의 문맹 탈출이다. 솔직히 그의 해박한 지식이나 판단을 고려해 볼 때 문맹이라는 것을 도저히 믿을 수 없겠지만 그는 이제 갓 한 달 동안 이곳의 공기를 마신 사람이었다. 그간 워낙 바쁜 일이 많아 문자를 익힐 시간조차 없었지만 성진의 요청으로 지부장이 구해준 책을 읽음으로써 성진은 그제야 문맹을 벗어날 수 있었다. 성진이 문맹이라는 사실을 알았을 때 지부장의 표정이란, 정말 돈을 주고도 볼 수 없는 진귀한 것이었다.

세르피아도 마냥 놀지만은 않았다. 그녀는 성진이 전해준 오러에 대한 지식을 마른 모래에 스며드는 물처럼 거침없이 흡수하였다. 단순히 힘을 담아 쏘는 줄 알았던 오러에 엄청난 기법이 숨어 있다는 것을 알았을 때 그녀가 느꼈던 충격은 컬쳐 쇼크(Culture Shock)에 버금가는 것이었다. 오러란 기본적으로 진동으로 파생된 힘이다. 당연히 그 특성상 물체를 자르기 용이했다. 한데 폭발이라니. 그 누가 오러에 불완전성을 부여하여 목표 타격과 동시에 폭발시킬 수 있다고 생각할 수 있으랴.

성진에게 처음 그러한 것이 가능하다고 들었을 때 세르피아의 심정은 그야말로 망치에 머리를 강타당하는 기분이었다. 성진의 손을 떠난 작은 돌 하나가 바닥에 놓인 나무토막을 강타하는 순간 폭발하듯 터지는 파편을 보았을 때는 부정하고 싶어도 부정할 수가 없었다.

그렇게 연신 놀라며 그녀는 오러의 효율적 이용에 대한 이론을 습득할 수 있었다. 그러나 이 이론이란 것도 실전을 통해 익히지 않는 이상 아무런 효용이 없었다. 여관 방은 실습하기에는 너무나 작은 공간이었다.

"그런데 성진, 상처는 다 나았나요?"

한참 화살대 하나에 오러를 집어넣으며 집중하던 세르피아가 침대에 편히 기대어 독서를 하고 있던 성진에게 물었다.

성진은 책장을 왼손으로 넘기고는 책에서 눈을 뗴었다. 그의 손에는 '마법, 이것만 익히면 당신도 불침을 놓을 수 있다' 라는 다소 해학적인 성향이 담긴 서적이 들려 있었다. 그러나 알고 보면 마법에 대해 매우 간단하면서도 간략하게 풀어놓았고 그러면서도 중요한 개념을 놓치지 않고 적어놓은 좋은 책이었다.

"아직 상처는 다 낫지 않았지만 어느 정도 힘의 운용은 가능합니다."

역시 이틀간 놀고 먹은 것은 아니다. 영의 상흔을 완전히 지우지는 못했지만 어느 정도까지는 치유된 것이다. 범인이라면 평생 동안 노력해도 지우지 못할 정도인데. 그러나 상처의 치유는 그리 중요한 것이 아니었다. 전혀 생각지 못한 문제를 발견한 것이다. 그 문제가 성진으로서는 매우 곤혹스러운 것이기에 그 어려움이 더했다.

"도대체 무슨 어려움이기에요?"

성진은 그녀에게 설명해 줄 것인가 말 것인가를 고민했다. 솔직히 들어도 모를 것이다. 그 자신도 제대로 모르지 않는가. 그러나 말해 주지 않는다면 저 괴팍한 엘프 아가씨가 언제 그에게 짜증을 부릴지 모르는 노릇이었다.

"그게, 다시 아카식 스트림에 접속하려고 하는데 문제가 생겼습니다. 제2관문으로 들어가는 출입구에 전에는 없던 것이 생겼거든요."

"그것이 뭔데요?"

전에는 없었던 것이라니. 아카식 스트림이라는 것이 자기 멋대로 바뀌는 것이 아니라는 것쯤은 알고 있는 그녀다. 그렇기에 성진의 말을 도무지 이해할 수 없는 것이다. 그러나 그것은 성진에게도 마찬가지였다.

"그게… 패스워드(Password)가 생겼습니다. 특수한 코드를 입력하지 않는 한 열리지 않는 그런 것 말이죠."

"도대체 뭐기에?"

세르피아는 호기심이 가득한 얼굴로 성진을 보았다. 불과 한 달 전의 얼음장 같은 표정과는 너무나도 다른 표정이었다. 만약 라디아 엘프 족 족장 아르피아가 보았으면 깜짝 놀랄 만한 변화였다. 칭찬할 만한 성과지만 성진은 군이 그것을 언급하고 싶지 않았다. 예전에 한번 그렇게 말했다가 이틀 동안 된서리를 맞지 않았는가. 내심 그녀의 풍부한 표정을 즐기는 성진의 입장으로서는 매우 아쉬운 노릇이 아닐 수 없었다. 성진은 그녀의 표정을 즐기며 한편으로는 자신도 난처한 표정을 지었다.

"그게 '당신이 얻은 새로운 힘의 코드를 입력하라' 라는 것입니다."

뜬구름 잡기식의 표현이다. 그렇기에 세르피아는 아무런 말도 할 수 없었다. 성진이 얻은 새로운 힘이라니. 힘이라는 것이 그렇게 단순히 얻어지는 것이라면 세상에는 강자밖에 남아 있지 않을 것이다. 성진이 그 새로운 힘에 대해 알면 그렇게 쩔쩔매지는 않을 것이다. 고로 성진은 새로운 힘에 대해 전혀 짐작하지 못하는 상황이나 마찬가지란 소리였다. 난제인 것이다.

"그러나 한 가지 실마리를 알아냈습니다."

"무엇인데요?"

성진의 말에 세르피아는 반문했다. 성진은 눈을 동그랗게 뜨고 귀 기울이는 그녀의 모습에 빙그레 웃으며 장난스럽게 말했다.

"비밀입니다."

"……."

세르피아의 새하얀 얼굴이 단번에 붉게 달아올랐다. 눈썹이 올라가고 그에 따라 눈꼬리가 치솟았다. 노기가 치밀어 오른 것이다. '휭' 소리가 날 정도로 몸을 돌린 그녀는 방 한구석에 가서 다시 화살대를 잡고 오러를 수련하기 시작하였다.

보통 여자 같으면 단번에 삐쳐서 문을 '쾅' 소리날 정도로 세게 닫고 나가 버리겠지만 그녀는 그렇지 않았다. 그렇게 화가 났는데도 제 방으로 가지 않는 것을 보니 도저히 나갈 수 없는 이유가 있는 것이었다.

과연 잠시 후 그녀는 얼굴을 새빨갛게 붉히며 성진에게 머뭇거리며 다가왔다. 애써 성진의 얼굴을 외면한 그녀는 눈으로만 성진의 얼굴을 힐끔거리며 한 손으로 화살대를 내밀었다.

"불완전성을 부여하는 것을 다시 한 번 보여주세요."

"네."

성진은 애써 웃음을 참고 다시 한 번 시범을 보여주었다. 성진이 시범을 마치자 세르피아는 다시 화살을 빼앗듯 받아 들고 구석에 가서 묵묵히 수련하기 시작했다.

세르피아의 무언의 시위 탓인지 방 안에는 어색한 공기가 떠돌았고, 성진은 다시금 그 괴이한 제목을 가진 '마법, 이것만 익히면 당신도 불침을 놓을 수 있다' 라는 책을 읽기 시작하였다.

어느 정도 시간이 지났을까? 문득 방문 앞으로 인기척이 느껴지더니 굳게 닫힌 문 밑의 틈으로 새하얀 쪽지가 들어왔다. 침대에서 일어난 성진은 그 쪽지를 집어 들고 펼쳤다.

"드디어 그들이 도착했군요."

성진의 말에 세르피아의 시선이 성진을 향했다. 엉거주춤 일어서려는 세르피아에게 다가간 성진은 그녀에게 쪽지를 내밀었다. 성진의 손에서 쪽지를 받아 든 세르피아는 거기에 적힌 메시지를 읽었다.

〈하이단 일행 에크라노 남쪽 성문을 통과.〉

세르피아의 얼굴에 다시금 미소가 되살아났다.

카밀 왕국 수도 에크라노. 천년 고도인 역사 깊은 도시. 카밀 왕국 수
도로 지정되기 이전에는 남대륙은 물론 중앙대간 '드리오닌'을 넘어 북
대륙까지 지배한 거대 제국 '한'의 남대륙 자치령의 중심지였다. 이제는
아련한 역사 속으로 사라진 세월의 흔적이지만 에크라노 곳곳에서는 그
때의 흔적이 심심치 않게 발견된다. 또한 '한' 제국 유적이 가장 많이 남
은 곳이 이곳 에크라노였다.

남대륙 최대 무역 도시이자 카밀 왕국 수도이며 남대륙 최고(最古)의
도시. 역사와 문화가 살아 숨 쉬는 이곳, 그렇기에 수많은 음유 시인이
에크라노를 찬양하는 노래를 지어 부르지 않을까. 때문에 카밀 왕국민들
은 이 에크라노를 그들의 자랑으로 여기고 있었다.

최고(最古)이자 최고(最高)의 도시인 에크라노에는 오늘도 끊임없이
상인들이 모여들고 있었다. 남대륙 최대 무역 도시답게 하루 유동 인구
십만이라는 경이적인 수치를 자랑한다. 그것도 통계학자들이 억지로 만
들어놓은 가상 지표지 정확한 수치를 따져 본다면 그 두 배를 족히 넘을
것이다.

끊임없이 오고 가는 마차 행렬을 본다면 그 누구라도 경이를 넘어 어
지럼증을 경험할지도 모른다. 각종 짐승들의 울음소리와 수많은 사람들
의 말소리, 마차 바퀴가 굴러가며 만들어내는 소음. 시각과 청각의 어지
러운 조화는 종종 사람들에게 눈앞이 핑 도는 결코 경험하고 싶지 않은
경험을 선사하곤 한다.

그러나 그것도 이 아가씨에게는 별 소용이 없는가 보다. 그래서 칼은
더 더욱 우울해지는 것을 느꼈다.

"와아! 칼! 저것 좀 봐요! 마차가 엄청나게 크네요!"

"네에……."

칼은 죽어가는 목소리로 흐느적거리며 고개를 끄덕였다.

"저거! 저것 좀 봐요!"

"아, 네… 멋지네요."

샤이라가 손가락으로 무언가를 가리키겨 열성적인 목소리로 칼에게 호응을 구했지만 칼은 그저 모든 것이 귀찮았다. 단지 자고 싶을 뿐이었다. 그러나 그의 이런 간절한 심정이 마음에 들지 않았는지 이모트 양의 목소리가 살짝 변한다.

"어머, 칼. 별로 보고 싶지 않은가 보죠?"

샤이라의 청색 눈썹이 성큼 올라가자 칼은 그제야 화들짝 놀라 고개를 끄덕였다. 그의 목이 부러지지는 않을까 심히 걱정될 정도였다.

"오오! 멋져요! 멋져!"

누가 들어도 가식에 찬 어색하기 그지없는 목소리지만 그녀는 만족한 듯 크게 미소 지었다. 말을 몰아 칼 옆에 선 그녀의 모습에 칼 곁에 서 있던 하이단은 어색한 미소를 지으며 천천히 속력을 떨어뜨려 그들 곁에서 물러났다. 뒤에서 졸졸 따라오는 타키안과 길리언 곁으로 다가간 하이단은 조용히 한숨을 내뱉었다.

"이번 여정의 최대 실수는 저 여자를 받아들이기로 결정한 것인 듯하구나."

하소연인지 혼잣말인지 정확히 구분하기는 어려웠지만 타키안과 길리언은 고개를 끄덕였다. 마법사와의 여행이 편할 것이라 생각했던 것은 오판이었다. 아니, 최악이었다.

시작부터가 아주 충격적이었다. 지금도 생각하면 모골이 송연해질 정도이다. 하이단은 평생 그런 불꽃은 본 적이 없었다. 눈이 시릴 정도로 파랗게 타오르는 불꽃을.

이틀 전 저녁쯤이었다. 성진과의 약속을 위해 강행군을 벌여 마을을

다 지나치고 결국엔 가도 곁에서 야영을 준비하기 시작했을 쯤이었다. 솥을 걸고 오랜만에 따끈한 스튜를 끓여 먹으려던 그때, 샤이라가 친히 불을 피워 올리는 마법을 걸어준다고 했다. 나뭇가지 하나만 있으면 열 시간쯤은 지속될 수 있는 마법의 불을 말이다. 그녀의 말에 의하면 화력 또한 매우 좋아 조리하는 데도 편리하다는 것이다. 거기에 바람의 영향 도 거의 받지 않는, 그야말로 여행자들에게는 꿈같은 불이라는 것이다.

일행은 당연히 좋아했다. 나뭇가지를 구할 필요가 없기 때문이다. 가 뜩이나 피곤한 마당에 번거로움을 덜었으니 얼마나 좋은가?

그러나 막상 그녀가 불꽃을 피워 올렸을 때 일행은 얼굴을 굳혀야만 했다. 솥 밑바닥에서 일어나는 붉은 불꽃이 노란 불꽃이 되고 이윽고 푸 른 불꽃으로 변했을 때 일행은 더 이상 불을 피워놓은 주변에 있을 수가 없었다. 그대로 몇십 야드를 물러서고 일행은 무쇠로 만든 솥이 벌겋게 달아올라 이윽고 녹아내리는 광경을 봐야만 했다. 쇳물이 흐르는 광경이 라니!

"……."

솥이 녹아내리는 와중에 마법을 취소하려 했지만 일행은 몇 피트로 솟 구치는 푸른 불꽃의 무지막지한 열기에 모두 다 뒷걸음쳐야만 했다.

완전히 탄화되어 버린 대지. 주변의 풀은 죄다 말라비틀어지고 시꺼멓 게 타버렸다. 그나마 마법으로 만든 탓인지 번지지는 않았지만 솥이 형 체를 잃고 녹아내리는 광경을 하이단은 잊을 수가 없었다.

그래, 그뿐이면 오죽할까. 말을 타고 가는 통에 엉덩이가 아프다고 호 소하는 타키안과 길리언을 위해 마법을 걸어주려다 수십 피트 상공으로 날려 버리질 않나, 하이단이 홀로 오 년 동안 대륙을 떠돌아다녔다는 이 야기를 듣고 밤새도록 그 이야기를 해달라는 것은 또 뭔가? 거기에 '여 행의 묘미는 야영!' 이라며 침대를 그리는 일행에게 억지로 우겨서 마을

변두리에서 자야만 했던 어젯밤.

이건 주객이 전도되어도 정말 지독하게 돈 듯하였다.

"어서 떨쳐 버리도록 해야지."

위용이 당당한 에크라노의 남쪽 성문을 통과하며 하이단은 중얼거렸다.

그러나 세상일은 마냥 뜻대로 돌아가지 않는다고 누가 말했던가. 칼과 하이단은 그 격언을 처절하게 경험해야만 했다.

"어머! 그랑디아 신전 앞이라고요? 저도 거기서 누군가를 만나기로 했거든요."

"아, 아하하! 그것참 우, 우연이네요!"

"어허허허! 그렇군요! 칼, 자네 잠시 날 좀 볼 수 있을까?"

칼의 말고삐와 자신이 쥐고 있는 갈고삐를 재빨리 타키안에게 건네준 하이단은 그 우람한 팔뚝으로 칼의 목을 두르고 일행에서 조금 떨어진 곳으로 끌고 갔다. 손바닥을 애교스럽게 흔드는 샤이라에게 난처한 미소로 답한 칼의 얼굴이 하이단의 우람한 팔뚝에 짓눌려 벌겋게 달아오를 무렵 하이단은 팔을 풀었다.

"자네, 미쳤는가! 도대체 그 말은 왜 했어?"

어조와 표정은 분명 단단히 화난 표정이지만 목소리는 그러하지 않았다. 그의 등 뒤 몇 야드 떨어지지 않은 곳에서 샤이라가 듣고 있었기 때문이다. 그러나 잔뜩 억눌린 소리지만 듣는 사람에게는 심한 압박을 줄 수 있었다. 고개를 살짝 돌린 하이단은 조금만 기다리라는 뜻이 담긴 미소를 그녀에게 보냈고 살짝 고개를 끄덕이는 샤이라의 모습을 보고는 하이단은 다시 고개를 칼에게 돌렸다. 칼을 바라보는 그의 표정은 분노한 오거의 그것과 같았다.

"끈덕지게 물어보는데 어떻게 해요? 말 안 하면 마법을 쓴다잖아요!"

마찬가지로 얼굴을 잔뜩 일그러뜨린 채 답하던 칼은, 그러나 그의 시선이 닿는 곳에서 샤이라가 그의 얼굴을 보고 있었기에 그 목적을 이루지 못한 채 웃는 것도, 우는 것도 아닌 아주 괴상한 표정을 지을 수밖에 없었다.

"그것 좀 당하면 어때서? 남자가 뚝심이 있지! 어제저녁에 합의한 내용은 뭔가!"

"젠장! 직접 당해보슈. 그런 말이 나오는지 안 나오는지!"

"끄응……."

무언가 말하려던 하이단은 그 대신 끊어질 듯한 신음 소리만을 뱉었다. 떼어낼 수 있는 상대였으면 오죽 좋을까마는. 그녀는 농담까지 진담으로 알았다. 아니, 그보다는 자기 편한 대로 생각한다는 것이 옳을 것이다.

하늘을 날고 싶다는 부지중에 내뱉은 칼의 한마디에 칼은 한 시간 동안이나 정신없이 허공을 돌아야만 했다. 그것도 인간이 가장 공포감을 느낀다는 높이에서. 어울리지 않게 고소 공포증이 있는 하이단으로서는 간담이 서늘해지는 광경이었다. 만약 '이제 목적지에 다 왔으니 그만 헤어집시다' 라고 말한다면 '어머, 농담이 지나치시네요' 하면서 무슨 짓을 벌일지 몰랐다.

마법사고 나발이고 쥐어패서 떨쳐 낼 수 있는 상대면 오죽 좋을까마는, 여자다. 그 성격에 전혀 어울리지 않았지만 여자였다. 하이단은 결국 한숨을 쉴 수밖에 없었다.

"휴우……."

그 큰 어깨를 축 늘어뜨린 채 한숨을 푹 쉬는 하이단의 모습에 칼은 양손을 들어 하이단의 어깨를 짚었다.

"걱정 마세요. 그래도 양심이 있으면 그랑디아 신전 앞에서 헤어지겠죠. 계속 따라온다는 것도 아니고 단지 동행하는 시간이 조금 더 길어지는 것밖에 더 됩니까. 조금만 참으면 되겠죠."

"부디 그랬으면 좋겠네."

"그럼 지금 떼어버릴까요? '난 당신이 싫어요! 그러니 당장 제 갈 길을 갑시다' 라고 딱 잘라서 말하면 되잖아요."

"자네가 할 텐가?"

"아니오."

"나도 싫다네."

"그럼 어쩔 수 없잖우."

칼은 어깨를 으쓱였다. 서로 미운 역을 맡기 싫다는데 누구한테 그 일을 맡길 텐가. 설사, 하는 사람을 정하자고 하자. 문제는 그 다음이다. 도저히 그녀에게 쓴 소리를 하지 못하는 것이다. 처음 하이단과 칼도 '거! 말만한 아가씨가 왜 그렇게 방정맞아요!' 같은 표현을 다소 순화하여 훈계하려 했으나 도저히 그 말이 입 밖으로 튀어나오지 않는 것이다. 쓴 소리를 내뱉기는 힘들다지만 신기하게도 그녀에게 작정하고 그런 말을 하려 하면 도저히 입에서 떨어지지 않는 것이다.

"젠장, 무슨 마법도 아니고 원."

제아무리 강력한 정신계 마법이라도 하이단의 정신을 현혹할 수는 없다. 법력을 조율하는 '코어' 를 다루기 위해서는, 특히나 그 같은 하이 프리스트인 경우에는 탁월한 항마력을 가지고 있었다.

이 같은 사실을 잘 알고 있는 하이단은 결국 괜한 마법 핑계를 대며 단념할 수밖에 없었다. 조금만 더 가면 되지 않나. 지난 이틀간 용케 같이 왔거늘 몇 분 더 가는 것인데. 알고 보면 미워할 수 없는 좋은 여자지 않은가?

"합리화시키지 마쇼."

"…따지지 말게나."

뜨악한 표정으로 말하는 칼에게 살짝 주먹을 휘둘러 준 하이단은 칼과 어깨를 나란히 하며 일행에게 돌아왔고, 그때 막 두 아이들에게 일반인의 상식으로는 이해할 수 없는 이야기를 들려줘 패닉을 일으키려는, 샤이라는 의도하지 않았지만 어쨌든 결과는 반드시 그렇게 될 테러를 중간에서 자르는 쾌거를 올렸다.

'양이 말이야, 뱀을 먹었어' 라는 문장으로 시작되는 도저히 이해할 수 없는 마법사적 은어가 섞인 이야기를 하려던 샤이라는 당연히 볼이 부었고 그 대가는 고스란히 칼에게 쏟아졌다. 도로를 따라 길게 늘어선 노점상을 구경한답시고 칼을 붙잡고 이리저리 다니는 것이었다.

칼로서는 샤이라에게 수많은 볼거리를 자랑하는 에크라노가 순간 저주스러울 따름이었다.

고대에 세워져 지금은 카밀 왕국의 수도가 된 에크라노의 도시 양식은 매우 특이한 형태를 자랑하였다. 동서남북, 각 성문에서 시작된 너비 10야드 정도의 마차 서너 대가 동시에 지나갈 수 있는 도로가 열십 자로 제1광장까지 깨끗하게 닦여 있었다. 마치 동전에 열십 자로 홈을 파고 가운데 교차점에 구멍을 뚫어놓은 모습과도 같았다.

열십 자의 잘 닦인 도로가 모여드는 곳에는 거대한 광장이 자리 잡고 있었다. 제1광장, 혹은 '만인의 뜰' 이라 이름 붙은 이곳은 고대 제국 '한' 시절의 예술가들이 세워놓은 수많은 예술 조각이나 기념상들이 들어선, 그야말로 에크라노의 노른자위라고 할 수 있는 곳이다. 때문에 모든 방문객은 잘 포장된 길을 따라 제1광장을 둘러보는 것을 필수적이라고 생각할 정도였다. 그랑디아 신전은 에크라노에서 가장 넓은 제1광장에 자리 잡고 있어 일행은 싫다고 하더라도 그 길을 따라가야만 할 입장이었다.

에크라노의 또 다른 명물이라고 하면 열십 자로 놓인 대로변에 들어선 노점상이라고 할 수 있다. 하루 유동 인구 수십만이라는 경이적인 숫자가 이곳을 방문한다고 생각했을 때 그들이 쓰는 돈도 장난이 아니다. 고금부터 전해져 오는 진리인 '사람이 사는 곳에 돈이 없으면 말이 되냐?' 나 혹은 '모든 사람은 내 고객이다!' 라는 상계의 전설적인 명언을 좇아 돈벌이에 눈이 벌겋게 변한 사람들이 카밀 왕국은 물론 타 왕국에서까지 에크라노로 몰려들었다. 각 왕국에서 몰려든 수많은 노점상들이 이곳 제1광장에 진을 치기 시작한 것이다.

그뿐만인가. 광장으로 들어가지 못한 노점상들은 아예 길 주변에 진을 쳐 너비 10야드의 넓은 도로는 대변에 5야드로 반 토막이 나버렸다. 치안 유지를 위한 경비대원들은 이런 불법 노점상들을 단속하기 위해 발 벗고 나서지만 여기서 살짝 저기서 살짝 여기저기 자리 잡고 장사하는 노점상을 잡는 건 두 다리로는 너무나도 모자랐다. 결국 도로의 2야드 정도는 노점상을 위해 할당되었고 그 자리에서 장사하는 노점상들은 반드시 당국에 신고하고 자릿세를 낸 후에 장사하게 되었다.

이렇게 되자 제1광장을 기점으로 열십 자로 생긴 노점상들의 띠는 에크라노의 또 다른 명물로 탄생하게 되었다.

샤이라에게 이끌려 이리저리 끌려 다니는 칼로서는 이 명물 따위는 죄다 엎어버리고 싶은 충동에 시달리고 있었다. '어머, 이것 예뻐요!', '앗! 우리 저것 보러 가요!', 혹은 '저건 뭐예요?' 같은 수많은 질문형과 감탄형 문장이 수도 없이 쏟아졌다.

'제발 좀 도와줘요!' 라는 자신의 애타는 눈빛을 묵묵히 외면하는 하이단에게 칼은 이를 갈았지만, 이만 아플 뿐 뾰족한 수가 없었다. 머리 속을 헤집다 못해 가루로 만들려는 샤이라의 음모인지 알 수는 없지만 시달리는 것을 견디지 못한 칼은 결국 우뚝 서서 그녀에게 따지고 말았다.

"도대체 왜 날 데리고 다니는 것입니까? 혹시 절 좋아하시나요?"

한창 칼을 붙잡고 수많은 공예품에 대한 의문, 감탄사를 연발하던 그녀는 눈을 동그랗게 뜨고 칼을 보다가 웃음을 터뜨렸다.

"어머, 농담이시죠? 좋아한다니요. 가당치도 않는 소리예요."

내심 '그래요, 당신의 남자다움에 반해 버렸어요' 같은 대답을 바랐던 칼로서는 심사가 구겨지는 답변이라고 할 수 있었다. 그녀의 말도 안 된다는 투의 대답을 듣자 칼은 어이가 없어졌다. 그렇지도 않은데 왜 이리 자신을 못살게 구는 건가? 결국 칼은 묻지 않을 수가 없었다.

"그렇다면 왜 날 이렇게 끌고 다니는 것입니까? 사람을 이렇게 피곤하게 만들어도 되는 겁니까?"

"어머, 칼, 화나셨어요? 좋은 게 좋은 거라고 노점상들도 좋고 나도 좋으면 된 것 아니에요? 우리 저쪽으로 가요!"

어디서 익히 들었던 말이라고 생각했던 칼은 그녀의 궤변에 머리가 어지러워짐을 느끼고 결국 저항하기를 포기하고 말았다. 짜증이야 조금 감수하면 그만이다. 더군다나 의외로 좋은 점도 있었다. 샤이라가 그의 팔에 몸을 기댈 때 느껴지는 보드라운 가슴의 감촉. 따지고 보면 그렇게 견딘 것엔 그 탓도 있는 듯하다. 그 부드러운 느낌에 피로가 풀리는 것 같기 때문이었다.

"어머, 칼, 눈빛이 왜 그래요?"

"……."

의외로 눈치가 좋은 것 같다. 칼은 헛기침을 토하며 걸음을 재촉하였다.

수많은 볼거리와 마찬가지로 수많은 사람들 사이에서 더딘 걸음을 걷던 일행은 결국 제1광장에 도착하였다. 수많은 사람들이 바글거리는 광장에 도착한 일행은 기가 죽어버렸다.

도대체 이리도 많은 사람들 중에 성진과 세르피아를 찾으라니······. 조금 무리한 도전인 것 같았다. 그러나 마냥 보고 있다면 뭐가 될 것인가. 일행은 그랑디아 신전 앞으로 걸음을 옮겼다.

칼도 같이 따라가면 좋겠지만 애석하게도 샤이라의 광장을 둘러보자는 강력한 주장에 의해 눈물을 머금고 일행에서 떨어져야 했다. 제발 좀 살려달라는 무언의 절규를 토해내는 칼의 등을 '다수를 위한 소수의 희생이네. 잘 가게' 라며 하이단은 매몰차게 떠밀었다. 샤이라에게 끌려가는 칼을 뒤로하고 일행은 묵묵히 그랑디아 신전으로 걸었다. 거기서 만나기로 했으니 기다리다 보면 언젠가 만나겠지 하는 다소 운명론적인 생각에서였다.

운명은 그들에게 미소를 지어주었다. 일행의 그간 고생을 풀어주려는 듯 성진과 세르피아와 단번에 재회한 것이다. 물론 따지고 보면 시프 길드의 탁월한 정보력에 도움받은 성진과 세트피아가 미리 마중 나온 것에 불과하지만 일행에 있어서는 그것은 기필코 '운명' 이라고 믿고 싶었다.

"스승님!"

성진의 모습을 발견하자마자 길리언은 전속력으로 달려 성진에게 뛰어들었다. 대략 이 주가 넘은, 거의 20일 동안 보지 못한 그리운 스승인데 그 감격이 오죽할까.

길리언은 성진의 바지를 붙잡고 눈물을 흘렸다. 성진은 오른손으로 길리언의 등을 토닥였다. 여행길이 꽤나 고단했는지 얼굴은 까무잡잡하게 그을렸고 조그만 몸에는 근육도 제법 붙었다. 키도 약간 큰 것 같았다.

성진은 연신 눈물을 흘리는 길리언을 들어 가슴으로 안았다. 열다섯의 나이라고는 도저히 믿기지 않는 조그마한 체구. 어린아이 특유의 풋내가 코를 찌른다. 스승과 제자라는 관계가 이토록 정에 이끌리는 관계인가.

"오랜만이구나. 미안하다."

무슨 말이 필요하겠는가. 성진의 따스한 두 마디에 길리언은 마음 깊숙한 곳에서 끓어오르는 감격을 금할 수가 없었다.

"흐윽, 흑."

말조차 잇지 못하고 그저 울기만 하는 이 작은 아이 때문에 성진은 꽤나 오랜만에 마음의 동요를 느꼈다. 가슴 한편이 뭉클해지면서도 따스해지는 느낌. 그 느낌을 즐기며 성진은 말없이 품에 안긴 길리언의 등을 토닥였다. 성진의 손길이 자아내는 그 독특한 리듬에 길리언은 점차 흐느낌을 그쳤다. 길리언이 진정하자 성진은 길리언을 도로 땅에 내려주었다.

"죄송해요, 스승님. 그간 편안하셨죠?"

그 몇 분 사이에 발갛게 충혈된 눈을 애써 비비며 밝게 인사하는 길리언의 모습에 성진은 작은 미소를 그리며 길리언의 갈색 머리칼을 쓰다듬었다. 한쪽에서 훈훈한 미소를 지으며 선 하이단도 스승과 제자의 감격적인 재회가 끝나자 성진에게 고개를 살짝 숙여 보임으로써 간소한 인사를 마쳤다.

"제자를 잘 보살펴 줘서 감사합니다, 하이단."

"하핫, 그깟 일도 아닌 일로 감사를 표하다니요. 독특한 경험을 해서 오히려 제가 고마울 지경입니다."

그에게서 떨어져 이제는 세르피아에게 온몸으로 반가움을 표하는 길리언을 살짝 본 성진은 하이단의 말에 말없는 미소로 답하고 하이단의 곁에 선 타키안에게 손을 뻗어 그의 머리를 만졌다. 성진의 손길이 닿자 타키안은 잠시 몸을 움찔하였지만 성진의 손길에 순응한다.

"그래, 너도 그간 고생이 많았겠구나. 수고했다."

"아, 아닙니다."

성진의 손길을 받아 감격했는지 타키안의 대답은 목이 메어 꽉 잠겼다. 세르피아도 길리언의 머리를 쓰다듬으며 말없이 하이단과 타키안에게 미소를 지으며 인사를 했고 하이단과 타키안은 그녀의 미소에 놀람과 반가움을 표하며 재회의 기쁨을 나눴다.

"그런데… 한 명이 보이지 않군요."

칼이 보이지가 않았다. 오랜만에 만난 일행을 확실히 눈에 담아두겠다는 듯 뚫어지게 쳐다봐 하이단과 타키안에게 무안함을 안겨준 세르피아가 문득 이상하는 듯이 말하자 하이단은 난감한 미소를 지으며 그녀의 질문에 답했다.

"하핫, 미워할 수 없는 불청객 때문에 수난을 겪고 있지요."

"수난이라고요?"

세르피아의 반문에 고개를 끄덕인 것은 타키안이지만 그것으로도 충분하였다. 도대체 어떤 인물이기에 하이단이 그런 평가까지 한 것인가? 오크도 제 말 하면 온다고 때마침 광장 저편에서 칼이 그랑디아 신전을 향해 걸어오는 것이 보였다.

"저기 오는군요. 그런데 옆에 선 저 '분'은?"

성진의 그녀에 대한 존칭에 하이단은 다소 난감하다는 듯 어깨를 으쓱였다.

"그녀가 바로 불청객이지요."

성진은 자못 이상하다는 듯 눈썹을 살짝 찌푸렸다.

"흐음, 이상하군요. 그럴 '존재'가 아닌데……."

"네?"

계속되는 그녀에 대한 성진의 이해할 수 없는 지칭에 하이단은 도무지 알 수 없다는 표정으로 성진을 보았다. 그러나 그의 궁금증을 흔쾌히 풀어줄 성진의 뒷말은 없었고 결국 하이단은 참기로 했다. 어차피 성진이 나중에라도 그에 대한 답을 해줄 것을 알고 있었기 때문이다.

　칼을 휘두르는 여인의 발걸음은 어느덧 그랑디아 신전 앞에 도달하였
고 성진들의 앞에 선 칼은 이모트 양의 강력한 구속에 지쳐 버렸다는 듯
맥 빠진 얼굴로 성진에게 반가움을 표했다. 도저히 일치하지 않는 표정
과 언행이지만 말이다.

　"세이진님, 반갑습니다."

　"그렇군요. 오랜만입니다. 수고하셨습니다."

　세 마디의 단어로 인사를 마친 성진의 의문스럽다는 눈길이 칼의 옆에
선 샤이라에게 향하자 칼은 질렸다는 듯 한 걸음 물러서며 퉁명스러운
어조로 말했다.

　"샤이라, 만날 사람 찾으러 가야죠. 우리는 이미 만났으니 샤이라 당
신도 부디 그 사람을 찾았으면 좋겠습니다."

　다소 쌓인 게 많았는지 작별 인사라고 생각하기에는 조금 무례하였지
만 샤이라는 밝게 미소 지으며 칼을 아연질색하게 만들었다.

　"어머, 제가 만날 사람은 벌써 찾았는걸요."

　"에?"

　도대체 언제 그녀가 만날 사람을 찾았단 말인가. 에크라노에 들어서면
서 자의든 타의든 어쨌든 썩 달갑지 않은 밀착 동행을 한 칼로서는 도대
체 이해가 되지 않는 말이다. 칼이 약간 바보스럽게 기음을 발하자 샤이
라는 오른손으로 성진을 가리켰다.

　"여기 이분이 제가 만날 사람이거든요."

　그녀의 전혀 예상치 못한 말에 일행은 동그랗게 눈을 뜰 수밖에 없었
다. 세르피아의 손을 잡고 있던 길리언은 멍하니 샤이라와 성진을 번갈
아 보더니 성진에게 물었다.

　"스승님, 아시는 분이에요?"

　"아니, 모르는 분이다."

“…….”

성진의 부정에 칼과 하이단, 타키안과 길리언은 더 더욱 혼란 속으로 빠져들고 있었다. 세르피아도 예외는 아닌지라 말없이 성진과 샤이라를 번갈아 볼 수밖에 없었다.

“분명 모르는 사이지. 다만 느끼고 있었던 존재라고 할까?”

“그렇죠? 저도 당신을 계속 느끼고 있었습니다.”

어떻게 들으면 오해의 소지가 다분한 둘의 말에 일행은 머리 속이 완전히 헝클어지는 것 같았다. 결국 참다못한 칼의 난입으로 성진의 보다 명확한 말을 들을 수 있었다.

“도, 도대체 무슨 말이에요! 알기 쉽게 설명해 주세요!”

성진은 의아한 듯 칼을 바라보았다.

“그녀는 마스터입니다. 모르셨습니까?”

“에에?!”

하이단, 길리언과 타키안은 기절할 것 같은 표정을 지었고 칼은 자신이 이틀 동안 겪었던 샤이라와 마스터의 위대함 사이에서 느끼는 그 처절한 괴리감으로 한순간 정신을 잃는 끔찍한 경험을 해야만 했다.

하이단의 반쯤 혼이 나가 버린 칼을 들쳐 업는 솔선수범으로 일행은 성진이 묵고 있는 여관으로 발걸음을 옮겼다. 성진과 세르피아의 일인실은 너무 좁은 관계로 일행은 각기 오인실과 이인실 두 개의 방으로 바꿨다. 연신 ‘말도 안 돼. 이건 현실이 아니야’를 중얼거리는 칼을 이인실에 눕혀놓고 일행은 이인실 방에서 의자를 모조리 가져와 오인실에 모였다. 이야기를 하려는데 바닥에 앉거나 서서 할 수는 없는 노릇이었기 때문이다.

“정식으로 소개하겠습니다. 전 샤이라 이모트라고 합니다. 400여 년 전 마스터의 길을 걷게 된 마법사입니다.”

그전까지와는 전혀 다른 다소곳하면서도 절도있는 그녀의 말에 하이
단과 길리언, 타키안은 깊은 괴리감을 느껴야만 했다. 그 가운데 타키안
은 그녀의 젊은 외모와 400년의 시간적 차이에 큰 혼란을 느꼈다. 타키
안의 마음을 읽었는지 샤이라는 살며시 웃으며 타키안을 바라보았다.

“아직 600세가 넘지 않았으니 꽤 젊다고 생각하세요.”

“…….”

600세가 젊다고? 타키안은 600년이라는 세월과 샤이라가 지닌 이십
대의 외모 사이에 느껴지는 그 충격 속에 잠시 멍한 상태로 그녀를 바라
보았다. 여러모로 일행에게 정신적 충격을 안겨준 샤이라에게 가장 먼저
정신을 차린 하이단은 억울하다는 듯 물었다.

“도대체 왜 저희에게 그 사실을 말하지 않으셨습니까!”

하이단의 항변에 샤이라는 여전히 미소를 잃지 않았다. 도리어 그녀는
하이단을 보며 되물었다.

“제가 말했다면 믿으셨겠어요?”

“그, 그건…….”

누가 믿어줄까, 자칭 마스터라고 하는 사람에게. 미친 사람마냥 매도
하지 않는 것만 해도 다행일 것이다. 샤이라의 반문은 지극히 타당한 것
이지만 억울함은 가실 길이 없었다. 그렇다면 그 장난은 무엇인가?

“그렇다면 도대체 그 장난은 왜 친 것입니까!”

“느껴보고 싶었거든요, 사람의 향기를. 오백 년 만에 세상 속으로 나
온 것이라 한 번쯤 해보고 싶었습니다. 재미있지 않으세요, 지금 생각해
보면?”

“그건 그렇지만.”

솔직히 누가 그런 경험을 할까. 푸른 불꽃이 무쇠 솥을 녹이는 광경을

그 누가 볼 것이며 허공으로 비행하는 기분을 누가 겪을 것인가?

'엇! 이게 아닌데.'

하이단은 뭔가 이상하다고 생각했지만 샤이라의 말에 설득당하는 자신을 발견하였다. 그러나 하이단은 납득하였다고 쳐도 길리언은 도저히 납득할 수 없었다. 스승마저 인정한 트루 사이트(True Sight)에서 어떻게 그녀가 벗어날 수 있었을까? 스승에게서 조금씩 보이는 그 환한 그림자조차 그녀에게서는 보이지 않았다.

"도대체 어떻게 제 눈에서 벗어는 거죠?"

"트루 사이트 말이죠?"

샤이라는 가볍게 웃었다. 솔직히 진실을 보는 눈을 속였다는 데 그녀는 상당히 만족하고 있었다. 그것은 마스터의 눈조차 속일 수 있는 가능성을 내포한다는 것이었다. 비록 성진에게 단박에 들켜 버렸지만 말이다.

"귀여운 소년, 당신의 능력은 정말로 놀라운 것이에요. 관조자인 마스터조차 인정하는 몇 안 되는 능력이니까요. 궁금하시죠, 제가 어떻게 속였는지?"

길리언 말고도 일행 전부가 궁금하였다. 어떻게 트루 사이트를 피할 수 있었을까?

"마법입니다. 다소 복잡하기는 하지만 오러의 파장을 바꿀 수 있는 마법이지요. 공식까지 말해 줄까요?"

"아, 아니요."

길리언은 황급히 손을 내저었다. 다만 어떻게 속였는지만 알면 되었다. 공식이라니. 그 마법을 이루는 밑천과 같은 것이다. 더군다나 그것을 듣고 이해할 수 있을 정도로 길리언은 똑똑하지 못했다. 아니, 지능보다는 그쪽 분야에 아는 것이 없으니 이해하지 못한다는 게 보다 알맞은 설명인 것 같다.

성진은 그녀의 주의를 환기시켜 본론으로 들어가기 위해 그녀를 불렀다.

"그런데 무슨 용무 때문에 저를 찾아오신 겁니까?"

"아, 네, 잠시 정신을 열어놓으시겠습니까? 정보를 보내 드리겠습니다."

말을 마친 그녀는 눈을 감았고 덩달아 성진도 눈을 감았다. 일행은 어리둥절한 눈으로 두 사람을 바라볼 수밖에 없었다. 범인은 알 수 없겠지만 방금 그 짧은 시간 동안 샤이라와 성진 사이에는 방대한 정보가 오고 갔다. 정보를 받아들이고 그것을 모조리 인식한 성진은 곧바로 눈을 떴다.

"흐음, 일이 어렵게 돌아가는군요."

"네, 그렇죠."

중간 과정을 죄다 생략한 둘의 말에 범인에 불과한 일행은 도무지 알 수가 없었다. 도대체 무슨 대화를 나누기에 저리도 심각하게 이야기하는 것인가. 이야기의 요체를 알아야 끼어들든지 할 수 있을 것이 아닌가. 결국 하이단은 묻지 않을 수 없었다.

"대화 중에 실례지만 저희도 알 수 없을까요?"

하이단의 질문에 성진은 샤이라를 보았다. 샤이라는 고개를 저었다.

"일반인들이 알아서 좋을 것이 없습니다. 제가 말한 이야기가 반드시 실현된다고 볼 수 없기 때문이지요. 어디까지나 가정에 불과하니까요. 중간자 입장인 관조자가 있으면 각기 선과 악을 대표하는 무리가 있기 마련입니다. 우리는 인과율에서 벗어났다고 하지만 세계는 인과율에 지배되어 있으니까요."

"흐음……."

성진이 잠시 생각하는 제스처를 취하자 일행의 혼란은 더 더욱 커져만 갔다. 샤이라의 말은 완곡한 거절, 일구이언(一口二言) 따위는 하지 않는 마스터이기에 결국 하이단은 솟구치는 호기심을 억누를 수밖에 없었다. 그 말고 다른 일행도 그러한지 아쉬움을 잔뜩 표하고는 결국 포기할 수밖에 없었다.

인간의 호기심이란 워낙 끈질기다. 하지만 졸라서 이야기할 것 같으면 결코 포기하지 않을 것이나 이건 찍어도 찍어지지 않으니 어떻게 할 것인가? 않고 있으면 병이 된다고 이럴 때는 순순히 포기하는 것이 정신 건강상 좋았다.

고민하던 성진을 유심히 보던 샤이라는 순간 눈을 좁히더니 의문스럽다는 듯 물었다.

"어머? 영(靈)에 상흔이 있군요. 무슨 일 있으셨나요? 마스터의 영에 상흔이라니. 저로서는 들어보지도 못한 일이군요. 그래서 정보를 전송할 때 그렇게 노이즈가 끼어든 것이군요."

"그렇습니다. 아카식 스트림에 접속하다가 입은 상흔이지요."

"오호?"

샤이라는 눈을 크게 뜨고 탄성을 터뜨렸다. 그녀가 관심을 가지던, 염원하던 소재를 성진이 꺼낸 것이다. 이제껏 진입조차 못해 난감해하던 차인데 상대는 벌써 들어가 그곳에서 상처를 입었다고 하니 호기심으로 똘똘 뭉쳐진 마법사가 근본인 그녀로서는 도저히 묻지 않고는 참을 수 없었다.

"아카식 스트림이라고요? 영의 상흔이라… 정보를 전해주시겠습니까? 아, 영에 상처를 입었으니 사념을 제대로 운용할 수 없겠군요. 이야기로 하지요."

"좋습니다. 그런데 괜찮을까요?"

성진의 마지막 말은 '도대체 무슨 이야기야!' 라는 의문을 가득 담은 일행이 앞으로 자신들이 나눌 이야기를 들어도 되냐는 동의를 구하는 물음이었다. 샤이라는 단호히 거절했다.

"안 됩니다. 아직은 말이지요."

언젠가는 밝혀질 비밀이지만 보통 인간들이 들어서는 안 되는 비밀이었다. 마스터조차 지극히 일부분밖에 알지 못하지만 그 일부분이라도 범인들에게는 충격적인 이야기가 되는 것이다.

"그렇군요."

성진이 자리에서 일어서자 샤이라도 따라서 일어섰다. 오인실을 비밀스러운 주제를 토의하기 위해 두 명이서 점유하자니 너무 비효율적이라 일행의 또 다른 방인 이인실로 가려는 것이다.

성진과 샤이라가 막 방문을 나서려 하자 세르피아가 엉거주춤 일어서며 성진을 불렀다.

"서, 성진!"

세르피아의 부름을 들은 성진은 고개를 돌렸다. 애가 탄 목소리다. 성진은 작게 미소 지으며 그녀를 안심시켰다.

"걱정 마세요. 그녀는 믿을 수 있는 존재입니다. 무슨 일이 생기면 찾아오세요."

문을 닫는 소리는 나직했지만 그녀에게는 매우 크게 들렸다. 세르피아는 도로 의자에 앉았고 고개를 숙였다. 길리언은 잠시 생각하더니 하이단에게 말했다.

"그런데 그 방에 칼이 자고 있지 않나요?"

하이단은 세르피아의 기색을 살짝 엿봤다.

"그렇구나. 칼은 기절해 있으니 구태여 깨워서 이리 보내지는 않겠지."

그러나 하이단의 말이 끝나자마자 일행은 신기한 광경을 봐야만 했다. 오인실에 마련된 다섯 개의 침대 중 하나의 위에서 영롱한 빛의 무리가 나타나더니 사람이 뚝 떨어지는 것이었다.

"으악!"

아마도 샤이라가 칼을 공간 이동시켜 버린 모양이었다. 떨어지는 충격에 비명을 지른 칼은 벌떡 일어나더니 혼란스럽다는 듯 소리쳤다.

"뭐야! 무슨 일이야?!"

의자에 앉아 칼의 당황함을 보던 타키안이 중얼거렸다.

"이제는… 단둘뿐이네요."

순간 하이단의 눈이 잘못 보았는지는 몰라도 세르피아의 손이 주먹을 꽉 쥐는 것이 보였다. 칼은 잠시 머리를 휘젓고 주위를 둘러보더니 하이단에게 다가와 도대체 알 수 없다는 듯 양손을 벌리며 물었다.

"대체 무슨 일입니까? 다짜고짜 이모트 양이 깨우더니 웃으면서 단둘이 이야기를 나누겠으니 좀 비켜달라며 마법을 거는 것이 아닙니까! 젠장, 공간 이동은 또 난생처음 경험해 보는군. 그나저나 둘이 무슨 이야기를 하는데 그렇습니까?"

칼의 말이 끝나자마자 이제껏 고개를 숙였던 세르피아가 벌떡 일어섰다. 그 박력에 칼이 크게 놀란 것은 물론이고 그녀가 앉아 있었던 의자가 뒤로 넘어갔다. 우당탕 하는 큰 소리가 울려 퍼졌으나 그녀는 상관없는지 이인실의 방향을 노려보고는 문을 박차고 나가 버렸다.

쾅!

거칠게 문이 닫히는 소리가 울려 퍼졌다. 7월의 무더운 계절에 전혀 생각할 수 없는 찬바람이 그녀가 나간 공간에 남아 불어오는 것 같은 느낌이 일행을 덮쳤다.

세르피아가 나간 문 방향을 잠시 보던 칼은 그녀가 넘어뜨린 의자를 세워 그 위에 걸터앉았다. 잠시 미간을 모으고 고민하던 칼은 방문을 다시 한 번 힐끔 보더니 하이단에게 도무지 알 수 없다는 듯 물었다.

"도대체 무슨 일이에요? 왜 저런 거예요?"

하이단은 눈을 가늘게 뜨고는 칼을 보며 혀를 찼다.

"쯧쯧. 이 사람아, 그 정도 살았으면 눈치가 있어야 할 것 아닌가." 자신을 향해 한심하다는 듯 말하는 하이단의 모습에 발끈한 칼이 따지려 하였으나 하이단은 무언가를 떠올리는 듯 아련한 표정으로 의자에서 일어나 가장 가까운 침대에 누우며 지나가는 투로 말했다.

"애정은 종족 불문인가?"

"……?"

하이단의 말을 들었지만 칼은 도무지 이해가 되지 않았다. 별수없이 두 아이들에게 물을 수밖에 없었다.

"도대체 어떻게 된 것이냐?"

두 아이들은 어깨를 으쓱이며 침대로 달려갔다. 홀로 의자에 남겨진 칼은 고민에 고민을 거듭하다가 결국 한계에 달했는지 머리를 쥐어뜯으며 소리쳤다.

"도대체 어떻게 된 영문이냐고?!"

역시 모자란 상황 판단력과 지나친 호기심은 정신 건강에 해로운 법이다.

*　　　*　　　*

〈…이와 같이 마스터라는 경지는 그리 간단한 경지가 아니다. 필멸자로서 불멸의 경지에 오르는 것이기에 그 어려움이 상상을 초월한다. 개인의 정신이 어느 순간의 깨달음으로 확장되고 넓어져 세계를 직시하는 그 순간, 인과율의 고

리가 그 사람을 덮친다. 그 고리라는 것이 워낙 튼튼하여 수많은 사람들이 그 과
정에서 인과율의 고리를 끊지 못해 마스터의 경지에 오르는 것에 실패하고 심한
자는 죽기까지 한다.

물론 이것이 중요한 것은 아니다. 정작 중요한 것은 '정신이 확장되고 넓어
져 세계를 직시하는 그 순간'이다. '마인드 스킵', 혹은 마인드 스키핑(Mind
Skipping)이라 불리는 이 과정은 마스터에게 개우 중요한 과정이다. 마스터로
서의 힘이 결정되는 순간이기 때문이다. 대다수는 마인드 스키핑 동안에 우주를
보거나 이 세상을 보며 깨달음을 얻는다. 이들은 마법사이거나 학자, 검사들이
대부분이다.

아직 출현하지는 않았지만 마스터들의 '마인드 스키핑'에 대해 집중적으로
연구하는 학자들 사이에 조심스럽게 제기된 이론이다. 만약 이 이론이 실제화된
다면 세상은…(판독 불가)… 모자람이 없을 정도였다.

일부 마스터 경지에 오른 사람들 증에 아주…(판독 불가)… 도중에 음차원
(陰次元)이라 불리는 네거티브 플레인에…(판독 불가)… 세상을 구성하는 모든
것 중 가장…(판독 불가)… 그곳을…(판독 불가)… 이어지는 문이 생긴다는 것
이다.

이…(판독 불가)… 하나같이… 라는 의미로…….〉

"마스터, 마스터?"

한창 문서를 읽고 있는 타슈의 귀에 그를 칭하는 목소리가 들려왔다.
너무나 오래되어 마지막 페이지에 가서는 글씨가 판독이 불가능해진 고
문서의 번역본을 애써 눈을 부라리고 읽던 타슈는 번역본을 책상 위에
대충 집어 던지고 짜증이 난다는 듯 대답했다.

"아이씨! 왜 불러!"

본의 아니게 타슈의 독서를 방해해 버린 길드원은 심사가 뒤틀려 보이

는 마스터의 불똥을 피하기 위해 황급히 그의 책상 위에 보고서를 올려 놓고 나가 버렸다. 한창 재미있었는데 마지막 부분에 가서 고문서의 보존 상태가 좋지 않아 읽을 수 없는 부분은 '판독 불가' 란 이름으로 대충 때워 버린 번역본에 짜증이 났다. 이래서야 안 읽는 것만 못하다.

타슈는 그 번역본을 대충 치우고 길드원이 올려놓은 문서를 보았다. 비밀 열람 문서라고 조심스럽게 도장이 찍힌 표지에 미간을 찌푸린 타슈 는 밀랍으로 꼼꼼히 입구를 봉했을 어느 이름 모를 길드원의 성의를 무 시한 채 거칠게 밀랍을 뜯어 바닥에 집어 던졌다.

용병 길드의 주제 넘은 요구에 잔뜩 심사가 뒤틀렸던 터라 독서를 했 는데 그마저도 받쳐 주지 않으니 짜증이 난 것이다. 괜한 문서에 화풀이 를 하던 타슈는 '급보' 라는 머리말에 얼굴에 화색을 띤 채 단숨에 문서 를 읽어 내려갔다.

"성공이구나!"

그러나 세상일에 마냥 쉬운 것은 없다고 문서의 끄트머리에 붙어 있는 요구 조건에 타슈는 탄식하고 말았다.

"젠장, 역시 쉬운 일이란 없군."

날로 먹으려 생각했다면 이들을 도둑놈이라고 생각하겠으나 이들은 아쉽게도 도둑놈들이었다. 당연히 이들은 불로 소득을 선호하고 남의 돈 을 제 돈이라고 생각하는 이들이었다. 일이 어렵다는 것에 쓴 입맛을 다 시던 타슈는 그래도 길드가 살아날 수 있다는 생각에 한 가닥 희망을 가 졌다. 잠시 엘프의 요구 조건을 따져 보던 타슈는 역시나 혼자 힘으로는 불가능함을 깨달았다. 100년 전 일어난 엘프 대학살의 전말은 그렇다 치 더라도 '청공의 활' 은 그네들도 파악하지 못한 정보였기 때문이다. 타슈 는 고위 간부들을 소집하기로 결심했다.

책상을 박차고 일어선 타슈는 단숨에 집무실의 문을 열어젖혔다. 한창 비공(鼻孔)의 쾌적한 환경 조성이라는 숭고한 목적을 위해 조심스럽게 작업하던, 길드 마스터의 업무를 브좌해 주기 위한 길드원은 길드장의 돌발 행동에 깜짝 놀라 그만 손가락을 깊이 찔러 넣는 우를 범했고 결국 다량 출혈이라는 비참한 결과를 맞이하게 되었다.

황급히 종이를 찢어 콧구멍을 틀어막고 금쪽 같은 피를 발 밑에 굴러 다니던 문서로 훔치다가 그것이 길드 마스터에게 곧 보고해야 할 중요한 문서라는 것을 깨닫고 절망하는 길드원의 사정을 알 리 없는 타슈는 황급히 명령을 내렸다.

"어서 고위 간부를 소집해!"

화들짝 놀란 길드원은 손에 쥐고 있던 피 묻은 문서를 팽개치고 뛰쳐 나갔다. 그의 손을 떠난 피에 얼룩진 종이는 잠시 허공을 떠돌다가 타슈의 발 밑에 떨어졌다. 잠시 그 문서를 보기 위해 허리를 굽혔던 타슈는 얼굴을 찌푸렸다.

"피 묻은 종이라니. 재수없군."

타슈는 문서를 살짝 짓밟고는 등을 돌려 집무실 안으로 들어가 버렸다.

아무도 없는 텅 빈 공간에 구겨진 문서만이 작은 붉은빛을 뿌리며 자리를 지켰다.

*　　　*　　　*

세르피아는 격양되는 마음을 주체할 수 없었다. 뜨겁게 마음이 끓어오르고 머리 속이 화끈거렸다. 성진의 걱정하지 말라는 말이 왜 그렇게 가슴 아픈지 이해할 수 없었다. 그렇기 때문에 왜 자신이 문을 박차고 도망치듯이 여관을 빠져나왔는지도 알지 못했다.

그저 무의식적으로 바깥 공기를 마시면 편해지겠지라고 생각해서일지도 몰랐다. 그러나 그녀의 판단은 그저 자기 위안에 불과했다. 밖에 나와서도 자꾸 성진과 그 여자가 같이 있는 모습이 상상되는 것이다.

억제하려고 해도, 멈추려 해도 도리어 뚜렷해지고 점점 강해졌다.

"하아."

세르피아는 가슴을 쥐어뜯으며 뜨거운 숨결을 토했다. 도대체가 경험해 본 적이 없는 격렬한 감정이었다. 이렇게 뜨겁고 아프고 애틋한 감정은 처음이었다. 온몸이 불타는 듯 격렬했다.

그녀는 그 열기를 식히기 위해 달렸다. 사람들에게 부딪치고, 그래서 욕설을 들어도 그녀는 상관없이 달렸다. 그러나 사람들이 다니는 길에는 한계가 있다. 세르피아는 근처의 골목길로 접어들었다. 그녀는 골목길을 이루는 주택의 벽을 박차고 어느 민가의 지붕 위로 올랐다. 이곳이라면 그녀를 방해할 만한 것은 없었다. 또다시 열기가 끓어올랐다. 그녀는 다시 달렸다.

민가의 지붕을 박차고 수 야드를 뛰고 다시 박차고 뛰어올랐다. 서늘한 바람이 볼에 스치우며 머리에 뒤집어쓴 로브를 크게 부풀렸다. 갑갑한 인간 틈을 벗어나 푸른 하늘을 보니 그녀는 조금이나마 가슴속의 응어리가 풀리는 것이 느껴졌다.

'왜, 인간 세상에 따라왔을까.'

그녀는 한 달 전에 내렸던 자신의 결정을 후회하였다. 그냥 그대로 일 년 동안 숲에서 지내고 있었다면 동족과 편히 세상에 나왔을 것인데 왜 그것을 참지 못했을까. 왜 그를 따라 나와 이처럼 격렬한 감정을 맛봐야 하는가. 좀처럼 감정의 변화를 경험하지 못하는 엘프로서 지금 세르피아가 느끼는 감정은 엄청난 것이었다.

그녀는 가슴속의 응어리를 풀어버리고자 계속 달렸다. 그러다 문득 정신을 차려보니 낯익은 곳 앞에 서 있었다.

"그랑디아 대신전?"

그녀는 신전 앞의 조형물을 바라보았다. 왜 자신이 이곳에 서 있는지를 곰곰이 생각해 보았다. 어느 순간 문득 깨달았다.

이곳은 고향의 향기와 비슷하다고.

그 사실을 깨달은 순간 그녀의 발걸음은 자연스럽게 신전의 계단을 밟아갔다. 홀로 대신전에 가지 말라고 한 성진의 말은 이미 머리 속에서 사라진 지 오래다. 그저 편안한 고향 숲의 향기를 맡고 싶다는 생각밖에는 들지가 않았다.

나무를 조각한 웅장한 석조를 거쳐 신전의 지붕을 받치는 열두 개의 석주를 지났다. 여러 벽화를 지났다 신전에서도 로브를 쓰고 걷는 그녀를 이상한듯 바라보는 사람들도 있었지만 그 대부분은 자기 할 일에 바빴다.

그녀는 인간들이 그려놓은 그랑디아의 업적을 찬양하는 벽화를 보았다. 엘프들은 그것을 문서로 보관하고 어린 엘프들에게 이야기로 풀어서 재미있게 설명해 주는 것에 비해 인간들은 그것을 그림으로 그려놓아 보다 이해하기 쉽게 해놓았다. 군데군데 오류도 보였지만 그것마저도 재미있었다.

"아!"

막 회랑을 벗어나던 그녀는 탄성을 지었다. 석조로 쌓아 올린 건물 내부에는 흙을 깔고 나무를 심어놓은 것이다. 잘 자라라는 듯 나무들을 위해 신전 내부가 비바람에 침식되는 것을 무릅쓰고 지붕도 없앴다. 나무가 자라는 공동 주변을 얼굴이 비칠 만큼 잘 닦인 돌로 쌓아 올려 생장에 지장이 없을 만큼 일조량이 풍부하였다. 겉으로 드러난 흙을 가리기 위해 잔디를 깔아놓았고 햇빛을 받아 반짝이는 잔디는 푸르른 빛을 뿜어냈다.

이제 수령이 별반 되지 않은 나무인지 그리 크지는 않았으나 곳곳에 세워놓은 그랑디아 여신을 조각한 석상에서 뿜어져 나오는 성력을 받고 큰 탓인지 엘프인 세르피아의 가슴이 뭉클해질 정도로 온화한 기운을 뿜고 있었다.

마치 전설 속의 세계수 앞에 선 기분이었다. 그녀는 저도 모르게 나무 앞으로 다가가 줄기를 만졌다. 손바닥 근처로 따뜻한 기운이 느껴지는 것 같았다. 그 포근한 기운에 세르피아는 살짝 눈을 감고는 그 감각을 음미하였다.

"나무를 좋아하는가 보군요."

등 뒤에서 돌연 부드럽고 온화한 음성이 들리자 세르피아는 깜짝 놀라 몸을 돌렸다. 그녀의 눈앞에는 머리가 하얗게 세고 사제복을 걸친 노파가 서 있었다. 홀로 서 있기조차 힘든지 지팡이까지 쥐고 있었다. 잠시 머뭇거리는 그녀의 모습에 노파는 부드럽게 웃으며 말했다.

"왜 그리 놀라는지요, 이 노파에게 무슨 힘이 있다고."

말 그대로 노파는 아무런 힘도 쓸 수 없는 노쇠한 인간이었다. 그녀가 경계할 이유가 전혀 없는 것이다. 그러나 세르피아는 성진의 경고가 머리 속에 떠오른 터라 쉽사리 경계를 풀지 못했다. 그녀는 잠시 노파의 미소를 유심히 바라보더니 곧 경계를 풀고 어머니인 그랑디아를 받드는 인간에게 간소한 예를 취했다.

"무엇이 두렵기에 로브를 쓰고 계십니까. 신께서는 당신의 얼굴을 보고 싶어 하실 것입니다."

"이, 이건……."

세르피아는 망설였다. 그러나 눈앞에서 자신을 바라보는 그랑디아의 석상을 보고는 생각을 달리하였다. 그녀는 당당한 어머니의 자식이었다. 자식이 어머니께 인사를 드리러 왔는데 왜 모습을 숨겨야 하는가.

거기에 이곳 그랑디아 신전은 엘프가 유일하게 믿을 수 있는 인간들이 머무는 곳이었다. 직접 엘프에게 현신할 수 없는 그랑디아가 인간의 믿음을 받고, 인간의 목소리를 빌어 말하거나, 인간의 몸을 빌려 현신할 수 있는 유일한 곳이었다. 어머니의 믿음을 받는 그들이 그녀에게 해를 끼칠 이유란 조금도 없었다.

그녀는 손으로 머리를 덮는 부분을 내렸다.

"그렇게 아름다운 얼굴을 왜 숨기고 다닙니까. 숨기려면 이 늙은 노파의 추한 모습을 숨겨야지요."

잠시 그녀의 얼굴을 보고 놀란 표정을 짓던 사제가 자신에게 화살을 돌려 말하자 세르피아는 그녀를 향해 이번에는 자신이 미소를 지으며 말했다.

"여신님을 위해 평생 봉양한 자랑스러운 증거인데 숨길 이유가 무엇이 있겠습니까."

그녀의 말에 늙은 사제는 환한 미소를 지었다.

"그렇죠. 자랑스러운 증거입니다."

그녀의 만족스러운 미소에 세르피아는 마음 한구석이 훈훈해지는 것을 느꼈다. 그러나 곧 이어 아픔을 느꼈다. 그녀에 비해 자신은 번민에 시달리고 있었다.

"무엇이 그리 괴롭습니까, 자매여."

사제의 온화한 말에 세르피아는 화들짝 놀라 그녀를 바라보았다. 어떻게 안 것인가? 그러나 세르피아는 알지 못했지만 그녀는 자신도 모르게 얼굴로 진한 아픔을 드러내고 있었다. 사제는 작은 웃음을 터뜨렸다.

"얼굴에 그렇게 표를 하는데 모르는 사람이 이상하지요. 이 사람도 아직까지 그렇게 시력이 떨어지지는 않습니다."

그녀의 말에 세르피아는 얼굴을 확 붉혔다. 아울러 감정을 통제하지 못하는 자신을 책망했다. 그녀의 표정을 유심히 보던 사제는 지팡이를 고쳐 쥐며 말했다.

"참는 것은 좋은 것이지요. 그러나 때로는 풀어버리는 것이 좋을 때도 있습니다. 이 늙은이에게 말해 보세요. 속 시원한 답은 해줄 수 없을지 모르지만 이래 뵈도 상담으로 이름깨나 날렸답니다."

웃음기를 머금은 사제의 말에 세르피아는 잠시 망설였다. 말해도 될 것인가? 마음속 아픔을 시원하게 털어놓아도 좋을까? 그녀의 고민을 읽었는지 사제는 잠시 고개를 젓더니 천천히 몸을 돌렸다.

"제가 어찌 자매에게 강요하겠습니까. 그럼 자매님, 어머님 품에서 편안한 시간을 보내시길 바랍니다."

작별 인사를 하고 떠나려는 그녀의 모습에 세르피아는 더욱 고민에 빠졌다. 그러다 결국 털어놓았다.

"가슴이… 아픕니다."

한 걸음 옮기던 사제가 고개를 돌려 그녀를 돌아보았다. 사제의 주름진 얼굴에는 미소가 서려 있었다. 그 미소에 세르피아는 그녀에게 당한 것이 아닌가 생각했지만 그리 기분이 나쁘지 않았다. 도리어 편했다.

"어떻게 아프죠?"

"가슴 깊숙한 곳이 아픕니다. 송곳으로 후비는 듯 절절한 통증이 느껴져요. 뜨겁고 알 수 없는 감정이 격렬하게 요동 칩니다. 머리가 화끈하고 심장이 달아올라요."

"언제나 그러나요?"

"아니오."

세르피아는 고개를 저었다.

"누군가를 생각할 때 그렇죠?"

세르피아는 잠시 망설였다. 그러다 이내 답했다.

"…네."

사제는 예의 그 포근한 미소를 지었다. 주름이 잔뜩 진 얼굴로 어떻게 그렇게 편안하고 포근한 미소를 지을 수 있는지 몰라도 그 미소는 세르피아에게 너무나도 따뜻하게 느껴졌다. 사제는 더 이상 서 있기 힘든 듯 천천히 걸어 나무 밑 잔디에 앉았고 사제의 손짓에 세르피아도 곁에 앉았다.

"자매님이 느끼는 감정이 무엇일까요?"

"모르겠습니다. 함부로 정의하고 싶지 않아요."

사제는 주름진 손을 뻗어 무릎을 감싸 쥔 세르피아의 손을 잡았다. 신체의 활동력마저 떨어진 듯 사제의 손은 차가웠으나 세르피아는 더없이 따스하게 느껴졌다.

"자매여, 저는 자매에게 해결책을 가르쳐 드릴 수가 없군요. 다만 조언해 주고 싶어요."

사제의 부드러운 말에 세르피아는 아무 달도 할 수 없었다. 그저 듣고만 싶었다.

"전혀 생소한 감정일 것 같네요, 자매님. 그 감정에 혼란스러워하지 마세요. 인간이라면 자연스러운 이치입니다. 그저 지켜보고 느끼는 대로 행동하세요. 그것이 이치에 닿는다면 그랑디아님은 자매님을 도와드릴 것입니다."

"그럴까요?"

되물어보는 세르피아의 말에 사제는 손에 좀 더 힘을 줘서 그녀의 손을 잡았다.

"그렇지 않다고 말하는 형제, 자매님들이 있다면 이 늙은이가 지팡이로 두들겨 드리죠."

그녀의 재치있는 말에 세르피아는 결국 웃고 말았다. 그러다 가만 생각해 보니 사제의 말에 한 가지 걸리는 것이 있었다. '인간이라면' 이라는 말. 그녀는 인간이 아닌 엘프였다.

"인간이 아닌 다른 종족들도 그 같은 감정을 느낄까요?"

걱정스레 물어보는 그녀의 말에 사제는 지팡이를 어루만졌다.

"그랑디아의 말씀 중에는 이런 말이 있지요. 세상에는 넘치고 모자란 것이 있을지언정 없는 것은 없다."

잠시 그녀의 표정을 보던 세르피아는 어느덧 가슴속의 열기가 사라진 것을 느끼고는 깜짝 놀랐다. 그렇게 괴롭히고 영원히 꺼지지 않을 것만 같았던 열기. 그녀는 자신이 살아온 생의 반도 살지 않았을 것으로 생각되는 사제의 조언에 큰 감명을 받았다. 격렬하게 살다가 죽는 인간들도 그에 걸맞은, 인생에서 겪은 경험을 쌓아간다는 말이 맞는 듯하였다. 그녀는 아무 말 없이 자리에 일어서서 사제를 잠시 내려다보았다.

잠시 사제와 눈빛을 교환하던 세르피아는 허리를 깊게 숙였다. 인간들 사이에서는 찾아볼 수 없는 인사 방식에 사제의 눈에는 놀람이 스쳐 갔다. 그러나 그것은 이내 사제의 푸근한 미소에 묻혔다.

인사를 마친 그녀는 다시 로브를 뒤집어쓰고 서서히 신전을 빠져나갔다. 들어올 때와는 달리 나가는 그녀의 걸음에는 힘이 있었다. 세르피아의 뒷모습을 사제는 말없는 미소로 배웅하였다. 그 주름진 입으로 무엇이라고 몇 마디 웅얼거린 사제는 지친 몸을 잔디 위에 뉘었다.

푸른 하늘이 곧장 눈 안으로 들어왔다. 하늘을 떠도는 작은 새털 모양의 구름이 그녀의 시야에 잡혔다. 그녀는 오래간만에 푸른 하늘을 보았다. 요 몇 년 동안 눈이 침침해서 도무지 볼 수 없었던 푸른 하늘이었다. 천천히 하늘을 흐르는 구름을 보며 사제는 안락함을 느꼈다. 몸도 편안했다. 잔디가 그렇게 따스할 수 없었다. 마치 어린 시절 어머니의 품 안에 안겼을 때의 안락함. 그녀는 그 안락함을 즐기며 천천히 두 눈을 감았다.

사제의 노안(老顔)에는 이제껏 볼 수 없는 노란 빛이 아른거렸다.

창세력 제2기 8012년 7월 21일. 카밀 왕국 수도 에크라노.

사람들은 누구나 원한다, 새가 지저귀고, 열린 창 너머 나뭇가지 사이로 비치는 엷은 햇살이 얼굴을 어루만지며, 사늘하고도 달콤한 신선한 공기가 콧속에 노닐다가 사라지는 그 아늑함이 안겨주는 그런 아침을.

그러나 대도시에서의 그런 아침은 꿈에 불과하다. 대도시의 아침은 부산하다. 태양이 떠오르기도 전에 사람들이 거리로 뛰쳐나와 오늘도 금전적 이윤을 위해, 소위 경제 활동을 위해 부산을 떨어댄다.

그것이 한 사람이었다면 오죽 좋으련만 수백 명이 일제히 그런다면 결코 조용하지가 않다. 상거래는 매매(賣買)를 주축으로 한다. 파는 자가 있으면 사는 자가 있기 마련. 수백 경의 파는 자가 있으면 그것의 몇 배에 달하는 수천 명의 사는 자들이 있다. 조용히 서로 손님을 나눠 가지면 그렇게 시끄럽지도 않을 것이다.

하지만 인간에게 욕심은 끝이 없는 법. 조금이나마 더 큰 이득을 취하기 위해 목청껏, 아니, 제 한 몸도 모자라 사람까지 고용해서 소리를 질러댄다.

이른 아침부터 이런 소음에 시달린다면 결코 유쾌한 경험이 아닐 것이다. 때문에 하이단은 짜증이 치밀어 올랐다.

"제기랄."

결코 부드럽지 않은, 그러나 땅바닥보다는 수십 배 보드라운 침대에 누워 있던 하이단은 귓가로 끊임없이 파고드는 소음을 참지 못하고 결국 베개로 귀를 틀어막았다. 하나 그것도 오래가지 못했는지 결국 하이단은 수마의 매혹적인 손길을 뿌리치며 일어나고 말았다.

"도대체 무슨 난리야?"

침대에 앉아 머리를 감싸 쥐던 하이단은 투덜거리며 일어나 밖으로 난 창을 열었다.

일자로 시원하게 뻗은 대로 주변에는 이른 아침이 무색하다는 듯 수백 명의 상인들이 가판을 세워놓고 물건을 팔고 있었고, 그에 못지않게 수천 명의 사람들이 물건을 사고 있었다. 도대체 저 인간들은 잠도 없는 것인가? 하이단은 눈을 부라리고 상인들이 파는 물건을 쳐다본 끝에 왜 이른 아침부터 '이 지랄' 들인지를 깨달았다.

"하긴, 밥은 먹고 살아야지."

하이단은 순순히 고개를 끄덕였다. 곳곳에 보이는 소시지 묶음과 수천 포대의 밀가루, 향긋한 향기를 풍길 것 같은 갓 구운 빵과 선명한 붉은색을 띤 신선한 고기, 알록달록한 색으로 잘 익어 먹음직스럽게 진열된 과일 등 여러 먹을거리가 가판대 위에 놓여 연신 손님들을 유혹했다. 하긴 수십만 명이 살아가는 대도시이니 이렇게 큰 규모로 아침 장이 열리는 것이리라.

하지만 끝끝내 납득할 수 없는 것이 있었다.

"왜 하필 여기냐고."

바로 그것이다. 하고많은 곳 중에 왜 하필 이곳에서 장이 열린단 말인가. 저 무지막지한 소음 덕택에 잠이 깨버린 것이다. 도대체 이렇게 소란스러운 곳에 여관이 있는 것 자체가 이해되지 않았다. 나무로 짜여진 창문을 부숴 버리려는 듯 하이단은 창문을 움켜쥐고 부들부들 떨었고 길을 가다가 가끔씩 여관을 올려다본 사람들은 그 모습을 보고 상당히 놀라야만 했다. 그도 그럴 것이 그가 가장 싫어하는 것이 두 가지 있었으니, 그

것은 그에게 '쥐새끼' 라고 칭하는 것이 그 첫 번째요, 아침잠을 타인에
의해 방해받는 것이 그 두 번째였다.

그런 아침잠을 방해받았으니 하이단의 짜증도 오죽할까. 만약 대상이
하나였다면 상당한 고난을 치뤄야만 했을 것이다.

"웬 궁상이우?"

하이단은 진작 인기척을 느꼈지만 돌아보지 않았다. 돌아보지 않아도
아는데 구태여 근육을 움직여 고개를 돌릴 수고까지 쓸 필요는 없었다.
칼은 옆구리에 베개를 끼고는 옆구리를 북북 긁으며 하이단의 곁으로 다
가왔다. 칼은 방금 눈을 뜬 탓인지 오만 가지 인상을 찌푸리고는 잠시 하
이단의 얼굴을 힐끔 보더니 고개를 쭉 빼어 창문 밖으로 시선을 옮겼다.

"엥? 장날인가?"

칼은 별것 아니라는 듯 툭 내뱉고는 자신의 침대로 비척거리며 걸어갔
다. 아니, 걸어가려 했다. 정확히 말하면 그의 다리는 걸었지만 그의 몸
은 움직이지 않았다. 하이단의 솥뚜껑만한 손이 칼의 어깨를 잡았던 까
닭이었다.

칼은 자신의 어깨를 붙잡은 하이단의 손에 잠시 시선을 가져가고는 쭈
욱 따라가 하이단의 얼굴을 힐끔 보더니 잔자기는 글렀다는 사실을 깨달
았는지 고개를 흔들고는 다시 하이단의 옆으로 다가섰다.

솔직히 이야기하자면 눈을 부라리고 자신을 바라보는 하이단의 시선
을 당해낼 수 없었기 때문이다. 내심 '무지한 자에게 한 가지 은혜를 베
푸는 것이다' 라고 자기 합리화를 시켰지만 그 내면에는 '법보다는 무력!
이성보다는 주먹!' 이라는 보다 현실적이고 자기 안위적인 생각이 깔려
있음을 칼은 솔직히 부정할 수 없었다.

"그냥 자면 안 될까요?"

그나마 남아 있는 잠에 대한 애착에 조금 용기를 내어 물었지만 칼은

곧 자신의 입을 타박해야만 했다. 하이단의 손아귀에 부서지는 나무 창틀을 보았기 때문이다. 도대체 왜 저렇게 저기압인지는 모르겠지만 일단은 동조해 줘야만 했다. 그것이 그의 몸이 편할 수 있는 유일한 방법이니까(칼도 대련을 빙자한 폭행은 다신 당하고 싶지 않았다)!

"흠, 어디서부터 말해야 하나? 거, 에크라노 인구가 수십만이오. 특히나 도시는 스스로 식량을 생산할 수 있는 땅이 없잖수? 그러니까 상인들이 밖에서 식량을 사다가 아침마다 파는 것이지. 근데 수십만이라는 사람이 식량을 한번에 살 수는 없는 노릇이잖수. 여기서 도매상이라 부르는 상인들이 대량으로 식량을 사서 성문 바깥쪽에서 중매상이라 부르는 작자들에게 분배해서 팔고, 그들은 저기 대로가에 모여 다시 소매상이라는 도시 곳곳에 흩어진 식료품 가게 주인장들에게 팔아넘긴다우. 그럼 수십만 명의 사람들은 이제 식료품점에서 물건을 사지. 이해하시겠수?"

하이단은 조용히 고개를 흔들었고 칼은 구태여 하이단에게 이해하라고 권하지도 않았다. 자신도 들은 이야기이기 때문이다.

"모른다면 나도 어쩔 수 없지. 나도 들은 얘기거든요. 하여튼 저 중매상들이 물건을 팔아 치우려면 큰 공간이 있어야 하는데 도시 안에서 큰 공간은 오직 제1광장과 각 성문에 연결된 네 개의 커다란 대로밖에 없어요. 그런데 제1광장은 문화 유적지에다가 신전이 있다는 이유로 장이 들어서는 것을 엄금했죠. 그래도 먹고살아야 하니 장은 열어야겠고 하는 수 없이 저기 네 개의 대로에다가 장을 개설했다고 하네요. 도대체 모르겠다는 표정 짓지 마요. 나도 들은 이야기라니까. 하여튼 어느 한 곳의 대로에서 아침마다 장이 들어서면 너무 시끄럽다고 해서 나흘에 한 번씩 네 곳의 대로에 번갈아가며 장이 열린다고 합니다. 가만 보니 오늘은 이쪽 대로에서 장이 열린 모양인 것 같네?"

칼은 제 딴에는 일목요연하게 설명한 것 같다고 생각했지만 듣는 하이단은 그게 아닌가 보다. 곤혹스러운 표정을 지은 것이다.

"도매상은 뭐고 소매상은 또 뭐야?"

하이단이 중얼거렸다. 경제학과 민생에 대해 알 리 없는 칼로서는 더 이상 설명할 능력도 없었고 마찬가지로 기초적인 경제 개념이 부족한 하이단도 이해하기 여간 어려운 일이 아닐 수 없었다. 차라리 술식을 늘어놓고 알아서 짜 맞추라고 하면 해보겠는데 이건 영 맹탕인가 보다.

결국 포기해 버린 칼과 하이단은 방 안을 천천히 둘러보았고 성진을 위해 남겨놓은 침상이 비어 있다는 사실을 깨달았다.

"결국 어젯밤에 들어오지 않았나 보네요."

"그렇군."

피로에 절어 완전히 뻗어버린 두 사람으로서는 어제 일어난 일을 알 리 없었다. 단지 알고 있는 한 가지 사실은 세르피아가 화난 표정으로 뛰쳐나갔다가 만족한 표정으로 돌아왔다는 것과 성진과 샤이라, 두 사람의 대화가 도무지 끝나지 않아 결국 어디론가 사라졌다는 것이다. 세르피아도 결국 방에 들어가서 잤고 맥주 두세 잔을 마시던 둘도 그 약한 취기를 못 이겨 완전히 뻗어버렸다.

침상이 사람 수에 맞게 마련됐음에도 불구하고 타키안과 길리언이 한 침상에 나란히 누워 자고 있는 모습을 잠시 바라본 본 칼은 문득 어떤 생각이 떠올랐는지 재미있다는 표정을 지으며 하이단에게 말했다.

"혹시 그 두 사람, 뭔가 통한 게 아니우?"

"흠? 통하다니?"

역시나 길리언과 타키안을 바라크던 하이단은 칼의 물음에 의아한 듯 고개를 돌렸다.

"말이 통하는 사람끼리 만났으니 뭔가 느낌이 통하는지도 모르잖우."

칼의 말을 곰곰이 생각한 하이단은 이내 고개를 저었다.

　"글쎄, 그렇지는 않을지도. 아니, 않다기보다는… 모르겠네. 자네, 마스터에 대해 아는 것 있나? 일반적인 것 말고 말이야."

　일반적인 것? '무지하게 오래 산다' 와 마찬가지로 '무지하게 강하다' 밖에는 기억해 내지 못한 칼은 이내 자신이 놓친 맹점을 알아냈다. 마스터에 대해 아무것도 알지 못했다. 일반인과는 전혀 다르기 때문에 말이다. 일반적인 남녀 관계로 생각해 볼 수 없는 사람들이었다. 그들은 남녀이기 이전에 마스터였다. 아니, 마스터이기 이전에 남녀인가? 이내 혼란스러워져 버린 칼은 결국 얼토당토않은 생각을 떠올린 자신의 머리를 한탄할 수밖에 없었다.

　"섣부른 판단은 금물일세. 추측으로 판단하려 하는 것같이 어리석은 일도 없거든. 자네도 오러 유저가 되기를 원한다면 좀 더 신중한 자세를 갖추는 게 좋을 거야."

　"그런 것도 오러 유저하고 관계있어요?"

　칼은 눈을 동그랗게 뜨고 물었다. 하이단은 너털웃음을 터뜨렸다.

　"하! 그럼 관계없는 줄 알았나? 거, 예전에 세이진님이 자네에게 한 말 벌써 잊었나? 힘은 의지다. 자신의 내면에 들리는 소리를 이해하라는 말. 그 말은 즉, 오러를 깨닫기 위해서는 육체뿐만 아니라 강인한 정신과 혼들리지 않는 신념을 갖춰야 한다는 말일세."

　"에? 그게 그런 소리였수? 난 그저 악과 깡을 바탕으로 부단하게 검을 휘둘러야 된다고 생각했는데."

　칼의 말에 하이단은 어이없다는 표정을 지었다. 도대체 그 말을 어떻게 그렇게 해석할 수 있단 말인가. 악과 깡이라니. 하이단은 오러 유저를 지향하는 이 젊은이가 도대체 이런 기초적인 상식도 모른다는 사실에 어이가 없었다.

　"그런 말도 안 되는 생각을 하다니. 오러 유저라는 것은 정신과 육체의 가장 이상적인 조화라고! 만약 어느 한쪽에 치우치면 당장은 힘을 얻을 수 있을지 몰라도 종내에 크게 상처 입고 죽을지도 모른단 말일세. 오러 유저 중에 다혈질이고 성격 급한 사람이 간혹 있는데 십중팔구는 제 힘에 못 이겨 결국 죽어버린다고."

하이단의 엄포에 잠시 얼굴이 굳었던 칼은 이내 안도의 표정을 지었다.

"아하하. 이, 이제 알았으니 제대로 수련하면 되겠네. 고마워요, 하이단."

"휴. 자네의 그 낙천성에는 정말 할 말이 없군."

잘못하면 십수 년의 노력이 그냥 물거품이 될지도 모르는데 웃어넘겨 버리다니. 하이단은 어쩌면 칼의 저러한 낙천적인 성격이 그를 몇 년 이내로 오러 유저의 경지에 올려놓을지도 모른다고 생각했다. 사십 대에 접어들어 대다수가 오러 유저의 경지에 오른다는 사실을 생각해 볼 때 칼은 엄청나게 빠른 것이었다. 칼이 검사로서 완숙한 경지에 오른 검술을 구사한다는 것을 감안하면 하이단의 생각은 결코 지나치지 않았다.

"잠이나 더 자는 건 어때요?"

칼의 제안에 하이단은 잠시 하늘을 보았다. 아직 새벽이 채 가시지 않아 하늘은 온통 퍼렇게 들떠 있었다. 날이 긴 계절인 것을 감안할 때 상당히 이른 시각이었다. 겨울로 따져 보면 지금 시각은 캄캄한 밤인 것이다. 뭐, 특별히 할 일도 없겠다 소란스러웠던 까닭도 알았으니 잠이나 더 자는 게 피로도 풀 겸 좋을 것 같았다. 더군다나 옆방의 세르피아도 자고 있을 것이고 성진과 샤이라는 어디론가 행방불명됐으니 늦잠 잔다고 타박할 인간도 없었다.

하이단과 칼은 서로를 보더니 주저없이 침대로 뛰어들었다.

＊　　　＊　　　＊

하이단의 생각과는 다르게 그 시각 세르피아는 길을 걷고 있었다. 거대한 대로를 거슬러 광장으로 향하고 있었다. 어제 만났던 늙은 사제의 이야기가 그녀의 마음을 저녁 내내 어지럽혔기 때문이다. 한 번 더 만나서 이야기를 들어보면 가슴속에 타오르는 불길을 잠재울 수 있지 않을까 하는 작은 희망 때문이었다.

도대체 이 감정의 불길이 무엇이기에 엘프의 빙심(氷心)을 녹이려는 듯 이렇게 뜨거울 수 있을까. ‘세상에 넘치거나 부족한 것은 있을망정 없는 것은 없다’ 라고 이야기한 사제의 말에 그녀는 이 감정이 무엇인가를 어림짐작할 수 있었다. 그러나 섣불리 이야기하고 싶지는 않았다. 그녀는 고개를 저었다.

‘그래, 생각하지 말자.’

일단은 접어두고 싶었다, 그 사제와 이야기를 나눌 때까지. 이 지극히 인간 같은 감정이 엘프에게 있다는 것 자체에 그녀는 당혹스러워야만 했다. 그러나 그녀가 가지고 있는 엘프 특유의 냉철한 이성은 자신의 생각 속에서 이상한 점을 끄집어내었다. 평소에는 그저 무심히 넘어갈지도 모르지만 지금같이 번민으로 인해 극도로 민감해진 이성은 그 같은 의문점을 기이하게도 잡아챘다.

도대체 지극히 인간 같은 감정은 무엇인가?

그에 따라 존재에 관한 질문이 잇따라 터져 나왔다. 인간이란 도대체 무엇인가. 엘프란 도대체 무엇인가. 무엇이 인간과 엘프를 가늠하는 지표가 되는 것인가. 그 기준은? 단순히 외형적인 것인가? 내면적인 것인가?

애석하게도 그녀 스스로 물어서 해결될 의문이 아니었다. 옆에서 저마

다의 삶을 충실하게 살기 위해 애를 쓰고 물건을 파는 인간들도 모른다. 흥정이라는 독특한 수단을 통해 자기 이득을 동시에 꾀하려는 물건을 사는 인간들도 모른다. 저기 저 물건을 사는 사람들 품에서 몰래 그들의 쇠붙이를 훔쳐 내는 저 아이도 모른다. 지금쯤 어디선가 재미있게 이야기를 나눌, 그래서 더욱 그녀를 당혹스럽게 하는 두 마스터도 모를 것이다. 아니, 어쩌면 알 수도. 그들은 더 이상 인간, 혹은 생명체라고 부를 수 없는 존재이니.

'존재에 관한 의문. 그것에 대한 해답은 없는 것인가?'

자문해 봤자 대답해 줄 사람도 없다. 어쩌면 그것이 그녀를 마스터의 길로 인도하게 만들지도 모르는 하나의 질문일지도 모른다. 때문에 그녀는 그 질문을 가슴속 깊이 새기기로 하였다.

수많은 사람들로 인해 새벽 거리는 활기를 넘어 소란스러웠다.

엘프의 예민한 청각에 이러한 상황은 너무나도 큰 고역이었다. 그녀는 어서 빨리 이곳을 벗어나기 위해 바삐 걸음을 옮겼다.

그러나 너무도 많은 사람들 때문에 운신하기가 여간 힘든 것이 아니었다. 세르피아는 사람들에게 부딪치지 않기 위해 최대한 몸을 빼내며 걸었다. 지금 그녀에게 있어서 이렇게 돌아다닌다는 것은 위험천만한 일이었다. 성진이 비록 인식의 장애로 귀를 인간처럼 보이게 했다지만 그렇다고 안심할 수는 없는 노릇이었다. 언제 어디서 무슨 일이 일어날지 그 누구도 예상하지 못하니 말이다.

세르피아는 자신을 감추는 로브를 좀 더 단단히 동여매고 빨리 걸음을 옮겼다.

신전은 어제와 마찬가지로 웅장한 위용을 자랑하고 있었다. 석조로 쌓아 올린 건축물. 쉽게 죽어버리고 사라지는 인간들에게 있어서 건축물은 그들의 업적을 증명하는 하나의 신념이었다. 세르피아는 이른 아침 웅장한 신전을 넘어 들려오는 기도 소리를 들으며 신전으로 들어서기 위해 발걸음을 떼었다.

'음?'

막 계단 위로 발을 올리려던 그녀는 묘한 느낌에 걸음을 멈췄다. 누군가의 시선에 로브 밑으로 가려진 몸이 벌거벗겨진 듯한 느낌이 들었다. 그녀는 온몸의 털이 곤두서는 것을 느끼며 천천히 시선을 찾기 위해 눈을 돌렸다.

워낙 노골적인 느낌이라 찾는 것은 수월했다. 광장 저편에 서 있는 사람, 마찬가지로 그녀와 같이 로브를 입고 있었다. 로브로 얼굴이 가려져 보이지는 않지만 입매만은 확연히 보였다. 그리고 그녀의 시선이 닿자 그 로브 밑으로 드러난 입술의 한쪽 끝이 말려 올라가며 달싹였다.

"*** ***** *** ***** **."

"……!"

귓가에 스쳐 지나가는 기이한 음색에 세르피아는 소스라치게 놀랐다. 모든 생물을 통틀어 이 같은 음색을 성대로 만들어낼 수 있는 종족은 단 하나뿐이었다. 바로 엘프. 지금 그녀의 귓가에 스친 말은 인간의 말로 번역하자면 '숲은 언제나 당신을 지켜본다' 라는 뜻으로 라디아 엘프 족의 고언(古言)이었다.

이 대륙에서도 극소수의 인간만이 알고 있는 고언을 엘프 어로 말했으니 그 놀람이 오죽할까. 더욱이 인간이 들을 수 있는 가청 영역을 뛰어넘는 고음으로 말한 터라 세르피아는 놀랍게도 청력을 의심하는 생각까지 품어야만 했다.

그녀는 자신도 모르게 그쪽으로 걸음을 옮겼다. 이렇게 고음으로 말할 수 있다면 그것은 분명 엘프 족. 동족의 삶을 확인해야 하는 엘븐 마스터의 의무상 반드시 좇아야만 했다.

인영은 세르피아가 자신을 향해 다가오는 것을 보고는 몸을 돌려 어디론가 빠르게 걷기 시작하였다. 세르피아는 '기다려!' 하고 소리치고 싶었지만 상황이 여의치 않았다. 때문에 인간이 들을 수 없을 정도의 높은 소리로 연신 '기다려!' 라고 외쳤지만 인영은 그에 개의치 않고 도리어 점점 빨리 걷기 시작하였다.

뭔가 꺼림칙했지만 그렇다고 무시할 수도 없는 노릇이었다. 그것이 의무라고 연신 떠올리고 있었으니 말이다.

한동안 일정 거리를 유지한 채 어디론가 걸었다. 정체 불명의 인영은 그녀를 어디론가 유인하기 위해 충실히 흔적을 남겼다. 그사이에 미심쩍은 것을 눈치 챌 만했지만 어떻게 될 영문이지, 무엇에 홀린 듯 그녀는 정신없이 인영의 뒤를 좇았다. 그리고 그 사실을 눈치 챈 것은 인적이 드문 골목 안으로 접어들면서였다.

'이런!'

세르피아는 내심 부르짖었다. 낭패가 아닐 수 없는 일이었다. 도대체 왜 그 인영을 정신없이 뒤좇았는지 이해가 되지 않았다. 아무리 의무라지만 현 시점에서는 종족 전체를 대표하는 그녀의 안위가 보다 우선이었다. 그런데 엘프 어 한마디에 판단력을 상실해 버린 것이다. 그렇게 중요한 사실을 잠시 잊다니! 냉철한 엘프의 이성을 생각해 볼 때 이건 어디가 홀려도 단단히 홀린 것이다.

잊었던 사실을 화들짝 자각한 세르피아가 급히 몸을 날려 골목을 빠져나가려는 찰나, 머리 속으로 한줄기 뜻이 전해져 왔다. 그 바람에 세르피아는 다시 골목 안으로 시선을 줘야만 했다.

―피로써 종족을 구원한다.

그것은 세르피아가 그녀의 어머니에게서 들었던 격언이었다. 정확히 말하자면 엘븐 마스터 대대로 이어져 내려오는 격언이었다. 그것을 어떻게? 더군다나 자신의 머리를 울렸던 것은 전의법(傳意法). 마스터만이 사용할 수 있는 대화 수단이었다. 상대가 마스터라면 몸을 빼려 해봤자 이미 늦은 터. 이렇듯 비밀스럽게 그녀를 이끌었다면 그 목적이 있었을 것이다. 세르피아는 순순히 체념한 듯 다시 몸을 돌려 골목 안으로 걸어 들어갔다.

과연 골목 한쪽에서 세르피아를 유인했던 괴인영이 모습을 드러냈다.

"얼굴을 보여주시겠소?"

다시 라디아 엘프 어가 들려왔다. 세르피아는 왼손으로 머리를 덮고 있던 로브를 걷어 내렸다. 부드러운 엘프 특유의 머리칼이 실타래처럼 풀려 어깨를 덮었다. 자신을 말없이 지켜보는 인영에게 세르피아는 담담히 물었다.

"당신은 누구신가요."

그녀의 말에 인영은 천천히 걸어 그녀에게 다가오기 시작하였다. 몇 발자국 걷지도 않았는데 순식간에 그녀의 코앞에 당도하는 기현상에 보통 사람이라면 당혹스러운 반응을 보일 테지만 세르피아는 그저 무덤덤하게 받아들였다.

인영은 천천히 로브를 벗었고, 세르피아는 어째서 상대가 라디아 엘프 어를 할 수 있는지 납득하였다.

하이단에 버금갈 만큼의 키, 짙은 구릿빛 피부, 인간처럼 작지만 그 끝은 뾰족한 귀, 단단한 근육질의 몸. 엘프들의 전승에는 세계수의 수꽃에서 기원했다고 알려졌으며 북대륙의 검은 숲, 필멸(必滅)의 숲에서 사는 강인한 종족, 쿠르시아 엘프 족이었다.

요새 워낙 격한 감정을 드러냈지만 원래 그녀는 '고요' 라는 단어 하나로 표현해도 좋을 만큼 조용한 라디아 엘프 족이었다. 그녀는 차분한 어조로 말했다.

"쿠르시아 족이셨군요. 목에 무리가 갈 텐데 인간들의 말로 대화를 나누는 게 어떨지요."

쿠르시아 엘프 족은 라디아 엘프 족과는 달리 매우 거친 음을 내기에 적합한 성대를 타고났다. 자연 라디아 엘프 어를 쓸 때에는 굉장한 무리가 갔다. 세르피아의 말에 상대는 살짝 웃었다.

"그게 좋겠군요. 저는 쿠르시아 엘프 족 델븐 마스터 게일 테돌렌드라고 합니다."

두세 시간쯤 원없이 잘 수 있을 것이라 예측했던 칼의 생각은 여지없이 빗나갔다. 침대에 누운 후 막 잠들려는 찰나 누군가가 칼을 흔들어 깨운 것이다. 짜증이라도 부리고 싶었지만 깨운 장본인이 성진이기에 칼은 순순히 일어나기로 마음먹었다. 그리고 칼은 성진의 질문에 아연해야만 했다.

"네? 세르피아 양이 사라졌다고요?"

"역시 모르셨군요."

성진과 칼의 대화를 들었는지 하이단은 침대에서 몸을 일으키고 있었다. 설마 하니 세르피아가 이 이른 아침부터 어디론가 사라지리라는 것은 전혀 예측하지 못했는지 성진의 낭패스런 표정에 칼과 하이단은 갑자기 불안해졌다. 칼은 재빨리 옷을 갖춰 입으며 조심스럽게 물었다.

"큰일입니까?"

"네."

더 이상 무슨 말이 필요있으랴. 칼과 하이단은 옷을 입고 성진을 따라 여관 앞으로 나갔다. 여관 앞에는 샤이라가 기다리고 있었다. 샤이라는 성진은 보며 살짝 고개를 흔들고는 말했다.

"안 되겠어요. 그녀의 느낌이 매우 희미해서 제대로 찾을 수가 없군요. 좀 더 시간이 걸리겠습니다."

샤이라의 말에 성진은 고개를 끄덕였다.

"그런데 어떻게 세르피아 양이 사라졌는지 알았습니까?"

이제껏 아무 말 없었던 하이단은 불쑥 물었다. 그도 그럴 것이 둘이 밤새 어디론가 사라져 있다가 오늘 아침에서야 나타났는데 그 짧은 시간에 어떻게 세르피아가 사라졌다는 것을 알았는가 하는 의문이 든 것이다. 성진은 정신을 집중하여 세르피아를 찾는 샤이라를 향해 눈짓을 하며 말했다.

"그녀가 알았습니다."

샤이라가 어떻게 했는지는 몰라도 세르피아가 사라졌다는 것을 알아내고는 성진에게 알린 것이다. 평소 칼이라면 '밤새도록 데이트하다가 이제야 들어오셨군요?' 라고 놀릴 것이나 상대가 상대이고 상황이 상황인만큼 자제하였다. 대신 다른 것을 물어보기로 하였다.

"그런데 어째서 큰일이라고 하는 겁니까?"

성진은 말했다.

"예감입니다."

성진의 말에 칼은 말문이 막혔다. 예감이라고? 그것은 그저 느낌일 뿐이었다. 단지 그것 때문에 이 소란을 피운단 말인가? 하나 성진의 말에 고개를 끄덕이는 하이단을 보자 칼은 자신의 생각을 수정해야만 했다. 간과했었던 것. 성진은 바로 마스터라는 것이었다.

마스터의 예감은 거의 예지에 가까웠다. 세상을 바라보는 마스터, 그런 마스터의 예감이라면 혼돈의 실타래로 묶여 있다는 미래에서 앞으로 다가올 시간의 한 가닥을 뽑아 넌지시 보는 것도 가능할 것이다. 도대체 요즘 기본적인 사실을 자주 잊는지 칼은 내심 자신의 모자란 머리를 한탄해야만 했다.

몇 분 동안 일행은 정신을 집중하여 세르피아의 기척을 찾아내고 있는 샤이라가 빨리 눈을 뜨기를 바래야만 했다. 순간 샤이라는 눈을 번쩍 뜨고 여관 앞으로 나 있는 대로에서 약간 벗어난 방향을 가리켰다.

"저쪽입니다."

일행은 지체없이 달리기 시작하였다.

성진도 힘을 제대로 쓰기 어려운 상황에 이런 일이 발생하다니. 하이단은 내심 불안한 마음을 억누르며 성진에게 말했다. 다분히 성진을 위로하는 것이었지만 솔직히 그것은 흔들리는 자신을 다잡으려는 말이었다.

"그녀는 강인한 엘프입니다. 별일없겠죠."

하이단은 들려올 성진의 대답에 자신의 마음이 약간 위로가 되었으면 하고 바랬다. 그러나 성진의 대답은 하이단에게 별 만족스럽지 못했다.

"그랬으면 합니다."

성진의 말에 달리는 칼과 하이단은 가슴 위로 묵직한 돌이 얹어지는 것 같은 느낌에 살짝 몸을 떨어야만 했다.

맑게 개었던 방금 전과는 다르게 하늘에는 온통 구름이 끼기 시작하였다. 덕분에 일출은 먹장 속에 갇혀 빛을 잃었고 공기는 점차 차가워져 갔다.

세르피아는 하늘을 보지는 않았다. 그러나 느껴지는 대기 중의 수분 함량은 늘어나기 시작하였고 새벽이라 어두웠던 사위는 줄어드는 광량으로 인해 더 더욱 어두워지고 있다는 것을 확연히 느낄 수 있었다. 밤이 계속되는 것 같은 느낌이 들었다. 한여름에 갑작스레 찾아오는 스콜(Squall)이었다. 보통은 오후깨나 찾아오는 데 반해 오늘은 기이하게도 빨리 찾아왔다.

세르피아는 에크라노로 향하며 몇 차례 스콜을 경험했다. 그녀의 고향인 라프디아에서는 비가 오지 않았다. 시간의 결계에 갇혀 버린 고향은 하늘이 전해주는 비라는 축복을 받지 못했다. 그저 땅속에 풍부히 흐르는 지하수와 라프디아 숲 가운데 자리 잡은 세계수에서 뿜어져 나오는 성수만이 라프디아 숲이 살아갈 수 있는 생명수를 제공하였다. 그런 그녀에게 스콜은 자못 신기한 경험이었다.

방금 전까지만 해도 맑았던 하늘이거늘 돌연 공기 중의 물기가 점점 많아지면서 기온이 차츰 내려가고 하늘이 어두워지며 비가 쏟아지는 신비로움. 허허벌판이고 메마르던 평원은 삽시간에 물방울들이 비산하고 튕겨져 오르고 이리저리 비틀리고 종내에는 고여 작은 웅덩이를 곳곳에 만들어냈다. 거기에 사방에서 들려오는 기이한 소음.

'쏴아아' 하는 시원한 그 느낌과 리듬, 향기. 얼마나 놀라운 일인가. 그리고 언제 쏟아 부었냐는 듯 구름은 삽시간에 사라지고 다시 밝은 태양이 평원에 드리우면 뿌옇게 보이던 지평선은 확연히 드러나고 노랗게 들떠 있던 풀들은 파란 생기를 자랑했다. 지하에서 이끌려 온 물과는 다르게 하늘에서 떨어지는 물은 그야말로 감동의 대상이었다.

처음 만났던 평원과 그 다음 작은 숲에서 스콜을 만났던 느낌은 또 색달랐다. 장소에 따라 그 감동도 달랐다. 그 스콜을 이 이른 아침, 그것도 인간들의 도시에서 경험하니 기이한 느낌마저 들었다. 이번에는 또 어떤 감동을 주려나.

"비… 오겠군요."

말없이 그녀를 지켜보던 쿠르시아 엘프 족 엘븐 마스터 '게일 테돌렌드'라는 남자는 하늘을 쳐다보며 말했다.

그것이 첫마디였다, 상당 시간 멍하니 그녀를 쳐다보고 꺼낸 말은.

세르피아는 이제껏 아무 이야기도 꺼내지 않았다. 그가 바라보는 것처럼 그녀도 마주 보았다. 상대가 아무런 이야기도 꺼내지 않는다면 그 자신도 아무 말도 하지 않는다. 그것이 엘프였다. 무언가 목적이 있기에 게일이라는 사내는 그녀를 유인하였다. 궁금하기는 하지만 묻지는 않았다. 언젠가 말할 것이므로. 또한 그것이야말로 엘프이니.

세르피아는 게일의 첫마디를 가볍게 고개를 끄덕이는 것으로 응수하였다.

"좋아합니다."

주어가 생략된 말이지만 게일은 이해할 수 있었다. '비가 좋다' 라는 이야기다. 게일은 희미하게 미소를 띠었다. 그것은 누군가를 그리는 듯한 미소. 생각하는 듯한 미소. 애환의 미소.

"그녀와 같군요."

세르피아는 순간 가슴이 묘하게 미어지는 느낌을 받았다. 그녀라 함은 누구인가. 엘프는 대조하지 않는다. 비교도 하지 않는다. 그것은 상대방에 대한 무례. 그 점을 따져 볼 때 게일이 칭하는 '그녀' 란 세르피아와 밀접한 관계가 있는 것이었다. 금방 말할 수 있는데도 그는 뜸을 들였다, 관찰하듯.

"당신의 어머니 말입니다."

"……."

세르피아는 아무 말도 하지 않았다. 단지 가볍게 주먹을 쥐었을 뿐이었다.

이미 알고 있었다, 상대가 그녀의 어머니를 알고 있다는 것을. 엘븐 마스터 간의 지식 교류는 그들의 의무. 상대는 오래전부터 그녀의 어머니를 알고 있었을 것이다. 그녀가 태어나기도 전부터 말이다. 그런데 이 격동은 무엇일까. 그녀는 게일이 어머니의 최후를 알고 있을 것 같다는 예감이 들었다. 그리고 그의 말에서 그녀의 예감은 적중하였다.

“그녀의 죽음은 참으로 안타까웠습니다.”

“어머니의 죽음을… 아십니까?”

묻는 세르피아의 목소리가 살짝 떨렸다. 순간 입 안이 바싹 마르는 것 같은 착각마저 들었다. 이제까지 유지하고 있었던 부동심(不動心) 따위는 온데간데없었다. 가족에 대한 그리움, 혈족에 대한 애정. 피로써 연결되는 고리라는 것은 감정을 통제하는 냉정한 이성을 일순간 무너뜨리기에 족한 것이었다.

방금 전에 느꼈던, 비가 내리는 것을 보며 느낄 감동을 기대하는 것 같은 감정은 이미 사라진 지 오래였다.

앞날에 대한 불길함이었을까? 순간 성진의 얼굴이 눈앞에 스쳐 갔다. 순간 한편으로 그녀는 내심 그가 아니라고 대답해 주기를 바랐다.

“네.”

사늘한 칼날 같은 차가운 한풍이 그녀의 마음속에 소용돌이치기 시작하였다. 심장의 혈류가 격렬하게 흐르기 시작하였고 주체 못할 감정이 연약한 둑을 무너뜨리고 넘쳐흐르기 시작하였다.

냉정. 주변 상황을 이해하기 위한 엘프의 필수 조건이라고 이야기하는 냉정 따위는 이미 감정의 물결에 휘말려 사라진 지 오래였다. 처음 숲을 나와 어머니의 죽음을 들었을 때 느꼈던 동요 따위와는 비교조차 할 수 없었다.

그 당시에는 믿고 있었다, 어머니의 생존을. 그러나 지금은 달랐다. 상대는 엘븐 마스터. 진실을 이야기하는 자. 죽음이 명확해졌다.

타인에 의한 살해는 엘프에 대한 도전. 일족의 엘븐 마스터의 죽음이라면 더 이상 간과할 수 없는 일이었다. 더욱이 그것은 그녀의 어머니 죽음.

‘엘프는 지독하다’ 라는 말이 있다. 그것은 엘프의 집요함을 일컫는 말이다. 그 집요함이라는 것은 동족이 죽었을 때 나타나는 특성이었다. 대상이 확실하다면 그 집요함은 처절하게 드러났다. 얼마나 지독한 집요함인지 비록 타살당한 사실을 상당한 시간이 흐른 후에 알지라도 반드시 복수하였다. 살해한 자가 죽었다면 그 직계 혈통에게 그 죄를 물었다. 그것이 엘프가 갖는 복수에 대한 의무였다.

"듣겠습니까?"

할 필요조차 없는 질문. 그러나 그는 물었다. 선택할 수 없는 상황에 선택을 요했다. 도대체 어떤 의도로 던진 질문인지는 모르겠지만 그것은 그녀를 흔들어놓았다. 그녀는 동요하였다. 듣고 싶지 않았다. 듣는다면 그녀는 피의 복수를 해야만 했다. 청공의 활을 찾아 엘븐 마스터로 인정받는 것과 동족에 대한 소재를 파악하려는 그녀의 여행은 돌연 '어머니를 위한 복수'로 바뀌는 것이다. 정보의 불충분으로 인해 '대상'을 알 수 없어 할 수 없었던 복수를 듣는 순간 실행해야만 하는 것이다.

때문에 듣고 싶지 않았다. 성진이 떠올랐다. 그와의 여정이 떠올랐다. 길리언이 떠올랐다. 그 아이의 행동이 떠올랐다. 하이단과 칼이 떠올랐다. 그들의 웃음이 떠올랐다. 진실을 듣는다면 그 모든 게 부서져 나가는 것이다.

"나는, 나는……."

목이 미어지는 듯 말문이 막혔다. 그녀는 애써 부정하였다. 이런 행동은 어리석다고 이야기했던 인간들의 행동이었다. 의무와 책임을 회피하는 것, 부정하는 것, 받아들이지 않는 것. 도대체 왜 이런 행동이 일어나는 것인가.

'감정?'

묻고 싶었다, 저기 그녀 앞에 아무 말도 없이 서 있는 존재에게. 당신도 그럴 때가 있냐고. 하지만 그녀는 묻지 않았다. 묻지 못했다. 그것은 그녀의 약함을 드러내는 것. 엘븐 마스터는 약해지면 안 되었다. 그녀는 지주(支柱). 라디아 엘프 족의 자존심이었다. 마음을 강하게 다잡자 순간 성진이 떠올랐다. 지금 이 상황에서 그가 왜 떠오른 것인지는 몰라도 그가 했던 말도 덩달아 떠올랐다. 가슴 깊이 새겼던 말.

진실은 외면할 수 없다.

가슴 절절히 흘렀던 말이 가슴 깊은 곳에서 흘러나왔고 이윽고 그녀의 정신을 일깨웠다. 세르피아는 말했다.

"듣겠습니다."

다행히 거리는 한산했다. 하이단의 새벽잠을 깨게 할 만큼 시끄러웠던 조금 전의 그 거리라고는 믿겨지지 않을 만큼 한산했다. 그도 그럴 것이 조금 있으면 스콜이 몰아닥칠 것인데 태연히 장사할 만큼 에크라노 사람들은 그리 의지적이지는 않았다. 그러나 한편에서는 이 시기를 틈타 야채를 대량 매입하기 위해 흥정을 벌이는 끈기있는 사람들도 있었다.

보통 때라면 재미있게 구경하련만 칼은 그저 거리가 한산하여 달리기에 지장없다는 사실에만 감사할 뿐이었다. 사람들은 비를 피하기 위해 죄다 사라져 일행들이 사람들에게 불편을 끼치며 달리지 않아도 되었기 때문이다.

한편 샤이라는 무언가 이상한 사실에 대해 생각하고 있었다. 도저히 이해가 되지 않았다. 어떻게 성진이 그런 예감을 느낀 것인가. 도대체 설명이 되지 않았다. 영의 상흔. 그것은 본질에 대한 손상이다. 모든 영성의 근원이 되는 것이 훼손되었다는 이야기.

존재를 이루는 가장 기본적인 것이 손상되었는데 부수적인 것이 어찌 정상적으로 움직일 것인가. 자연 능력 같은 것은 하나도 발휘할 수 없다. 즉, 영이 손상되었다 함은 생각할 수도 움직일 수도 없다는 것과도 같다.

그래, 돌아다닐 수 있다는 것은 인정한다. 생각할 수 있다는 것도 인정한다. 훼손되고 치료가 된다는 것은 마스터라고 하는 이미 생명체를 탈피해 좀 더 고귀한 영을 소유한 혜택이라고 치자. 한데 예감이라니.

'이건 불가능해.'

불가능하다. 예감, 마스터들이 간혹 느끼는 예지는 마스터가 임의로 조절하여 사용할 수 있는 능력이 아니었다. 어쩌다 간혹 튀어나온다. 인간 세계에서 예지하는 자들은 시간이라고 하는 실타래를 볼 수 있는 혜택을 받은 그야말로 우연에 우연이 겹쳐 탄생된 존재. 마스터와는 달랐다.

영의 상흔을 입고 예감을 하다니. 그의 본신 능력조차 제대로 사용할 수 없는 이때 미래를 느낀다는 것 자체가 이미 상식을 뛰어넘는 것이었다. 혼자 궁리해 보려 했지만 샤이라는 결국 포기하고 말았다. 의문에 대한 끝없는 물음. 그것이 바로 마도사의 본질이었다. 마스터이기 이전에 그녀는 탐구하는 마도사였다. 샤이라는 곁에서 달리고 있는 성진에게 물었다.

"도대체 어떻게 영의 상흔을 입고도 예지라는 능력이 발휘되는 거죠?"

성진은 그녀가 그런 질문을 하리라 예상했었다. 그러나 답해줄 수 없었다. 그 자신도 왜 발휘되는지 알 수 없었기 때문이다. 생각해 보고 추론해 보았다. 그러나 왜 그러한 능력이 발휘되는지 그 자신도 알 수 없었다.

"저도 모르겠습니다. 분명 제가 가진 힘 대부분을 쓸 수 없는 상황인데 왜 이런 일이 생기는지 말이지요."

"그렇습니까?"

그 자신도 알 수 없다는데 어떻게 할 것인가. 샤이라는 고개를 끄덕이고 말았다. 아무래도 연구해 볼 가치가 있는 문제인 것 같았다.

지금 이 순간에는 그저 그 엘프 여성을 찾는 것이 시급한 것 같았다.

마스터의 예감이란 아무래도 무시할 만한 성질이 아니었다. 샤이라는 대로 옆으로 난 길을 향해 손가락질하며 말했다.

"저쪽 골목 방향입니다."

일행은 그대로 방향을 꺾어 골목 안으로 뛰어들었다.

"그것은 아주 우연이었습니다."

우연. 그렇다. 그렇게 불행한 우연도 있다니. 세르피아는 주먹을 불끈 쥐었다. 어느 마도사가 쓴 책이 국왕의 손에 들어간 것 자체가 우연이었다. 그 책 속에 하이 엘프에 대한 연구 자료가 있었던 것 또한 우연이었다. 그저 알고 있었으면 좋으련만. 불행히도 그 당시 세르피아의 어머니이자 대륙에서 흩어져 살아가는 라디아 엘프 족의 영도자 엘븐 마스터 세이카류가 궁정에 들어와 국왕에게 궁술을 가르치고 있었다.

"활이 부러지는 것 또한 우연이었죠. 그 누가 생각했겠습니까. 그 활은 비록 국왕의 것이었지만 세이카류가 친히 만들어준 활이었지요. 적은 힘으로도 강력한 탄력을 만들어낼 수 있는 활. 그것이 비수가 될 줄이야. 부러진 궁체(弓體)는 그녀의 머리를 후려쳤고 그녀는 그 충격에 기절하였습니다."

게일은 탄식하였다. 그러나 세르피아는 탄식할 수 없었다. 활이 부러지며 궁체가 머리를 후려치다니. 어찌 그런 일이. 어머니가 궁체에 얻어맞고 피를 뿌리며 쓰러지는 모습이 훤히 보였다.

"붉은 피가 잔디를 물들이며 서서히 퍼졌지요. 국왕이 궁술을 배우는 시간에는 그 부근엔 그 어떠한 사람의 접근도 불허하였습니다. 그것이 엘프인 스승에 대한 국왕의 예우였지만 그 당시에는 매우 좋지 않은 결과를 낳았습니다. 국왕은 당황하여 의사를 부르려 했지만 피 냄새를 맡았습니다. 세이카류의 몸속에 흐르는 하이 엘프의 피를."

하이 엘프(High Elf). 최초의 엘프라 불리는 그들의 피는 독특한 특성을 가진다. 피는 비릿한 냄새를 풍긴다. 그러나 하이 엘프는 달랐다. 향기로운 피 냄새, 기실 그것은 생명의 절규지만 인간들이 느끼기에는 매우 달콤한 냄새를 풍겼다.

"순간 국왕의 머리 속에는 얼마 전 읽었던 그 마도서의 내용이 떠올랐습니다. 엘프의 정제된 피는 영원한 젊음을 가져온다는 것 말이지요. 국왕은 저도 모르게 새하얀 세이카류의 피부를 타고 흐르는 피를 손으로 훔쳐 맛을 보았습니다."

소름이 치솟고 가슴속의 무언가가 끊임없이 꿈틀대었다. 두려웠다, 게일의 다음 말이. 그것이 끝이 아님을 알기에 더욱 두려웠다.

쿠르릉!

검게 물들었던 하늘이 울었다. 곧 이어 비를 쏟아버리겠다고 예고하는 듯 크게 용틀임을 하였다. 찢어지는 파열음이 그녀의 귀를 괴롭혔다.

"인간이라는 종족의 더러운 근성이 그렇게 잔혹할 줄은 몰랐습니다. 국왕은 기절한 세이카류의 목을 조르며… 강간하였습니다. 정확히 말하자면 시간(屍姦)이지요."

"……!"

순간 세르피아는 머리 속에 천둥이 울리는 듯한 충격을 맛보았다. 게일은 한두 발짝씩 세르피아에게 다가서고 있었다. 세르피아를 보는 게일의 눈가에는 초록빛이 어른거렸다.

"피에 젖은 엘프의 모습이 국왕에게 색정적으로 다가왔나 봅니다. 다가갈 수 없는 엘프를, 그것도 가장 존귀하다고 말하는 엘븐 마스터의 목을 조르며 그녀의 배 위에서 쾌락에 몸부림쳤습니다. 욕념을 채운 국왕은 세이카류의 피를 빼내어 정제하기 시작했습니다. 하이 엘프의 피 속에만 녹아 흐르는 신비의 물질을 몸에 주사하였고 효과를 보았습니다.

정말로 젊어진 것이지요. 그 마력에 도취된 국왕은 이제 엘프라는 종족에 대해 더 이상 동등한 취급을 하지 않았습니다. 왕명에 의해 엘프들이 하나둘씩 궁정으로 납치되었습니다. 소문은 퍼져 나갔고 귀족가에까지 흘러들어 갔지요. 인간들은 미쳐 버렸습니다. 100년이라는 시간도 채 살지 못하는 인간은 젊음을 준다는 엘프를 무차별로 사냥하기 시작했습니다. 아무런 효과도 없다는 사실을 아는 일부 현명한 사람들의 주장은 한 귀로 흘려버린 채 엘프들의 피를 빨고 살을 씹었습니다. 일부에서는 요리 재료로까지 사용했었지요."

푸르게 빛나는 게일의 눈은 마음 깊숙이 솟구치는 세르피아의 혐오감을 부채질했다. 역겨워지기 시작하였고 끝내는 짙은 위액을 토해내었다.

"우욱!"

길바닥에 토해 버린 세르피아는 게일을 보았다. 그의 푸르게 빛나는 눈을 바라보며 그녀는 물었다.

"어머니의 시신은 어떻게 되었습니까. 그 간악한 인간이……."

세르피아는 말끝을 흐리고 말았다. 차마 '먹었습니까?' 라고 물을 수 없는 까닭이었다. 세르피아가 말을 끝까지 잇지는 않았지만 게일은 그녀의 뜻을 이해할 수 있었다.

"아닙니다. 국왕은 세이카류의 육체가 가져오는 묘한 매력에 사로잡혀 그녀를 박제로 만들어 왕궁 깊숙이 숨겨놓았지요. 그 후 국왕의 행위에 혐오감이 든 일부 귀족을 중심으로 반정(反正)이 일어나 국왕을 폐위시켰습니다. 그리고 엘프를 사냥한 사람들을 모조리 처벌하였지요."

"어차피 인간이 한 일."

세르피아의 목소리는 거칠기 그지없었다. 팽배해진 불신감은 분노를 일으켰다. 그녀는 활활 타오르는 불길을 자제하기 위해 애를 썼다. 불끈 쥔 그녀의 두 주먹은 핏기조차 가서 하얗게 변해 있었다. 게일은 그런 그녀를 보며 또 다른 물음을 던졌다.

"당신은 지금 인간들과 같이 다니지요? 믿으십니까?"

아무리 분노하였다고 하지만 그녀의 이성까지는 억누르지 못했다. 엘프의 살육을 도모한 인간들은 100년 전의 사람들. 복수를 한다고 하더라도 그들의 후손에게 해야지 인간 전체에 한다는 것은 어불성설이었다. 그녀는 일부의 행위를 전체의 뜻으로 간주하는 오만하고도 어리석은 판단 따위는 하지 않았다.

"그들은 다릅니다. 그들은 제게 믿음을 주었고 신뢰를 쌓았습니다."

"국왕도 세이카류에게 신뢰를 얻었었지요."

세르피아는 이를 악물 수밖에 없었다. 엘프의 피를 빼는 이름 모를 인간과 일행들의 모습이 엇갈려 보이기 시작하였다. 평소 때라면 그 같은 생각 따위는 하지도 않는다. 왜 이럴까. 저 초록 눈 때문인가?

"그들은, 그들은……."

세르피아는 왜인지 모르게 그들을 변호하기 위해 노력하였다. 그러나 말이 나오지 않았다. 무언가에 성대가 막혀 버린 것처럼, 딱딱한 이물질이 목에 걸린 것처럼 말이 나오지 않았다. 끊임없이 그와 같은 영상이 엇갈려 보이고 선명해져 갔다. 이제는 뭐가 진실이고 거짓인지 분간이 되지 않았다.

'성진은… 성진은?'

세르피아는 순간 성진을 떠올렸다. 그와 동시에 게일은 그녀의 마음을 읽은 것처럼 말했다.

"마스터라 하더라도 마스터이기 이전에 인간입니다."

그 말에 무언가 꽉 막힌 것이 폭발하듯 커지는 것이 느껴지며 돌연 숨이 탁 막혔다. 아무런 말도 할 수 없었다. 반박도 할 수 없었다. 그저 그렇게 멍하니 서 있을 뿐이었다. 게일은 희미한 미소를 지었다.

“정녕 그들을 믿습니까? 인간을?”

믿고 싶었다, 인간들을. 그러나 한편으로는 떠올랐다. 자신이 귀여워했던 길리언이 그녀의 피를 탐하는 시뻘겋게 충혈된 눈으로 바라보는 것이. 언제나 웃음을 안겨주는 하이단이 살기를 머금고 웃는 것이. 그리고 성진이 아무런 표정도 짓지 않은 채 그녀의 목을 조르는 것이.

“나는······.”

세르피아는 아무런 말도 할 수 없었다. 게일은 그녀의 곁으로 바짝 다가섰다. 풋풋한 쿠르시아 엘프 족 특유의 체향이 코끝에 스쳤다.

“저는 동족입니다. 같이 가는 것이 복수를 완성할 수 있는 더욱 믿음직한 길. 저와 같이 가시지요.”

체구답지 않게 섬세하고 가는 갈색 손이 검푸른 로브에서 빠져나와 세르피아의 어깨를 짚었다. 그 손길에 그녀는 가늘게 몸을 떨었다. 온화한 기운이 어깨를 타고 들어와 그녀의 가슴을 어루만졌다.

“같이 갑시다.”

게일의 낮으면서도 부드러운 목소리는 매우 달콤하였다. 하마터면 그녀가 ‘네’ 하고 말해 버렸을지도 모를 만큼 매우 달콤하였다. 하지만 끝내 사라지지 않고 웃는 일행의 모습에 그녀는 결국 하고 싶었던 말을 내뱉을 수 있었다.

“그들을··· 믿습니다.”

천천히 그녀를 끌어안으려는 게일의 손길이 멎었다. 게일은 내려다보았고 세르피아는 올려다보았다. 잠시간 시선이 교차하는 가운데 게일은 문득 고개를 들어 어디론가를 바라보았다.

“이런, 이런, 당신의 일행들이 달려오는군요. 당신을 찾는 듯 매우 급한 모양이네요.”

세르피아의 어깨에서 손을 뗀 게일은 두세 걸음 물러나더니 살짝 예를 취했다.

"우리의 즐거웠던 시간도 이만 끝이군요. 저는 이만 돌아가 봐야겠습니다. 당신들 일행이 절 싫어할지도 모르니까요. 그럼."

말을 끝마침과 동시에 게일의 몸은 천천히 사라지기 시작하였다. 골목으로 보이는 배경에 녹아들어 가는 듯 게일은 몸은 점차 투명해지다 사라지는 것이다. 세르피아는 아무런 기운도 느낄 수 없었다. 그저 멍하니 게일이 사라지는 것을 지켜볼 뿐이었다.

"그들이 당신의 믿음을 배반하지 않았으면 좋겠군요."

묘한 뉘앙스를 풍기는 마지막 말을 남기며 게일이 완전히 사라지자마자 세르피아가 들어선 골목의 꺾인 부분에서 일단의 사람이 나타났다.

"세르피아!"

성진들이 뛰어오고 있었다. 매우 다급하다는 듯한 표정을 지은 칼과 하이단의 얼굴이 보였다. 성진은 그 특유의 무표정으로 달려오고 있었고 그 옆에는 마스터 샤이라가 뛰어오고 있었다.

그 순간 게일의 음성이 그녀의 머리 속을 스쳐 갔다.

─아참, 우리의 만남은 비밀로 했으면 하군요.

그런 건 중요하지 않았다. 어차피 그들에게 말할 생각도 없었으니 말이다. 단지 하나의 물음만이 그녀의 머리 속을 집요하게 괴롭혔다.

콰르릉!

공기가 뒤틀어지는 소리와 함께 뭔가 차가운 것이 볼에 닿았다. 그와 동시에 하늘에서 빗방울이 쏟아지기 시작하였다. 한두 방울씩 떨어지는 물방울은 인간들이 만들어놓은 차가운 대지에 부딪쳐 작은 소음을 만들어내기 시작하였다. 이윽고 셀 수도 없는 물방울들이 같은 소음을 만들어내더니 점차 커져 갔다. 어두워진 골목길로 네 명의 인간들이 만들어내는 육중한 소음과 비의 절규가 소음을 이루어 메아리쳤다.

탁탁! 쏴아아― 탁! 쏴아아―

어둠의 장막 위로 물의 장막이 드리워졌다. 시원스레 퍼붓는, 그러나 너무도 차가운 빗방울은 그녀의 초록 머리칼을 타고 볼로 미끄러져 내려 턱에 고였다. 세르피아는 고개를 들어 하늘을 보았다. 쏟아지는 눈물이 그녀의 얼굴을 적시고 몸을 적신다.

'나는 정녕 그들을 믿고 있는 것인가? 마스터는 마스터이기 이전에 인간인가?'

비는 더 이상 감동을 주지 못했다. 도리어 시리고 차가웠다. 얼굴을 타고 흐르는 차가운 빗물은 벗어버린 로브 틈으로 스며들어 그녀의 몸을 적셨다. 차갑고 축축한 혀가 얼굴을 핥는 느낌에 세르피아는 진저리를 쳤다. 춥고 추웠다. 그 한기에 그녀는 몸을 가늘게 떨었다. 끊임없이 얼굴을 두들기는 그 차가운 빗방울에 세르피아는 심한 현기증을 느끼며 눈을 감았다.

이윽고 새카만 어둠이 눈앞을 덮쳤다.

제1장 붕괴(崩壞)

『테러(Terror). 폭력을 써서 적이나 상대편을 위협하거나 공포에 빠뜨리게 하는 행위. 정확히 말하자면 특정 소수에 주도되는 변칙적인 수단과 방법을 동원하여 불특정 다수에 대한 무력 도발을 가리킨다. 정규전(正規戰)과 달리 테러는 비정규전(非正規戰)으로 분류되며 현재에 와서는 테러란 '한 국가에 대하여 직접적인 범죄 행위를 가하거나, 일반인이나 군중들의 마음속에 공포심을 일으키는 것'으로 대륙 회의에서 정의되었다. 테러는 400년간 전쟁의 유용한 수단으로 자리 잡아 계속 사용되다 최근에 대륙 회의에 의해 금지당했다. 그렇다면 지난 400년 동안 전 대륙을 경악과 공포로 몰아넣은 테러는 언제 최초로 발생된 것인가? 역사학자의 추측에 따르면 역사상 최초의 테러가 발생한 것은 창세력 제2기 8012년 7월경 카밀 왕국의 수도 에크라노에서 일어난 사건으로 보고 있다…(후략)…….』

창세력 제3기 340년.
케렌트 라인 저 '전쟁과 테러'에서 발췌

제11장 붕괴(崩壊)

창세력 제2기 8012년 7월 22일. 카밀 왕국 수도 에크라노.

비는 쉬이 그치지 않았다. 그저 지나가는 비, 스콜이라고 생각했던 것은 하루 종일 쏟아 붓고 다음날까지 줄기차게 내리부었다. 덕분에 7월의 무더운 더위는 비로 인해 사그라졌다. 이곳 시민들이 좋아하는 것은 당연지사였다.

촤아아아—

칼과 하이단은 멍하니 창밖을 통해 비가 쏟아져 내리는 대로를 보았다. 그제 보았던 사람들로 가득 붐비던 때와는 다르게 우비를 걸친 사람들과 짐마차들만이 오갔다.

그때 문이 열리는 소리와 함께 타키안과 길리언이 들어섰다. 창밖을 보던 칼은 재빨리 고개를 돌려 물었다.

"세르피아는?"

타키안의 울적한 표정을 보자니 알 수 있었지만 그렇다고 해도 묻지 않을 수가 없었다. 그렇게라도 묻지 않으면 정말 내리는 비와 같은 심정이 되어버릴 테니 말이다.

아니나 다를까, 타키안은 조용히 고개를 흔들었다. 칼은 벽에 기대며 중얼거렸다.

"역시나인가?"

"흐음……."

꽤나 무거운 신음을 터뜨린 하이단은 혹시나 하여 물었다.

"정신계 마법을 쓰면 안 될까?"

이번에 고개를 흔든 것은 길리언이었다.

"샤이라님이 그러시는데 엘프의 정신 세계는 인간과는 달라서 함부로 쓰면 위험하대요."

"마스터도 못하는 것이 있나?"

칼은 쓴웃음을 지으며 말했다. 길리언은 다시 한 번 고개를 저었다.

"그게 아니고 아직 연구가 부족하시대요. 못하는 건 아니고요."

"……."

칼은 입을 다물었다. 그렇다면 기회가 있으면, 자료만 갖춘다면 쓸 수 있다는 이야기였다. 칼은 침을 꼴깍 삼켰다. 타인에 의해서 꼭두각시가 되는 것은 썩 유쾌한 경험이 아니었다. 혹시나 해서 물은 것인데 충분히 가능성이 있다는 긍정적인 대답에 칼의 상상은 자못 위험한 쪽으로 치닫는 것이다.

"쓸데없는 상상 그만 하게. 내가 샤이라님이라면 자네 같은 얼뜨기 전사에게 마법을 걸 만큼 한가하지 않아."

칼의 낯빛이 점점 변하는 것을 본 하이단은 한마디 던졌고 칼은 와락

인상을 구겼다.

"젠장, 상상도 못하나. 말을 해도 꼭……."

칼이 볼멘 투로 중얼거리는 것을 들은 하이단은 너털웃음을 터뜨리며 창가에서 벗어나 침대에 누웠다. 활짝 열린 창문 너머로 회색 하늘이 보였고 하얀 선들이 지상으로 수없이 치닫는 것이 보였다.

"만 하루째이니… 괜찮으려나."

세르피아가 의식을 잃고 쓰러진 이후로 하루가 지났다. 보통 인간 같으면 그저 걱정으로 끝날 것이나 그녀는 달랐다. 그녀는 엘프이다. 강인한 이성과 정신력으로 무장한 지극히 이성적인 종족. 죽음 앞에서도 초연하고 선과 악을 가장 객관적으로 볼 수 있는 종족이었다. 그런 엘프가 정신을 잃고 쓰러진다는 것 자체가 충격이었다.

"괜찮겠죠 뭐."

"그랬으면 좋겠군."

칼의 말을 받은 하이단은 침대에 벌렁 드러누웠다. 하이단을 바라보던 칼은 의자를 끌고 와 다시 창가에 앉았다. 한동안 말없이 비가 내리는 것을 본 칼은 길리언에게 고개를 돌렸다.

"아직도 세이진님이 거기 계시냐?"

칼과 하이단을 대신하여 창가를 차지했던 타키안은 여전히 밖을 보며 말했다.

"네, 여전히 곁을 지키고 계세요."

성진은 세르피아가 쓰러진 직후부터 줄곧 그녀의 곁을 지키고 있었다. 단 한 번의 움직임도 없이. 지극 정성이라고 표현해야 옳을 것이지만 하이단은 섣불리 그런 단어를 쓸 수 없었다.

"세상에 저렇게 간병하는 사람이 어디 있겠어요?"

"글쎄… 과연 그럴까?"

하이단은 몸을 뒤집어 배를 침대 시트에 대었다. 그러면서 자연스레 턱을 괴었다. 바위 같은 얼굴이 유독 두드러져 보였다.

"자네는 마스터란 무엇이라고 생각하나."

"……."

칼은 입을 다물었다. 칼도 마스터가 대충 어떠하다는 것은 알고 있었다. 그러나 하이단이 물은 의도는 그것이 아니었기에 칼은 말할 수가 없었다.

"그래. 저렇게 지극 정성으로 간병하는 것을 우리는 흔히 '인간적이다' 라고 하지. 하지만 그 인간적이라는 것 자체가 감정의 소산일세. 마스터에게 감정이라니. 얼마나 기막힌 말인가. 마스터란 존재에게 감정은 뭐랄까, 그을음 같은 것이야. 그래, 그을음."

칼은 숨을 죽였다. 타키안과 길리언도 어느새 몸을 돌려 하이단을 보고 있었다.

"강철 위에 앉은 그을음. 손으로 훔치면 곧바로 지워져 버리는 그을음 말이지. 마스터가 만약 슬픔이라는 감정을 느꼈다 하더라도 곧바로 지워 버릴 수 있지."

"이해가 되지 않아요. 지워 버린다는 것이 도대체 어떤 거죠?"

타키안이 물었다. 하이단은 턱을 한차례 쓸었다. 며칠째 수염을 깎지 않아 까슬까슬한 느낌이 손바닥에 스쳤다. 하이단은 습관적으로 몇 번 더 턱을 쓸었다.

"우리는 흔히 불구자를 보고 동정심을 가지지. 오크를 보고 혐오감을 느끼고 오거를 보며 공포에 떨지. 그게 다 뭐라고 생각하지? 죄다 감정의 소산이야. 마스터는 그런 감정의 찌꺼기를 죄다 걷어버릴 수 있지. 그걸 비유하자면 마스터에게는 오크나 인간이나 똑같은 생명체일 뿐이란 말이지."

“……."

칼과 타키안, 길리언은 아무런 말도 할 수 없었다. 그저 조용히 하이단을 볼 때 길리언은 조심스럽게 물었다. 그러나 그의 목소리는 가늘게 떨렸다.

“그럼… 저도 그런가요? 그저 치워 버릴 수 있는, 그런 단순한 것인가요?"

하이단은 조용히 고개를 가로저었다.

“길리언, 사제 관계란 그런 것이 아니야. 스승과 제자의 관계는 그런 감정의 소산 따위는 넘는 관계다. 하물며 마스터에게 있어서 스승과 제자는 가장 강력한 결속이지. 그 어떤 것도, 자신의 영역만을 인정하는 마스터도 네가 위험하다면 그 위험을 철저히 부숴 버릴 것이야. 어찌 보면 넌 세상에서 가장 운 좋은 아이다. 마스터의 제자라니."

하이단의 말에 길리언은 안도의 표정을 지었다.

“내가 말하고 싶은 것은 말이다, 최소한 마스터에 대해 오해하지 않았으면 해서야. 세이진님이 저렇게 세르피아를 간병한다고 해서 그것이 ‘애정’ 이라는 감정 때문에 한 일이 아니라는 것이지. 마스터가 인간의 외형을 띠고 있다고 인간이라 생각하고 대한다면 그것같이 어리석은 일이 없어. 마스터는 인간이 아니야. 마스터란 세상을 홀로 바라볼 수 있는 존재야. 우리는 말이야, 매우 운 좋은 사람들이야. 세이진님에게 믿음을 얻고 있으니 말이지."

이번에는 모두가 고개를 끄덕였다. 하이단은 슬며시 미소를 지었다.

“하지만 그 믿음을 얻기 위해서 나는 믿음을 포기해야 했어. 타키안도 믿음을 포기했지. 두 번 다시 겪고 싶지 않은 일이야."

자신이 신봉하고 있는 것에 대한 불신이야말로 가혹한 것이리라. 신관에게 그 신에 대해 부정하라니. 아무리 진실이라고 하지만 너무나 뼈아

픈 것이었다. 하이단은 그 순간을 생각하면 지금도 가슴 한쪽이 뻐근해
졌다.

칼은 어색한 미소를 지으며 뒤통수를 긁적였다.

"그러고 보니 내 경우에는 얼렁뚱땅 넘어갔군."

하이단과 길리언, 타키안은 의아한 표정으로 칼을 보더니 뭔가를 깨닫
고 웃음을 터뜨렸다. 칼은 성진을 만나고 나서 줄곧 도망 다니다가 어쩌
다 보니 일행에 속해 버린 것이다.

희뿌연 혼몽의 숲 사이로 난 작은 오솔길을 따라 걷는다. 도란도란 들려오는
괴이한 소리와 알 수 없는 발자국 소리만이 음산하게 퍼진다. 칙칙한 물안개가
머리칼이며 얼굴, 몸에 들어붙어 기분 나쁠 무렵, 어느새 오솔길은 거의 끝나갔
다.

숨을 쉬자 앳된 소리가 흘러나온다. 잠시 목을 만졌다. 입을 크게 벌려 말을
하려, 소리를 치려 했지만 소리가 나오지 않는다. 그저 거친 숨소리와 앳된 소리
뿐. 그러나 그렇게 이상하게 느껴지지 않는다. 다만 저 오솔길만은 끝까지 건너
가야 한다는 것만 알 뿐이다.

다시 걷는다. 발 밑으로는 아무런 느낌도 없다. 풀의 감촉도 자갈의 딱딱함
도. 그저 걷고 또 걸을 뿐이다. 오솔길은 끝나간다는 것을 아는데 그 끝이 보이
지 않는다. 도리어 희뿌연 안개 사이로 기괴한 그림자가 나타나 얼쩡거린다. 손
을 휘젓자 그림자가 흩어지며 괴이한 비명을 질러댄다.

낯선 그림자가 나타나도, 낯익은 그림자가 나타나도, 소름 끼치는 그림자가
나타나도 그녀는 손을 휘젓는다. 무언가 할 말이 있는 것 같지만 듣고 싶지 않
다.

점차 오솔길의 끝이 보이기 시작한다. 저 멀리서 여기가 끝이라는 듯 노란 빛
을 뿜는다. 걸음을 더욱 재촉해 걷지만 어차피 속도는 같다. 어차피 당도하는

길. 좀 더 느긋하게 걷는다. 갑자기 커다랗고 시커먼, 이제껏 경험한 그림자 중 가장 짙은 것이 나타났다. 흩어버리기 위해 손을 휘젓자 손이 사라진다. 고통은 없다. 다시 반대쪽 손으로 휘젓자 이번에도 사라진다. 무시하고 지나가려 하자 이번에는 다리가 사라진다.

몸은 어느새 바닥을 구르고 있다. 아무런 느낌도 없다, 단지 안타까울 뿐. 고지가 바로 저기인데, 저곳에만 도착하면 모든 게 끝인데. 되뇌고 되뇌지만 소용이 없다. 이제는 움직일 수 없기 때문이다.

커다랗고 검은 그림자가 잠시 내려다본다. 눈을 돌려보니 그림자의 손에는 이제껏 본 적이 없는 예쁘고 부드러운 팔과 다리가 들려 있다.

"그걸 나에게 줘. 저 끝에 다다를 수 있도록 해줘."

솔직히 그 팔다리가 더욱 탐이 난다. 이제껏 욕심이라고는 없었는데 그것을 보니 왠지 가지고 싶다. 아까 잃어버린, 사라져 버린 팔과 다리는 잊은 지 오래. 단지 저 예쁜 팔다리만 있었으면 좋겠다고 생각한다.

그림자가 천천히 얼굴을 디밀며 웃는다. 컴컴한 얼굴에 더욱 검은 어둠이 미소를 그린다.

"날 믿니? 그럼 이 팔과 다리를 붙여줄게. 대신 나와 함께 가자."

그러자 혼몽의 숲 한쪽 편으로 오솔길이 생기며 다른 빛이 솟아오른다. 지금껏 보았던 노란 빛과 유사한 빛이었지만 다른 느낌을 준다. 잠시 고민하지만 선택할 수 없다. 둘 다 가고 싶은 길. 한쪽은 지금까지 걸었던 길, 다른 한쪽은 예쁜 팔과 다리를 얻을 수 있는 길.

"그냥 주면 안 될까?"

그림자의 얼굴이 더욱 진해지며 천천히 밝아진다. 얼굴 부분에서 어둠이 물러가며 천천히 한 사람의 모습이 떠오른다.

"그건 안 된다, 얘야. 선택하렴."

자애롭게 웃는 얼굴. 그것은 피에 젖은 어머니의 얼굴이었다.

"하악!"

악몽인지 무엇인지, 도대체 알 수 없는 꿈 때문에 그녀의 온몸은 온통 식은땀으로 범벅이 되어 있었다. 성진은 물수건으로 가볍게 세르피아의 이마를 훔쳤다. 눈꺼풀이 파르르 떨리더니 세르피아는 눈을 떴다.

한동안 멍하니 천장을 올려다본 그녀는 자신을 내려다보는 시선을 깨달았다. 세르피아는 시선을 그쪽으로 돌렸다. 유리알 같은 성진의 눈이 들어왔다. 아무런 감정도 읽을 수 없는 눈. 그저 투명할 뿐이다. 그 눈빛에 세르피아는 알지 못할 아픔을 느꼈다.

"혼자 있고 싶네요."

세르피아는 자신을 내려다보는 성진을 애써 외면하였다. 그의 눈을 보면… 너무나 가슴이 아팠다. 그의 곁에 서 있는 샤이라라는 여인마저도 아픔이 되었다. 마스터이기에… 인간이 아니기에.

차라리 그가 인간이었다면, 아니, 인간이었다면 애초에 보지도 못했을 것이다.

도대체 무슨 생각을 떠올린 것인지. 도저히 정리되지 않는 상념에 세르피아는 눈을 질끈 감았다.

그런 세르피아를 내려다본 성진은 물수건으로 세르피아의 이마를 한 번 훔쳤다. 손끝에 세르피아의 몸이 순간 경직되는 것을 모른 척한 성진은 조용히 의자에서 일어섰다.

"그럼 쉬세요."

성진은 방을 빠져나가 방문을 닫았다. 아주 낮게 들리는 한숨 소리를 뒤로한 채.

세르피아가 누워 있는 방을 빠져나온 성진이 마주진 사람은 뜻밖에도 시프 길드의 전령이었다. 이번에는 특이하게도 여관에서 일하는 작은 아이를 통해서였다. 아이가 건네주는 작은 편지를 받은 성진은 칼과 하이단, 샤이라와 두 아이들이 보는 앞에서 개봉하였다.

뜻밖에도 편지 안에는 두 장의 종이가 들어 있었다. 파란색 도료가 스며든 것인지 파란빛을 띤 종이의 겉면에는 '하이단' 이라는 글씨가 써 있었고 다른 한 장은 아무런 표식도 적혀 있지 않았다.

하이단이라고 쓰인 편지지를 하이단에게 건네준 성진은 다른 편지 한 장을 열어 읽어 내려갔다. 하이단은 성진에게 건네받은 종이의 봉인을 뜯지도 않고 주머니 속에 넣었다. 성진이 읽어주는 소식을 일단 듣고 다음에 읽겠다는 생각에서였다. 그것에는 뜻밖에도 두 가지 소식이 적혀 있었는데 하나는 전혀 생각지도 못한 소식이었다.

"흠. 사냥개라고 이름 붙은 귀족가의 추적대가 카밀 왕국의 국경을 넘어 곧장 이곳 에크라노로 향한다고 하는군. 정보 조작을 하려 했지만 접촉조차 하지 않았다고 쓰여 있군."

"사냥개? 추적대?"

칼이 성진의 말을 듣더니 고개를 갸웃거렸다. 귀족가에서 왜 추적대를 보낸 것인지 이해가 되지 않은 것이다. 가만히 옆에서 듣던 샤이라가 칼의 궁금증을 대신 풀어주었다.

"아마도 귀족가에서 세르피아의 존재를 알아차린 모양이네요. 하긴 그 귀신이 소식을 알면 당장에 환장하겠지요."

"귀신?"

길리언이 고개를 갸웃거렸다. 귀신이라는 샤이라의 말에 고개를 갸웃거리던 칼이 뭔가를 깨달았는지 탄성을 내뱉었다.

"아! 혹시 그 귀족가의 귀신?"

칼은 샤이라에게 동의를 구하는 듯한 눈빛을 보냈고 샤이라는 고개를 끄덕였다. 틀리지 않았던 것이다. '에엑? 그게 진짜였나?' 라며 홀로 경악을 연발하던 칼의 옆구리를 하이단은 연신 찔러댔고 칼은 자신이 알고 있던 사실을 털어놓았다. 아니, 알고 있다기보다는 들었던 풍문과 같은 것이었다.

"그러니까 귀족가에서는 오랜 이야기가 있었어요. 과거 엘프 대학살 때 어느 한 귀족이 엘프의 피를 먹고 긴 수명을 얻곤 지금까지 귀족가를 지배한다는 이야기죠. 전 그게 전부 거짓말인 줄 알고 있었거든요."

"아, 나도 그 소문은 들어봤네. 그것 거짓말 아니었나? 난 이야기 꾸미기 좋아하는 호사가가 만든 이야기인 줄 알고 있었네만."

하이단도 칼의 말에 문득 생각났다는 듯 맞장구쳤다. 샤이라가 왼손을 살짝 휘저으며 말했다.

"그건 사실이에요. 그리고 그 귀족의 나이는 올해로 정확히 168세이지요."

"168세……."

샤이라의 말에 일행은 경악하였고 타키안은 168년이라는 시간에 질려버렸는지 그 숫자를 연신 되뇌었다. 샤이라는 고개를 살짝 흔들었다.

"자신에게 주어진 수명 이상으로 산다는 것 자체가 순리를 거스르는 행위예요. 하물며 엘프의 피를 이용한다면 그것은 더 더욱 죄악이지요. 편히 죽고 싶다면 자신에게 주어진 생에 최선을 다하는 게 가장 좋아요. 제게 처단권이 있다면 그자의 뼈를 완전히 가루로 만들어 연체동물처럼 만들어놓겠습니다만 없는 것이 아쉽네요."

협박성 발언이었지만 그 의도를 다들 이해하지 못한 것은 아니었다. 긴 삶은 인간의 오랜 욕망이었다. 누구나 오랜 삶을 살고 싶어하지만 남의 피를 빨아먹으면서까지 168년을 살고 싶진 않았다. 168년이라니. 마스터의 협박은 둘째 치더라도 그 정도 세월은 인간에겐 너무 길었다.

"난 지루해서 못살아."

하이단은 장담하듯 말했고 칼은 고개를 끄덕이는 것으로 무언의 동의를 표했다.

"어쨌든 조심해서 남 줄 것 없으니 주의하면 되겠죠. 그 시프 길드에도 협조를 구하지 않는다니, 이 넓은 에크라노에서 우리를 어떻게 찾겠어요?"

무작정 추적 대상을 찾아 나설 수는 없는 노릇이기에 그들 사냥개라고 이름 붙은 추적대가 일행의 몽타주 같은 것을 지니고 있는 건 당연한 일이었다. 쉐도우 워커와 어쎄신이라는 두 괴물들에게 쫓겨본 경험이 있는 일행들에게는 그야말로 약과였지만 그래도 누군가가 쫓고 있다는 사실은 기분 나쁘기 이를 데 없는 것이었다. 하이단은 '그냥 박살 내버릴까?' 라고 중얼거렸고 칼은 '오십여 명을 이길 수 있겠수?' 라고 되묻자 하이단은 '자네가 방해하지 않으면 된다네' 라고 받아침으로써 칼을 무너뜨렸다.

길리언은 두 번째 소식이 듣고 싶은지 성진을 재촉하였고 성진은 그런 길리언의 머리를 살짝 쓰다듬어 준 다음 다시 종이를 읽어 내려갔다.

"흠. 이번에는 기다리던 소식입니다. 세르피아가 찾는 청공의 활의 소재지가 대충 확인되었습니다. 자세한 정보는 그랑디아 교단의 교황이 알고 있다는군요."

완벽한 정보는 아니었지만 그런대로 만족할 만한 정보였다. 위치를 알고 있는 사람까지 알고 있으니 이제 찾아갈 일만 남은 것이다. 그렇지 않아도 세르피아의 일 때문에 그랑디아 신전에 찾아가야 하는데 번거로운 일을 더는 터라 일행의 마음은 한결 가벼워졌다.

"세르피아님께 알려줘야 하는데, 저렇게 의식을 잃고 있으니……."

길리언은 매우 아쉽다는 듯 말했다. 세르피아가 저 소식을 얼마나 기다렸을까 하는 생각이 떠올랐다. 이제 도착했는데 의식을 잃고 있으니 너무나 안타까운 것이다. 성진은 그런 길리언의 어깨를 한차례 두드렸다.

"그녀는 깨어났단다. 단지 혼자 있고 싶다고 해서 일부러 비켜준 것이란다."

혼자 있고 싶다는 소리에 다들 걱정했지만 깨어났다는 소리는 너무나 반가운 것이었다. 일단 의식을 차렸다면 가장 중요한 고비는 넘긴 것. 그후에 일어날 일은 차차 해결하면 되기 때문이다.

"그럼 세르피아가 나중에 방에서 나오면 그 소식을 알려주는 게 좋겠네요."

아무리 희소식이라도 기분이 나쁠 때 들으면 기쁠 수가 없는 것이다. 칼도 그 점을 잘 알기에 그렇게 말했고 다들 고개를 끄덕이는 것으로 칼의 의견에 동의하였다.

하이단은 그제야 주머니에서 편지를 꺼냈다. 잠시 이리저리 돌려 살핀 하이단은 아무런 표시도 없이 찍힌 밀랍 봉인을 뜯어내고 편지의 첫 대목을 훑어보았다.

"엇! 로슈 영감이 보낸 거잖아?"

"교황님이요?!"

타키안은 놀라 외쳤다. 반갑기도 하고 놀라기도 한 탓이었다. 전혀 생각지도 못한 곳에서, 짐작하지도 못한 때에 도착한 희소식이니 그 감격이 오죽할까. 타키안의 얼굴은 감격으로 가득 차 올랐다. 칼과 길리언도 흥미를 드러내었고 샤이라도 궁금한 듯 하이단 곁으로 다가섰다. 휘라인 교의 교황인 시라이 4세가 보낸 편지라는데 그 누가 관심을 보이지 않겠는가? 잊고 있을지 모르겠지만 하이단은 휘라인 교단의 하이 프리스트였다.

기쁜 표정을 짓던 하이단은 편지를 읽어 내려가는 도중 점차 얼굴색이 바뀌기 시작하였고 종내에는 시뻘겋게 변했다.

"무슨 내용인데요? 저도 보여줘요, 하이단님!"

타키안은 궁금한 듯 보여달라며 펄쩍펄쩍 뛰었지만 하이단과 타키안의 신장 차이는 엄청났다. 기껏 가슴팍에도 오지 않는 신장인데 뛴다고 보일까? 일행은 하이단의 붉어지는 안색 때문에 그 내용이 더욱 궁금해져 갔다.

시뻘겋게 변한 하이단의 얼굴은 편지를 다 읽자마자 편지를 구기기 시작하였다. 종이를 으스러뜨리겠다는 듯 꼭꼭 구기던 하이단은 그래도 분이 풀리지 않는지,

"이놈의 영감탱이가!"

외치고는 구겨진 편지를 쫙쫙 찢어발기는 것이었다. 타키안만이 '어! 어!' 라고 외칠 뿐 다들 놀라 말릴 서도 없이 찢겨진 종이 쪼가리는 하이단의 입속으로 던져졌고 그는 흡사 돌을 씹는 듯 오만 가지 인상을 드러내며 종이를 씹어 삼켜 버렸다.

꿀꺽.

목젖이 아래위로 크게 움직이며 종이라고 일컬어졌던 섬유질덩어리는 하이단의 이에 잘게 씹혀져 그의 위장으로 넘어갔고 칼과 타키안, 길리언은 그 모습을 멍하니 보고만 있었다.

"교, 교황님의 편지가… 로슈님의 편지가……."

상당히 충격받은 듯 타키안은 망연히 중얼거렸다. 10년 동안이나 키워준, 부친 같은 분에게서 온 편지인데 읽어보지도 못했다. 그런 데다가 그 편지의 말로(?)가 매우 충격적이니 타키안의 상처는 오죽할까. 칼은 황당한 듯 물었다.

"도대체 뭐예요?"

하이단은 그제야 조금 진정이 됐는지 험악한 표정을 조금 풀고는 차분히 말했다.

"아무 일도 아니다."

"……."

'정말? 이라고 칼은 묻고 싶었지만 하이단의 부르르 떨리는 주먹을 보자니 도저히 그와 같은 말이 나오지 않았다. 궁금해 죽을 것 같지만 도저히 물을 수 없었다. 하이단은 물어본다고 대답하지도 않을 인간이었고, 그의 배를 째고 위를 열어 편지를 꺼낼 수도 없는 노릇이었기 때문이다.

망연히 '편지가… 편지가…' 라고 중얼거리는 타키안을 길리언은 조용히 그의 어깨를 감싸주었고 하이단은 그것도 먹은 거라고 작은 트림을 뱉고는 방을 빠져나갔다.

방을 나선 하이단은 작게 안도의 한숨을 내쉬었다. 편지지에 적혀진 내용. 그것은 결코 타키안에게 보여줘야 할 성질의 것이 아니었다.

〈타키안 괴롭히면 맞는다.〉

"……."

한두 살 먹은 어린아이도 아니고 그런 내용이나 적어 보내다니. 건강하게 잘 있다는 내용이었지만 그 내용이 구구절절이 그를 구박하는 내용이니 어찌 타키안에게 보여줄 수 있을까. 그것은 하이단의 자존심상 도저히 용납할 수 없는 일이었다. 내심 편지를 씹어 삼켜 버린 것을 잘했다고 생각한 하이단은 여관 식당으로 발을 옮겼다.

이로써 편지에 쓰여진 진실은 하이단의 머리 속과 그의… 위장 속으로 사라져 버렸다.

암행(暗行)에 있어서 비란 친우이거 적과 같았다. 친우라 함은 강우(降雨)로 인해 축소되는 시야와 소음의 은폐라는 것이고 적이라 함은 바로 지속적인 체온 하락이었다. 체온 하락은 온혈 동물에게 있어서 치명적인 적이다. 근육이 굳어지고 판단력이 흐려지는 것은 물론이고 체력을 좀먹어 작전에 매우 악영향을 끼친다.

그러나 이러한 단점을 극복한다면 비란 더할 나위 없는 최고의 방패가 된다. 그렇기에 쉐도우 워커에 있어서 비란 최적의 은폐물이다. 더욱이 비는 기파(氣波)를 교란한다. 날씨가 더욱 나쁘고 천둥 번개까지 동반한다면 생명체가 뿜어내는 생명의 파동을 비는 매우 효과적으로 감춰 버리는 것이다.

그 점에서 오늘 같은 날은 작전을 진행하기에는 천혜의 조건이라고 WN. 17호는 생각했다. 은신하고 있는 쉐도우 워커를 찾을 수 있는 유일한 흔적인 미약한 기파마저 흩어버리는 빗속이라면 그야말로 쉐도우 워커, 어둠을 걷는 자라는 이름에 걸맞게 변하는 것이기 때문이다. 그 말고도 상당수의 쉐도우 워커가 저 빗속을 넘어 어딘가에 은신한 채 그랑디아 신전으로 이동하고 있을 것이다.

─전원, 그 자리에서 대기.

한 가닥 음성이 머리 속에 들린 것과 동시에 WN. 17호는 재빨리 몸을 은폐시켰다. 작전을 진행하고 총괄하는 있는 마스터의 지령이었다. 그들 쉐도우 워커들의 마스터가 아닌 진정한 마스터. 왜 마스터가 그들 작전을 지휘하는지는 모르겠지만 어쨌든 상부의 명령이니 따라야 했다. 그것이 쉐도우 워커의 존재 목적이니 말이다.

대로변 상가 지붕 위에 은신한 터라 대로를 지나다니는 모든 것을 볼 수 있었다. 이따금 방수포를 친 마차만이 대로를 지나다닐 뿐 사람들은

별반 보이지 않았다. 바로 그때 대로 저편에서 빗속을 뚫고 일단의 무리
가 나타났다.

　―기척을 지워라. 마스터가 지나간다.

　'……!'

　말은 할 수 없었지만 WN. 17호는 크게 놀랐다. 마스터라니! 전 대륙
을 통틀어 손에 꼽을 수 있는 마스터가 이곳 에크라노에 무려 둘이나 모
인 것이다. 그러니 놀라지 않을 수가 있나.

　그들 일곱 명은 빗속을 뚫고 빠르게 어디론가로 향하고 있었다. 대략
방향을 가늠해 보니 작전 목표 지점인 그랑디아 신전이었다. 도대체 인
솔하고 있는 마스터가 무슨 생각인지는 모르겠지만 WN. 17호는 이상함
을 느꼈다.

　최초의 작전 명령이 떨어진 것은 일주일 전. 왜 일주일 동안이나 작전
을 지연했는지 이해가 되지 않았다. 혹시 방금 지나간 일곱 명과 관계가
있는 것은 아닐까 하는 생각도 떠올랐다. 그리고 곧바로 그 의문은 지워
졌다. 쉐도우 워커 의식 깊숙한 곳에 스며들어 있는 명령이 작동한 것이
다.

　'의문을 표하지 말라.'

　그것은 어디서든, 언제든 쉐도우 워커 스스로 무언가를 생각했을 때
실행되는 것이었다. 언제 그 같은 생각을 떠올렸냐는 듯 WN. 17호의 머
리 속은 텅 비었고 상관의 명령이 떨어지길 기다리고 있었다.

　일곱 명의 사람들이 대로 저편으로 사라지자 다시 명령이 떨어졌다.

　―가자.

　WN. 17호는 홀연히 빗속으로 사라졌다.

　우의(雨衣)를 입고 빗속을 걷는다는 것은 때로는 재미있는 경험이기도

하였다. 여관에서 빌린 비옷은 상당히 좋은지라 비가 스며들지도 않았
다. 때문에 빗물이 스며들지 않는 한도에서 자유로이 움직일 수 있었다.
머리와 어깨를 두들기는 빗방울의 소리와 느낌은 맨몸으로 비를 맞는 것
과는 상당히 다른 느낌이라 칼은 조금 신났다.

언제 이런 경험을 해볼까. 솔직히 이 우의라는 것도 처음 입어본 것이
다. 최근 나온 신상품이라나 뭐라나. 그전까지만 해도 비가 내리면 무조
건 피하려 뛰거나 그냥 맞고 다녔다. 또는 우산이라는 거추장스럽고 무
겁기 그지없는 것을 쓰고 다녀야만 했다. 불편하게도 말이다. 그것도 없
으면 밀짚을 대충 엮은 불편하기 짝이 없는 것을 걸쳐야만 했다. 때문에
칼은 이 우의라는 것이 꽤나 마음에 들어버렸다. 가볍고 갖춰 입기 간편
하였다. 방수 또한 잘되었다. 거추장스러운 부분도 없어 활동하기도 편
했다. 외견상으로 보아도 로브랑 비슷하였다. 더군다나 입고 비를 맞으
면 색다른 느낌마저 안겨주기에 칼은 돌아가자마자 이 우의라는 것 한
벌 장만해야겠다고 마음먹을 정도였다.

촤아!

물웅덩이를 밟았는지 하이단의 발 밑에서 돌연 물보라가 일었다. 덕분
에 피해 본 것은 칼이었다. 그의 바짓단 부분으로 죄다 튀어버린 것이다.
그러나 칼은 씨익 웃었다. 우의라는 놈은 그가 신고 있는 장화까지 가릴
정도로 길었기 때문이다. 하이단이 만든 둗벼락은 우의를 타고 줄줄 흘
러내렸다.

그 모습을 가만히 본 하이단은 팔을 살짝 흔들며 말했다. 팔 부분의
우의 위에 맺힌 빗물이 튀었다.

"이 우의라는 놈, 상당히 괜찮군. 하나 장만하는 게 어때?"

"저도 그럴 생각이에요."

칼은 맞장구쳤다. 상업에는 젬병긴 칼이 봐도 이것은 크게 성공할 만

한 상품이었다. 칼과 하이단은 곧바로 우의에 관해 어떻게 이 물건이 탄생되었을까 하는 고찰 및 원가와 제조 공정이라는 주제로 토론을 가장한 잡담을 시작하였고 곧 이어 타키안과 길리언이 참여하여 갖가지 상상력이라는 양념이 가미된 무수한 이야기가 진행되었다.

그것은 그랑디아 신전에 도착할 때까지 계속되었고 그들의 허무맹랑한 이야기에 듣다 못한 샤이라가 나서서 명확히 끝을 맺어주지 않았다면 계속되었을 것이다.

"가죽을 무두질해서 기름을 잔뜩 먹이고 그 위에 초 칠한 다음 특수한 약품으로 코팅한 거예요."

"……."

상황을 깨끗이 종료시킨 샤이라는 신전 위로 첫발을 내디뎠고 이어 세르피아, 성진이 차례로 계단을 올랐다. 잠시 샤이라의 뒤를 보던 네 사람들도 서로를 쳐다보더니 재빨리 계단을 오르기 시작하였다.

신전도 비를 맞아 침묵한 도시와 마찬가지로 고요하였다. 몇몇 사제만이 소리없이 걸어다닐 뿐 널따란 신전에는 오직 여신을 찬양하는 석상과 벽화만이 적막함을 메우고 있었다.

일행들은 마른 바닥을 피해 주섬주섬 우의를 벗었다. 일행 중 오로지 세르피아만이 우의 밑에 로브를 쓰고 있을 뿐이었다. 아무리 편하다지만 뭔가를 두르고 있으면 답답한 법이다. 일행은 우의를 벗자 상쾌하다는 내색을 하였지만 그것도 잠시, 웅장한 그랑디아의 신전에 정신없이 빠져들기 시작하였다.

난생처음 타 신전을 방문해 본 타키안과 하이단은 본업이 사제라고 그랑디아 신전의 벽화를 유심히 관찰하기 시작했으며, 마찬가지로 머리털 나고 처음 신전에 와본 길리언은 눈이 휘둥그레진 채 주위를 정신없이 구경하였다. 대륙을 주유하며 신전에서 묵은 경험이 많은 칼만이 태연히 주변을 바라볼 뿐이었다. 물론 언제 봐도 경의감에 싸일 만한 거대한 석조 지붕을 떠받치는 석주(石柱)에서 눈을 떼지는 못했다.

"어머니의 손길이 그대와 함께하시길. 궂은 날씨에도 이렇게 방문해 주시니 감사합니다. 무슨 일로 방문하셨는지요, 형제, 자매님들."

아이보리 빛 사제복을 입은 중년의 여인이 일행에 다가와 말을 건넸다. 샤이라가 나서서 말을 하려던 찰나 세르피아가 한 걸음 나섰다.

"온 누리에 생명을. 교황님을 뵙고자 합니다."

그녀의 말에 두 마스터를 제외한 네 명의 인간들은 깜짝 놀랐다. 아무리 솔직한 엘프라지만 너무 단도직입적이지 않는가. 한 교단의 교황이 그리 쉽게 만날 수 있는 존재가 아니라는 것쯤은 세르피아가 당연히 알고 있을 줄 알았던 그들이었다. 하이단은 당황했고 칼은 무안해했다. 그러나 사제는 세르피아의 말에 온화한 미소를 지어 보였다.

"교황님께서는 지금 중요한 수행 중이라."

함부로 만날 수 없다는 완곡한 표현이었으나 세르피아는 아무래도 상관없다는 듯 표정도 없이 품에서 무언가를 꺼내었다. 손바닥 반만한 크기의 그것은 황금빛으로 주조된 나뭇잎이었다. 매우 정교하게 세공되어 나뭇잎에서 나타나는 특징은 고스란히 스며들어 있었다. 잎맥까지 세세하게 표현했을 정도이니 과연 이것이 금속 세공물인가 하는 의문마저 떠오를 정도였다. 세르피아는 말없이 그것을 사제에게 건네주었고 사제는 의문스럽다는 표정으로 세르피아를 바라보았다.

"그것을 교황님께 보여만 주십시오."

난색을 표하던 여사제는 잠시 세르피아의 눈을 바라보더니 고개를 살짝 숙이며 어디론가 걸어가기 시작하였다. 그녀의 요청을 받아들이기로 결심한 모양이었다.

"좀 기다려야 될 것 같군요."

사제의 뒷모습을 바라보던 샤이라가 말했다. 일행들도 모두 동의했다. 아무런 연고도 없이 그저 증표 하나만 달랑 주고는 교황을 만나보려 시도했다는 것 자체가 놀라운 것이니 말이다. 물론 그 시도 자체가 성공했다는 것 또한 매우 놀라운 것이었다. 그 과정에 걸릴 자못 긴 시간쯤은 감내할 수 있었다. 세르피아가 엘프임을 밝힌다면 즉각 해결될 일이지만 비밀스럽게 일을 진행하고픈 일행이기에 신전을 둘러보며 시간을 보내기로 하였다.

증표에 대해 궁금하게 여기던 길리언은 조심스럽게 세르피아의 곁에 접근하여 물었다.

"저기, 세르피아님, 그 증표가 뭐지요?"

무언가 소중한 것이라는 건 알겠지만 인간의 호기심은 보다 자세한 것을 요한다. 길리언도 인간인지라 그 범주를 벗어나지 못했다. 아니, 그보다는 다른 목적 때문이었다. 세르피아는 고개를 돌려 길리언을 보더니 다시 시선을 돌려 버렸다.

"……."

길리언은 아무 말도 못하고 그녀의 곁을 벗어나 벽화를 보고 있던 타키안 쪽으로 발걸음을 돌렸다. 길리언의 풀이 죽은 표정을 본 타키안은 몇 번 망설이다가 길리언의 귀에 작게 속삭였다.

"세르피아님의 기분이 많이 나쁜가 봐."

타키안은 벽화를 보고 있는 것처럼 보였지만 실은 길리언의 행동을 보고 있었다. 세르피아가 길리언을 무시한 것까지도 곁눈질로 본 것이다.

길리언은 시무룩한 표정으로 말없이 고개를 끄덕였다. 이런 적은 한 번도 없었다. 그렇게 싸늘한 눈빛으로 자신을 바라본 것은. 기분을 풀어 줄까 해서 말을 붙여보았는데 되돌아온 것은 싸늘한 시선이니 말이다. 그것이 못내 가슴 아픈 길리언이었다.

세르피아가 저렇게 변한 것은 쓰러지고 난 이후부터였다. 정확히 말하자면 오늘 낮 점심때가 지날 무렵부터였다.

돌연 방에서 나온 세르피아는 성진이 말해 준 정보를 듣고 '그랑디아 신전으로 가죠'라는 말 한마디를 내뱉고는 지금껏 아무런 말도 없었던 것이다. 길리언이 얼굴에 화색을 띠고 다가가 손을 붙잡았을 때도 그저 말없이 그를 바라보았을 뿐 뿌리치지는 않았지만 그 손은 그전의 온기라고는 전혀 없는 싸늘한 손이었다.

'도대체 갑자기 왜 그런 걸까?'

무슨 일이 있었냐고 성진과 일행들이 여러 번 물었지만 그때마다 세르피아는 말없이 고개를 저을 뿐이었다. 그 자신은 아무리 이상이 없다고 주장해도 지켜보는 사람은 다른 것이다. 하물며 그렇게 애정을 받았던 길리언이 느끼지 못할 리가 있을까? 길리언은 신전의 구석 쪽으로 사라지는 세르피아의 뒷모습을 걱정스레 바라볼 수밖에 없었다. 이 시점에서 그가 할 수 있는 일은 아무것도 없음을 너무나 잘 알기에.

신전의 구석 쪽으로 발걸음을 옮기던 세르피아의 심사도 복잡하기는 마찬가지였다. 자신에게 애정을 갖고 말을 붙이던 길리언의 눈망울이 그녀의 가슴을 아리게 만들었다. 그저 따뜻한 손길로 머리 한 번 쓰다듬어 줬으면 됐으련만. 게일이 말했던 그 말이 자꾸만 떠오르는 것이었다.

'그들 인간을 믿습니까'라는 말이……. 빨갛게 붉어지고 욱신거리는 그녀의 마음 한구석이 편할 리 없는 것이다. 인간을 볼 때마다, 그녀의 일행을 볼 때마다, 길리언의 눈을 볼 때마다, 성진을 볼 때마다, 그의 곁에 있는 샤이라를 볼 때마다.

"하아."

그녀는 작게 한숨을 내쉬었다. 다른 말은 할 수 없었다. 이것은 그녀의 문제, 믿음의 문제였다.

‘이럴 때 그녀가 내 말을 들어준다면.’

세르피아는 이틀 전 만났던 그 늙은 사제를 떠올렸다. 가슴 포근한 따뜻한 말을 꺼내 위로해 주던 그 사제를. 그렇기 때문에 저도 모르게 신전 한구석으로 발걸음을 옮긴 것인지도 모른다. 세르피아는 그녀가 그리웠다. 그녀의 눈은 자연스럽게 편안한 미소를 짓던 그 늙은 사제를 찾기 위해 쉼없이 움직이고 있었다. 그러나 보이는 것은 낯선 사제 몇 명과 이곳저곳 무리 지어 다니는 소수의 신도들뿐, 그녀가 찾고자 하는 인물은 보이지가 않았다. 생각해 보니 그 사제는 인간으로 친다면 나이가 너무 많았다. 거동조차 불편할 정도였으니.

세르피아는 그녀의 행방을 알아보기 위해 다른 사람에게 물어보려 걸음을 옮기기 시작하였다. 일단은 사람들이 많이 모인 곳에서 말을 건넨다면 한두 명쯤은 알아주지 않을까 하는 생각에서였다.

막상 물으려 하자 간간이 보이던 사람들의 종적이 보이지 않았다. 세르피아는 자연스레 신전의 중앙 쪽으로 걸어가기 시작하였고 이윽고 몇 명의 사람들을 발견할 수 있었다. 바로 그녀가 맨 처음 그 늙은 사제와 만났던 장소에서.

비가 닿지 않은 곳에서 신도로 보이는 몇몇의 여인들이 나무를 보며 이야기하고 있었다. 세르피아는 신경 쓰지 않고 지나쳐 가려 했지만 발걸음을 붙잡는 이야기가 예민한 청각을 타고 들려왔다.

“아무튼 기적이라니깐요.”

“맞아요. 곧 죽을병에 걸려서 몇 달 동안 거동조차 못하시던 분이 어떻게 걸어서 나무 밑에 누워 숨을 거두실 수 있는 것인지.”

세르피아는 기이한 예감에 걸음을 멈췄다. 시선은 여전히 나무를 향하고 있었지만 귀로는 여인들의 대화를 듣고 있었다.

“그렇게 평온한 얼굴이셨다면서요?”

"그렇다니까요. 그렇게 고통스러워하셨는데. 그랑디아 여신님의 기적
이라잖아요."

"그분께 상담받으면 정말 편안했었는데. 몹쓸 병에 걸려서 어쩌다
가……."

"교황님께서도 여신님께서 마중 나와 주신 것이라고, 그래서 그렇게
편안한 얼굴을 한 것이라고 말했었잖아요."

세르피아의 시선이 닿는 나무의 가지에는 노란 리본이 매달려 있었다.
가지 하나만 달린 것은 아닌 듯 나무는 초록빛 말고도 노란빛으로 덧칠
되어 있었다. 세르피아는 눈앞이 흐릿해지고 몸이 붕 뜨는 것 같은 착각
이 들었다.

'부의(賻儀)인가. 그렇다면… 죽었단 말이구나.'

인간들의 장례 풍속에 대해 정확히 알지는 못하지만 그래도 대략적인
형식은 알고 있었다. 최소한 그랑디아 교단에서는 죽은 사람을 기억하라
는 의미에서 나무에 노란 리본을 매단다는 것 정도는 알고 있었다. 여인
들이 나누는 이야기의 대상자를 지칭하는 것은 정확히 듣지는 못했지만
확연히 떠오르는 것은 다 빠진 이를 드러내며 포근하게 웃는 사제의 모
습이었다.

그녀는 죽음을 여러 번 보았다. 그녀의 마을, 라프디아 숲에서도 늙은
엘프들이 죽었다. 산 엘프들은 자연사(自然死)한 엘프의 머리칼을 담담
히 추스르고는 그녀를 나무 깊숙이 밀어 넣었다. 목장(木葬)을 행하는 것
이다. 모든 엘프들은 그 모습을 담담히 보았다. 죽은 엘프가 남긴 한 줌
의 머리칼에 모두들 살며시 입 맞추었다.

그리고는 잊는다. 단지 그녀의 머리칼로 만들어진 활 하나가 어린 엘
프의 손에 쥐어질 뿐 죽은 엘프의 혈족도, 지인들도 그저 아무렇지도 않
게 떠나보냈다. 엘프에게 있어서 자연사란 어머니의 품으로 돌아가는 축

복이었으므로.

　세르피아도 그렇게 이미 죽어버린 그 사제를 잊으려 하였다. 사제가 섬기던 그랑디아님의 곁으로 떠난 것이라 생각하고 세르피아는 담담히 발걸음을 돌리려 하였다. 자연사란 축복, 그러므로 슬퍼할 이유가 없었다. 그러나 세르피아는 차마 돌아서지 못했다. 믿을 수 없겠지만 스쳐 간 인간 중에 그녀만은 기억에 남아 있었다. 자꾸만 그 사제의 모습이 떠올랐다.

　엘프는 죽어서 머리칼을 남긴다고 했다.

　인간은 죽어서 기억을 남긴다고 했다.

　그 고언(古言)이 사실인 것인가? 그 늙은 사제의 세월이 가득 담긴 미소가 자꾸만 눈에 아른거렸다. 단 한 번의 만남이었지만 각인되었다. 단 한 번의 대화였지만 기억되었다. 가장 힘들었을 때 위안이 되어주었다는 사실 때문인지도 모르겠지만 자꾸만 세르피아의 눈앞에는 그 노파가 웃고 있었다.

　그렇게 편안한 미소를 지었으면서, 그렇게 따스한 말을 건넸으면서.

　가슴이 뭉클해지고 뜨거워졌다.

　'당신은… 그토록 괴로워했었군요.'

　무슨 말도 할 수 없었다. 어떤 생각도 할 수 없었다. 귓가에는 아직도 두런두런 여인들의 이야기가 들렸지만 무슨 내용인지 알 수가 없었다. 그저, 그저 한 인간의 아픔에 대해 생각할 뿐이었다. 존경심마저 들었다, 나라면 과연 그렇게 할 수 있을까 하는. 그렇게 아픔을 참고 그토록 따뜻한 미소를 떠올릴 수 있을까 하는.

　나무를 보니 그 늙은 사제의 미소가 떠올랐다. 행동이 떠올랐다. 그녀와 마지막을 보낸 것이 바로 자신이라는 생각에 가슴 한구석에서 묘한 감정마저 생겨났다.

그녀의 육신은 깨끗이 화장되어 이곳 나무 주변에 뿌려졌을 것이라는 생각에 세르피아는 빗방울이 떨어지는 나무들이 심어진 곳으로 걸어갔다. 두 손으로는 자연스레 얼굴을 가리고 있는 로브를 벗었다. 삼단 같은 초록 머리칼이 갑갑한 로브를 벗어나 폭포수처럼 물결치며 어깨를 뒤덮는 광경에 마침 그녀를 보고 있던 여인들은 감탄사를 내뱉었다.

세르피아는 비를 머금어 촉촉이 물이 오른 잔디를 밟고 하늘의 은혜를 한껏 받고 있는 나무의 밑에 섰다. 나무 밑은 빗물이 떨어지지 않았다. 대신 나뭇잎 사이사이로 맺힌 굵은 물방울이 연신 머리와 어깨, 얼굴 위로 떨어졌지만 세르피아는 신경 쓰지 않았다. 그저 가지에 묶인 노란 리본을 매만졌다.

그녀의 손놀림에 리본에 맺혀 있던 물방울들이 흔들려 떨어졌다. 작은 한 방울이 그녀의 코에 떨어져 인증을 타고 입술에 맺혔다. 세르피아는 입술을 핥았다. 달콤했다. 마치 이미 가버린, 단 한 번밖에 만나지 않았지만 강렬하게 남아버린 그녀처럼.

그녀는 세르피아에게 베풀기만 하였다. 따뜻한 미소로 그녀의 마음을 안정시켜 주었고 포근한 말로 그녀의 가슴을 어루만져 주었다. 그리고 죽어서도 또 다른 은혜를 베풀었다. 가슴속에 불타오르는 불신과 불안이라는 업화를 식혀주었다. 인간 전체에 대한 미움이 소수에 대한 미움으로 바뀌어갔다. 비록 그것을 그녀가 알지 못할지라도.

세르피아는 나무의 굵직한 줄기에 손바닥을 올렸다. 우둘투둘한 나무껍질 너머로 온화한 사제의 체취가 느껴졌다. 세르피아는 눈을 감고 중얼거렸다.

"당신과 마지막을 함께해서 영광이었습니다. 잘 가세요."

그랑디아 교단의 교황 라 제크 2세는 번민하였다. 그것도 같은 주제로 무려 삼 주 동안이나 말이다.

"허어, 도대체 어떻게 해야 할지……."

라 제크 2세는 끝을 낼 수 없는 고민으로 골머리를 썩였다. 살이 몇 파운드나 빠졌는지 알 수 없었다. 수행이라는 핑계로 방에 틀어박혀 있었다. 식사조차 문 밑에 나 있는 작은 구멍을 통해 들어올 뿐 일절 사람과도 만나지 않았다. 오로지 기도와 고민뿐. 단순한 것 같아도 그간 편한 생활에서 붙었던 군살들이 빠져 버렸다. 손에 잡히던 뱃살이 홀쭉해진 것이다.

저번 6월 24일, 스메티아 교단에서 열렸던 대화합 이후 그는 꿈을 꾸고 있었다. 신의 음성을 듣고 그저 신이 지시하는 대로 따라야겠다고 생각했을 뿐이었다. 그리고 지하 깊숙이 봉인되어 있던 신루를 꺼내 이동을 준비하였다.

그리고 그날 밤 그는 그의 여신을 만났다. 그랑디아를 말이다.

그저 조용히 그의 손을 잡아줬을 뿐이지만 그는 감격에 눈물을 흘렸다. 그리고 깨어났을 때 그는 꿈에서 깼다.

다음날 라 제크 2세는 자신이 신루를 휘라인 교로 보내라는 지시를 한 것을 알았을 때 소스라치게 놀랐다. 그간 그가 며칠 동안 겪은, 단순히 꿈이라고 생각했던 것은 현실이었고 그가 현실이라고 생각했던 것은 꿈이었다. 정확히 말해서 그의 꿈에 여신께서 현몽(現夢)하신 것이었다. 도무지 이해할 수 없는 이 현상에 그는 며칠 동안 고민해야만 했다.

다행히 그는 재빨리 신루를 비밀의 방에 모셔놓고 신전의 무력을 대행하는 스카우터(Scouter)로 하여금 경비하게 하였다. 다시 봉인하고 싶었지만 또 긴 준비 시간이 필요할 뿐더러 그에게 남긴 신의 말씀 때문에 봉인할 수 없었다.

─기다리거라.

단지 한마디. 그의 꿈에 남긴 여신의 말이었다. 그리고 복잡해졌다.
그들 앞에 실지로 나타난 신이 내린 명령과 그가 모시는 여신 그랑디아
가 남긴 말이 서로 상충되는 것이었다. 두 가지 다 거스를 수 없었다. 하
나는 주신(主神) 라이트라스가 친히 내린 명령이었고 하나는 자신이 섬
기는 여신 그랑디아가 남긴 말이었다.

고민에 고민을 거듭하던 라 제크 2세는 수행을 핑계 삼아 수행의 방에
틀어박혔다. 그러기를 오늘로 삼 주째, 아즈까지 번민은 끝나지 않은 것
이다.

그간 그의 업무를 수행하던 대리 사제가 여러 번 문 앞에 서서 물었다.
신루를 보내야 하는지의 여부를. 그때마다 그는 번번이 속 시원한 대답
을 하지 못했다. 그저 아무 말도 하지 않았을 뿐이었다.

주신의 뜻을 따르자면 당장 보내야 했지만 여신의 뜻을 따르자면 보내
지 말아야 했다. 정확히 말하면 무언지를 도르겠지만 기다려야 했다. 그
러던 차에 이 주 전부터 새로운 이우가 적용되어 보내지 말자는 쪽의 의
견이 강해졌다.

카밀 왕국 왕실에서 전언이 온 것이다.

"신루는 그랑디아의 보물, 나아가 카밀 왕국의 보물이다."

적성국 크라인 왕국에 힘이 실릴까 두려워한 말이었지만 그것은 라 제
크 2세에 힘이 되어주었다. 그 의견 때문에 완전히 신의 음성을 마음속
에서 지워 버리려 했지만 현신의 기억이 쉽게 사라질 것인가? 오히려 뚜
렷해지고 강렬해져서 이제는 실지의 고통으로 변해 그를 괴롭혔다.

보내라, 신루를! 어서!

너무나 강렬히 각인되었기에 도저히 무시할 수 없었다. 갈수록 강해져

어떨 때는 멍하니 헛소리마저 하는 것이다. 마음속에 또 하나의 라 제크 2세, 자신이 자라나는 느낌이었다.

"하아."

라 제크 2세는 한숨을 쉬었다. 이렇게 한숨을 쉰다 한들 나아지는 점은 하나도 없었다. 그저 순간적인 위안뿐.

그때 문밖 복도에서 누군가가 걸어오고 있었다. 식사 시간은 지나갔다. 그렇다고 오늘은 대리 사제가 오는 날도 아니었다.

'그럼 누구인가?'

라 제크 2세에게 대답이라도 하는 듯 문밖에 멈춰 선 인물은 조용히 말했다.

"교황님, 제이르노라고 합니다."

제이르노라고 하면 신전의 손님 접대를 담당하고 있는 정식 사제였다. 고아한 품성과 음성 탓에 사람들이 가장 편안해하는 그녀를 라 제크 2세는 잊지 않았었다.

"신전을 방문하신 분께서 이것을 교황님께 전해달라 하시더군요."

제이르노는 황금 나뭇잎을 문 밑에 나 있는 구멍을 통해 안으로 밀어 넣었다. 제이르노는 별반 기대를 하지 않았다. 그저 교황께 보내는 작은 선물쯤으로 생각하였다. 그래서 잠시 문 앞에 기다리다 아무런 말도 하지 않는다면 그냥 돌아갈 참이었다.

그러나 제이르노는 크게 놀라야만 했다.

"제이르노 사제! 이 증표를 주신 분은 지금 어디 있소!"

전혀 기대하지 않았던 목소리가 문 안에서 터져 나왔다. 너무도 놀라 제이르노가 미처 깨닫지 못하였지만 라 제크 2세의 음성은 격동으로 가득 차 있었다. 수행을 시작하면서 한마디도 하지 않는다는 소문을 익히 들었던 차라 그 놀람은 매우 컸다.

"시, 신전의 회랑에 있습니다만.'

제이르노의 입에서 회랑이라는 단어가 나오자마자 언제까지고 굳게 닫혀 있을 줄 알았던 수행의 방문이 벌컥 열리며 삼 주 만에 전혀 달라진 라 제크 2세가 뛰쳐나왔다. 문 앞에 멍하니 서 있는 제이르노에게 간략한 눈인사를 건넨 그는 부리나케 복도를 걸어나갔다. 마치 달릴 수 없는 것이 한이라는 듯이 말이다. 홀로 남겨진 제이르노는 망연히 중얼거렸다.

"도대체… 무슨 일이지?"

교황이라 하면 무엇이 떠오를까. 사전즉 의미로는 '한 교단의 우두머리'를 뜻한다. 그리고 세속적으로는 성스러우면서도 지극히 고결한 분이라는 이미지가 떠오를 것이다. 깨끗하게 세탁된 법복에 새하얀 피부, 탐스럽게 기른 하얀 수염이 얼굴을 덮고 자애로운 미소를 떠올린다. 머리 뒤쪽으로 후광마저 보인다면 더욱 금상첨화였다.

그 점에서 그랑디아 교황은 그러한 사회의 통념과는 동떨어져 있었다.

그것도 매우!

깨끗하게 세탁되어 있어야 할 법복은 이리저리 구겨지다 못해 때가 끼어 누렇게 떠 있었고 짙은 갈색 수염은 그간 깎지 않았는지 엉망이 되어 있었다. 그나마 얼굴과 머리는 매일 씻었는지 봐줄 만한 몰골이었다.

"진짜 교황일까?"

길리언은 타키안의 옆구리를 찌르며 물었다. 길리언도 모르는 것은 아니다. 교황으로 짐작되는 사내를 본 사제들이 사내에게 인사를 하고, 예배드리러 온 신도들도 하나같이 경의를 표했다. 하지만 길리언의 눈에 비친 교황은 너무 지저분하고… 젊어 보였다.

"저분께서 입고 있는 저 옷은 그랑디아 교단에서 오직 교황만이 입을 수 있는 법복이야. 그런데 소문대로 정말 젊어 보이는걸?"

"소문대로?"

길리언이 묻자 타키안은 고개를 끄덕였다. 그는 휘라인 교단의 교황 시라이 4세를 바로 곁에서 시중들던 시동이었다. 비록 알려지지 않았지만 말이다. 어쨌든 그는 교황의 곁에서 시중들면서 많은 것을 보고 배웠다. 그중에서는 각 교단의 인적 사항도 들어 있었다.

"라 제크 2세, 올해 44세로 역대 그랑디아 교단의 교황을 지낸 사람 중 세 번째로 젊은 분이래. 그 과거는 거의 알려지지 않았는데 전대 교황인 라 이노 5세가 친히 후계자로 지명했지. 후계 지명을 한다고 해서 아무나 교황을 하는 것은 아니지만 십중팔구가 떨어진다는 '교위(敎委)의 시련'을 통과하고 교황에 등극한 베일에 싸인 인물이야. 소문으로는 스카우터였다는 거야."

"스카우터?"

길리언이 의문스럽다는 듯 되묻자 타키안은 그에 대해 설명하였다. 그 자신도 자세히 알지는 못하지만 대략적인 설명 정도는 가능하였기 때문이다.

"그랑디아 교단의 무력 대행 집단이야. 라이트라스 교단의 성기사하고 비슷한 성격의 집단이지. 우리가 봤던 레인저들은 바로 스카우터를 본떠 만든 거래."

"에헤?"

길리언이 눈을 동그랗게 떴다. 그렇게 강력한 집단이 본떠 만든 것이라니. 그렇다면 원본은 도대체 얼마나 강하다는 것일까? 그런 길리언의 심정을 이해라도 하는 듯 타키안은 재빨리 고개를 끄덕이고 말을 이었다.

"하여튼 작년 즉위식 때 라 제크 2세가 보인 이적도 종종 회자되지.

그 이적이라는 게 말이야……."

"타키안, 그만 해야 할 것 같다."

옆에서 듣던 칼이 손으로 타키안의 어깨를 톡톡 두들기며 말을 끊었다. 타키안이 왜 그러냐는 표정으로 바라보자 칼이 눈짓을 하였다. 한창 이야기꽃을 피우던 주제가 어느새 그들에게 다가오고 있었기 때문이다.

교황은 주위 사람들을 물리쳤는지 대동하는 사람 하나 없었고 주위를 배회하던 사제들이나 신도들도 없었다. 교황이 다가오는 것을 본 타키안은 입을 다물었고 칼은 일행을 한 번 돌아보았다.

아무리 다른 교단을 믿는 신도라 할지라도 교황(敎皇)을 뵌다면 간소한 예를 취해야 했다. 그것이 예였기 때문이다. 그랑디아 교단의 신도라면 당장 땅바닥에 엎드려 고개를 조아릴 테지만 그들은 그랑디아를 섬기지 않기에 간소한 예만 취하여도 되었다. 그러나 만약 그 간소한 예마저 취하지 않고 무시한다면 상당히 골치 아픈 일이 뒤따랐다.

칼은 간소하게 일행에게 예를 취하는 법을 가르쳐 주었다. 왼손으로 오른쪽 가슴에 손을 대고 오른손으로 복부를 감싸 안고는 살짝 허리를 숙이는 것이었다. 간단한 형식이라 일행은 단 한 번에 이해하였다.

교황이 그들 일행에 가까워지자 타키안과 길리언은 긴장했는지 살짝 얼굴을 굳혔고 칼도 다소 긴장했는지 연신 손바닥으로 옷을 훔쳤다. 샤이라와 성진, 하이단만이 태연할 뿐이었다.

'어라?'

하이단은 태연한 것이 아니었다. 얼굴이 잔뜩 굳은 것이었다. 거기에 교황과 점차 가까워지며 교황의 얼굴이 보다 확연히 알아볼 정도의 거리가 되자 표정을 살짝 구기며 고개를 돌렸다.

왜냐고 묻고 싶었지만 지금 물을 수도 없는 노릇이라 칼은 하이단 옆으로 다가가 팔꿈치로 그의 옆구리를 살짝 찔러주었다. 하이단도 그것을 알아차렸는지 표정을 풀었다. 그러나 여전히 교황의 얼굴을 바로 보지는 않았다.

칼은 대표 격으로 허리를 굽히며 예를 취했다.

"온 누리에 생명을. 뵙게 되어 영광입니다, 예하."

"어머니의 손길이 그대와 함께하길."

인사를 받으며 고개를 숙였던 라 제크 2세는 품에 넣어놓은 황금 나뭇잎을 꺼내 행방을 물으려 하였다. 그러나 그의 시선을 잡아끄는 것이 있었다. 눈앞에 선 일행 중 한 사람이었다. 다소 특이한 행동을 취하는 것이었는데 그의 시선에 닿고 싶지 않다는 듯 얼굴을 돌리는 것이었다. 거기에다 어디선가 본 듯한 모습.

품에 오른손을 집어넣던 라 제크 2세가 움직임을 멈추자 칼과 타키안, 길리언은 이상하다는 표정으로 라 제크 2세의 얼굴을 바라보았다. 라 제크 2세는 무언가 놀라운 것을 봤다는 듯한 표정을 짓고 있었다.

이윽고 라 제크 2세의 굳게 닫혔던 입이 열렸다.

"자네… 혹시 하이단 아닌가? 하이단 마르티어스!"

라 제크 2세의 목소리는 심하게 떨리고 있었다. 고개를 돌려 옆모습조차 제대로 볼 수 없었지만 분명히 그였다. 그 특유의 골격은 절대로 잊지 못하였다.

"유노인가?"

분명했다! 그의 음성, 투박한 질그릇 같은 굵직한 음성! 타인에게 큰 믿음을 가져다 주는 그 음성! 라 제크 2세는 격동에 떨며 외쳤다.

"이 사람아!"

일행은 크게 놀란 눈으로 하이단과 라 제크 2세를 번갈아 보았다. 설마 하니 하이단이 베일에 싸인 인물과 친분이 있었을 줄이야! 그것도 교황과!

하이단 앞에 서 있던 칼은 자연스레 옆으로 비켜섰고 주위에 섰던 일행들도 한 걸음씩 물러섰다. 이제 두 사람은 서로를 보다 자세히 바라볼 수 있었다.

라 제크 2세는 회한에 가득 찬 눈빛으로 하이단을 바라보고 있었고 하이단은 그저 담담한, 아니, 담담해지려 애쓰는 눈빛으로 라 제크 2세를 보고 있었다.

길리언은 그 와중에서도 의문을 느꼈다. 이렇게 소란스러운데 사람들이 왜 몰려오지 않는 걸까? 아무리 교황의 명에 의해 사람들을 물리쳤다고 하지만 소리까지 들을 수 없는 것은 아니었다.

'혹시⋯⋯?'

길리언은 혹시나 하는 생각에 샤이라를 보았고 길리언의 시선을 느낀 샤이라는 살짝 웃어 보였다. 아니나 다를까, 샤이라가 무슨 수를 써서 소리가 번져 나가는 것을 막은 것이다.

평소 같았으면 바로 알아채었을 하이단도 크게 동요했었는지 샤이라의 이런 술수를 눈치 채지 못했다.

하이단의 얼굴 구석구석을 뜯어보던 라 제크 2세의 눈빛은 아련히 변해갔다. 지금 눈앞에 있는 하이단이 아닌 그보다 먼 과거를 보고 있었다.

"많이 변했군."

하이단은 문득 오른손으로 목덜미를 쓸었다. 후텁지근한 것 때문만은 아니었다. 유노의, 아니, 이제는 그랑디아 교단의 교황인 라 제크 2세의 변했다는 말에 지나가 버린 세월을 느낀 것이다.

"그래, 20년이나 흘렀으니까."

지금도 힘이 넘치는 육신이지만 전성기에 비하면 아무것도 아니었다. 20년 전 그때에 비하면.

다시 둘 사이에는 침묵이 흘렀다. 잠시 목을 쓸어보던 하이단은 잊고 싶었던 지난날을 떠올렸다. 그리고 그때의 기억이 열병처럼 머리 속을 잠식하기 시작하였다. 그렇게 수많은 밤 동안 가슴에 묻어놓고 꾹꾹 다져 놓았던 아픈 기억이 콩나무처럼 자라나 하이단의 입 밖으로 튀어나왔다.

"그, 그녀는?"

특별히 누구를 지칭한 것은 아니었다. 그러나 하이단, 라 제크 2세 둘 다 '그녀'가 누군지 알고 있었다. 라 제크 2세는 아무런 말도 할 수 없었다.

"……."

"그때 우린 너무나 젊었어. 다 지난 일이야."

라 제크 2세의 침묵 속에서 무엇을 읽었는지 하이단은 천장을 쳐다보며 회한에 얽힌 목소리로 내뱉었다. 라 제크 2세는 무겁게 고개를 끄덕였다.

"그래, 다 지난 일이지."

칼과 길리언, 타키안은 둘의 대화를 들으며 심상치 않은 것을 느꼈다. 20년 만의 만남. 범상치 않은 두 사람과 얽힌 '그녀'. 특히나 타키안은 평생 독신으로 살 것 같은 하이단에게 그런 비밀이 있는 줄은 꿈에도 몰랐다. 칼도 마찬가지였다. 우락부락한 오거같이 생긴 하이단에게 분홍빛 로맨스가 숨겨져 있었다는 사실이 자못 충격적이기까지 했었다. 그러나…….

'비극이군.'

말을 듣지 않아도 알 수 있었다. 그의 나이 이제 30세에 가까워간다. 사람의 표정을 읽고 그것이 회한인지 기쁨인지 읽지 못하는 바보는 아니었다. 애써 무덤덤해하려는 두 사람이었지만 그 속에 숨겨진 감정을 읽지 못한 것은 아니었다. 물론 두 아이들은 전혀 눈치 챌 수 없었지만.

　호기심 많은 칼이지만 남의 상처를 후비면서까지 죄다 알고 싶지는 않았다. 칼은 오늘 보았던 두 사람의 대화를 잊어버리기로 결심하였다.

　"이런, 내 정신 좀 봐. 자네를 만나 너무 반가웠던 나머지 내 일마저 잊어버렸군. 혹시 이 장식물, 자네 일행 것인가?"

　라 제크 2세는 이제껏 보여주었던 음울한 분위기와는 다르게 처음의 그 쾌활한 목소리로 품에서 황금 나뭇잎을 꺼내어 하이단에게 보여주었다. 하이단은 그 장식을 보며 고개를 끄덕였다.

　"그래, 우리 일행 것이네."

　하이단의 말에 라 제크 2세는 얼굴에 화색을 띠었다. 그간 그를 괴롭혔던 문제의 답이 보일 것만 같았다. 라 제크 2세는 누구냐고 물으려 했지만 하이단은 라 제크 2세가 누구냐고 묻기도 전에 손을 뻗어 세르피아의 위치를 가르쳐 주었다.

　하이단의 손길을 따라 라 제크 2세가 고개를 돌리자 비를 맞고 서 있는 나무 한가운데 웬 인영이 보였다. 녹색의 머리칼이 탐스럽게 어깨를 덮고 있는 여인이었다.

　라 제크 2세는 아무 말도 없이 곧장 몸을 돌려 그쪽으로 걸어가기 시작하였다. 길리언이 성진의 곁으로 다가가 물었다.

　"따라가야 되지 않을까요?"

　"아니다. 세르피아의 일이니 우리가 들어서는 안 될 것 같구나."

　"하지만… 일행이잖아요."

　칼과 하이단의 심정도 같았다. 말로 표현하지만 않았을 뿐이었다. 성진은 길리언의 머리를 쓸어주며 그에 답했다.

　"그래, 우리는 일행이지. 많은 것을 공유한 사람들이지. 하지만 그 나름대로 사정이 있고 서로에게 밝힐 수 있는 것과 없는 것이 있단다. 하물며 그녀는 인간과 다른 엘프야. 인간의 척도로 그녀의 일을 거들어주겠

다며 간섭한다면 호의로 받아들여지지 않을 수도 있단다. 인간도 마찬가
지지만. 그녀의 일은 그녀의 일. 도움이 필요하면 우리에게 말할 것이야.
우리는 그녀가 필요로 하는 것만을 도와주면 된단다.”

성진의 말에 길리언은 살짝 고개를 끄덕였다.

칼은 슬며시 하이단의 곁에 다가섰다. 여전히 교황의 등 뒤를 눈으로
좇고 있는 하이단에게 칼은 짐짓 지나가는 투로 말했다.

“술이라도 한잔 어떻수?”

“…그럴까?”

“헤헤, 혹시 아우, 세이진님이 취해 주정 부리는 것 볼지도.”

“하핫! 그것 기가 막힌 광경이겠군.”

하이단은 자신의 기분을 풀어주려는 듯 말하는 칼의 어깨에 팔을 걸쳤
다.

‘술이라.’

그래, 이런 기분에는 술만큼 좋은 것이 또 어디 있을까. 혹시 아나, 칼
의 말마따나 성진이 주정 부리는 것을 보게 될지도. 하이단은 그렇게 생
각하고는 꿀꿀한 기분을 날려 버리기 위해 술의 그 씁쓰레하면서도 기분
좋게 만드는 마력(魔力)을 떠올렸다.

그러나 그것이 그들의 생각처럼 쉬이 될 것인가는 두고 봐야 알 일이
었다.

“어머니의 따님이십니까?”

세르피아는 등 뒤로 누군가가 다가오는 것을 알고 있었지만 신경 쓰지
않았다. 만약 자신에게 목적이 있는 사람이라면 분명히 그러한 기색을
보일 테니 말이다. 과연 다가온 사람은 그녀의 정체에 대해 물었고 그녀
는 돌아서서 고개를 끄덕였다.

“맞습니다.”

“그렇군요.”

확인차 물어본 것이지만 긍정적인 대답을 들으니 라 제크 2세는 기쁘기 그지없었다. 외견상 얼핏 보기에는 인간같이 보이지만 두개골의 골격이 인간과는 다른 특색을 보였다. 그것은 그가 선대 교황으로부터 들었던 라디아 엘프 족의 특성과 매우 유사하였다. 거기다 풍겨오는 기운. 그것은 분명 어머니의 향기였다. 숲의 딸이 가진 고유한 향기.

“유폐가 풀렸습니까?”

“네, 마스터의 협조로 인해서요.”

“축하드립니다.”

라프디아 숲이 닫혀 버린 지 200여 년. 대륙에서 라디아 엘프 족이 사라져 버린 지 100년 만에 나타난 엘프였다. 달리 무슨 할 말이 있을까. 축하한다는 말밖에는 할 수가 없었다.

“돌려받으러 왔습니다.”

정확히 지칭하지는 않았지만 무엇인지는 알았다. 그간 그 물건 때문에 얼마나 괴로웠었는지 선대 교황의 회고록어 보면 절절히 기록되어 있었으니 말이다. 선대 교황뿐 아니라 그도 꽤나 신경 쓰였었다.

“주인께 돌려 드리는 것은 당연한 거지요. 다만 그간 보관자로서 묻고 싶은 말이 있습니다. 대답해 주실 수 있으신지.”

“얼마든지요.”

세르피아는 고개를 끄덕였다.

“어떤 목적에 사용하실 생각입니까?”

그랑디아의 신성력에는 상대의 심경을 어렴풋이나마 읽을 수 있는 능력이 있었다. 고요한 바다 같지만 그 깊은 곳에서는 뜨거운 활화산이 터질 날만 기다리고 있는 것이 라 제크 2세에게는 보였다.

"복수해야 합니다. 힘이 필요합니다."

촤아아아—

나무가 심어진 열린 천장으로 비가 쏟아지고 있었다. 다소 가늘어진 빗줄기라 할지라도 교황의 두 어깨를 적시는 데는 충분하였다. 7월 여름에 내리붓는 비는 따뜻하지만 라 제크 2세에게는 그것은 매우 차갑게 느껴졌다. 무슨 말을 해야 할까. 복수라……

"대상을 물어도 될지."

"인간 전체에게 죄를 묻고 싶지만 전 소수를 전체에 확대 적용하는 우는 범하고 싶지 않습니다. 100년이 지나 버린 일이니 인간들에게는 오랜 세월. 제 어머님을 직접 죽여 모든 일의 시발점이 된 크라인 왕국의 왕가에 그 죄를 물을까 합니다."

라 제크 2세의 텁수룩하게 자라난 구레나룻을 타고 빗물이 흘렀다. 목덜미를 타고 가슴을 차갑게 적셨다. 기쁨은 온데간데없이 이제는 무거운 걱정만이 가슴을 눌렀다. 신루에 대해 한시름 놓나 싶었는데 크라인 왕족을 죽이겠다니. 더는 것이 아니라 보태는 것이었다.

신기를 손에 넣는다면 그 능력은 대번에 마스터와 비등할 만한 것. 충분히 크라인 왕가의 혈족들을 죽일 수 있을 것이다. 그러나 그렇게 된다면 당장 대륙에 전운(戰雲)이 감돌 것이다. 그리고 신기에 대한 정보를 파악할 것이고 그랑디아 신전에 그 화살을 돌릴 것이다. 그리고 결국 카밀 왕국과의 전쟁.

최악의 시나리오지만 그렇게 되지 말라는 법도 없다. 오히려 가장 현실적인 것이었다. 그렇다고 주지 않을 수도 없는 노릇. 원주인에게 돌려주기 위해 100여 년 동안 보관하였던 교황의 사명이었다. 라 제크 2세는 한숨을 삼켰다.

"돌려 드리겠습니다. 원주인에게 돌아가는 것은 당연한 것. 그간 신기를 보관하였던 보관자로서의 소임을 충실히 행했다는 점에 여신께 감사를 올려야 하겠습니다."

운명은 이미 그의 손을 떠나갔으니 지켜볼 수밖에 없었다.

'인간들이 죽는다면 그것 또한 여신의 뜻.'

라 제크 2세는 그리 생각할 수밖에 없었다. 라 제크 2세는 허리를 살짝 숙이며 말했다.

"그럼, 신기를 양도하기 위해 안내하겠습니다."

그랑디아 교단의 총본산, 이곳 에크라노에 자리 잡은 신전의 보안은 대륙을 통틀어서 손꼽힐 정도로 훌륭하다. 모든 극비 문서를 비롯해 자료는 지하에 있고 신전의 지상에서 지하로 통하는 통로는 단 하나밖에 존재하지 않았다. 교단의 특수 무력 대행 단체인 스카우터에 의해 철저하게 그 통로 전체가 감시되고 마법적 효과를 이용한 침입에 대항하기 위해 강력한 신성 결계로 지하 비밀 창고는 철저히 보호받았다.

그것도 모자라 혹시나 땅굴을 이용해 침입할지 모르기에 비고의 벽을 이중 삼중으로 만들었으며 그 곁은 석회, 화강암, 신성력을 잔뜩 부여받아 강철보다 단단하다는 신목(神木)으로 보호되어 있었다. 수해를 방지하기 위해 자체 배수 시설 및 밀폐 시설을 갖추고 있었으니 신전을 통째로 박살 내지 않는 한 지하 비밀 비고로의 침입은 거의 불가능에 가까웠다.

그러나 이러한 완벽한 보안도 지금 맥없이 뚫리고 있었다. 보안이 얼마나 철통같은지를 잘 알고 있는 스카우터 안드리오는 지금 눈앞에 보이는 현실을 믿을 수가 없었다.

"크악!"

"케엑!"

혹독한 훈련을 받으며 쌓아왔던 그간의 무력도, 신성력도 아무런 힘을 쓸 수 없었다. 검은 그림자가 덮치기 전 푸른 빛이 번뜩이고 나면 스카우터들은 맥이 빠져 버린 듯 우두커니 서 있을 뿐이었다. 그리고 나서 검은 그림자들이 덮쳐 오면 한 가닥 나직한 비명을 내뱉고는 쓰러져 버렸다.

죽었는지 살았는지도 알 수 없었다. 혈흔은 보이지 않으니 말이다. 하지만, 하지만 말이다.

'이렇게 허무할 정도로 쓰러져 버리기 위해 피를 토할 정도로 훈련받은 것은 아니라고!'

그 자신에 대한 외침일지 침입자에 대한 외침일지는 모르겠지만 아무튼 스카우터들은 결사적으로 저항하였다. 그러나 저 푸른 빛, 저 푸른 빛이 번뜩이고 나면 스카우터들은 맥없이 쓰러졌다.

수백을 가지고 수천 보병과 맞서 싸울 수 있다고 여겨지는 기사단과 붙어도 승산을 알 수 없을 만큼 강력한 스카우터들이 맥없이 쓰러지고 있었다.

"가라! 안드리오! 밖에 알려!"

그의 상관이자 3분대를 책임지고 있는 분대장 맥스가 벽면을 때리며 안드리오에게 소리쳤다. 그러자 돌이 엇갈리는 '크르릉' 거리는 소리와 함께 한쪽 구석이 열리며 시커먼 입을 드러냈다. 주변에 있던 스카우터들도 다 같이 고개를 끄덕였다.

밖에 알려야 했다. 지금 이곳이 공격당하고 있다면 지상에 있을 신루가 안치된 곳도 안전하지 못했다. 아니, 이곳과 마찬가지로 공격당하고 있을지도 몰랐다. 외부에 알려 도움을 청해야 했다.

스카우터조차도 상대할 수 없을 만큼 강력한 적이 침입했다고!

"안 됩니다! 혼자 갈 순 없습니다!"

"이런 병신새끼! 다 죽기 전에 어서 튀어가!"

맥스는 안드리오의 엉덩이를 걷어차 비밀 통로로 밀어 넣고는 재빨리 입구를 폐쇄시켜 버렸다.

"안 됩니다! 분대장님!"

검은 아가리가 입을 다물기 직전 안드리오의 애절한 절규가 맥스의 마음을 한없이 자극하였다. 안드리오를 보낸 것은 당연한 것이었다. 그는 신참, 이제 갓 스카우터의 일원이 된 햇병아리였다. 맥스의 결정에 아무런 이의도 달지 않았다.

1분대는 무너진 지 오래고 이제 2분대도 무너지려 하고 있었다. 어떻게 알고 왔는지 전력이 가장 약화되는 교대 시간에 귀신같이 침입했다. 외부 경계망과 직접 연결된 1분대를 어떻게 제압했는지 경보조차 울리지 않았다.

'젠장! 좀 더 밝았다면!'

좀 더 밝아야지만 스카우터의 장기인 궁술을 써먹을 수 있었다. 통로 안에는 횃불로 언제나 환하게 밝혔다. 그런데 지금은 침입자들이 횃불을 차례로 꺼뜨리며 진입하고 있었다. 어두운 상태에서도 활을 쏠 수는 있었지만 아군과 어울려 전투를 벌이고 있는 상태라 자칫 아군에게 치명적인 피해를 끼칠 수도 있었다.

'이렇게 된다면!'

맥스는 이를 악물었다.

"1조 앞으로, 2조, 3조, 화살 재!"

맥스의 뜻을 알아차렸는지 분대원들은 이를 악물고 맥스의 명령을 재빨리 옮겼다. 어차피 2분대는 쓰러질 것이다. 그렇다면 그동안 적에게 확실히 타격을 줄 수 있는 작전을 써먹어야 했다. 맥스의 지령에 따라 1조의 셋이 나란히 서 통로를 가로막았고 2조, 3조 대원들이 크로스 보우(Cross Bow)를 꺼내 화살을 재었다. 맥스 자신도 허리에 매단 크로스 보우를 꺼내 화살을 재었다.

1, 2분대도 막지 못한 것을 3분대가 막을 수 없는 노릇이었다. 이렇게 될 바에야 하나라도 확실히 피해를 주는 것이 나은 판단이었다. 2분대원들이 바닥에 모두 쓰러지고 난 다음 3분대원들을 향해 침입자들이 덮쳐 올 때 그때가 기회였다.

2분대원들이 만약 3분대의 행동을 보았다면 협조할 것이다. 그리고 2분대원은 그의 기대에 충실히 부흥하였다.

"여신께 영광을!"

최후까지 저항하던 2분대원이 쓰러지며 허리춤에서 무언가를 꺼내 휘둘렀다.

번쩍!

그의 손에서 뿌려진 것은 가루였지만 가루는 밝은 빛을 만들어냈다. 일순 통로 안이 밝아졌고 맥스는 소리쳤다.

"숙여! 쏴!"

'숙여' 라는 말은 1조에게 한 말이었고 '쏴' 라는 명령은 활을 재던 2, 3조원에게 한 말이었다. 하나 맥스가 소리치기도 전에 1조 대원들은 몸을 숙였고 2, 3조 대원과 맥스는 동시에 화살을 날렸다.

촤촤촤!

일곱 발의 볼트(Bolt)가 좁은 통로를 가득 메우며 날아갔다. 신성력까지 스며든 볼트는 무지막지한 파괴력을 갖췄다는 사실이 무색하게 아름다운 노란빛 잔광을 뿌리며 침입자들을 덮쳤다.

그러나 맥스를 비롯하여 3분대원들은 화살이 침입자들을 응징하는 것을 보기도 전에 두 번째 화살을 재어 쏴보기도 전에 푸른 빛을 맞고 정신을 잃어야만 했다.

"역시 스카우터인가?"

마지막 공격은 조금 위협적이었다. 쓰러진 맥스를 바라보던 게일은 손에 들고 있던 화살을 맥스의 머리맡에 내려놓았다.

―쫓아갈까요?

곁에 선 쉐도우 워커 중 한 명이 수신호로 게일에게 물었다. 게일은 고개를 흔들었다.

"그냥 놔둬. 어차피 그렇게 했을 참이었으니. 그것보다 명령대로 했나?"

―네, 전원 기절시켰습니다. 다만 마지막 공격에 한 명이 부상당했습니다.

부상이라 할지라도 일반인에게는 중상이었을 것이다. 스카우터의 신성력이 담긴 활에 맞는다면 맞는 부위가 폭발해 버리니 말이다. 쉐도우 워커니 살아 있는 것이지 거동은 할 수 없을 것이다. 팔이라면 그나마 괜찮겠지만 다리라면……

"부상자 외 1명 대기. 나머지는 안으로 들어간다. 이동."

저들 스스로 알아서 처리할 것이다. 게일은 나는 듯 통로를 타고 그 끝을 향해 뛰자 검은 그림자 쉐도우 워커들이 그 뒤를 쫓았다. 그 끝에는 그가 목표로 하는 청공의 활(Bow of the Blue Sky)이 있었다. 태초에 혼란에 빠진 그녀의 딸들을 구원하고자 신이 내렸다는 무기. 쿠르시아 엘프 족의 '대지의 창(Spear of the Earth)'과는 또 다른 신의 무기. 그것을 얻어야 했다.

여는 순간 눈에 확연히 들어오는 붉은색 도료로 통로에 선이 그려져 있었다. 그것은 이후로는 교황만이 출입할 수 있다는 경고 표식. 게일과 쉐도우 워커는 그 경계선을 넘어 여전히 달렸다.

허락되지 않은 존재들이 들어오자 신성 결계가 노란빛을 발하며 발동하기 시작하였다. 통로 전체가 노란빛으로 물들더니 가벼운 진동이 일어났다.

우르르르르.

신성 결계의 발동. 침입자에게 신벌을 내린다는 그런 전설적인 결계였지만 채 완전히 발동되기도 전에 게일의 손에 의해 침묵하였다.

거침없이 달리며 휘두르는 손에서 뻗어 나간 보이지 않은 암류(暗流)가 결계의 근간을 이루는 신성 문자를 파괴하고 뒤틀어 버렸다.

트드득거리며 통로의 벽면과 천장이 뜯겨져 나가며 결계가 흉물스럽게 드러났고 일부는 게일의 힘에 의해 통째로 찢겨졌다. 발동하기도 전에 부숴 버리는 통에 결계는 그 설계자의 의도는 하나도 충족시키지 못한 채 박살나 버렸다.

이윽고 통로의 끝 비고의 문에 도달하였다. 충만한 신성력으로 보호받는 이곳은 침입자의 진입을 절대 불허한다는 듯 굳건히 비고를 지키고 있었다.

"교황의 신성력과 인장 없이는 열지 못한다던가?"

게일은 재미있다는 투로 중얼거렸다. 제아무리 강력한 보안 장치라도 마스터 앞에서는 무용지물이었다. 게일의 손이 초록 빛으로 휩싸이기 시작하였다. 강력한 에너지가 응집되면서 손 주위의 공간이 조금씩 왜곡되어 일그러져 보였다. 쉐도우 워커들은 게일의 곁에서 벗어나 멀찌감치 떨어졌다.

게일은 손을 신성력에 의해 보호받고 있는 단단한 석제 문에 푸딩마냥 가볍게 찔러 넣었다. 게일은 신성력의 고유한 파장과 천천히 힘을 동조시켜 나갔다.

문에서 뿜어져 나오는 노란 빛은 점점 거세지기 시작하였고 게일의 힘과 신성력의 동조율이 일치하기 시작하면서 커다란 진동이 일어나기 시작하였다.

우우우웅—

이윽고 석제 문은 그 한계를 넘은 듯 격렬한 진동과 함께 귀퉁이부터 천천히 균열이 일기 시작하더니 종내에는 '쾅' 소리와 함께 무너져 내렸다.

먼지조차 일지 않을 만큼 깨끗이 박살나 버린 문을 넘은 게일은 빛이라고는 조금도 없는, 어둠만이 가득 메운 창고 안을 천천히 둘러보았다. 엘프의 나이트 비전은 어둠을 대낮같이 볼 수 있게끔 하였다.

"이것인가?"

게일은 무언가를 손에 쥐었다. 은빛 막대기. 손바닥 안에 쏙 들어갈 만한 막대기였다. 금속 재질로 이루어졌는지 은빛 광택을 띠고 있었고 손으로 쥐어도 가볍게 쥐일 만큼 작고 가벼웠다. 하나 금속이라고 생각하기에는 따뜻한 기운이 감돌았다.

"이것이 청공의 활(Bow of the Blue Sky)이군. 신력(神力)이라······."

오직 엘프만이 쓸 수 있는 신기. 게일이 손에 쥐고 집중하자 막대기의 양쪽 끝에서 노란 빛이 쏟아져 나오며 활대를 이루기 시작하였다. 빛의 알갱이들이 소용돌이치면서 천천히 그 형상을 이루어 나가며 막대기는 손잡이가 되었고 양끝에 빛으로 이루어진 활대가 만들어지면서 비로소 활이라 부를 만한 것으로 바뀌었다. 청공의 활은 100여 년 만에 깨어나 기이한 진동을 내뱉으며 용틀임하였다.

어둠을 가르며 노란 빛을 뿜어내는 활. 진정 청공의 활이라 부를 만한 아름다운 광경이었다. 그러나 무기의 본래 주안점은 미적 외관보다는 그 효용성과 위력. 아직은 알 수 없었다.

"시범으로 한 대 날려봐야겠지?"

게일은 활을 들어 천장에 겨누었다.

"이쯤이 회랑의 한복판이겠군."

활을 겨누었지만 화살이 없었다. 잠시 난감해하던 게일은 무슨 생각에서였는지 시위가 달려 있을 만한 공간에 손을 가져갔다.

그러자 작은 스파크와 함께 게일의 손에서 푸른 빛으로 회오리치는 화살이 만들어졌다. 일정한 형태 없이 일렁이는 빛들이 이리저리 움직이며 물결치는 화살을 물끄러미 바라본 게일은 빛으로 만들어진 시위를 놓았다.

"용서하소서."

무엇에 대한 용서인지 알 수는 없지만 게일은 중얼거렸다. 그러나 그의 눈은 보고 있었다.

지하의 구속을 뚫고 짙게 깔린 구름 너머 푸른 하늘을 꿰뚫려는 듯.

최초의 징후를 알아차린 것은 샤이라였다. 일행과 담소 도중 발 밑에서 거대한 에너지의 유동을 느낀 것이다. 성진이 다치지 않았더라면 샤이라보다 뛰어난 기감(氣感)으로 좀 더 일찍 알아차릴 수 있었겠지만 아쉽게도 영의 상흔은 마스터로서의 성진의 능력을 거의 구속하고 있었다.

한창 일행과 대화를 나누고 있던 샤이라는 이 느낌에 고개를 갸웃거렸다.

"이상한데요? 이건 마치……."

신전 전체를 감싸는 신성 결계에 가로막혀 희미하지만 그것은 분명 에너지의 유동이었다. 그것도 매우 강력한.

드드드드—

에너지의 유동은 점점 강렬해지기 시작하였고 이윽고 일반인이 느낄 정도가 되었다. 신전 전체가 미미하게 흔들리기 시작하였다. 이 괴이한 변고에 사제들과 신도들은 당황한 듯 어찌할 바를 모르고 허둥대고 있었다.

"지진입니까?"

칼도 매우 당황한 듯 얼떨결에 샤이라어게 물었다. 샤이라가 단호히
고개를 흔들었다. 칼 그 자신도 이것이 지진이 아니라는 것을 잘 알고 있
었다. 카밀 왕국의 수도 에크라노의 지반은 매우 안정적이었다. 최후의
지진에 대한 기록이 무려 900년 전으로 거슬러 올라가는 것이다. 그것도
그저 컵에 담긴 물이 미비하게 흔들릴 정도라고 했으니 지금 이 진동이
지진이라면 고대 에크라노가 터를 닦기 시작한 이후 최대의 지진일 정도
였다.

그때 지하의 거대한 에너지가 지상으로 용솟음치는 것을 느낀 샤이라
가 손을 휘두르며 외쳤다.

"엎드려요!"

샤이라의 외침에 칼과 하이단은 두 아이들을 각기 감싸며 엎드렸고 성
진은 샤이라의 곁에 다가섰다. 샤이라의 뜻이 움직이는 순간 마력은 곧
힘으로 변화되어 일행의 주변을 겹겹이 둘러싸게 되었고, 이윽고 반구형
의 투명한 실드(Shield)가 완성되었다.

콰쾅!

굉음과 함께 대리석으로 깔끔하게 꾸며진 회랑의 한가운데가 돌연 부
풀어 오르더니 엄청난 양의 토사와 함께 폭발하듯 터져 올랐다. 그리고
그 한가운데서 샤이라가 느꼈던 에너지인 듯한 거대한 빛의 기둥이 맹렬
한 기세로 회랑을 지나 신전의 천장을 뚫어버렸다. 대리석은 그 엄청난
힘에 조각조각 부서져 버렸고 토사와 함께 주변으로 휘몰아치기 시작하
였다.

"크악!"

"까악!"

힘이 지나간 자리에 만들어진 엄청난 압력이 더불어 회랑을 덮쳤다.
압력은 고스란히 대기에 전달되었고 대기는 미친 듯이 꿈틀대더니 이윽

고 회랑 안에 작지만 강력한 폭풍으로 다시 태어났다. 토사와 파편은 바람과 함께 신도들과 사제들을 덮쳤고 사람들은 그 무지막지한 공세에 비명을 지르며 바닥에 뒹굴어야만 했다. 회랑은 단번에 아수라장으로 변하였다.

그래도 그나마 다행이었다. 사람이 딛고 서 있던 부분은 압력을 덜 받는 부분이었다. 사람의 키를 훌쩍 넘는 웅장한 조각상과 목을 꺾어 올려 보아야 할 곳에 위치한 벽화들은 잔혹한 바람의 갈퀴에 파괴되어 버렸다. 웅장한 조각상은 둔기에 얻어맞은 듯 구조상의 취약한 부분이 깨져 나가더니 쓰러졌고 벽화들은 파열음과 함께 뜯겨져 나갔다.

일행은 실드 안에서 무사히 재앙을 피할 수 있었다. 그 와중에서도 칼은 놀라운 것을 볼 수 있었다. 빛의 기둥은 신전의 천장을 뚫고 하늘에 짙게 깔린 회백색 구름 한가운데를 관통하였다. 무지막지한 힘의 파장 탓인지 구름이 강제로 흩어지고 있었다. 구름마저 찢어발길 만한 힘이 지나간 자리에 남은 것은 푸른 하늘이었다. 평화로워 보이는 푸른 하늘. 그 광경에 칼은 뭐라 표현할 수 없는 심정에 사로잡혔고, 어느 순간 문득 중얼거렸다.

"청공(靑空)……."

하이단과 칼, 길리언도 칼의 말에 그의 시선을 따라갔다. 그리고 아수라장이 되어버린 회랑과 구멍이 뚫려 버린 천장 너머로 보이는 하늘 사이에 느껴지는 커다란 괴리감에 휩싸였다.

"도대체 이건……."

숫제 표현할 수 없었다. 도대체 어떤 힘이 이런 엄청난 이적을 만들어 내는 것인가. 도대체 얼마나 강력한 힘이기에 수십 수백 미터 깊이의 지반을 뚫고 구름을 찢어버리고 푸른 하늘을 보이게 할 수 있을까. 힘의 현실적 한계를 너무나도 잘 알고 있는 칼과 하이단의 얼굴은 딱딱하게 굳었다.

사람들은 길게 느꼈지만 폭풍이 사그라지는 것은 매우 짧은 순간이었다. 그러나 그 짧은 순간에 회랑은 그전과 비교할 수 없을 정도로 철저하게 파괴되었다. 여신의 위용을 표현했던 석상과 업적을 기렸던, 값으로 따질 수 없을 만큼 값진 예술품이 가루가 되어 회랑을 뒹굴었다. 최고의 사치 공예라 일컬어지던 스테인드글라스로 표현한 여신의 모습도 한낱 유리 조각으로 변해 버렸다.

"맙소사!"

비교적 빨리 정신 차린 사제들은 회랑을 보며 할 말을 잃었고 그나마 굳은 심지를 가진 사제들은 가까운 주변 사람들부터 치료했지만 이 변고에 얼이 빠진 듯 하나같이 멍한 표정만 지을 뿐이었다.

갑작스런 재앙. 크라인 왕국을 떠나와 100년 동안 쌓아 올린 그랑디아 신전의 유산이 한순간에 사라져 버렸다. 분노조차 일지 않았다. 마른 하늘에 날벼락. 그저 허탈할 뿐이었다. 그나마 한 가지는 확실하였다. 비록 파괴된 유산은 일부분에 지나지 않았지만 그와 같은 일이 또 일어난다면 이제 어찌 될지는 아무도 몰랐다.

그리고 그들을 비웃기라도 하는 듯 바닥을 울리는 두 번째 징조가 일어났다.

사정은 세르피아가 있던 곳도 마찬가지였다. 아니, 오히려 더욱 위험했다. 눈이 멀어져 버릴 것 같은 빛의 기둥이 하늘로 사라진 직후 거대한 굉음과 몰아닥친 폭풍은 살인 흉기와 맞먹는 파편을 동반하고 있었다. 거기에 폭풍이 가장 큰 힘을 떨치는 가장자리라 그 위력은 어마어마했다.

만약 세르피아가 재빨리 주위의 염(念)을 끌어 모아 바람의 정령 라미

실드를 소환하지 않았다면 나무의 줄기에 박힐 만큼 맹렬한 파편에 온몸이 찢겨져 나갔을지도 몰랐다.

"오, 신이여!"

라 제크 2세는 이 돌연한 변고에 어찌할 바를 몰랐다. 세르피아가 바람의 정령으로 보호해 놓은 구역 안에서만 발을 동동 굴릴 뿐 아무런 행동도 취할 수 없었다. 그는 아무것도 할 수 없다는 무력감에 치를 떨어야만 했다.

순식간에 덮친 재앙은 두 사람에게 혼란만 안겨주었다. 더군다나 한 명은 교단을 총괄한다는 교황, 원인도 모른 채 받아들여진 결과란 사람에게 꽤나 충격적이기 마련이었다. 라 제크 2세는 멍하니 주위를 둘러보았다.

폭풍이 잦아든 직후 주변은 아주 초토화되었다. 깨끗하고 성결해 보였던 신전 내부는 토사에 검붉게 물들어 있었고 복도를 장식하던 예술 작품들은 죄다 쓰러져 박살나 흉물스럽게 변하였다. 그나마 다행인 것은 예배 온 신도가 평소 때보다 적었다는 점이었다. 그렇지 않았다면 상상조차 하기 싫을 정도로 끔찍한 대참사가 벌어졌을지도 몰랐다.

그때 지하 비고로 향하는 벽면의 한쪽이 열리며 사람이 튀어나왔다. 라 제크 2세는 순간 나타난 사람이 바로 지하 비고를 담당하던 스카우터라는 것을 알아채고 달려갔다. 그 스카우터는 황폐화된 주변 상황에 상당히 놀랐는지 잠시 멍하니 바라보더니 곧 라 제크 2세를 발견하곤 무릎을 꿇었다. 바로 탈출했던 스카우터 안드리오였다.

"예하! 괴한들이 지하 비고를 습격했습니다!"

"뭣이라!"

수천 년간 쌓아온 그랑디아 교단의 모든 것이 담겨져 있는 곳. 그 어떠한 적의 접근도 불허한다는 그곳. 더군다나 빛이 터져 나온 곳은 회랑,

그 지하 수백 피트 밑은 바로 그랑디아 교단의 지하 비고가 자리 잡은 곳이었다. 사단이 나도 크게 난 것이다. 더군다나 스카우터 한 명이 비보를 알리기 위해 도망칠 정도라면 침입자는 이루 말할 수 없을 정도로 강력한 상대. 놀란 라 제크 2세의 가슴 한구석이 사늘해졌다.

"당장 스카우터의 본대에 연락해 지하 비고와 신루의 경비를 강화해라!"

"알겠습니다!"

라 제크의 명령을 받은 스카우터는 곧장 달려갔다. 어찌할지를 잠시 망설이던 라 제크 2세는 지하 비고 안으로 들어가기로 결심했는지 치렁치렁한 소매를 찢어버렸다.

찌익—

권위와 자애를 상징하던 교황의 법복 소개가 찢겨져 떨어졌다. 결연한 표정을 지은 라 제크 2세는 세르피아에게 고개를 돌렸다.

"갑작스러운 변고 때문에 신기의 양도가 조금 늦어지는 듯합니다. 괴한이 침입한 곳에 신기가 있습니다. 뭐라 드릴 말씀이 없습니다."

그 자신의 탓도 아니었다. 그런데도 라 제크 2세는 무척 죄송하다는 듯 그녀에게 고개를 숙여 보였다. 전에는 코아도 이해하지 못했던 행동. 가장 중요한 것을 누가 노린다는 혼란 속에서도 불구하고 라 제크 2세는 그녀를 배려하고 있었다.

그것에 그녀는 큰 혼란을 느꼈다. 어려울 때 빛나는 인간의 배려, 편안할 때 드러내는 인간의 탐욕. 두 가지의 서로 상반된 욕구.

'인간. 알 수가 없구나.'

심사가 복잡해지는 것을 느낀 세르피아는 애써 그 같은 생각을 가라앉혔다. 지금같이 위중한 때 현실적으로 도움이 되지 않는 문제를 고민하는 것은 명백한 손실이었다. 특히나 그녀, 자신에게 관계된 문제인만큼 냉정한 이성으로 사태를 파악해야 했다. 세르피아는 막 지하 비고로 진입하려는 라 제크 2세를 붙잡았다.

"아무래도 이상합니다. 잠시 생각할 여유를 가져 보세요."

라 제크 2세는 어이없다는 눈빛을 띠었다. 지하 비고가 습격당했다. 그런데 생각할 이성이라니. 보통의 인간이라면 이미 이성 따위는 날려 버리고 쫓아갔어야 정상이었다. 아무리 엘프가 냉철하지만 이 상황에서 이렇게 여유를 부린다는 것이 라 제크 2세로서는 어이가 없었다. 그러나 세르피아의 가라앉은 눈빛에 라 제크 2세는 심화로 달아오른 머리 속이 조금 차가워지는 것 같았다.

"아무래도 이상하군요. 무언가를 노린다면 이렇게 큰 소란을 피울 필요가 있을까요?"

세르피아의 질문에 라 제크 2세의 이성이 화들짝 놀랐다. 그 자신도 순간 뭔가가 이상하다는 것을 느꼈기 때문이었다.

객관적으로 생각해 봐도 그랑디아 교단의 교황인 자신이라도 스카우터를 이끌고 지하 비고에 침입한다는 것 자체가 불가능하였다. 지하 비고는 절대 구역. 신성 결계는 그 모든 힘을 배제하였다. 최근 신루를 밖으로 가지고 나와 신성 결계를 유지하는 힘의 근간인 신루가 없어 다소 약화되었기는 하지만 마스터가 아닌 이상 지하 비고를 뚫는 것 자체가 어불성설이었다.

'무언가를 노린다?'

그러나 무언가를 노린다면 이렇게 큰 소란을 피울 필요는 없다. 신을 섬기는 신전을 파괴한 간 큰 녀석들이 행하는 일이라고 생각해 볼 때 뭔가 미흡했다. 이것은 마치 의도적으로 관심을 끄는 것 같았다.

'신루(神淚)!'

교단 최고의 보물, 나아가 세상을 뒤흔들 수 있는 힘이 담긴 신의 중

표. 생각도 하기 싫은 가정이었지만 그럴 가능성조차 없는 것은 아니었다. 신루가 빠져나가 결계의 힘이 약해진 지하 비고를 습격해 소란을 피운 것이라면, 더군다나 습격자가 만약 마스터라면!

"큰일이다! 설마, 신루를!"

라 제크 2세가 순간적으로 도출해 낸 결론에 놀라 부르짖을 때 세르피아는 발 밑이 미약하게 흔들리는 것을 느꼈다. 그것이 미약하다고 생각했을 때 어느덧 인간들도 느낄 만큼 크게 흔들렸고 바닥에 아름답게 깔린 대리석들이 덜그덕 소리를 내며 흔들리기 시작하였다.

신전의 석주의 틈에서 미세한 먼지가 떨어지기 시작하였으며 천장에서는 좀 전의 폭풍에 타격받았는지 돌 조각들이 머리로 떨어져 내렸다. 세르피아와 라 제크 2세는 순간 서로를 바라보았고 그것이 좀 전에 느꼈던 그것과 매우 유사하다는 것을 느꼈다.

'설마 하니……!'

뭐라 말을 뱉을 틈도 없었다. 라 제크 2세는 한껏 신성력을 끌어 모아 퍼뜨리며 신성어(神聖語)를 외치고 세르피아는 다시 염(念)을 모아 바람의 정령 라미실드를 소환하였다.

"옴 데카!"

라 제크 2세의 진언(眞言)─신성어에 따라 두 사람의 주위에 '신의 은총으로 화(禍)로부터 너희를 보호하노라' 라는 뜻이 담긴 광막이 펼쳐졌고 세르피아의 라미실드가 두 사람을 기점으로 고속 회전을 하기 시작하였다.

그리고 그와 동시에 두 번째 빛의 기둥이 회랑의 한구석을 뚫고 솟구쳤다.

콰광!

샤이라라면 좀 전에 비해 그 힘이 다소 약하다는 것을 알고 있겠지만 그렇지 않은 사람에게는 그전이나 이번이나 똑같았다. 아니, 오히려 더욱 끔찍했다. 모르고 겪는 일과 알면서 겪을 일은 천지 차이였다.

쿠르르르—

광파(光波)는 이번에도 여지없이 신전을 관통하였고 다시 폭풍이 휩쓸었다. 다만 조금 다른 것이 있다면 라 제크 2세의 신성법으로 주위에 피해가 미치지 않는다는 것이었다. 라 제크 2세의 힘이 미치는 곳에 도달한 폭풍은 언제 그랬냐는 듯 양순한 바람으로 바뀌었고 날카로운 독니를 드러내던 파편들도 바닥으로 후드득 떨어졌다. 그러나 그 같은 일을 행한 당사자는 크게 노호한 목소리로 외쳤다.

"저쪽은 신루가 안치된 곳! 이놈들!"

*　　　　*　　　　*

바로 그 시각. 에크라노 남동쪽으로 50㎞ 부근.

잔잔한 비가 태양의 혹서(酷暑)를 잠재운 지 이틀. 에크라노가 자리 잡은 거대한 평원 지평선 너머로 이글거리던 아지랑이들은 하늘의 은혜에 감동하여 모두 숨어버렸으며 초목들은 말라비틀어진 잎을 촉촉이 적셨다.

동물들은 때 아닌 빗줄기에 몸을 식히며 환희에 떨었다. 모두가 그 은혜를 칭송하며 이름 높여 부르기를 주저하지 않았으나 지금 이들은 정말이지 그놈의 비가 지긋지긋했다.

가랑비가 추적추적 내리는 평원을 가로지르는 일단의 무리가 있었다. 오십쯤으로 짐작되는 기마병들이 평원을 가로지르고 있었다. 지금 이들이 가로지르는 평원은 정규 가도가 놓여 있지 않은, 말 그대로 허허벌판. 어찌하여 이들은 지금 이런 곳을 지나고 있을까?

"에라, 씨바. 재수 좆도 없군."

좋은 심성의 사람들이 아닌 듯 말 하나에도 푸념과 된소리가 섞여 있었다. 대열 중간에 끼어 있던 사내가 머리를 덮고 있던 방수포를 연신 만지작거리며 욕지기를 내뱉고 있었다. 아마도 그의 몸을 덮고 있는 방수포에 구멍이 난 듯하였다.

"어이구, 내 신세. 좆도 불쌍하군."

계속 빗물이 흘러 들어와 머리를 적시자 천을 꺼내 들어 구멍을 틀어막은 사내가 한숨 섞인 푸념을 털어놓았다. 그러자 옆에서 천천히 말을 모는 사내가 조용히 속삭였다.

"병신, 좀 닥쳐라. 네놈 때문에 나까지 죽기는 싫어."

"새끼, 소심하기는."

사내의 답에 속삭인 사내가 발끈하기는 하였지만 말고삐를 움켜쥔 손이 하얗게 질리도록 움켜쥐고 만 사내는 침묵하였다. 시원하게 쏘아붙여 준 사내도 실은 '소심하다' 라고 표현한다면 마찬가지 범주에 속했다. 그걸 알기에 면박을 받은 사내도 아무 말 하지 않은 것이라.

그도 그럴 것이 그들의 대장이라는 작자가 시끄럽다는 이유로 목을 쳐버린 동료가 있었기 때문이다. 워낙 압도적인 실력을 갖추고 있는지라 불만이 있어도 말할 수 없었다. 자기 목이 날아가는 것은 결코 사양하고 싶은 것이었다.

"정지! 잠시 휴식을 취한다!"

선두 무리가 작은 숲을 발견하고는 소리쳤다. 숲이라. 몸을 숨겨주고 비를 피하기 좋은 곳이다. 다만 진흙이 질척거리는 곳에 들어선다면 짜증나기는 하지만. 어쨌든 쉰다는 것 자체가 좋은 것 아닌가? 모두가 지쳐 있을 때였다.

아닌 게 아니라 사람도 그렇고 말도 그렇고 모두의 몸에서 허연 김이

모락모락 솟아나고 있었다. 이들이 단련된 용병이 아니었다면 진작 골병이 나도 날 터였다.

"오늘도 빗속에서 잔다면 정말이지……."

사내의 중얼거림에 눈썹에 붉은 상처가 난 사내가 어깨를 두드리며 말했다.

"재수없는 소리 좀 하지 마라. 안 그래도 골병나겠으니."

이들은 다름 아닌 세르피아를 쫓아 이곳 카밀 왕국까지 온 추적대였다. 그전까지의 여정은 비교적 순탄했는데 요 며칠 전 국경에서 행한 그들의 우두머리 드골 백작의 충동적인 살인—아니! 도대체 국경 수비대원을 죽여서 어쩌자고!—때문에 공공 가도를 피해 외딴 곳만을 골라서 달려야만 했다. 카밀 왕국 남부가 평원이라 행보에 별문제는 없었지만 평원에서 휘몰아치는 열기와 계속되는 야영은 일행의 심력과 체력을 좀먹어갔다. 거기에다 이젠 비까지 내리니. 바로 어제 겪었던 빗속의 야영은 사내 일생 중 가장 불쾌한 밤이었다.

그뿐만이 아니었다. 다른 용병들도 지칠 대로 지쳐 다들 한 가지 소원만을 생각했다.

'제발 오늘 밤은 지붕 밑에서 잤으면!'

그러나 현실적으로 불가능했다. 그나마 바람이 있다면 그저 마른 땅에서 편히 자보는 것. 하나 하늘을 보아하니 순순히 그쳐 줄 비가 아닌 듯했다. 애초부터 지금 시기에 비가 온다는 것 자체가 이상했다. 카밀 왕국 출신의 한 용병 말에 따르자면 자기가 지금껏 살아오면서 7월에 이틀에 걸쳐 비가 온 적은 이번이 처음이라는 것이었다.

비는 생명과 재생이라는 의미를 담고 있지만 전장에서는 다르다. 전장에서 비란 죽음, 공포, 암흑, 사신과 같은 음울한 의미이다. 전장에서의 비란 최악이다. 대지를 무르게 하여 기마의 움직임을 원활하지 못하게 하고 물과 함께 더러운 것이 들어가 상처를 덧나게 한다. 체온을 떨어뜨리고 근육을 굳힌다.

때문에 용병들에게 비란 불길함의 상징이었다. 때문에 때 아닌 7월에 이틀에 걸쳐 내리붓는 비란 그리 좋은 느낌의 것이 아니었다.

"젠장. 좀 쉬자."

속옷까지 다 젖은 마당에 뭘 가릴 것이 있나. 사내는 나무 밑으로 걸음을 옮겼다. 곁을 지나는 한 사내가 기침을 연신 터뜨렸다. 그저 머리 위로 빗방울이 적게 떨어지면 좋을 것 같았다. 아무리 날씨가 괜찮은 7월이라고 하지만 계속 비를 맞다가는 감기 걸리기 딱 좋았다. 7월에 감기라니. 사내는 쓴웃음을 지으며 앉으려 무릎을 굽혔다. 그때 그는 이상한 것을 보았다.

"어?"

에크라노가 보이는 탁 트인 평원 저편에서 무언가 하얀 빛줄기가 긴 꼬리를 끌며 하늘에 솟구치는 것을 본 것이다. 하늘을 가득 메우던 회색 구름이 관통된 지점으로 심하게 일그러지더니 그 틈 사이로 파란 하늘이 열리는 것이 아닌가?

"저게 뭐야!"

그만이 본 것은 아닌 듯 많은 용병들이 놀라 부르짖었다. 곧 이어 두 번째 섬광이 하늘을 찔렀고 사내는 눈을 끔뻑이며 넋을 잃고 바라보았다.

＊　　　　＊　　　　＊

에크라노의 하늘을 꿰뚫은 두 발의 섬광은 도시를 그야말로 발칵 뒤집히게 만들었다. 엄청난 에너지가 비를 뿌려대는 구름을 관통하여 푸른 하늘이 보이게 만들었으니 오죽할까. 마법사들과 인근의 신관, 왕족과 귀족, 평민 가릴 것 없이 이 변고에 경악해야만 했다.

하늘을 꿰뚫어 구름이 걷히는 이적을 목도한 사람들은 신의 재앙이니, 혹은 신의 축복이니라고 서로 상반된 의견을 주장하였다. 한여름의 이틀 동안의 강우도 예사롭지 않은 징조이거늘 하늘을 꿰뚫는 섬광이라니.

도시는 그야말로 경악과 혼란의 도가니에 빠져들기 시작하였다. 사람들도 호기심에 이끌려 너나 할 것 없이 거리에 뛰쳐나왔다. 얼마 안 가 진원지가 그랑디아 대신전이라는 것이 밝혀졌고 사람들은 광장으로 모여들기 시작하였다.

대륙을 뒤흔드는 바람. 바람은 이제 라프디아 숲에서 시작해 라프델을 넘어 에크라노에 다다랐다.

두 번째 섬광이 신전을 뒤흔든 후 상황은 그야말로 최악으로 치달았다. 첫 번째에 용케 무사했던 사람들도 두 번째 폭풍에 휩쓸려 대부분 정신을 잃고 쓰러졌다. 샤이라는 철저히 일행만을 보호하였다. 충분히 모두를 보호할 만한 힘을 가졌어도 말이다. 길리언과 타키안의 애타는 눈빛에도 아랑곳하지 않고 그녀는 그저 일행만을 보호하였다.

하이단에게 들어서 알고 있었다. 하지만 은근히 생각하였다. 막상 불행이 닥치면 주위 사람들까지 구원할 것이라고. 하나 샤이라는 그런 두 아이들의 생각을 철저히 외면하였다. 무시하였다. 폭풍 속에 휘말려 파편을 맞으며 피를 뿌리는 사람들의 모습을 그저 지켜봤다.

"……."

뭐라 할 말이 없었다. 그리고 확연히 깨달았다.

마스터란 인간이 아니다. 인간이 아니었다.

그것은 마스터를 우상으로, 정의의 사도로 여기는 두 아이들에게 안겨 주는 잔혹한 현실의 교훈이었다. 칼도 두 아이들의 심정을 충분히 이해하였다. 그러나 나서지는 않았다. 혈기에 이끌려 무턱대고 설치기에는 그는 너무나도 큰 교훈을 예전에 얻었었다.

폭풍이 걷히자 이번에는 다른 것이 일행을 위협하였다. 샤이라의 감각에 걸려들지 않은 채 돌연 신전으로 난입한 자들. 마스터의 이목조차 속일 정도의 은신술을 자랑하는 쉐도우 워커들이었다.

신전 구석구석 배치되는 것을 느낀 샤이라는 일행들에게 경고하였다.

"준비하세요. 쉐도우 워커들이 주위에 자리 잡았습니다. 수는 아홉."

신전의 강탈자라면 상관하지 않을 것이었다. 그들이 보물을 노렸다면 그저 그러려니 보고만 말았을 것이다. 신전의 재산이 강탈당한 것이지 그녀의 일이 아니었기 때문이다. 그러나 지금 이자들은 그녀가 익히 느꼈던 파동, 쉐도우 워커들이었다. 거기에 그들에게 적의까지 띠고 있었다. 마스터까지 암살했었던 쉐도우 워커. 아무런 사전 지식 없이 닥쳤다가는 마스터로서의 능력을 거의 발휘하지 못하는 성진이나 오러 유저 급의 하이단, 오러 유저조차 아닌 칼이 상대하기에는 너무나도 강한 상대였다.

'어떻게 할까.'

그녀는 잠시 고민하였다. 이대로 만들어놓은 실드 안에 있는다면 설사 드래곤이 온다 하더라도 막아낼 자신이 있었다. 그녀는 충분히 그럴 만한 능력을 가진 존재. 다만 저 쉐도우 워커를 그대로 내버려 두기에는 세상의 섭리가 용서치 않았다.

그녀가 잠시 고민하는 사이 쉐도우 워커들은 샤이라를 경계 대상 1호로 인식, 절차에 따라 통솔자의 명령 없이 자체 행동 강령에 의한 '제거'

를 시작하였다. 그 폭풍 속에서 일행을 실드 하나로 굳건히 지킬 정도니 작전에 큰 지장이 있을 것을 판단한 것이다.

9인의 쉐도우 워커는 실드를 부숴 버리기 위해 덮쳐 왔다. 인간 최악의 병기라고 후세 사가들이 명한 아홉 개의 그림자가 잔혹이라는 이름과는 전혀 다르게 아름다운 곡선을 그리며 닥쳐왔다. 손에서는 마법같이 하얗게 빛나는 송곳니가 삐져 나왔고 신비로운 월광을 뿌리기 시작하였다. 마스터인 성진이나 샤이라만 그 종적을 볼 뿐 하이단조차 그림자가 다가온다고 느끼는 순간 아홉의 부드러운 절삭음과 함께 소리도 없이 쉐도우 워커들이 도로 튕겨져 나갔다.

—……!

표현하지는 않았지만 매우 놀랐다. 그들이 휘두른 단도가 실드를 부드럽게 파고들더니 강렬한 힘에 몸까지 튕겨 나간 것이다. 그런 실드는 듣도 보도 못한 것이었다. 예상은 했었지만 마법사는 그 예상을 뛰어넘고 있었다.

잠시 망설이던 샤이라에게 쉐도우 워커의 이런 행동은 오히려 그녀의 결단에 도움을 주었다. 쉐도우 워커로서는 매우 불행이 아닐 수 없지만 말이다.

'역시 없애야 하겠지.'

어차피 쉐도우 워커란 세상에 불필요한 존재. 샤이라는 그들을 멸하기로 결심하였다.

"하는 겁니까?"

성진의 돌연한 질문에 샤이라는 성진을 보았다. 어떻게 알았을까. 마스터는 마스터끼리 읽어 내릴 수 없다.

"어떻게 알았지요?"

성진은 살짝 고개를 갸웃거렸다.

"글쎄요. 그런 예감이 들었습니다."

그 자신도 알지 못한다는 뜻. 샤이라는 눈을 반짝였다.

"당신, 매우 흥미롭군요."

─아무래도 '예정'을 바꿔야 할 것 같군요.

샤이라는 중간까지 말하다 끊고 뜻으로 전했다. 다른 사람에게는 알리고 싶지 않다는 뜻. 그 '예정'이라는 것이 뭔지는 모르겠지만 상당히 비밀스러운 듯하였다.

"실드 밖으로 나오지 마세요. 성진, 당신도요."

긴박한 상황과는 다르게 샤이라는 여유 넘치는 목소리로 눈웃음을 치며 말했다. 성진은 쓴웃음을 머금고 고개를 끄덕였다. 기본적인 힘 운용은 가능하지만 창생력의 운용은 불가능했다. 마스터조차 죽인다는 저들, 쉐도우 워커들이 성진의 그러한 사정을 용서할까. 현 사정을 고려해 봤을 때 두세 명이라면 어떻게 상대하겠지만 아마도 저들은 샤이라를 피해 그부터 덮칠 가능성이 매우 컸다. 글머리를 썩고 싶지 않다면, 죽고 싶지 않다면 실드 밖으로 걸어나가는 만용 따위는 부리지 않는 게 좋았다.

샤이라가 실드 밖으로 빠져나왔어도 실드는 여전히 유지되었다. 아니, 도리어 실드 밖으로 다른 빛깔의 투명한 또 한 겹의 실드가 덧씌워졌다.

마스터는 자비롭다. 그러나 적에게는 냉혹하다. 샤이라의 말이 끝나자마자 무시무시한 기세와 함께 대기가 진동하기 시작하였다. 이렇게 기세를 펼치지 않아도 그녀는 충분히 강했다. 그러나 이런 무력 시위를 하는 이유는 적에게 압박감을 주기 위함이었다. 쉐도우 워커들은 기본적으로 감정이 거세된 존재. 하나 마스터의 무력 시위는 이성마저 질리게 할 정도로 충분히 위협적이었다.

'어떻게 제압할까?'

마법은 주로 원거리 공격을 지향한다. 그것은 고도의 계산을 요하는 마법의 특성 때문이다. 범위가 좁아들수록 공식은 점점 차수가 높아지고 그에 따라 마력을 제어하기 요원해져 가기 때문이었다. 일정 범위를 정해놓고 마법을 퍼붓는 것과 바늘만한 범위에 같은 마법을 발현시킬 때의 난이도는 천지 차이인 것이다. 때문에 마법이란 보호할 곳이 많은 협소한 장소와 기물이 많은 곳에서 사용하기에는 적합하지 않다.

이곳은 신전. 주위에는 보호해야 할 것 천지이며 쓰러진 사람조차 고려해야 한다. 함부로 관여하지 않는 마스터이지만 함부로 생명을 앗아가지도 않는다.

샤이라는 결국 마법사들이 가장 꺼려하는 형태로 싸울 것을 결심하였다. 로브 속으로 손을 집어넣었다 밖으로 뺐을 때 그녀의 오른손에는 도저히 그 안에 들어 있을 수 없을 길이의 지팡이가 들려 있었다.

뒤에서 그녀를 지켜보던 길리언은 샤이라가 어떻게 싸울 것인지를 직감했다. 마법사가 근접전이라니. 터무니없는 판단이었다. 아무리 마스터라지만 저건 무리다!

"괜찮을까요?"

길리언은 성진에게 묻지 않을 수 없었다.

"글쎄다. 모르겠구나."

성진은 담담히 고개를 흔들었다. 성진도 그녀가 어떻게 싸울 것인지를 짐작하지 못했다. 같은 마스터의 경지에 들어섰다 하지만 들어서는 과정이 전혀 달랐다.

성진의 말에 하이단과 칼은 말문이 막힌 듯 입만 뻥긋거렸다. 안타까운 현실이지만 일행의 명줄을 쥐고 있는 것은 현재 샤이라. 그녀가 무모하게 행동한다면 그만큼 일행은 더욱 위험해지기 마련이었다.

"마법사가 근접전이라니. 듣도 보도 못한 거라고."

결국 칼은 작은 소리로 투덜거릴 수밖에 없었다.

그녀는 몸 길이만한 지팡이를 한 번 손으로 쓰다듬더니 대리석 바닥에 강하게 찍었다.

쾅!

그러자 대리석 바닥에 구멍이 파이며 지팡이가 꽂혔다. 그리고는 대리석을 꿰뚫은 부분부터 천천히 파란 전기가 파지직거리며 거슬러 오르기 시작하였다. 샤이라는 웃으며 말했다.

"그럼, 각오하세요."

투기는 더욱 강해졌다. 기절한 사람들이 몸을 움찔거릴 정도니 직접 맞는 쉐도우 워커들은 오죽하랴. 살갗이 아려오는 따가운 투기를 결국 견디다 못한 쉐도우 워커들은 일제히 몸을 날려 샤이라를 덮쳤다.

파파팟!

마법적 효과를 이용해 특수 처리된 강인한 근력에서 뿜어져 나오는 힘. 그것은 쉐도우 워커의 육체를 오러 유저 이상으로 끌어올렸다. 인체가 견딜 수 없는 수준까지 움직일 수 있는―그러나 성진의 움직임에는 절대 미치지 못한다―영역까지 도달하였다.

수십 야드의 거리는 지척이나 마찬가지였다. 상대는 마법사, 마스터라지만 마법사이기에 근거리에는 약할 것이란 판단이었다. 거기다 9인의 쉐도우 워커라면 어떻게든 상대할 수 있다는 속셈!

그러나 그런 그들의 판단은 철저히 잘못된 것이었다. 그들이 움직이자마자 동시에 샤이라도 뛰었다. 그리고 믿을 수 없게도 그들 사이의 거리는 제로가 되었다.

가장 앞선 쉐도우 워커, WN. 17호는 눈앞으로 날아오는 지팡이를 보았다. 파란 뇌전이 아름답게 불꽃을 피우는 것 따위는 감흥이 되지 않았다. 그저 반사적으로 상체를 뒤틀어 피할 뿐이었다. 귓가로 스쳐 가는 지팡이에서 흐르는 뇌전은 WN. 17호의 귀를 익혀 버렸고 WN. 17호의 뇌에 충격을 주었다. WN. 17호의 이성은 순간 끊겼고 다리가 풀리더니 주저앉았다. 그리고 그의 어깨 너머로 동료 쉐도우 워커들이 샤이라의 머리를 향해 파랗게 선 단검을 휘둘렀다.

쉐에엑!

대기를 가르는 소리. 그녀는 살며시 웃었다. 애초부터 육체로 마주치려 하지 않았다. 그녀는 어디까지나 마법사. 마법으로 마스터의 경지에 오른 인물이었다. 여자의 육체로, 마법사의 육체로 온갖 보조 마법을 걸면 어지간한 수준의 전사는 이길 수 있겠지만 쉐도우 워커 정도의 전사는 절대 이길 수 없었다. 절대적인 근력의 차이. 어찌 그것을 뒤집을 수 있으랴.

잡념과 동시에 그녀는 뒤로 1야드 정도 이동되었다. 공간을 넘는 텔레포트. 캐스팅조차 필요없는 이동법이었다.

피했으면 공격해야 한다. 그러나 상대는 빠르다. 그렇다면?

뜻이 발하고 마력이 움직이자 동시에 흐릿하던 쉐도우 워커들의 신형이 눈에 띌 정도로 느려졌다. 순간 샤이라의 왼손이 바쁘게 움직였다. 기이한 수인(手印)을 그리자 왼손을 빙 둘러 손가락 마디만한 광탄(光彈) 수십 개가 생성되더니 발사되었다!

"……!"

눈앞을 하얗게 수놓는 광탄! 캐스팅조차 필요없는 마법. 상식을 뛰어넘는 공격에 쉐도우 워커들은 근육이 터질 정도로 날아드는 광탄을 칼로 그어댔다. 그러나 그녀의 마법에 의해 강제당했던 쉐도우 워커들은 평소 속도의 절반도 채 내지 못했고 초속 70㎧로 날아오는 광탄에 고스란히 얻어맞았다.

버버버벅!

가죽 북 두드리는 소리. 그 작은 광탄과 부딪친 소리라고는 믿기지 않을 만큼 큰 소리와 함께 아홉의 쉐도우 워커는 파란빛으로 물들더니 몸 전체가 마비되었다. 그리고 그 순간 샤이라는 뇌전으로 물든 지팡이를 횡으로 휘둘렀다.

퍼엉!

강력한 뇌전과 지팡이에 가득 담긴 힘. 튼튼한 몸뚱이라지만 철퇴로 후려친 듯한 충격에 쉐도우 워커들은 얼굴을 가린 복면 밑으로 피를 토했고 발을 끌며 10야드를 튕겨져 나갔다.

설명은 길었지만 실은 눈 몇 번 깜박일 정도의 시간밖에 흐르지 않았다. 양쪽 다 워낙 빠르게 움직인 탓에 범인들의 눈에는 그저 눈앞이 흐릿해지더니 섬광과 함께 아홉의 쉐도우 워커가 발을 끌며 튕겨져 나간 것으로밖에 보이지 않았다.

"뭐, 뭐야?"

칼의 이런 어리둥절한 말도 당연한 것이었다. 하이단조차 희미하게 보일 정도니 그보다 수준이 떨어지는 칼은 오죽할까.

간단한 연계 동작이었지만 촌각을 다투는 그 짧은 시간에 마법사가 그 같은 일을 해냈다는 것이 경이적이었다. 아무리 마스터라지만 말이다.

단 한 순간의 방심에 전력의 30%가 떨어져 버린 쉐도우 워커들로서는 낭패가 아닐 수 없었다. 마스터가 근접전을 행한다는 것 자체가 우습게 여겨졌거늘 결과는 치명적이었다. 시간을 끌라는 통솔자의 명조차 시행할 수 없을 것 같았다.

순식간에 의견을 교환한 쉐도우 워커들은 사방으로 흩어지더니 어둠 속으로 녹아들었다. 쉐도우 워커들의 진정한 힘은 어둠. 암습을 통해 적을 죽이는 것이야말로 수백 년 동안 갈고닦은 쉐도우 워커들만의 기예였다. 과거 마스터, 그것도 검을 통해 마스터의 경지에 올랐던 전사조차 참살했던 전적을 생각해 볼 때 그녀라도 무턱대고 설치다가는 상당한 낭패를 볼 수 있었다.

그러나 그 같은 것을 어찌 예상하지 않을까. 샤이라는 빈정거리는 말투로 말했다.

"마법사를 피해 숨다니. 그대들의 몸에 부여된 하찮은 마법을 믿은 것이라면 오산이라고 이야기해 주고 싶군요."

그녀의 말이 채 끝나기도 전에 샤이라의 몸 주위에서 둥그렇게 수십, 아니, 수백 개의 엷은 청색 빛을 발하는 화살이 생성된 것이다.

성진과는 전혀 다른 위용에 칼과 하이단, 타키안과 길리언은 눈을 부릅떠야만 했다. 두 아이들의 표정에서는 조금 전에 느꼈던 배신감 따위는 조금도 찾아볼 수 없었다. 경악에 사라진 것이었다.

"저거… 혹시 매직 미사일(Magic Missile)이우?"

혹시 자신이 뭘 잘못 보지는 않았을까 눈을 비벼보던 칼은 이윽고 하이단의 옆구리를 찌르며 물었다.

"마, 맞는 것 같군."

확신을 할 수가 없었다. 하이단조차 저런 광경은 보지도 못했다. 휘라인 교단의 법력은 마도학에서 사용하는 마법 공식을 차용한다. 때문에 고위 사제라면 마법은 사용하지 못하더라도 공식 정도는 꿰차고 있었다. 법력의 전개 과정도 마법같이 연산과 도출을 통해 이루어지기 때문에 만약 마력이 있다면 당장 마법을 사용할 수 있을 정도로 말이다. 하지만 저렇게 무지막지한 수의 매직 미사일을 형성할 수 있지는 못한다.

저것은 더 이상 기본 마법이 아니었다. 단순히 대인 마법을 넘어 대단위 마법에 맞먹었다.

진정한 예술. 저것은 마법의 한계를 넘은 하나의 이정표였다.

'마법사 친구들에게 보여주고 싶은 광경이군.'

봤다면 분명 거품을 물 것이지만 말이다.

놀람은 연이어 찾아온다고 해야 할까? 정작 놀라야 할 장면은 그 다음부터였다. 샤이라의 몸에서 발사된 매직 미사일은 각자 타깃을 정하고는 곧장 그쪽으로 쏟아져 나갔다. 그리고 연이어 빈자리를 채우며 생성되는 매직 미사일이 그 뒤를 이었다. 아홉 개의 흐름으로 갈라지는 매직 미사일. 그것은 차라리 빛의 소나기[光瀑]이었다.

“…….”

“…….”

무슨 말이 필요있을까. 그저 눈을 부릅뜨고는 아홉 개의 흐름이 이끌어내는 선율을 바라볼 뿐이었다. 그림자를 쫓아 쏟아지는 아홉 개의 광폭. 이제는 삶을 위해 몸을 날리는 쉐도우 워커에게 미안해질 정도로 아름다운 광경이었다.

“위력은 낮췄으니 마음껏 놀아보세요!”

거기에 통제력은 얼마나 기가 막힌지. 꼬이고 휘어져 신전 곳곳을 누비는 폭포에도 신전의 상징물은 상처 하나 없었다. 어루만지듯 스쳐 갈 뿐. 바닥으로 피하는 쉐도우 워커 주변으로 땅을 패며 쏟아지는 매직 미사일만 있을 뿐.

“나라면… 뇌가 녹아버릴 거야.”

시라이 4세가 천재라고 칭했던 타키안조차 질려 버린 듯 중얼거렸다. 도대체 얼마만한 수식과 벡터 연산이 필요한 걸까. 하긴, 저걸 따라 할 수 있다면 그 사람은 더 이상 마법사가 아닌 마스터일 것이다.

“굉장하군.”

성진조차 경탄하지 않을 수 없었다. 작은 힘으로 상대를 제압하는 것. 별 위력은 없지만 충분히 위협적이었다. 빗방울이 모여 바위를 뚫는다는 말을 충실히 재현한 것이다. 만류귀종(灣流歸宗)이라 하였던가? 수많은 줄기는 결국 하나로 모인다는 말이지만 바꾸어 생각해 보면 하나의 본질은 수만 가지로 표현할 수 있다는 말도 되었다.

저런 식으로 표현할 수 있는 것에 성진은 감탄하였다.

성진의 탄성을 들었는지 샤이라의 얼굴에 미소가 감돌기 시작하였고 투명한 코발트블루의 폭포줄기에 오색의 서로 다른 빛줄기가 쫓아가기 시작하였다.

피를 뿌리며 쓰러졌던 사람들도 미약한 신음을 내며 정신을 차리다가 샤이라가 연출해 낸 광경에 넋을 잃었다.

부서진 신전과 다친 신관들, 샤이라의 이적. 도무지 어울리지 않는 광경이었지만 사람들은 좀 전에 당했던 재앙은 이미 머리 속에서 사라진 지 오래였다. 후에 고통이 엄습해 온다면 다시 생각날지는 모르겠지만 지금은 단지 환상에 취해 있을 뿐이었다.

그러나 회랑을 가르는 한줄기 낮은 음성과 함께 모든 환상은 사라졌다.

"미안하지만 더 이상의 공연은 못할 것 같군요."

파앗!

눈앞이 잠시 흔들린다 생각한 순간 투명한 파문이 신전 전체를 관통하였다. 동심원이 동심원을 만들고 고조가 반복되면서 형성된 파문이 스쳐간 모든 것은 사라졌다. 빛의 폭포도 샤이라가 만들어놓은 광막도 사라졌다. 조금 전의 그 광경은 그저 환상이라는 듯 깨끗이 말이다. 도대체 무엇이 마스터의 경이를 방해했는지. 샤이라는 굳은 표정으로 회랑 깊숙이, 또 다른 신전 건물로 이어지는 곳을 바라보았다.

어둠이 싸여 있는 곳. 아홉 개의 그림자들이 일제히 그녀가 바라보는 바로 그 방향으로 움직였다.

또각또각.

천천히 어둠이 걷히며 회랑을 울리는 단 하나의 발자국 소리와는 다르게 여러 개의 검은 그림자를 거느린 한 명의 사내가 모습을 드러냈다.

큰 키와 날카로워 보이는 외모와는 어울리지 않게 근육질의 육체가 드러났다. 햇볕에 짙게 그을린 듯한 구릿빛 피부가 검은색 바지와 감청색 상의와 어울려 미묘한 색채를 만들어냈다. 짙고 낮은 고음이 샤이라에게 인사하였다.

"오랜만입니다, 샤이라 이모트 양. 그간 어떻게 지내셨는지요."

샤이라를 잘 알고 있는 자. 그녀의 힘을 강제로 해체한 자. 어둠의 저편에서 쉐도우 워커들과 같이 나타난 사내. 일행의 머리 속으로 마스터라는 단어와 함께 적이라는 불길한 낱말이 스쳐 갔다.

"게일 테돌랜드……."

담담히 들리는 샤이라의 목소리와는 달리 그녀의 표정은 굳어 있었다. 뚫린 천장을 통해 회랑으로 떨어지는 빗방울. 따뜻해야 할 빗방울이 왜 이리도 찬 것인지. 길리언은 얼굴로 떨어지는 몇몇의 빗방울에 등골 위로 소름이 돋았다.

침묵은 어둠을 살라먹고 더욱 커졌다. 부상당해 신음성을 흘리던 사제들이나 신도들도 그 무게에 못 이겨 입을 다물었다. 고통보다 더욱 큰 무게감이 회랑을 뒤덮었다. 노골적으로 드러내는 마스터들의 존재감. 평소 아무런 기세도 드러내지 않았던 성진과는 달리 샤이라와 게일은 그 위용을 유감없이 선보였다. 그래서 더욱, 더욱더 무거웠다.

침묵에 숨이 막혀 심장이 멎지는 않았을까 하는 의문마저 들 무렵, 샤이라가 무겁게 말문을 떼었다.

"여긴 어쩐 일인지."

"당신과 같은 이유에서지요."

"……."

샤이라는 목 안쪽이 껄끄러워지는 것 같았다. 좀처럼 맛보지 못한 긴장감이 신경 저 구석에서 일어나 전신으로 퍼졌다. 이유라… 혹시나 하는 염려가 가슴속 저편으로부터 치밀어 올랐다.

"이유는 같지만 목적은 다른 것 같은데요?"

샤이라는 애써 엷게 미소를 머금으며 물었다.

"글쎄요."

게일도 입꼬리를 말아 올리며 엷게 미소를 지었다. 긍정도 부정도 아닌 말. 그러나 샤이라는 확신했다. 지금 게일이 움직이는 목적은 그녀와 달랐다. 그녀와 다르다면 무엇을 뜻하는가. 모디프스의 손이 닿지 않는 곳에서 마스터들이 움직이고 있다는 것이다. 그저 경계의 대상이 되었을, 의례적으로 새로이 마스터가 될 존재에게 조언처럼 들려주었던 데스마스터의 위협이 현실처럼 수면 위로 떠오르는 것이었다.

하필이면 그 대상이 그녀가 될 줄이야! 샤이라는 내심 낭패감에 울상을 지었다.

'이런, 이런, 하필이면 나라니. 돌아가기만 해봐라. 이놈의 그래곤을 당장……!'

마음속으로 이를 갈아도 지금으로서는 어찌할 방도가 없었다. 잠시 인세에 나와 신루가 모이는 것을 방해하라는 모디프스의 부탁과 새로이 합류하게 될 마스터와 함께 즐겁게 돌아간다는 그녀의 원대한 계획은 산산이 부서지고 있었다.

"당신은 당신이 하고 있는 일의 의미를 아십니까?"

그것은 그녀가 예상치 못한 전혀 뜻밖의 질문이었다. 왜 이런 질문을 한 것인가. 그녀가 고개를 젓자 게일은 어이없다는 듯 말했다.

"모디프스가 무슨 의도로 당신을 보냈는지 이해가 되지 않는군요."

의도? 그는 모디프스가 일을 의뢰한 것까지 알고 있었다. 도대체 어떻게? 샤이라가 질문하려는 순간 게일이 손을 내밀었다.

"당신이 보관하고 있는 그것을 넘겨주시기 바랍니다. 아무래도 그것은 무슨 일을 하는지 알고 있는 사람이 가지는 것이 보다 이득일 테니까요."

게일은 샤이라의 자존심을 살며시 긁었다. 그러나 한순간의 기분으로 일을 그르칠 만큼 그녀의 자제심은 약하지 않았다.

'그는 내가 이미 다른 하나의 신루를 가지고 있다는 것까지도 알고 있어.'

도대체 어디까지 알고 있을까? 샤이라는 처음으로 가슴이 꽉 막히는 것 같은 답답한 기분이 들었다. 상대는 알고 있지만 그녀는 몰랐다. 정보의 부재가 가져오는 열세. 아니, 이것은 열세가 아니었다.

'혹시 내가 잘못 아는 것은 아닐까?'

그녀는 모든 이야기를 가장 오래 산 자이자 마스터들의 정신적 지주인 드래곤 모디프스에게서 들었다. 실지로 그녀가 알아낸 정보는 하나도 없었다. 의구심이 드는 것은 당연하였다. 만약 넘겨준다면? 그러나 그녀는 모디프스에게 신루를 가져다 주기로 약속했었다.

"이미 그랑디아의 신루까지 접수한 것 같은데, 제 것까지 노리다니 마스터답지 않게 욕심이 크신 것 같네요."

"욕심이 아닙니다. 필요해서지요."

"……."

실수였다. 접수하자마자 모디프스에게 가져다 주었어야 했다. 모든 마법적인 힘을 배제하는 신루라고는 하지만 그녀가 몸에 지니고 텔레포트한다면 별다른 문제는 없었다. 단지 귀찮음. 왕복하기 번거롭다는 그 한 가지 때문에 여태 가지고 다녔었거늘.

주지 않는다고 해서 순순히 물러날 것 같지도 않았다. 그렇다면 방법은 단 하나.

"분쟁을 해결하는 데 그것만큼 좋은 게 없지요."

마스터가 쓰는 최후의 수단이자 원시적인 존재들이 쓰는 최선의 수단.

게일은 그녀가 말한 의도를 알아챘다. 가장 우려하던 일. 어차피 감수하려 하지 않았었나.

"무력입니까?"

"무력입니다."

일방적으로 불리한 상태. 성진은 다친 상태였고 일행에 비전투 인원이 둘이나 끼어 있다. 한 명은 쉐도우 워커를 상대할 수조차 없는 전사. 불리한 상황을 타개하기 위해서는 선제공격이 가장 좋았다. 뜻이 정해지자 몸이 움직였다. 동시에 샤이라는 지팡이로 강하게 바닥을 내려쳤다.

쾅!

굉음과 함께 지팡이를 중심으로 거대한 충격파가 형성되었다. 충격파가 회랑 바닥을 쓸고 지나가자 회랑에 깔아놓은 대리석들이 갈아엎어지며 파문을 형성하는 것이었다.

콰드드드—

"하압!"

게일이 기합성을 지르며 강하게 발을 구르자 게일의 발 밑에서도 마찬가지로 충격파가 형성되면서 대리석을 갈아엎으며 샤이라를 향해 달려갔다. 회랑에 만들어진 두 개의 파문이 그 중앙에서 겹치는 순간 쾅! 하는 소리와 함께 대리석이 쪼개지며 토사가 폭발하며 터져 올랐다. 토사가 자욱한 장막을 만들며 치밀어 오른 그 순간, 샤이라는 땅을 박차며 몸을 뒤로 날려 손으로는 빠르게 수인을 짚었다.

제어에 필요한 온갖 수식이 머리 속에서 계산되고 빛의 굴절도와 반사각의 범위를 수인으로써 정하며 마력이 변동되어 에너지로 바뀌는 순간 샤이라는 고난이도 마법의 발현에 필요한 시동어를 떠올렸다.

―레이 스톰(Ray Storm)!

반경 수십 야드를 점유해 수많은 광선이 굴절하며 목표물을 꿰뚫는 레이 스톰이 쉐도우 워커들이 서 있던 십여 야드에 국소적으로 발현되었다.

촤좌좌좌―

바람이 찢어지는 소리와 함께 고열을 동반한 섬광들이 발현된 곳을 둥그렇게 휘젓기 시작하였다. 목표는 쉐도우 워커들 전원. 그러나 마법 발현의 그 짧은 시간 동안 대다수는 그곳을 피했고 미처 빠져나가지 못한 쉐도우 워커 셋만이 레이 스톰을 고스란히 뒤집어썼다.

대단위 공격으로 개발된 레이 스톰이 국소적으로 발현되었으니 그 위력은 오죽할까. 압축된 공간상에서는 두서 배, 아니, 수십 배의 위력을 드러냈다. 닿으면 강철도 달아오르게 만들 광선이니 단백질과 지방, 기타 무기질로 구성된 인간의 몸이 어찌 버틸쏘냐! 마법적 처리로 인해 150도까지 견딜 수 있는 쉐도우 워커의 육신을 구성하는 단백질이 눈 깜짝할 사이에 익어버리고 수분을 잃더니 비명 지를 틈도 없이 재가 되어 버렸다.

눈 깜짝할 새에 세 사람을 재로 만들어 버린 샤이라는 그 주위를 덮은 범위에 두 번째, 정확히 말하면 두 개의 레이 스톰을 동시에 연산하기 시작하였다.

파아앗!

순간 눈앞이 새하얗게 질릴 정도의 우윳빛 섬광이 토사의 장막을 넘어 그녀를 향해 덮쳐 왔다. 그리고 그 뒤로 게일이 따라오고 있었다.

"쳇!"

그 순간에도 아쉽다는 듯 혀를 찬 샤이라는 레이 스톰에서 매직 미사일로 공식을 변환하여 연산하기 시작하더니 순식간에 마법을 발현시켰다. 마력의 흐름이 역주하면서 그녀의 몸을 감싸듯 빽빽하게 매직 미사일이 형성되었고 샤이라는 전방(前方)을 향해 난사하였다.

파파팟!

좀 전과는 비교도 할 수 없는 위력의 매직 미사일이 통제도 되지 않은 채 난사되었다. 닿는 것은 족족 패어져 나가고 뚫어졌다. 그것으로 끝일까! 쉐도우 워커와 게일의 발을 완전히 묶어버리겠다는 듯 매직 미사일은 끝없이 생성되고 발사되었다.

콩알 튀기는 소리와 함께 닿는 것은 무엇이든 뚫렸다. 기관총을 난사한 것 같은 매직 미사일의 위력에 못 이긴 석주가 기어코 흉물스럽게 구멍이 숭숭 뚫린 채 쓰러졌다. 지탱할 석주를 잃은 천장 한쪽 귀퉁이가 끝내 무게를 못 이기고 회랑으로 추락했다.

쿠르릉! 쾅!

부서진 천장의 파편이 매직 미사일을 막아내는 그 순간, 샤이라의 필사의 저지를 뚫고 대여섯의 쉐도우 워커들이 성진들을 덮쳐 왔다. 옷깃조차 펄럭이지 않는 그림자. 한낮에 그림자가 덮쳐 오는 광경에 길리언과 타키안은 등골이 서늘해졌다.

순간 성진이 일행의 전면을 가로막고는 쾌자결(快字結)과 환자결(幻字結)을 동시에 운용하여 작은 타원형을 그리며 주먹을 뿌렸다. 초당 40발! 경이적인 권력이 눈앞을 메우고 환자결의 묘리에 의해 갖은 변화가 나타나며 주먹의 장벽이 펼쳐졌다.

"……!"

순간 쉐도우 워커들은 심장이 입 밖으로 튀어나오도록 놀랐다. 주먹의 장벽이라니! 듣도 보도 못한 것이었다. 눈앞에 나타난 거대한 장벽에 쉐도우 워커들은 사력을 다해 물러섰다. 급격한 움직임에 발 밑의 대리석이 부서져 나갔다. 그러나 한 명의 쉐도우 워커는 고스란히 성진의 주먹에 얻어맞았다.

퍼버버벅!

강력한 내구력으로 몇 발의 권력은 흡수했을지 몰라도 초당 40발이 강타하니 몸이 남아나질 않았다. 강한 경력이 쉐도우 워커의 피부를 뚫고 근육을 헤집어놓았으며 일부는 회전력으로 근육을 찢어발겼다. 일전의 오거의 강철 같은 등 근육마저 찢어버린 권력을 그대로 얻어맞았으니 멀쩡할까!

콰드득!

얻어맞은 흉골(胸骨)이 내려앉고 권력에 강타당한 두개골의 광대뼈며 턱뼈가 으스러졌거나 함몰되었다. 끊어진 갈비뼈가 안쪽으로 파고들어 폐를 관통하였으며 단단하기 짝이 없는 골반조차 금이 갔다. 경력은 근육의 방어력을 가뿐히 뚫고 연약하기 짝이 없는 내장근을 흔들어놓았다.

"케엑!"

걸쭉한 소화액을 뿜어내고는 쉐도우 워커가 팅겨져 땅바닥에 널브러졌다. 옷에 가려져 있어 보이지는 않지만 옷 밑의 살갗은 모세 혈관이 죄다 터져 시뻘겋게 변해 있을 것이었다. 속이라고 멀쩡할까. 일반인이라면 대번에 숨이 끊어졌을 테지만 강인한 생명력을 자랑하는 쉐도우 워커는 까무러칠 정도의 고통을 고스란히 받아내며 땅바닥에서 벌레처럼 꿈틀거렸다.

어이없는 피해. 강력하다고 일컬어지던 쉐도우 워커라고는 생각할 수도 없는 모습이었다.

"……."

성진의 신위에 잔뜩 긴장해 있었던 하이단은 할 말을 잃고 서 있었다. 그로서는 처음 보는 성진의 무위였으니 오죽할까. 전혀 색다른 전투법에 게일마저도 흥미를 드러냈다.

"재미있군요. 저 사람, 누구지요?"

영의 상흔은 성진의 마스터로서의 존재감을 완전히 지워 버렸다. 당연히 쉐도우 워커를 제압해 버린 성진이 특이해 보일 수밖에 없는 것이었다. 샤이라는 살짝 웃었다.

"당신은 당신이 싸우려는 상대의 정확한 전력을 아십니까?"

그것은 게일이 그녀에게 했던 말을 약간 바꾼 것이었다. 받은 대로 고스란히 돌려준 샤이라는 다시 게일을 몰아치기 시작하였다.

콰쾅!

두 마스터가 격돌한 신전은 점차 폐허가 되기 시작하였다. 섬광과 섬광이 격돌하고 뇌격이 사방으로 몰아쳤다. 정신을 수습한 사제들은 신도들을 끌고 회랑 밖으로 벗어나려 안간힘을 썼고 일부는 거대한 석조물을 방패 삼아, 정확히 말하면 목숨을 담보 삼아 평생에 다시 볼 수 없는 광경을 구경하였다.

전사로서 마스터의 경지에 오른 게일과 마법사로서 마스터의 경지에 오른 샤이라. 전사는 근접전에 강하고 마법사는 원접전에 강하다. 개방된 장소가 아닌 협소한 장소에서 싸우니 샤이라로서는 죽을 맛이었다. 잠시라도 한눈판다면 당장 머리가 부서질 만한 위력이 담긴 주먹이 날아오며 어디서 꺼내 들었는지 모를 창이 찔러왔다. 거기에 단순히 찔러대면 좋으련만 오러를 있는 대로 끌어올렸는지 피부가 아려올 정도로 우윳빛 오러를 뿜어댔다.

기합이란 그저 기분상의 이유일 뿐, 고속 기동 중에 기합성이란 위치를 노출시키는 데 좋은 빌미밖에 되지 않았다.

창을 빼 든 게일은 오러를 잔뜩 불어넣어 샤이라를 쫓았다. 우윳빛 오러가 스쳐 가면 큰 손톱으로 할퀸 듯 지면에 커다란 상흔이 생겼다. 회랑에 깔린 대리석은 이미 박살나서 흩어진 지 오래였고 기초 공사를 위해 다져 놓았던 흙이 모습을 드러내고 있었다.

쾅!

두 마스터가 남긴 힘의 여운이 폭발하면서 지면을 할퀴었고 단단하게 다져진 흙더미들이 압력에 못 이겨 진저리쳤다. 허공에 뿌려진 토사와 먼지. 쿠르시아 엘프 족이 살아가는 터전인 필멸의 숲의 깊고 깊은 어둠에 비하면 이런 어설픈 장막쯤은 게일에게는 아무것도 아니었다.

게일은 발끝에 걸리는 부서진 대리석 파편을 발로 차 샤이라에게 날려 댔다. 그 순간에도 대리석 파편에 오러를 부여했으니 맞는다면 온전하지 못할 것이었다.

"치잇!"

게일에 비해 당연히 몸놀림이 둔한 샤이라는 어쩔 수 없이 실드를 펼쳤고 파편은 여지없이 실드를 후려쳤다.

'텅텅' 소리를 내며 실드가 흔들렸고 샤이라는 이를 악물었다. 기만이다! 독이 오를 대로 오른 샤이라는 연산 시간이 짧은 마법을 멀티 스펠로 중첩 구사하기 시작하였다. 눈앞을 꽉 채울 만한 화구(火球)가 허공에 나타나더니 게일이 있을 만한 곳에서 자폭하기 시작하였다.

콰과과광!

달궈진 공기와 흙먼지가 미친 듯이 휘날렸고 화염이 사방을 그슬리며 몰아쳤다. 게일은 끊임없이 오러를 뿜어댔고 샤이라는 마법을 난사했다. 오러와 마법이 부딪칠 때마다 굉음과 함께 신전이 들썩였다.

성진 또한 고전을 면치 못하였다. 네 방향에서 덮쳐 오는 쉐도우 워커를 막기 위해 전심으로 움직였지만 마음이 가는 대로 몸이 따라가질 않았다.

날아오는 단도를 손바닥으로 흘려 버린 성진은 몸을 움직여 쉐도우 워커 가까이에 붙었다. 쉐도우 워커의 열린 가슴에 어깨를 회전시켜 고벽(靠壁)의 수법으로 타격하려던 성진의 뒤통수로 쉐도우 워커의 다리가 날아왔다. 할 수 없이 경력을 뿜어 몸 앞의 쉐도우 워커를 튕겨낸 성진은 몸을 숙여 다리를 피하며 허리로 쏘아져 오는 암기를 손으로 낚아챘다.

숨 쉴 틈조차 없는 것은 하이단도 마찬가지였다. 그의 여행복은 쉐도우 워커의 검에 찢겨진 지 오래였고 햇볕에 그을린 구릿빛 피부가 드러났다. 상처가 없는 것은 그 특유의 방어법 덕분이었다. 대기를 가속해 피부 위로 흘려 검날을 비켜내는 기술이 아니었더라면 진작 치명상을 입었을 것이다. 사실 그렇게라도 버틸 수 있었던 까닭은 성진이 다섯의 쉐도우 워커를 묶어놓았기 때문이었다. 하이단은 두 명의 쉐도우 워커를 맞아 자신이 알고 있는 온갖 기술을 난사했다.

가슴속에 품고 있는 코어가 뻐근할 정도로 형성시킨 대기의 칼날이 주변을 난자하였고 쉐도우 워커는 그 대기의 칼날을 피하거나 몸으로 받아내었다.

"빌어먹을! 네 녀석들, 트롤이냐!"

눈앞이 핑핑 돌 정도로 움직이는 쉐도우 워커의 몸놀림에 대처하는 상황에서도 하이단은 외쳤다. 대기의 칼날이 쉐도우 워커의 팔뚝에 커다란 자상을 남겨놓으면 얼마 되지 않아 아물어가는 것이었다. 체력은 체력대로 떨어지고 정신력은 정신력대로 떨어지니 그야말로 환장할 노릇이었다.

"우압!"

안 되겠는지 주위의 대기를 움직여 몸을 뒤로 튕겨낸 하이단이 오른 주먹을 강하게 움켜쥐자 주위의 공기가 하이단의 손 쪽으로 빨려 들어가듯 모여들기 시작하였다. 검은 검대로 피하며 법력을 움직이기 위해 머리 속으론 끊임없이 계산을 하니 그야말로 죽을 고생이었다. 얼굴이 시커멓게 변한 상태에서도 하이단은 이 '빌어먹을 녀석' 들에게 한 방 먹여주기 위해 사력을 다해 술식을 제어하기 시작하여 기어코 완성시켰다.

공기를 압축하여 터뜨린다면 어찌 될까. 하이단의 손에 완성된 반투명하지만 하얗게 빛나는 구슬은 그러한 이치를 잔뜩 담고 있었다. 막대한 공기를 구슬만하게 눌렀으니 구슬을 감싸는 법력이 깨어지는 순간 만들어내는 대기의 파괴력은 하이단이 단 한 번 써먹고는 질겁할 정도로 대단하였다.

물론 그 부산물 때문에 괴롭기는 하지만 말이다.

'크악!'

전신을 질주하는 열독(熱毒)에 하이단은 터져 나오려는 절규를 삼켰다. 막대한 대기를 온도 변화 없이 그대로 압축하였으니 오갈 곳 없는 열량이 하이단을 덮친 것이다. 법력이며 오러며 한계까지 끌어올린 하이단의 육체는 실로 장대하였다. 터질 듯하게 브풀어 오른 근육. 혈류의 증가와 열독을 이겨내기 위해 오러가 피어올라 벌겋게 달아오른 피부 위로 아지랑이 치는 노란 불꽃.

육중한 몸에서 선보이는 몸놀림이라고는 믿겨지지 않게 덤블링으로 검격을 피해내며 다시 한 번 대기의 칼날토 주변을 난자해 버렸다.

촤좌좌좌자!

오러까지 스며들었으니 대기의 칼날은 드세 배의 위력을 드러냈다. 바닥이 바둑판처럼 패이고 뜯겨 굴러다니는 대리석 파편이 쪽쪽 잘려 나갔다. 석상까지 잘렸으니 인간의 몸이 버틸 턱이 있을까! 그 살벌한 기세에 쉐도우 워커들이 그 주변을 벗어났다. 기회를 엿보고 있었던 하이단은 쉐도우 워커들이 멀리 떨어진 틈을 타 몸을 뒤로 날리며 그대로 구슬을 쏘아버렸다.

"죽엇!"

사제답지 않은 매우 호전적인 말이었지간 지금 심정으로서는 그보다 더한 말도 할 의향이 있었다. 만약 식인종이었다면 저들 쉐도우 워커들을 산 채로 씹어 먹고 싶을 정도였으니!

의념으로 제어되는 법력이니 어찌 육신보다 빠를까. 두 명의 쉐도우 워커가 미처 반응할 새도 없이 구슬을 감싸던 법력이 풀렸고 수백 기압으로 압축되었던 공기가 일시에 해방되어 터져 나왔다.

콰과광!

눈에 보이지 않는 거대한 공기의 파문이 형성되었다. 손톱만한 면적에 수십 파운드의 압력을 담고 있는 충격파가 주변을 휘몰아치니 멀쩡할 게 어디 있겠는가? 구슬이 폭발한 지점에는 해머로 내려치는 충격이 손가락 하나만한 공간에 집중되어 있으니 쉐도우 워커들이 버틴다면 그들은 진정 철인일 것이었다.

―버티면 내 성을 간다!

이 기술을 개발할 당시 하이단이 호언장담했던 말이었고 위력은 하이단의 기대에 어긋나지 않았다.

푸드드득!

폭발 지점에 가장 가까이 있었던 쉐도우 워커의 손은 폭발에 휘말리는 그 순간 흡사 과즙이 가득 찬 과일이 터진 것 같은 파열음과 함께 살갗이 찢어지더니 근육이 드러났고 그 근육도 갈기갈기 찢겨지며 뼈가 분쇄되기 시작하였다. 충격파의 진행 방향에 따라 무거운 해머로 내려친 듯 팔뚝의 살갗과 근육이 폭발하듯 터져 나갔고 전신이 짓이겨졌다. 대리석 파편은 고운 모래로 변했고 압력에 못 이긴 토사들이 치솟으며 쉐도우 워커의 파편과 뒤섞이니 방금 전까지 숨을 쉬던 인간의 흔적을 찾아볼 수 없는 오물이 되어버렸다. 가장 가까이 있었던 하이단은 바람을 조종하여 장막을 쳐서 무사했다. 솔직히 자신의 기술에 자신이 당한다면 얼마나 황당한 일인가!

수백 기압이 몇 야드를 지나며 수십 기압으로 낮춰지고 몇 기압으로 떨어지는 것은 순식간이었다. 장내에 몰아치던 먼지들이 깨끗이 밀려 나갔고 찬바람이 스쳤다.

한꺼번에 해방된 공기의 부피가 커지며 주변의 온도를 몽땅 빼앗아간 것이다. 폭발 중심부는 굉장히 낮아져 토사와 뒤섞인 쉐도우 워커들의 파편이 얼어 지면에 흉물스럽게 눌어붙었다.

물론 하이단도 멀쩡한 것은 아니었다. 과도한 법력의 사용은 곧 정신력의 고갈로 이어진다. 육신의 힘도 몽땅 쥐어짠 것인지 하이단의 몸은 땀으로 범벅이 되어 있었고 어깨를 들썩이며 숨을 헐떡였다.

"허억! 허억!"

전신의 근육은 과도한 오러 사용으로 인해 경련하고 있었으며 다리조차 풀려 버렸는지 무릎이 후들거렸다. 눈앞이 하얘지고 땅이 춤을 춰댔지만 용케도 쓰러지지 않았다. 적에게 약한 모습을 보이고 싶지 않다는 이유 때문이었다.

이로써 끝인가? 아니었다. 쉐도우 워커의 수는 총 열여섯. 그중 둘이 통로에 남겨지고 셋이 샤이라의 마법에 의해 재가 되었다. 하나는 성진의 권력에 얻어맞아 중태에 빠지고 다섯은 박투로 붙잡아두고 있었다. 둘은 하이단과 어울려 싸우다 필살의 기술로 가루로 만들어 버렸는데 셋은 도대체 어디 있는 것인가?

"크악!"

"이런 제기랄!"

낭패한 듯한 두 음성이 서로 다른 장소에서 동시에 울려 퍼졌다. 후들거리며 간신히 서 있었던 하이단은 홀연히 나타난 쉐도우 워커에 의해 가슴에서 복부를 가로지르는 커다란 자상을 입고는 피를 뿌리며 무너져 내렸다.

다른 하나는 칼이었다. 칼은 돌연 덮쳐 오는 쉐도우 워커에 혼비백산하며 검을 휘두르고 있었다. 칼의 검은 기사의 검. 살법에 능한 쉐도우 워커들을 상대로 사용하기에 무리가 있는 검법이었다. 그나마 하이단과의 대련으로 인해 최근 그 실력이 월등히 향상되어 간신히 버티고 있는 것이지 얼마 안 가 쓰러질 판이었다.

'픽' 소리와 함께 칼을 감싸던 가죽 갑옷의 어깨 부분이 떨어져 나갔고 머리로 떨어지는 검날에 몸을 뒤틀었다.

"젠장!"

무력감에, 치욕감에 몸을 떨었다. 이들은 죽이려는 의도가 없었다. 단지 제압하려 할 뿐. 죽이려는 마음이 있었다면 자신은 진작 피를 뿌리며 쓰러졌을 것이었다. 치명적인 부위에 검을 뿌리더라도 검신으로 살짝 그었을 뿐, 다시 다른 부분을 공격하였다. 도대체 왜 우롱하는 것인가!

'강자의 여유인가?'

아니었다. 쉐도우 워커들은 살인 병기. 목숨을 가지고 놀 놈들이 아니었다. 우롱이 아닌 목숨을 빼앗지 않고 제압하는 것이 목적. 쉐도우 워커들은 그보다 강했다. 강했기 때문에, 여유가 있기 때문에 그들보다 약한 자신이 우롱당한다고 느낀 것이다. 그런데 왜 이런 굴욕감이 생기는 것인가.

'기사의 알량한 자존심 따위는 없다!'

자존심 따위는 길바닥에 차버린 지 오래였다. 단지 지켜주고 싶어서 기사단을 탈퇴했을 뿐. 그런데 이렇게 무력하다니. 쓰러질 수는 없었다. 그의 뒤에 있는 두 아이들 때문에라도. 그를 믿고 제자를 맡겼던, 혈육 같은 아이를 맡겼던 성진과 하이단을 위해서라도. 그가 쓰러져서 일행의 발목을 잡지 않기 위해서!

터질 듯한 무력감과 생각 때문에 지금 검을 휘두른다는 생각 따위는 사라지기 시작하였다. 단지 절박감뿐. 저 그림자를 쫓아야 한다는, 그 생각뿐.

더 빨리! 더욱더 빨리!

눈앞에 불꽃이 번쩍거렸고 흥분된 피가 전신을 타고 흘렀다. 머리 속에 무언가가 숫아나 몸을 끊임없이 자극시켰다. 그의 검은 점점 빨라지고 예리해져 갔다. 허공을 가로지르던 칼의 검격이 점차 쉐도우 워커들을 쫓아갔다.

이 순간 왜 그 말이 떠올랐는지 알 수 없었다.

"칼, 힘은 의지입니다. 자신의 내면의 소리에 귀를 기울이세요."

그동안 그렇게 고심했던 말인데 왜 이 순간 이토록 와 닿는 것일까?
'내 내면의 소리는?
목숨이 왔다 갔다 하는 상황에서 왜 이따위 생각이 드는 것인지.

쉬익!
예리한 검날이 바람을 가르며 또 한 번 칼의 배를 살짝 쓸고 갔다. 상처 따위는 없었다. 단지 옷만 잘려졌을 뿐. 칼 자신도 모르게 검을 쥐고 있는 손이 부르르 떨렸다.

칼은 연신 마음속으로 부르짖었다.
─저 녀석들을 베어버리고 싶다!

그의 검은 점점 빨라졌고 이윽고 근육을 짜내어 낼 수 있는 속력의 한계를 넘어섰다. 허공을 가로지르는 하얀 칼날에 은빛 궤적이 생겼고 검

스스로 빛을 발하듯 공간을 사르기 시작하였다.

　―오러 유저가 미치도록 부러워! 힘이!
　그는 울며 절규하였다. 목이 터지도록 절규하였다. 마음으로, 마음으로, 힘을 갈구했다. 그의 정신은 힘을 갈구했다. 극한의 상황에서 찾아온 강한 집착이 정신력으로 바뀌기 시작하였고 정신력은 육체를 지배하였다.
　생명체는 진화한다. 진화란 무엇인가. 원하는 바를, 갈구하는 바를, 추구하는 바에 맞추어 육신이 바뀌어가는 것이 아닌가?
　강한 정신력이 힘을 원했고 육체는 상응하였다. 그것은 진화였다. 강한 정신력이 잠자고 있던 혼을 일깨웠고 육신과 반응하였다. 그 순간 근육, 아니, 그보다 작은 세계인 세포 하나가, 그 세포 깊숙한 곳에 자리 잡고 숨 쉬고 있던 무언가가 눈을 뜨더니 점차 주위 세포로 퍼져 나갔다.
　연쇄 반응처럼, 불꽃처럼 눈을 뜨던 미시적인 힘이 점차 하나의 틀로 자리 잡아갔고 각 부분마다 기이한 음을 노래하기 시작하였다.

　몸이 노래한다. 그리하여 춤을 춘다.

　음은 어울려 춤추기 시작하였고 마침내 같은 목소리로 노래하기 시작하였다. 얕은 도랑 위를 헤엄치던 물고기가 대해를 만나 날뛰었다. 망치 소리가 커지고 나무가 몸을 떨었다. 노래는 커지고 증폭되어 폭포 같은 힘을 전신에 퍼뜨렸고 나머지 세포들을 일깨워 합창하였다.
　공명(共鳴)!
　칼은 물 빠져나가듯 눈앞이 흐릿해지다 사라지고 이윽고 눈앞이 하얗게 변하는 듯한 환상을 보았다. 그 하얀 백지 위에는 두 개의 검은 그림자가 종횡으로 움직였다.

'착시인가?'

무언가 알 수 없는 평온함. 그전에 미친 듯이 끓어올랐던 분노도, 굴욕감도 아무것도 없었다. 그저 저 그림자를 쫓아 움직이고 싶다는 생각밖에는. 그리하여 칼은 움직였다. 그의 생각을 쫓아 몸이 움직였다. 하얀 공간 위에서 칼의 몸이 검은 그림자를 쫓기 시작하였다.

가슴을 졸이며 칼을 보던 길리언과 타키안은 눈을 부릅떴다. 그의 몸에서 기이한 빛이 새어 나오기 시작한 것이다. 착시인 듯 활활 불타는 작은 불꽃이 번지며 이제껏 허둥지둥거렸던 칼이 시퍼런 은빛을 뿌리기 시작하였다.

'아직 이것으로 모자라.'

그의 몸도 빨랐지만 검은 그림자는 더욱 빨랐다. 도저히 따라잡을 수가 없었다. 어떻게 방법이 없을까? 저 그림자를 멈추게 하는 방법.

'회초리로 후려쳤으면.'

칼의 검이 은빛을 뿌리며 쉐도우 워커틀 베어갔지만 쉐도우 워커들은 간발의 차이로 피했다. 그 때문에 타키안과 길리언은 안타까움에 탄식조차 낼 수 없었다. 그러던 순간 칼의 검에서 환한 빛무리가 맺히며 그의 검이 길어졌다.

"……!"

착각이 아니었다. 검은 분명 길어졌다. 작지만 조금씩 길어지더니 이윽고 본래 길이의 1.5배에 달하는 빛을 만들어냈다. 검은 한층 빨라지고 그와 비례하여 빛을 뿌려댔다.

그가 회초리를 떠올리자 그의 손에서 정말 회초리가 생겨났다. 환한 빛을 뿌리는 아름다운 회초리. 감히 휘두르기조차 안타까울 정도였다. 그러나 칼은 회초리를 휘둘렀고 도망 다니던 그림자 하나를 베었다.

빨라지던 검이 일순간 무언가가 잡아 늘인 것처럼 쭈욱 늘어나더니 쉐도우 워커를 휘감아왔다. 주춤하던 쉐도우 워커가 반응할 사이도 없이 은빛의 검이 덮쳤다. 빛나는 검은 피부를 자르고 근육을 가르고 내장을 지나 척수마저 아무런 저항 없이 끊어버렸다.

푸아악!

혈액과 끊어진 내장이 상하로 갈라진 쉐도우 워커의 몸에서 터져 나와 주변을 덮쳤다. 칼은 피를 뒤집어썼다.

따뜻하고 끈적거리는 기분 나쁜 무언가가 얼굴을 적시는 순간 칼의 시야에서 하얀 배경이 사라지고 붉게 물든 세상이 떠올랐다. 눈이 따가워 본능적으로 눈을 닦으려는 순간 손에 검이 쥐어져 있다는 것을 깨달았다. 그와 동시에 칼은 깨어났다. 깨어나는 그 순간, 현실을 인지하던 그 순간 환상처럼 검에서 뿜어져 나오던 은빛이 사라졌다.

쉬이익!

무언가가 바람을 가르는 파공음이 들리기도 전에 등골이 오싹해졌고 칼은 고개를 돌렸다. 얼굴 한쪽이 서늘해지더니 곧 이어 화끈한 느낌이 퍼졌다. 쉐도우 워커의 검이 그의 오른뺨을 베고 지나간 것이다. 칼은 반사적으로 검을 휘둘렀고 그의 검은 날아갔다.

그것도 매우 빠르고 아름답게.

'내 검이 이렇게 아름다웠나?'

의문이 들고 몸의 상태가 느껴졌다. 몸은 불타고 있었다. 후끈거리는 느낌과 기이한 떨림이 전신을 휘감고 있었다. 결코 나쁘지 않은 느낌. 끓어오르는 화산을 마음대로 조종하는 느낌. 힘이 끓어오르고 있었다.

눈에 피가 들어간 듯 앞이 붉게 브일 뿐 아무것도 보이지 않았다. 그러나 칼은 느낄 수 있었다, 무언가가 빠르게 움직이고 있다는 것을. 이 흥분이, 이 감각이 가라앉지 않는 한 무엇이든 할 수 있다는 자신감이 들었다. 이상하게도 그것이 이상하지 않았다. 보이지 않아도 느낄 수 있는 것. 몸에 주체 못할 힘이 흐르는 것. 마치 당연하다는 듯.

칼은 보이지 않는 적을 향해 검을 휘둘렀다. 그동안 실력이 달려 써먹지 못했던 검식을 뿌렸다.

하나가 둘이 되고 둘이 셋이 되었다. 곧 이어 셋이 반으로 갈라지더니 여섯이 되었다. 여섯이 꼬이고 비틀리더니 그물이 되었고 그물은 먹이를 난자하기 위해 시퍼런 이빨을 드러냈다.

칼의 검이 기이한 형태를 취하는 순간 칼날이 사라졌고, 다시 여섯 개의 칼날이 환상처럼 생겨나더니 공간을 점유하고 난자하기 시작하였다.

WN. 20호는 몸을 비틀었고 검을 뿌려댔다. 여섯 개의 칼날을 하나하나 차단하던 WN. 20호는 마지막 하나를 차단하기 위해 팔을 놀렸고 돌연 팔이 움직이지 않는 것을 알았다. 그 순간 검을 쥐고 있는 팔이 환상처럼 눈앞에 떠올랐다.

붉은 피를 뿜어대는 검은 옷으로 감싼 팔. 그제야 WN. 20호는 팔이 잘린 것을 깨달았다.

아무런 느낌조차 없었다. 단지 눈앞에 떠오른 팔을 보았을 때 쉐도우워커로서 각인된 그의 본능이 깨어나 그를 움직였다. 팔 한쪽이 떨어진 탓인지 그의 몸은 전보다 가볍게 물러섰다.

떠오른 팔이 지면에 떨어지며 둔탁한 소리를 냈다. 고깃덩어리가 떨어지는 소리. 잘려진 팔이 꿈틀거렸다.

마지막 펼친 그 검식을 끝으로 칼의 꿈이 끝났다. 들끓던 힘도 온몸을 감싸던 그 진동도 사라졌다. 포만감의 상실이라는 것이 얼마만한 것인지. 칼은 전신이 노곤해지는 것을 느끼며 정신을 잃고 쓰러졌다.

칼이 쓰러지자 칼에게 팔이 끊겼던 WN. 20호가 다시 두 아이들에게 달려들었다.

동그랗게 눈을 뜨던 타키안이 손을 뻗었다. 혹시나 해서 암산해 놓았던 술식이 발동하면서 쉐도우 워커와 타키안 사이에 전위 차가 발생하였다. 그리고 그 사이를 가로질러 푸른 뇌격(雷擊)이 뻗어 나갔다.

일반인이라면 당장 전기 쇼크로 기절시킬 수 있는 뇌격이 '빠지직' 거리며 쉐도우 워커를 강타하였지만 원체 저항력이 뛰어난 쉐도우 워커는 이를 멀쩡히 받아내었다. 약간 주춤거리는 쉐도우 워커의 몸 주변으로 불꽃이 튀다 사라지자 타키안은 멍하니 바라보았다. 어찌 저걸 받아낼 수 있을까!

최후의 저항이 실패하자 길리언과 타키안은 눈을 질끈 감았다.

'끝이다!'

그때 노호한 음성이 신전 가득히 울려 퍼졌다.

"멈춰라!"

무너진 벽 너머로 밝은 빛과 함께 노란 구체가 쏜살같이 두 아이들을 향해 날아들었다. 그리고 그 뒤를 이은 화살. 라 제크 2세와 세르피아가 위험에 처한 두 아이들을 위해 손을 쓴 것이다.

긴 꼬리를 끌며 날아오는 구체와 화살에 쉐도우 워커는 어쩔 수 없이 피했다.

살며시 눈을 뜬 타키안과 길리언은 물러가는 쉐도우 워커의 모습에 안도의 한숨을 내쉬려는 순간 정수리에 느껴지는 싸늘한 기운에 숨을 죽였다.

하이단의 가슴을 베었던 쉐도우 워커가 어느 틈에 두 아이의 등 뒤에서 칼을 겨누고 있었다.

'그랬던가?'

샤이라는 낭패감에 젖어 입술을 질끈 깨물었다. 그들은 처음부터 두 아이들을 노렸던 것이다.

"휴식 시간이군요."

게일이 샤이라의 면전에서 빙그레 웃으며 말했다.

이제 사태는 새로운 국면으로 접어들었다

구멍이 뚫렸던 구름은 어느새 흉측하게 뚫려 버린 상처 부위를 메우고 있었다. 뚫린 상처 위로 보이는 파란 하늘이 그토록 싫어서일까? 구름은 더욱 진저리를 쳐댔고 잔잔히 내리던 비는 그 줄기가 더욱 굵어졌다.

쏴아아아아―

반쯤 무너져 내린 신전의 천장 사이로 빗줄기가 쏟아졌다. 더러움을 없애려는지, 아니면 자존심을 건든 화풀이를 하는 것인지 비는 신전을 덮었다. 먼지를 가라앉히고 피를 씻어냈다. 그것이 복수라는 듯 모조리 지워갔다. 빗발은 굵어지고 거칠어져 갔다. 하늘은 더욱 검어지고 빗줄기는 촘촘히 내렸다. 엘프도, 인간도, 아이도, 암살자도, 마스터까지도 비는 공평하게 분노하였다.

쿠르릉! 콰광!

천장 너머로, 반쯤 무너져 내린 여신의 미소 너머로 퍼런 뇌전이 하늘을 훑더니 성난 울음까지 토해냈다. 귀가 아플 정도로 쩌렁쩌렁 울어댄 천둥은 아슬아슬하게 걸려 있던 천장의 파편을 건드렸다.

타악!

마침 밑에 딱딱한 석조가 놓여 있었는지 돌과 돌이 부딪치는 소리가 울려 퍼졌다. 빗방울이 쏟아져 내리는 그사이로 그 소리는 또렷하게 울려 퍼졌다.

"한 방 먹었군요."

샤이라는 눈앞을 가리는 젖은 머리칼을 쓸어 올렸다. 그녀의 풍성한 푸른 머리칼도 비에 젖으면 여간 귀찮은 게 아니었다. 그래서 그녀는 비가 싫었다. 몸에 젖어드는 축축함. 피부에 들러붙는 머리칼. 식어드는 체온. 그녀는 비를 맞기 싫어했고 그래서 그녀의 거처 주변에는 비가 내리지 않았다. 어쩔 수 없이 밖에 나가야 하는 날에는 철저히 방수가 되는 로브를 걸쳤다.

그런 면에서 오늘은 최악이었다. 일도 제대로 진행되지 않아 꼬여 버렸고 그녀가 모르고 있는 정보를 상대는 알고 있었다. 싸움에서 밀렸으며 전혀 생각지도 못한 문제가 그녀의 발목을 잡아챘다.

"일이 좀 더 빨리 진행되었다면 서로 간에 피해는 없었을 것입니다."

"저로서는 가장 피하고 싶었던 일이지요. 아이들까지 잡다니. 마스터로서의 자존심은 치워 버린 건가요?"

게일도 젖어버린 머리칼을 쓸어 넘겼다. 그의 금발은 물기를 머금고 더욱 반짝였다. 환한 이마 위로 깔끔하게 넘긴 금발. 샤이라는 묘하게 그것이 거슬렸다.

"자존심이라… 가장 합리적인 선택이었습니다. 당신을 제재하지는 못한다 하더라도 당신의 일행을 제재할 수는 있으니까요. 저 중 당신의 용무에 해당했던 사람도 있을 테니 그가 원치 않는 일은 당신도 행하지 않겠지요. 결국 당신까지 제재하는 셈이니 얼마나 효율적인 방법입니까."

샤이라는 눈썹을 꿈틀거렸다. 맞는 말이었다. 그녀가 게일의 입장이었어도 그렇게 하였을 것이었다. 매우 효율적인 방법이니 써먹지 않으면 손해인 것이다. 그러나 왜 이리 기분 나쁜지. 뭐든지 당하는 입장이라는 것은 기분 나쁜 것인가 보다.

샤이라는 뭐라고 쏘아붙이려던 찰나 뒤에서 들리는 음성에 입을 다물었다.

"게일 테돌랜드, 당신이 어째서 여기 있는 것입니까."

세르피아였다. 세르피아는 한 발짝 한 발짝 걸어오고 있었다. 손에는 활이 쥐어져 있었고 궁체 끝으로 빗물이 맺혀 떨어지고 있었다. 그녀는 담담하게 말했다. 아무런 감흥도 없다는 듯. 그저 왜 여기 있는지 궁금하다는 듯. 그러나 샤이라는 그 속에서 떨리는 마음을 읽고 있었다. 무언가를 믿고 싶지 않다는 그런 심정.

'내 생각이 맞은 걸까?'

원인과 결과. 그녀가 정신을 잃고 쓰러진 것은 괜한 것이 아니었다. 게일을 만났던 것이다. 게일에게 무슨 말을 듣고 쓰러진 것이 분명하였다. 이성적인 엘프가 정신을 잃을 정도니 매우 충격적인 말일 것이었다.

"제가 해야 할 일을 하고 있는 것입니다."

"……."

그녀는 아무 말도 하지 않았다. 단지 주의를 둘러보았을 뿐이었다. 그 해야 할 일이 이것이냐는 것 같은 물음.

"죽은 사람은 단 한 명도 없습니다. 단지 우리 쪽만 죽었을 뿐."

쉐도우 워커가 단 한 명도 살생하지 않았다는 사실은 지극히 놀라운 일이었다. 그러나 세르피아는 그러한 대답에 만족하지 않았다.

"당신은 엘프. 마스터인데 왜 관여하는 거죠?"

게일은 세르피아를 바라보았다.

"우리는 수꽃. 강렬한 향기로 암꽃을 지키는 존재. 지키는 자들입니다. 저는 그들의 수술. 우리를 지키기 위해."

수수께끼 같은 답. 무엇으로부터 지킨단 말인가. 그러나 게일은 그 답에 만족했다는 듯, 할 말을 모조리 다 했다는 듯 입을 다물었다. 그러나 라 제크 2세는 그것이 아니었다.

"닥쳐라, 네놈! 어찌 같은 주를 받드는 자에게 이리 모질게 대할 수 있단 말인가! 내가 그대의 종족에게 섭섭하게 대했었던가! 아니면 선대께서 그렇게 대하셨던가! 그대들은 지키기 위해 다른 자들까지 희생시킨단 말인가! 그것이 엘프의 방식이란 말이더냐! 우리는 그대의 종족을 어머니 모시듯 공경했다! 그것의 대가가 이것인가!"

라 제크 2세의 말은 차라리 절규에 가까웠다. 평생 살아온 신전. 신념과도 같은 것이 무너져 내렸다. 부서지고 다쳤다. 그들의 사제가, 신도들이 다쳤다. 도대체 왜 이런 짓을 한단 말인가. 라 제크 2세의 눈은 붉게 물들고 있었다.

"교황, 본래 신루는 쿠르시아 엘프가 가지고 있었소. 그것을 그대들이 가져간 것. 인간들의 제 물건을 지키는 그 필사적인 습성 탓에 맡긴 것이오. 이번 사태는 유감으로 생각하오. 그대들의 예술품은 손대지 않았소. 단지 두 가지 물건만 가져갔을 뿐. 왜 이런 일을 했는지 밝히지는 않겠소."

유감이란다. 이유도 밝히지 않는다 했다. 라 제크 2세는 도저히 납득할 수 없었다. 엘프는 현명하다. 반드시 이유가 있을 것이다라는 이성과 본래의 것을 잃어버린 자들의 감정이 치열하게 대립하였다. 그렇다고 분노를 터뜨릴 수는 없었다. 상대는 마스터. 스카우터 전원이 덤벼들어도 어찌할 수 없는 존재.

라 제크 2세는 분노를 집어삼켰다.

"교황, 당신은 무엇을 위해 우는 것이오. 신전을 위해서요, 아니면 마음을 위해서요. 신전은 물질, 다시 만들면 되는 것. 신전에 깃든 추억을 위해 우는 것이라면 당신의 마음속에 있소. 여신께 버림받지도 않았는데 그저 물질이 파괴되었다고 해서, 무너졌다고 해서 당신의 마음까지 무너진 것이오?"

　신념과 물질의 차이. 게일은 그것을 이야기하였다. 세르피아는 이해하였다. 신념과 물질은 다른 것. 마음이 변하지 않는다면 영원히 변하지 않는 것이다. 그러나 인간은 달랐다.

　라 제크 2세의 얼굴은 잔뜩 굳었다. 그러나 그의 마음속은 필시 혈루(血淚)로 넘실대고 있을 것이다. 마음으로 흘리는 피눈물. 그것은 잃어버린 자의 아픔이었다.

　"그대가 한 말은 파괴한 자의 궤변으로밖에 들리지 않는다. 그것을 위로의 말이라 한다면 그대에게 정녕 실망할 것이다. 이유를 밝히지 않겠다면 끝까지 그렇게 하라! 그것이 명예로운 법. 그래, 그대의 말은 분명 옳다. 그대는… 그대는 엘프이기에 그 말을 담담히 받아들일 수 있겠지. 하지만 인간은, 인간은 아니야."

　그것은 인간을 충분히 대변해 주는 말이었다. 인간은 물질에 의지한다. 만들어놓은 상징물을 숭배한다. 그것에 의미를 부여한다.

　라 제크 2세, 아니, 거의 모든 인간에게 있어서 신전은 그들의 믿음이었다. 게일의 말은 위로였지만 라 제크 2세에게 그것은 조롱이었다. 당신의 믿음이 고작 그것밖에 안 되냐는. 그 물질에 얽매이냐는. 빈정대는 의미.

　세르피아는 아무 말도 할 수 없었다. 그녀가 해줄 말은 아무것도 없었다. 엘프이기 때문에. 종족이라는 벽 때문에.

　라 제크 2세는 이를 지그시 깨물었다. 그는 교황이다. 신전이 무너졌더라도 그는 무너지지 않았다. 주에 대한 믿음을 하나로 모으는 결집체. 그가 무너진다면 믿음이 무너지는 것이었다. 무너질 수 없기에 그는 독하게 마음을 먹었다. 분노할 수 없기에 더욱 분노하였다.

　"샤이라, 당신이 가지고 있는 것을 주시지요. 그것이 피차간에 편할 일."

샤이라는 이를 악물었다. 이제는 불확실한 수밖에는 남지 않았다.

－성진, 잠시 게일을 막아줄 수 있습니까?

샤이라의 뜻이 전해지자 성진은 살짝 고개를 끄덕였다. 샤이라의 뜻이 전해지자마자 그녀의 계획을 짐작해 낸 것이다. 무리가 있지만 극약 처방을 행한다면 분명 막을 수 있기에 성진은 고개를 끄덕였다.

"허튼짓은 용납하지 않겠습니다."

게일의 말에 고개를 끄덕인 샤이라는 천천히 로브 속으로 손을 집어넣었다. 깊숙이 들어갔던 그녀의 손이 밖으로 나오는 순간 그녀는 신호를 보냈다.

－지금!

그와 동시에 성진은 전신의 공력을 일거에 폭발시키고는 의식을 강제로 확장시켰다. 순간 성진의 의식은 시간의 흐름을 일탈해 시간을 쪼개 갔고 이윽고 찰나가 되었다. 성진은 몸을 날렸다.

성진의 몸은 느렸지만 주위는 더욱 느리게 움직였다. 떨어지는 빗방울이 보였고 바닥에 튀어 오르는 물방울의 왕관 모양까지 확연히 보였다. 성진과 게일 사이의 거리가 꽤 가까워졌을 무렵 그제야 게일의 눈빛이 달라졌다.

놀람이라는 감정. 게일의 손이 천천히 움직였을 때 성진은 이미 게일의 바로 앞에 도달했다.

그 순간 이명(耳鳴)과 함께 느리게 흐르던 시간이 복귀되었고 성진은 게일과 격돌하였다.

"……!"

게일은 경악성을 내뱉을 시간도 없이 성진의 손과 맞부딪쳤다.

퍼버버벅!

단 한 번의 부딪침에 귀가 따가울 정도. 근접전이라면 성진이 밀릴 리 없다. 누가 뭐래도 성진은 박투의 달인! 좀 전보다는 훨씬 느렸지만 그래도 샤이라보다는 빨랐다. 그냥 빠른 정도가 아니라 게일을 정신없게 만들 정도였다.

"차압!"

한 번의 주먹질에 몇, 아니, 수십 개의 변화가 생겨났고 손과 손이 부딪치기도 전에 성진의 손이 게일의 손을 감아 거슬러 올라갔다. 게일이 팔꿈치로 떨쳐 내려 비틀었을 때 성진의 어깨가 회전력을 담아 게일의 가슴을 후려쳤다.

툭!

본래대로라면 '투웅' 하는 울림이 나야 했다. 그러나 성진의 경력이 게일의 가슴을 파고든 순간 게일의 오러가 성진의 경력을 밀쳐 냈다. 그 반동을 빌어 성진은 몸을 회전시켰고 게일의 무릎이 성진의 복부를 찔러 오자 성진은 마찬가지로 무릎을 맞부딪쳐 각아냈다.

파파곽!

눈 깜짝할 사이, 성진과 게일이 눈에 보이지 않는 속도로 초근접전을 벌이는 그 짧은 순간 샤이라도 의식을 확장시켜 강하게 외쳤다.

ㅡ멈춰라!

순간 샤이라는 시간의 흐름에서 해방되었다. 성진과는 다른 방식. 성진은 그 시간의 흐름 속에서 자신의 의식을 빼내 찰나를 활용했다면 그녀는 시간의 흐름에서 완전히 해방되었다. 그녀의 시간 속에서 주위의 모든 것이 멈췄다. 단지 같은 마스터인 성진과 게일만이 움직일 뿐. 매우 짧은 시간 동안이지만 샤이라에게는 충분했다. 아찔한 정신을 부여잡아 고속 캐스팅을 통해 마법을 발현했다. 그러자 타키안과 길리언의 몸을 감싸는 실드가 생겨났다.

ㅡ역장(力場:Force Field)!

　그리고 다시 시간 속으로 샤이라가 돌아왔다. 게일과 성진이 격돌하였고 샤이라가 마법으로 두 아이들을 구출하는 것은 순식간이었다. 1초라는 시간을 몇 번 쪼개는 그 짧은 시간 만에 일어난 일이었다. 놀란 쉐도우 워커가 반사적으로 검을 휘둘렀지만 어느새 만들어진 강력한 역장에 가로막히자 반사적으로 몸을 날렸다.

　세르피아와 라 제크 2세, 그리고 두 아이들이 이 돌연한 사태를 깨달았을 때는 밝은 빛과 주위를 울리는 진동과 함께 성진과 게일이 떨어졌다.

　순식간에 좀 전과 같은 자리로 돌아온 성진과 게일은 몇 초 전과는 판이하게 달랐다. 맞붙은 시간은 단지 눈 몇 번 깜박일 정도의 짧은 시간이었지만 성진의 망토가 사라진 지 오래고 티셔츠와 청바지는 곳곳이 찢겨져 맨살이 드러나 보였다. 얼굴에는 땀으로 범벅이 되었고 머리 위로 김이 치솟고 있었다. 그리고 입가에는 피가 흐르고, 부러졌는지 왼팔은 축 늘어뜨리고 있었다. 잠시 볼을 부풀린 성진은 기어코 피를 토해냈다.

　"울컥!"

　검게 죽은 피 한 사발이 입에서 뿜어져 나와 바닥을 적셨다. 붉게 물든 입술 위로 떨어지는 땀방울이 피로 물들더니 빨갛게 변해 턱에 맺혔다.

　사정은 게일이라고 다르지 않았다. 게일의 드러난 오른팔 팔뚝은 온통 시퍼렇게 죽어 있었다. 마비가 되었는지 움직이지도 않았다. 잠시 오른팔을 보던 게일은 성진에게 고개를 돌렸다. 게일은 눈을 지그시 떴다.

　"당신… 누구입니까?"

　수많은 질문을 담고 있는 물음이었다. 세상에 그 어떤 존재가 마스터에게 이렇게 낭패감을 안겨줄 수 있을까. 평소 빠르다고 자부하던 게일에게 성진과의 그 짧은 박투는 정말 등골이 오싹해질 정도였다.

몸조차 뺄 수 없을 정도의 강한 돌진력. 눈앞을 덮는 주먹, 맞부딪치면 허공을 치는 듯한 손바닥, 팔을 거슬러 오는 손, 거기에 하반신을 향해 정신없이 날아오는 다리와 무릎.

마지막 한 수는 정말 아찔했었다. 부딪쳐 오는 어깨를 막아 마비된 팔 뚝은 침입한 어떤 힘으로 인해 다친 것이다. 오러의 방어조차 뚫어버린 그 힘은 게일의 피부와 근육을 헤집은 것이다. 상대의 어깨를 부숴 버리 기는 했지만 그래도 마스터가 되면서 이렇게 큰 부상을 당한 것은 처음 이었다.

성진은 아무런 말도 할 수 없었다. 다시 한 모금의 피를 토할 뿐. 이번 에는 좀 전과는 다른 선명한 선홍색 피였다.

'폐를 다쳤군.'

영의 상흔에도 아랑곳하지 않고 무리하게 힘을 끌어 모았으니 그 타격 이 고스란히 육체로 돌아간 것이다. 거기에 경력까지 폭발시켰으니 내장 은 필시 엉망이 되었을 터.

전신이 찢어지는 고통이 닥칠 것이 분명하거늘 성진은 눈썹조차 꿈쩍 하지 않았다. 단지 투명한 눈으로 게일을 바라볼 뿐. 그 모습에 게일은 그제야 알았다는 듯 고개를 끄덕였다.

"그렇군. 갑자기 사라져 버렸던 느낌. 당신이 바로 그였군요."

마스터였다. 모습을 보아하니 분명 상처 입은 것. 영에 상처를 입는 것이 얼마나 치명적인 것인지 마스터인 게일은 너무나도 잘 알고 있었 다. 영에 상흔을 입고도 저런 위력을 보이니 만약 멀쩡하다면 오늘 결과 는 판이하게 달라졌을 것이라 생각됐다. 행운 따위는 기대도 하지 않는 마스터지만 오늘의 거사는 정말 행운이었다. 샤이라가 만난 자가 이계의 마스터라니.

"아쉽군요, 왜 다쳤는지 몰라도 멀쩡할 때 만났으면 좋았을 것을."

게일의 말속에는 아쉬움이 가득했다. 성진은 조용히 입을 떼었다.

"나중에 다시."

성진의 말에 게일도 고개를 끄덕였다.

"나중은 없습니다!"

샤이라가 소리치며 게일을 향해 달려들었다. 지금이야말로 제압해 버릴 절호의 기회! 샤이라의 지팡이에 시퍼런 마력이 교환조차 되지 않은 채 맺히기 시작하였다. 살이 떨리고 공기가 진동하였다. 머리털마저 곤두설 정도의 진동! 그러자 내리던 빗방울이 역류하여 하늘로 치솟기 시작하였다.

"합!"

샤이라의 기합과 함께 지팡이를 휘감는 시퍼런 빛이 수많은 갈래를 만들어 어린아이 머리통만한 크기로 뭉치더니 게일을 향해 튀어 나갔다!

콰과가가가!

마력탄이 날아가는 궤도에 고여 있던 물과 돌들이 튀어 나가고 그 뒤를 이어 흙먼지가 치솟았다. 지면을 갈아엎으며 가루로 만들어 버리겠다는 듯 날아오는 마력탄을 맞아 게일은 여유있게 웃어 보였다.

"아니, 아직 이게 남았으니 달라지지는 않았습니다."

게일의 손에는 어느새 은빛의 짧은 막대기가 쥐어져 있었다. 샤이라가 뭐라 반응하기도 전에 게일의 손이 환상처럼 움직이더니 짧은 막대기에서 빛이 솟아났다. 그리고 그 빛은 눈 깜짝할 사이에 활이 되었고 이윽고 화살이 뻗어 나왔다.

아이의 팔뚝만한 굵기의 빛의 화살이 마력탄과 부딪치자 대폭발이 일어났다.

콰과광!

눈부신 섬광과 폭음, 부딪친 중심부의 공기가 미친 듯이 뒤틀리더니 주변부를 휩쓸어갔다. 쓰러져 있던 칼과 하이단이 압력에 밀려 굴렀고 라 제크 2세와 세르피아는 휘몰아치는 바람을 양팔로 얼굴을 가리며 필 사적으로 저항했다. 성진이라고 별수있을까? 그도 마찬가지로 바람에 떠 밀려 구르고 말았다.

폭발의 여력은 방사 형태로 퍼져 나갔다. 두 번의 충격과 마스터의 격 돌로 아슬아슬하게 버티고 있던 천장의 일부가 이번 폭발로 완전히 무너 져 내렸다. 뚫린 두 개의 구멍이 폭발로 균열이 생기더니 주변부로 퍼져 나갔고 그대로 붕괴하며 커다란 하나의 구멍을 만들었다.

영원토록 하늘을 가릴 것이라 믿었던 신전의 지붕이 회랑으로 무너져 내렸다.

쿠르릉! 콰광!

돌무더기가 바닥을 후려치자 쪼개지며 사방으로 튀었고 진동이 휩쓸 고 갔다. 쪼개진 돌무더기가 뿜어낸 먼지가 사방을 덮쳤다. 눈앞을 가리 는 뽀얀 먼지가 모든 것을 침묵시켰다. 조금 전 하이단이 선보였던 것과 비슷하였지만 그 위력 면에서는 비교조차 할 수 없었다. 만약 샤이라가 필사적으로 에너지 드레인을 펼쳐 여력(餘力)을 흡수하지 않았다면 지금 이 자리에 서 있을 사람은 단지 샤이라와 게일밖에 없었을 것이었다.

이윽고 비가 먼지를 가라앉혔다. 모두의 머리칼은 제 색을 알아볼 수 없을 만큼 더러워져 있었다. 샤이라의 풍성한 푸른 머리칼은 회색 먼지 가 잔뜩 끼었고 빗물에 젖어 구정들이 머리끝에서 맺혀 떨어졌다. 얼굴 이라고 멀쩡할까.

쉐도우 워커들도 그레이 워커라고 해야 할 만큼 엉망이 되어 있었다. 그러나 모두들 아무 말도 할 수 없었다. 단지 게일의 손에 쥐어진 저 찬 란한 빛의 활을 바라볼 뿐!

"……"

모두들 그 위력에 경악해 입을 다물었을 때 라 제크 2세만이 그 물건을 알아보고 외쳤다.

"청공의 활!"

가져간다는 두 가지 물건 중 하나는 바로 청공의 활인 것이다.

"스승님……."

잔뜩 겁에 질린 길리언의 목소리가 쉐도우 워커들 뒤에서 들려왔다. 세르피아는 반사적으로 뒤를 돌아보았다. 분명히 있어야 할, 역장 안에 안전히 있어야 할 두 아이가 보이지 않았다.

그 끔찍한 폭발 속에서도 쉐도우 워커들이 두 아이를 끌고 간 것이다.

에너지 드레인 중이라 아무것도 할 수 없었던 샤이라는 눈앞에서 두 아이를 보내야만 했다. 샤이라는 어금니를 질끈 깨물었다.

이번에는 같은 수작을 용납하지 않겠다는 듯 성진을 괴롭혔던 다섯의 쉐도우 워커들이 합류해 여섯의 그림자가 두 아이들의 주위를 둘러쌌다. 검은 그림자가 주위를 두르자 타키안은 공포감에, 길리언은 정안(正眼) 너머로 보이는 그들의 진실한 모습에 진저리를 쳤다.

게일은 세르피아를 보았다.

"당신의 물건에 손대어 미안합니다. 반드시 돌려 드리겠습니다."

세르피아는 아무런 말도 하지 않은 채 게일의 손에 들린 청공의 활을 보았다. 뭐라 말할 것인가. 그녀는 결국 아무런 대답도 할 수 없었다.

샤이라는 더욱 난처해졌다. 저런 수가 있었다니. 마스터가 신기를 사용하는 사례 따위는 들어본 적도 없었다. 때문에 그 위력이 얼마만한지 짐작조차 할 수 없었다. 부상당했다고는 하지만 게일의 부상 정도를 정확히 알 수 없었고 일행에도 치명상을 입은 사람이 두 명이나 있었다. 피차 서로 간에 다시 싸웠다간 좋은 꼴 보기는 힘들었다.

게일은 물러나기로 결심하였다. 방금은 무리수를 두어 오른팔을 움직여 시위를 재었지만 다시 한 번 움직이지는 못할 것이다. 다분히 위협적인 무력 시위. 마스터 샤이라가 건재한 이상, 그의 이상을 눈치 챈 순간 모든 것은 허물어질 터였다. 인질은 어차피 심리적인 방패. 샤이라라면 그까지 것쯤은 가볍게 무시할 수 있었다. 물론 샤이라가 가지고 있는 신루를 포기할 수는 없었다. 세르피아도 포기할 수 없었다. 빠른 시간 내에 다시 조우할 수 있는 구실을 만들어내야 했다.

"이만 물러가야겠군요. 아이들을 데려가겠습니다. 찾으러 오십시오."

"아이들은 놔두세요. 활을 받으러 가겠습니다."

세르피아가 나서서 말했다. 게일은 잠시 생각하더니 고개를 끄덕였다. 어차피 청공의 활을 돌려줘야 할 것. 게일의 시선이 샤이라에게 돌아가자 샤이라는 잠시 얼굴을 일그러뜨렸다. 세르피아가 간다 함은 성진도 간다는 말. 성진을 모디프스로 데려가기 위해서는 그녀도 끝까지 따라가야 했다. 이건 빼도 박도 못하는 상황이었다.

"당신이 가져간 신루를 회수하러 가지요."

결국 샤이라는 말할 수밖에 없었다. 게일이 미소를 짓고 있지는 않지만 속으로 웃고 있다고 생각하니 속에서 천불이 끓어오를 지경이었다. 의도대로 끌려간다는 게 그토록 기분 나쁜 것인지 그녀는 처음 알았다.

"그럼 쉐도우 워커 본부로 와주십시오. 먼저 실례하겠습니다."

말을 마친 게일은 품속에서 조그만 구슬을 꺼내 손바닥으로 깨뜨렸다. 그러자 파란 빛이 게일의 주변을 감싸더니 살아남은 쉐도우 워커들과 사라져 버렸다.

─진실을 보는 소년. 다시 만나지요.

길리언의 머리 속에 게일의 마지막 인사가 스쳐 갔다. 게일의 여운을 남기는 말에 길리언은 몸을 떨었다.

스카우터들이 도착한 것은 게일이 사라진 직후였다. 삼백여 명의 인원들은 처참하게 박살난 신전에 넋을 잃고 바라보았다.

수십 년 동안 보아오던 것이 하루아침에 박살났다. 그것도 가장 처참한 모습으로. 무너진 벽과 천장, 쓰러진 기둥, 바닥을 뒹구는 석상. 충격은 경악으로 경악은 분노로. 이윽고 스카우터들은 때늦은 분노를 토했다. 머리를 피로 물들인 한 사제가 그런 스카우터들에게 눈물로 항의하였다. 막상 필요할 때는 왜 이리 늦었냐고. 왜 이렇게 늦게 와 피해를 더욱 크게 만들었냐고.

스카우터들의 단장은 자책감에 얼굴을 일그러뜨렸다. 그러나 한 스카우터가 나서며 변호하였다.

"첫 폭발 때부터 여기 도착할 때까지 기껏 5분 정도밖에 걸리지 않았습니다."

그 소리에 항의하던 사제들은 놀라서 입을 다물었다. 직접 전투를 치른 사람과 본 사람들은 매우 길게 느꼈지만 실지로 첫 번째 섬광이 신전을 뒤흔들고 게일이 사라질 때까지 걸렸던 시간은 5분 정도에 불과하였다. 말은 하지 않았지만 다른 사람들도 경악한 것은 당연하였다.

라 제크 2세는 급히 신전을 폐쇄하였다. 사제들을 신전 밖으로 나가지 못하게 출입을 통제하였고 신도들이 신전으로 들어오지 못하도록 스카우터로 막았다.

그러나 반쯤 무너져 내린 신전의 모습은 가릴 수 없는 법. 이를 구경하기 위해 수많은 인파가 광장으로 몰려들었다.

변고에 놀라기는 왕실도 마찬가지였다. 국왕의 특명으로 왕실 수호대와 국왕 친위 기사단이 출동해 급히 광장으로 달려왔다. 어떻게 된 영문인지를 물어보는 친위 기사단장의 물음에 라 제크 2세는 침묵으로 일관하였다. 카밀 왕국에서 그랑디아 교는 국교였다. 교황의 권위는 국왕과 대등하였다. 라 제크 2세의 침묵은 그 누구도 열지 못하였다. 다만 후에 이유를 설명한다는 말에 국왕 친위 기사단은 철수하였고 왕실 수호대는 군중들을 해산하고 사람들의 침입을 막기 위해 신전을 둘러쌌다.

일단 출입이 통제되자 사제들과 일부 스카우터들을 중심으로 피해 상황을 집계하기 시작하였다. 우선 물질적으로 엄청난 손실이 있었다. 가치를 따질 수 없는 조각상부터 시작하여 뿌리째 뽑혀 버린 나무들과 뜯겨져 나간 벽화. 온갖 문화재로 장식이 되어 있었던 회랑이 괴멸되었으니 그 정도는 당연하다고 해야 할까. 다행히 가장 중요한 비고의 유물들은 단 한 점을 빼고는 사라지지 않아 안도의 한숨을 내쉬었을 뿐이다.

사망자들도 기적적으로 없었다. 이 부분에서 집계하던 사제들이 가장 놀랐다. 신전이 이 지경이 되어서도 사망자가 없었다는 점에서 말이다. 회랑에 있던 사제와 신도들 중 사망자는 없었고 다만 끝까지 몰래 구경하던 신도 한 명만이 중상을 입었다. 비고의 통로를 지키던 스카우터들은 전원 정신을 잃은 채 쓰러져 있었고 쉐도우 워커의 것으로 추측되는 팔 하나가 발견되었다.

신루를 안치해 놓은 방은 심각하였다. 강력한 힘에 의해 결계가 통째로 박살나 있었고 기절한 스카우터들이 그 주위에 널려 있었다. 신루를 보관하였던 궤짝은 텅 비어 있었다. 반으로 쪼개진 채.

성진 일행에 대해서도 빼놓을 수 없었다. 본의는 아니었지만 어쨌든 이번 사건의 한 주축. 그런 성진 일행을 바라보는 사람들의 눈빛은 상반되었다. 호의적인 눈빛과 적대적인 눈빛. 전자는 악적의 침입으로부터 맞서 싸워준 것에 대한 고마움이었고 후자는 그들이 대응함으로써 신전의 피해가 더욱 커졌다는 눈빛이었다. 다행히 전자의 비율이 높았지만 후자의 시선을 결코 무시할 수는 없었다. 마음 여린 타키안과 길리언은 더 더욱 불편해하였다.

쉐도우 워커를 두 명이나 베어버린 후 쓰러졌던 칼은 깨어난 후 자신의 무용담을 듣고 경악하였다. 샤이라는 그가 경험했던 것이 바로 오러 유저로 각성하는 과정에서 일어나는 드문 현상이라는 것을 설명해 주었다. 샤이라의 설명에 칼은 당장 검을 뽑아 오러를 일으켜 보려고 용을 썼지만 결과는 실패였다. 낙담하는 그에게 성진은,

"모르는 길을 걷는 것과 아는 길을 걷는 것은 큰 차이가 있습니다. 이미 한번 그 같은 경험을 해보았으니 조만간 좋은 결과를 얻을 겁니다."

라고 말해 줌으로써 칼을 기뻐 날뛰도록 만들었다.

가슴에 커다란 상처를 입고 쓰러진 하이단의 상처는 결코 가벼운 것이 아니었다. 가슴부터 복부까지 이르는 커다란 자상. 갈비뼈가 드러나 보였고 복부를 감싸는 근막까지 쩍 벌어져 있었다. 쩍 벌어진 상처 위로 삽시간에 엄청난 피가 쏟아져 작은 웅덩이가 고일 정도였다. 그러고도 용케 죽지 않았다니. 그 엄청난 상처에 치료하던 사제가 혀를 내두를 정도였다.

"이 정도 출혈이라면 죽을 정도의 출혈량입니다."

사제의 말에 옆에서 하이단을 치료하는 것을 보던 칼은 웃으며 말했다.

"사제님, 이 아저씨는요, 그 정도로는 안 죽는다고요. 반으로 쪼개지면 죽을까?"

"…닥치게나."

이렇게 옥신각신하는 통에 하이단의 겨우 붙었던 상처가 벌어지면서 피가 쏟아져 나왔고 하이단은 빈혈로 쓰러지고 말았다. 당황한 칼이 황급히 샤이라를 부르자 그녀는 살짝 얼굴을 찌푸리고는 피를 삽시간에 보충시키는 말도 안 되는 마법으로 하이단을 부활시켜 버렸다. 깨어난 하이단은 칼을 응징하였고 칼은 시퍼렇게 부은 눈덩이를 치료하기 위해 다

시 사제에게 매달려야만 했다.

"정말로 죽을 정도의 출혈량이었는데."

정말로 이상하다는 듯 중얼거리는 사제의 말은 아옹다옹하는 칼과 하이단의 소란에 파묻혔다.

정작 일행 중 가장 상처가 깊은 것은 성진이었다. 피를 토하고 팔이 부러졌지만 그리 부상이 깊지 않다고 생각한 것을 완전히 뒤집어 버린 것이다. 성진이 행한 무리수는 생각보다 슥각하였다. 우선 무리한 공력의 사용으로 심각한 내상을 입었다. 제어되지 않은 경력들이 장기를 주유하였고 폐에 구멍을 뚫어버렸다. 정신이 뒷받침되지 않은 채 무리하게 한계를 뛰어넘었으니 오죽하랴. 거기에 물리 법칙을 뛰어넘는 속도로 움직여 댄 덕분에 전신의 근육까지 괴사하기 시작하였다.

왼팔도 부러진 것이 아니었다. 게일의 으러는 치명적이었다. 성진의 어깨뼈를 부숴 버린 것은 고사하고 조각조각 끊어버린 것이다. 남은 여력은 왼팔 전체에 미쳤고 결국 손만 남긴 채 왼팔 전체에 걸쳐 복합 골절상을 입었다.

그러고도 눈 하나 깜짝하지 않았으니 그 인내심에 샤이라가 경의를 표했을 정도였다. 폐에 구멍이 나 산소가 모자라 보랏빛으로 질려 버린 성진이 태연하게 부상 정도를 말했을 때는 듣는 이들이 기겁했을 정도였다.

덕분에 힘들어지는 것은 샤이라였다. 성진의 육체는 사제들의 신성력을 거부하였다. 인과율을 벗어났으니 신성력이 적용될까? 같은 마스터인 샤이라의 회복술로 성진의 상태는 호전되었다. 뼈가 붙고 내상이 치유되었으며 근육이 살아났다.

신성력을 훌쩍 넘는 위력에 고위 사제들은 경악하였다.

"제가 너무 무리한 수를 주문했나 보군요."

성진은 머리를 가로저었다.

"아닙니다. 의외로 좋은 결과를 얻었습니다."

무리한 의식의 확장이 영의 상흔의 회복 속도를 가속시킨 것이다. 찢긴 상처가 더욱 단단해져 낫듯 성진의 영도 더욱 강해지며 상처를 치유하는 효과를 낳았다.

"아무래도 오늘 저녁때쯤부터는 창생력을 운용할 수 있을 것 같군요."

샤이라는 기가 막힌다는 표정으로 성진을 보았다. 세상에 그럴 수가 있나!

"당신… 정체가 뭐예요?"

샤이라의 질문에 성진은 쓴웃음을 지었다.

"저도 잘 모르겠습니다. 마스터의 숨겨진 신비라고 해두죠."

"……."

아무런 상처도 없었던 세르피아는, 그러나 여전히 아무 말도 하지 않았다. 단지 뚫린 지붕 사이로 줄기차게 내리는 빗줄기만 바라볼 뿐. 세르피아는 어떠한 기색도 내지 않았지만 길리언은 읽을 수 있었다. 그녀의 깊은 마음속에 회오리치는 번민과 갈등, 혼돈을. 길리언이 다가가 말을 걸어도 그녀는 아무런 말도 하지 않았다. 길리언은 시무룩한 표정으로 성진에게 타박타박 걸어왔다.

"세르피아님이 왜 저러는지 스승님은 아세요?"

성진은 알지 못했다. 그러나 대충 짐작만이 갈 뿐이었다. 성진은 길리언을 끌어안고는 옆에 앉혔다. 그리고 길리언의 작은 어깨를 감싸 안았다.

"짐작은 간다. 하지만 정말 알고 싶느냐? 왜 세르피아가 저러는지? 정말로?"

성진의 질문에 길리언은 침묵하고는 골똘히 생각했다. 알고 싶었다,

정말로. 번민과 갈등은 좋지 않은 감정이었다. 원체 감정을 읽을 수 없는 세르피아가 그의 눈에 포착될 정도라면 얼마나 힘들어서 그러할까? 위로가 되고 싶었다. 그러나 다른 한편으로는 그런 생각이 들었다. 과연 그가 알아서 그녀에게 무슨 도움이 될 것인가. 알아서 좋을까? 길리언의 작은 머리 속에 수많은 생각이 난무하였고 이윽고 결심한 듯 말했다.

"듣지 않겠어요."

성진은 은근히 미소 지었다.

"이유를 물어도 되겠느냐?"

성진의 미소에 우물쭈물 입을 달싹이던 길리언은 이윽고 입을 열었다.

"제 눈에는요, 세르피아님의 혼돈과 번민, 갈등 같은 음울한 감정이 보여요. 무엇인지 몰라도 세르피아님은 많이 힘들어하실 것 같아요. 하지만 제가 그 이유를 알아서 그분께 위로를 해드린다 하더라도 소용없는 일일 것 같아요. 스승님이 언젠가 말씀하시길 사람은 기대어 살고 엘프는 홀로 산다고 하셨어요. 그 말은 제가 스승님께 그 이유를 알아내서 그분을 위로한다면 그분은 신경 쓰지도 않으실 거예요. 하지만 신경 쓴다면 더 위험해질 거예요. 결국 둘 다 좋은 결과를 얻을 수 없으니 차라리 묻지 않는 게 더 좋을 것 같아서요."

성진은 턱을 쓰다듬으며 눈으로는 여전히 길리언을 보았다. 스승의 눈을 바라보지 못했던 길리언은 아무 말 없는 성진의 기색을 살피기 위해 살짝 눈을 들었다. 그러자 둘의 눈이 마주쳤고 길리언은 화들짝 놀라며 눈을 내리깔았다. 성진은 길리언의 머리를 쓰다듬었다.

"왜 그렇게 생각했지?"

성진의 행동에 자신감을 얻은 길리언은 좀 전보다 조금 더 큰 목소리로 말했다.

"엘프는 홀로 산다. 이 말을 생각해 봤어요. 혼자 산다는 건 남의 도움을 받지 않고 스스로 결정하는 거라고 생각해요. 결국 그분은 제 위로 따위는 필요없다는 거지요. 또 다르게 생각해 본다면 한 번도 도움받은 적이 없다는 말 같아요. 그런 그분이 제 위로에 신경 쓴다면 제 말을 따를 가능성이 높다는 거죠. 더 이상 고민하지 않을지도 몰라요. 하지만 언젠가 세르피아님은 다시 같은 문제가 생길 것 같아요."

"무슨 문제?"

성진이 반문하였다. 길리언은 단호한 표정으로 말했다.

"후회예요."

길리언의 단호한 말에 성진은 눈을 조금 크게 떴다. 길리언은 숨을 고른 다음 다시 말을 이어 나갔다.

"사람은 도움을 받아서 선택하지요. 남에게 도움받는 인간들도 선택에서는 괴로운데 도움을 받지 않는 엘프인 세르피아님은 얼마나 고통스러울까요? 괴롭다면 도와야 하겠죠. 하지만 사람은 반드시 나중에 후회해요. 후회하고 왜 그런 결정을 했을까 고민하죠. 옳은 결정을 하더라도 그때 다른 것을 선택했다면 어떨까 하는 후회가 남아요. 그에 비해 엘프는 그렇게 괴로운 만큼 선택하고 나서 후회 같은 건 없을 것이라 생각해요. 자신이 궁리 끝에 내린 결정. 행동만이 남겠죠. 저는 아직 엘프에 대해 잘 몰라요. 하지만 이것만은 확실할 것 같아요. 달콤한 말로 타이르고 다른 선택을 강요한다면 언젠가 드러나게 되겠죠. 지금껏 홀로 결정해서 후회없이 행동하는 세르피아님이 제 말의 달콤함을 듣고 선택했다면 그 후회가 얼마나 크게 나타날까요? 만약 제 달콤한 말이 세르피아님의 길이 아닌 것을 부추긴 거라면요? 잠시 사라졌던 불신과 번민은 더 크게 다가올 거라 생각해요."

"……"

길리언의 얼굴은 부끄러움으로 벌겋게 달아올라 있었다.

성진은 아무 말도 하지 않았다. 단지 길리언의 머리를 어루만질 뿐. 너무나도 내성적인 길리언이었기에 지금과 같은 열변은 부끄러웠지만은 한편으로는 후련했다. 생각했던 것을 성진에게 말하자 그 내면 깊은 곳에서 자신에 대한 대견함이 치솟고 있었다.

성진은 길리언이 내놓은 말에서 의미있는 문장을 골라냈다. 그리고 그 문장을 음미해 보았다.

인간은 선택하고 나서 후회한다. 그러나 엘프는 선택하고 나서 행동한다.

"멋진 말이구나."

성진의 말에 길리언은 활짝 웃었다.

"난 너에게 무력을 가르치고 싶지 않구나. 난 마스터야. 세상에 영향을 줘서는 안 되는 마스터. 대신 네 재능을 살려 이치를 깨닫게 해주고 싶구나. 사물을 바라보고 느껴라. 언젠가 알아간다면 '지혜로운 자[賢者]' 라는 이름이 붙을지도 모르지. 이치에 이치를 깨닫고 그 속의 정의를 깨닫는다면 언젠간 너도 마스터가 될 수 있겠지."

무(武)로써가 아닌 문(文)으로써. 기이한 말이었다. 성진의 말은 참으로 큰 뜻이었다.

"그렇게 해서 마스터가 될 수 있을까요?"

샤이라가 들었다면 깜짝 놀랄 이야기였다. 이제껏 마스터라 함은 힘을 다룸으로써 궁극적으로 자연의 이치를 깨닫는 이들이었다. 대부분 검사나 마법사, 간혹 장인(匠人)들이 있었지만 순수하게 학문을 연구하여 마스터가 된 자들은 없었다. 길리언의 질문은 당연한 것이었다.

"될 수 있다."

성진의 말이었다. 그의 스승의 말이었다. 길리언은 믿었다.

"할게요. 이루겠어요."

대륙 최고의 현자이자 문으로써 마스터를 이룬 최초의 인물, 길리언 테인즈의 신화는 이렇게 시작되었다.

물론 먼 훗날의 이야기이지만 말이다.

밤이 찾아들었다. 어두운 밤을 채우는 빗소리. 라 제크 2세는 그 빗소리를 음미하였다. 언제 생각이나 해보았을까. 신전 안에서 신전으로 떨어지는 빗소리를 감상하는 모습을. 예상치 못한 것이 현실이 되어버린 통에 라 제크 2세는 지금도 이것이 꿈이라고 생각했다. 그러나 눈을 감았다 떠보아도 보이는 것은 무너진 기둥과 내려앉은 회랑, 부서진 석조상뿐.

그것을 보면 라 제크 2세의 마음 한구석도 무너질 것만 같았다. 그런 그의 등 뒤로 무거운 발자국 소리가 들려왔다. 라 제크 2세는 슬며시 옆을 돌아보았다.

"피곤하지 않나? 그렇게 다쳤는데."

라 제크 2세의 말에 하이단은 쓴웃음을 지었다. 언제나 그랬다, 이 친구는. 자기보다도 남을, 그래서 그녀마저도…….

"나야 멀쩡한걸 뭐. 자네가 더 문제지."

하이단의 말에 이번에는 라 제크 2세가 쓴웃음을 지었다. 어두운 밤을 타고 내리는 비. 회랑의 패어진 곳곳에 물이 고였고 밤을 밝히는 빛이 신전 사이사이를 타고 물웅덩이에 일그러졌다. 그 황폐한 모습에 낮에 본 그 신전의 이미지는 환상 같았다. 하이단은 허무감에 젖어 그 광경을 지켜보았다. 진정 영원한 것은 없는 것인가.

"몽땅 무너져 버렸군."

"하지만 완전히 무너지지 않았어."

라 제크 2세의 말에 하이단은 고개를 돌렸다. 라 제크 2세는 하이단의 눈빛에 자신의 가슴을 가리켰다. 아직 무너지지 않았다, 분명히.

"그렇군. 무너지지 않았군."

"그래. 무너지지 않았으니 일으켜 세우면 되지."

강해졌다라고 하이단은 생각했다. 그 옛날의 유노, 라 제크 2세가 아니었다. 풋내기 스카우터가 아니었다. 몬스터 코앞에서 크로스 보우의 현이 끊어져 당황했던 그가 아니었다. 그는 강해져 있었다.

"더 멋지게 만들어야 할걸? 그렇지 않으면 신도들이 도망갈 테니."

하이단의 농조에 라 제크 2세는 웃었다. 그의 웃음에 지나가던 사제들이 놀라 둘을 보았다. 라 제크 2세들은 별일 아니라는 듯 손을 저었고 사제들은 물러갔다.

"어느 교단의 괴물 사제보다는 신도들이 많이 모일걸?"

"큭!"

라 제크 2세의 농조에 이번에는 하이단이 웃음을 터뜨렸다. 괴물 사제. 하이단의 별명이었다. 누가 지었는지 몰라도 정말 걸작이라고 생각될 정도로.

웃음이 그치고 다시 침묵이 시작되었다. 그러나 과연 침묵일까. 비를 바라보는 그들의 기억은 먼 과거를 걷고 있었다. 그 여행과 모험, 웃음, 눈물. 젊은 시절 공유했던 짧은 시간이었지만 평생 잊을 수 없는 추억이자 아픔이었다.

"소문은 들었네."

"……."

라 제크 2세의 말에 하이단은 아무 말도 하지 않았다. 하이단은 말없이 비를 볼 뿐.

"그런 소문 따위 난 믿지 않아. 자네가 누군데 말이야. 누가 뭐래도 난 자네를 믿어."

하이단은 순간 콧날이 시큰해지는 것을 느꼈다. 십수 년 동안이나 만나지 못했던, 마지막은 유쾌하지 않은, 도리어 가슴 아픈 이별을 해야 했던 옛 친구는 그를 믿었다. 신경 쓰지 않는다고 했다.

믿는다. 그 짧고도 단순한 말. 그것이 왜 이리 눈을 따갑게 하는지.

하이단은 말을 하려 입을 열었지만 아무런 말도 할 수 없었다. 목이 메어 말을 할 수가 없었다. 조금 시간이 흐르고 빗소리가 천천히 하이단의 목을 풀었을 때 비로소 하이단은 한마디 말을 할 수 있었다.

"고맙네, 유노."

라 제크 2세는 아무 대꾸도 하지 않았지만 하이단은 대꾸를 보고 있었다. 쑥스러운 듯 살짝 얼굴을 붉히며 코를 긁는 순진한 청년을.

그리고 그 앳된 청년은 씁쓰레한 웃음을 머금은 중년의 사내로 변하여 그에게 말하였다. 그 가슴속 깊이 잠자는 기억을.

"실은 말이야, 나도 무너질 뻔했어. 울고 싶었지. 그렇지만 가까스로 참았어."

"그… 래?"

"그녀가 날 받쳐 주었어."

"……."

하이단은 몸을 크게 움찔거렸다. 그의 머리 속이 순간 십수 년 전으로 거슬러 올라가더니 희미한 기억 더미에서 활짝 웃는 주근깨 많은 여인이 튀어나왔다.

"그녀가 말했지, 교황이 되어달라고. 다른 이들의 기둥이 되어달라고. 차갑게 식어가는 손으로, 따뜻한 눈으로 내 손을 부여잡고 말했어. 약속하라고. 약속해 주라고."

"……."

"그게 기둥이 되었지. 그 말이, 그 약속이 뿌리가 되어 나무로 자라나

내 등을 받쳐 주었어. 언제나 힘들고 괴로울 때마다 차가운 손으로, 따뜻한 눈으로 내 이마를 어루만져 주었지."

하이단의 손이 얼굴 쪽으로 올라갔다. 라 제크 2세, 아니, 유노는 그를 보지 않았다. 지금 이 순간 그는 교황이 아니었다. 먼 과거의 아픈 순간을 말하는 남자일 뿐. 한 사내의 옛 친구일 뿐.

"결국… 간 거군."

"최소한 자네와의 약속은 어기지 않았어. 웃었지."

"고맙네."

얼굴에서 손을 내린 하이단의 엄지와 검지에는 작은 물기가 묻어 있었고 그것은 빛에 반짝이고 있었다. 그러나 유노는 그것을 절대로 보지 못했다고 생각했다. 절대로.

"그녀를 세상에 뿌렸어. 좋아하던 숲에도, 나무 밑에도, 냇가에도, 강에도. 내가 기억하는 모든 곳에, 그녀가 웃던 그 자리에 조금씩 뿌렸네. 힘들었지. 우리가 묵었던 여관 방에도 조금 뿌렸고 어떤 장소는 정말 기억하기 힘들었거든?"

"풋!"

하이단은 작은 웃음을 터뜨렸다.

"이제 그녀를 기억하는 건 나와 자네뿐이군."

하이단은 회한에 찬 고소를 지었다. 웃기 힘들었지만 어쩐지 웃고 싶었다. 웃어야만 할까? 이 미묘한 감정에 하이단은 결국 웃어야 했다. 유노는 가슴 깊숙한 곳에 손을 찔러 넣더니 이윽고 무언가를 꺼냈다.

손바닥 위에 올려 그것을 하이단에게 주었다.

"받아. 유품일세."

하이단은 손바닥에 그것을 올려놓고 보았다. 어두워서 잘 보이지 않았다. 좀 더 얼굴에 바싹 대고 눈을 부라렸다. 그것은 작은 귀고리였다. 청옥(靑玉)으로 만들어진 작은 구슬이 매달린 귀고리. 언제나 그녀의 귀에 걸려 있던 것이었다. 바로 하이단, 그가 그녀에게 선물한 것. 기억 속에 묻혀졌던 물건이 실제가 되어 그의 손바닥 위에 올려져 있었다. 십수 년간의 여행 끝에. 전혀 생각지도 못한 물건에 하이단은 하마터면 눈물을 흘릴 뻔했다.

"미안하다고, 꼭 내 손으로 전해달라더군. 이제 자기 물건이니 남에게 선물해도 된다고 말이야. 결국 이제야 전해주는군. 몇 년 만인지 기억도 안 나는군. 아, 다른 한 짝은 내가 가지고 있어. 설마 달라고 하지는 않겠지?"

잠시 동안 말없이 귀고리를 내려다보며 쓸어보던 하이단은 슬쩍 웃으며 말했다.

"어차피 달라 해도 주지 않을 거잖아."

"그건 그렇지."

라 제크 2세의 웃음에 하이단은 어깨를 살짝 부딪치며 말했다.

"자네, 천벌받는다네. 여신을 사랑해야 할 남자가 다른 여인을 사랑하다니."

"훗. 우리 주께서는 그렇게 쩨쩨하지 않다네."

엷게 내리던 비구름 사이로 언뜻 달이 보였다. 희미한 월광이 부서져 신음하는 신전을 쓰다듬었고 두 사내를 어루만졌다. 폐허가 된 신전을 바라보는 사람은 오직 셋. 두 사내와 월광뿐. 그 외에는 아무것도 없었다.

"젠장. 눈물이 나오려 하는군."

"울어버려."

"싫어."

"……."

월광이 희미해지고 밝아지기를 반복하였다. 그러나 달은 결코 신전의 그림자 밑에 가린 두 사내를 볼 수 없었다.

“그럴까……?”

“달은 사내의 눈물을 좋아하지. 우리 주께서도 좋아하시네.”

“난… 이교도잖아.”

“이교도 남자는 남자가 아닌가?”

“…….”

월광은 차가운 빗물이 아닌 따뜻한 물을 머금었고 달은 만족한 듯 구름 속으로 사라졌다. 월광은 사라졌다. 그러나 어둠 속에는 따뜻한, 한 사내의 눈물이 조금씩 젖어들고 있었다.

『허공록』 4권으로…

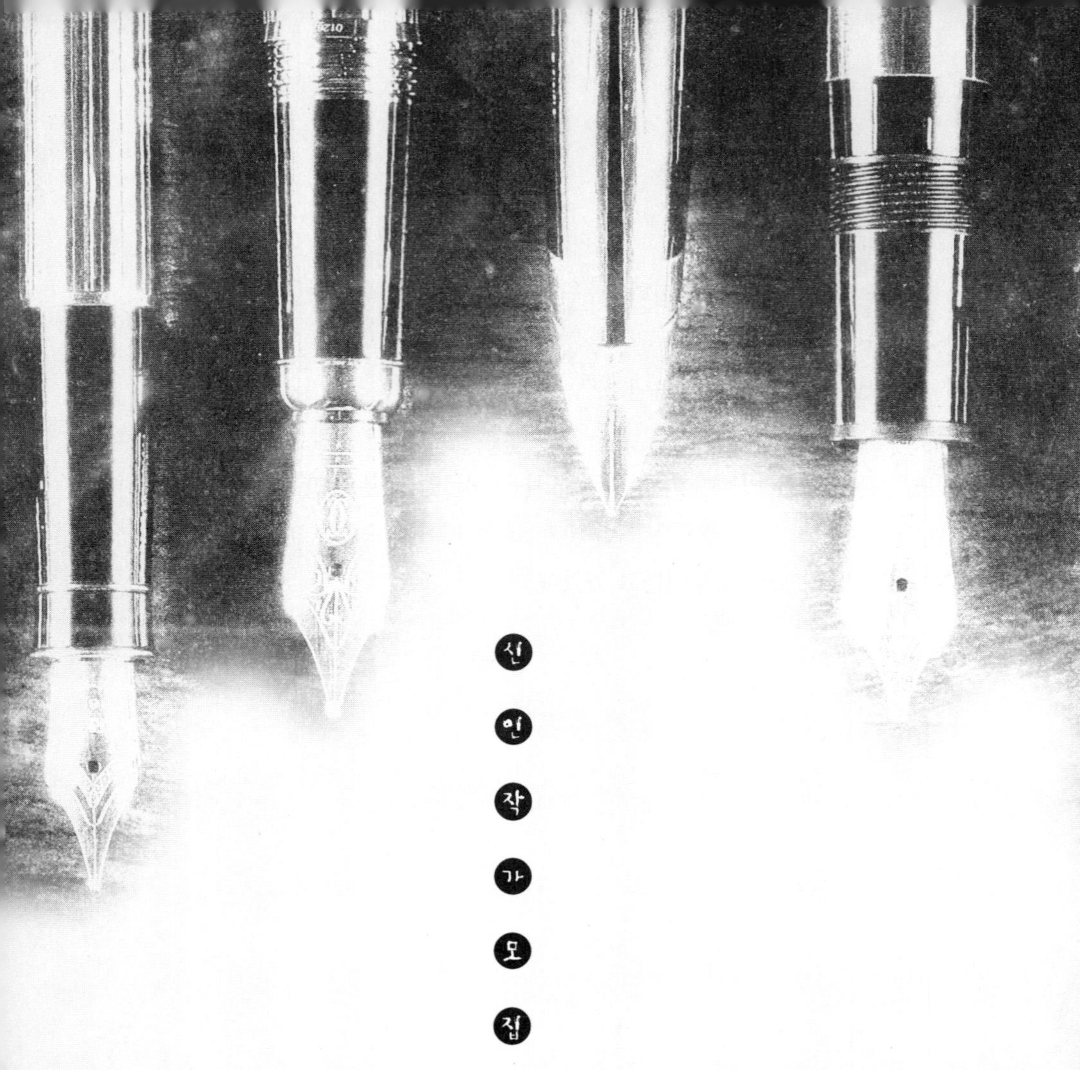

신인작가모집

시작이 반이라고 했습니다.
작가의 길에 대한 보이지 않는 벽을 과감히 깨뜨리십시오!
청어람은 작가 지망생 여러분들의
멋진 방향타가 되어드리겠습니다.

저희 도서출판 청어람에서는
소설 신인 작가분들을 모집합니다.
판타지와 무협을 사랑하시는 분들의 많은 참여를 바랍니다.
소정의 원고(A4용지 150매)를 메일이나 우편으로 보내주시면
검토 후 출판 여부를 알려드리겠습니다.

주소:경기도 부천시 원미구 심곡1동 350-1 남성B/D 3F 우편번호420-011
TEL:032-656-4452 · **FAX**:032-656-4453
http://www.chungeoram.com
e-mail:chungeoram@chungeoram.com